LA RÈGLE DE QUATRE

DANS LA MÊME COLLECTION

Défigurée, Rania Al-Baz.
Dolmen, Nicole Jamet et Marie-Anne Le Pezennec.
4 Groupes sanguins, 4 Régimes, Dr. Peter J. D'Adamo

LA RÈGLE de QUATRE

Ian Caldwell
& Dustin Thomason

Traduit de l'anglais (États-Unis)
par Hélène Le Beau et François Thibaux

Michel Lafon

Titre original :
The Rule of Four

7-13, boulevard Paul-Émile Victor - Île de la Jatte
92521 Neuilly-sur-Seine Cedex

À nos parents

Note historique

L'*Hypnerotomachia Poliphili* ou « Le Combat pour l'amour dans le songe de Poliphile » est l'une des œuvres les plus prisées, et sans doute la plus incomprise, de l'histoire de l'imprimerie occidentale. Il subsiste aujourd'hui moins d'exemplaires de ce livre que de la Bible de Gutenberg. L'identité et les motivations de son auteur demeurent mystérieuses. Ce n'est qu'en décembre 1999, soit cinq siècles après sa publication initiale, que ce texte fut intégralement traduit en anglais.

« Du sommeil qui prit Poliphile, il lui sembla en dormant qu'il était en un pays désert, puis entrait en une forêt obscure... »

Le Songe de Poliphile, FRANCESCO COLONNA

PROLOGUE

Pendant la majeure partie de son existence, mon père tenta de percer une énigme vieille de cinq cents ans.

Un soir de novembre 1497, deux messagers avaient quitté les ombres du Vatican pour chevaucher en direction de l'église Saint-Laurent, au-delà de la muraille d'enceinte de Rome. Les événements qui s'ensuivirent allaient leur coûter la vie et, cinq siècles plus tard, bouleverser celle de mon père.

Chaque enfant est une promesse que le temps accorde à l'homme. Mais c'est aussi l'assurance de voir un beau jour ses certitudes s'effondrer et un mur d'incompréhension s'ériger entre soi et l'être qu'on aime le plus au monde. Pourtant, mon père, spécialiste de la Renaissance, s'entêta à vouloir me transmettre sa passion et il me raconta si souvent l'histoire des messagers que, malgré tous mes efforts, je ne réussis jamais à l'oublier. Sentait-il qu'il y avait là une leçon, une vérité qui finirait par nous unir ? Aujourd'hui, je le crois volontiers.

Les deux cavaliers devaient livrer à Saint-Laurent une lettre écrite par un gentilhomme qui leur avait défendu de la décacheter, sous peine de mort. Quatre fois scellé à la cire noire, ce pli était censé receler le secret que mon père s'évertua à découvrir.

En ce temps-là, Rome était plongée dans les ténèbres et sa splendeur n'était qu'un souvenir. Le plafond de la chapelle Sixtine arborait encore un ciel étoilé, des pluies apocalyptiques venaient d'inonder les rives du Tibre, d'où avait surgi, racontaient les matrones, un monstre au corps de femme et à tête d'ânesse. Rompant leur engagement, les deux messagers firent fondre la cire à la flamme d'une bougie et prirent connaissance de la teneur de la lettre. Ensuite, ils imitèrent les sceaux avec tant d'adresse que nul n'aurait deviné leur trahison si leur maître n'avait été ingénieux.

Car Rodrigo et Donato ne furent pas confondus par le sceau, mais par l'épaisse cire noire dans laquelle on l'avait coulé : cette cire contenait en effet un extrait de belladone, herbacée vénéneuse qui dilate les pupilles et entre dans la composition de nombreux médicaments. À l'époque, on considérait les pupilles dilatées comme un atout de séduction, aussi les Italiennes faisaient-elles de cette plante un usage immodéré. D'où son nom : *bella donna*. En faisant fondre la cire, Rodrigo et Donato en avaient libéré le poison.

Dès leur arrivée à l'église, un maçon les accueillit et les conduisit vers un candélabre, près de l'autel. Voyant que les pupilles des deux hommes ne se contractaient pas, il comprit aussitôt ce qui s'était passé et obéit aux ordres qu'on lui avait donnés : il prit son épée et leur trancha la tête. Une mission de confiance, avait stipulé le maître ; or les messagers avaient échoué.

Quelque temps avant sa mort, mon père découvrit un document qui l'éclaira sur le triste sort réservé à Rodrigo et Donato. Le maçon avait recouvert les cadavres, avant de les traîner hors de l'église et d'éponger le sang au moyen de chiffons. Il avait placé les têtes dans les sacoches attachées aux flancs de son cheval, puis hissé les corps sur les montures des deux hommes. Il brûla ensuite la lettre retrouvée dans la poche de Donato. C'était un faux, bien sûr, que n'attendait aucun destinataire.

Au moment de se mettre en route, horrifié par le péché qu'il venait de commettre pour servir son maître, le maçon alla se prosterner devant l'église. Les six piliers de Saint-Laurent se dressaient devant lui telles les dents noires du Malin. Le maçon en trembla de tous ses membres. Il se souvint des récits de son enfance : l'enfer décrit par Dante et le châtiment réservé aux grands pécheurs qu'on disait broyés pour l'éternité entre les mâchoires de *lo 'mperador del doloroso regno.*

Peut-être saint Laurent, du fond de sa tombe, a-t-il pardonné au maçon. Ou peut-être ce péché était-il trop grave pour mériter sa clémence. Plus tard dans la nuit, conformément aux instructions de son maître, le maçon remit les cadavres à un boucher. Mieux vaut se désintéresser de ce qu'il advint des carcasses. Jetés à la rue, les viscères finirent dans les tombereaux à ordures, je l'espère, ou alors dévorés par les chiens.

Sans doute inspiré par le démon, un boulanger racheta les têtes au boucher, dans l'espoir de terroriser les veuves du quartier, qui, ainsi que le voulait la coutume, profitaient gracieusement de la chaleur de son four. Pour sa plus grande joie, il réussit son effet, à en croire les hurlements de frayeur que poussèrent les vieilles femmes le lendemain matin.

Quel curieux destin que celui de Donato et de Rodrigo ! Leur mort leur valut une notoriété qu'ils n'auraient jamais atteinte de leur vivant, car les veuves sont de tout temps et en tout lieu gardiennes de la mémoire : même après l'aveu du boulanger, elles continuèrent à transmettre aux enfants de Rome, au même titre que la légende du monstre craché par les eaux du Tibre, l'histoire de cette formidable apparition.

Le maçon avait accompli sa mission : on finit par oublier les messagers ; quant au secret du gentilhomme, il ne quitta jamais Saint-Laurent. L'alternance perpétuelle de la beauté et de la décadence se poursuivit. Telles les dents du dragon semées par Cadmos, le sang du mal se répandit sur la terre de Rome et engendra une seconde naissance. Il devait s'écouler cinq siècles avant qu'on ne découvre la vérité et que la mort ne croise à nouveau le chemin de deux autres messagers.

Cette année-là, je terminais mes études à l'université de Princeton.

Chapitre 1

Quelle chose étrange que le temps ! À ceux qui en ont le moins il semble lourd, tandis que la jeunesse donne des ailes, même si elle porte le poids du monde sur ses épaules. L'idée de la toute-puissance est alors si séduisante qu'on se dit qu'il y a forcément mieux à faire que de réviser ses examens.

Je me vois encore, la nuit où tout a commencé, allongé sur le vieux canapé rouge, plongé dans un bouquin de psycho sur Pavlov et ses chiens, me demandant pourquoi je n'avais pas été fichu de passer cette UV en première année comme la plupart de mes camarades. Deux lettres sont posées sur la table. Chacune contient la promesse de ce que pourrait être ma vie future. Il est tard et il fait froid en cette nuit d'avril 1999, à Princeton, dans le New Jersey. Nous sommes le Vendredi saint et il reste un mois avant la fin de l'année universitaire. Comme tout le monde, je m'inquiète pour mon avenir.

Assis par terre, Charlie s'amuse à recomposer des phrases de Shakespeare en jonglant avec des mots aimantés sur le réfrigérateur. Il doit lire un roman de Francis Scott Fitzgerald pour sa dernière épreuve d'anglais, mais le livre reste ouvert sur sa tranche brisée, tel un papillon écrasé. Pour Charlie, non seulement Fitzgerald ne revêt pas le moindre intérêt, mais la littérature constitue un passe-temps pour snobinards, un jeu de bonneteau pour universitaires pédants. Son esprit scientifique y voit le summum de la perversité. Au point qu'il ressasse sans arrêt sa mauvaise note au partiel de février, et ce alors qu'il est déjà reçu à l'école de médecine et qu'il y entrera dès l'automne prochain.

Gil nous observe en souriant. Ce passionné de cinéma, fanatique d'Audrey Hepburn, fait semblant de réviser ses cours d'économie en regardant *Diamants sur canapé*. Il a suggéré à Charlie de louer *Gatsby le Magnifique* plutôt que de lire le roman. Ni vu ni connu. L'idée est astucieuse, mais Charlie trouve l'opération douteuse, voire malhonnête. De toute façon, il a besoin de se répéter que la littérature est une vaste escroquerie. Alors, plutôt que Daisy Buchanan et Gatsby, nous subissons Holly Golightly pour la énième fois.

À mon tour, je m'amuse avec les aimants sur le frigo : « *to fail or not to fail : that is the question* », *échouer ou ne pas échouer : telle est la question*. Charlie fronce les sourcils. Assis par terre, il paraît presque de la même taille que moi. Ce grand Noir de cent kilos, cet Othello gonflé aux stéroïdes, est obligé de se pencher pour ne pas se cogner la tête au plafond. Il mesure deux mètres, et moi, un mètre soixante-huit avec mes chaussures. Charlie nous surnomme la Géante rouge et la Naine blanche, la première étant une étoile particulièrement grande et lumineuse, la seconde, une minuscule étoile dense et sans éclat. Je ne me prive pas de lui rappeler que Napoléon mesurait cent soixante centimètres, ce qui, converti en pouces anglo-saxons, comme le fait judicieusement remarquer Paul, est encore plus ridicule.

Paul est le seul de la bande qui manque à l'appel. Il a disparu plus tôt dans la journée et ne s'est pas manifesté depuis. On le voit peu depuis quelque temps. Pour fuir l'énorme pression qu'il subit en ce moment, il a choisi de travailler à l'Ivy Club, l'association estudiantine dont Gil et lui sont membres. Il y rédige son mémoire, ultime épreuve avant l'obtention du diplôme de Princeton. Pour Charlie, Gil et moi, ce pensum est derrière nous. Charlie a identifié une nouvelle protéine dans certains signaux neuronaux. Gil s'en est sorti en élaborant une théorie sur les effets de l'imposition d'une taxe d'habitation. Quant à moi, entre deux entretiens et trois demandes d'inscription, j'ai réussi à noircir plusieurs dizaines de pages sur *Frankenstein* qui ne bouleverseront pas l'abondante exégèse de ce chef-d'œuvre.

Le mémoire est une contrainte méprisée par la majorité des

étudiants. À écouter les anciens, c'est un exercice tout à fait anodin qu'on liquide rapidement en pensant à sa carrière. Or la rédaction de ce compte-rendu de recherche d'une centaine de pages exige du temps et des efforts. Un professeur de sociologie nous déclara un jour, sur le ton désagréable du donneur de leçons qui n'a pas compris que la cloche avait sonné :

– La rédaction de votre mémoire est une épreuve initiatique, qui marque votre entrée dans l'âge adulte. Ce que vous portez est lourd, vous aurez du mal à vous en relever. Ça s'appelle la responsabilité. Tâchez de vous y coller.

Cause toujours. La seule créature contre laquelle ce prof se soit jamais collé est une ravissante thésarde du nom de Kim Silverman. Sur ce point, Charlie et moi étions parfaitement d'accord : si se coller à Kim Silverman est le genre d'expérience réservé aux adultes, autant grandir sans attendre.

Paul est donc le dernier à boucler son mémoire, qui sera certainement le meilleur, sinon le plus brillant du département d'histoire, voire de toute sa promotion. Le secret de l'intelligence de Paul ? Une patience à nulle autre pareille qui lui permet d'épuiser son sujet.

– Ceux qui pensent qu'une vie ne suffit pas pour compter cent millions d'étoiles à raison d'une par seconde se trompent, m'avait-il déclaré un jour. En réalité, il faut trois ans, à condition de se concentrer et de ne pas se laisser distraire par quoi que ce soit.

Mais si Paul sait combien d'étoiles on peut compter en trois ans, après bientôt quatre années de dur labeur, il n'a toujours pas terminé son mémoire. En général, les étudiants soumettent leur sujet la dernière année, au moment de la rentrée universitaire, et rendent leur travail au printemps suivant. Paul, lui, se bat avec depuis son arrivée à Princeton. Dès le premier trimestre, il s'intéressait à un ouvrage de la Renaissance au titre alambiqué ; pour ma part, je le prononce sans mal puisque mon père y a consacré presque toute sa vie d'historien. Et ce que Paul a recueilli jusqu'à présent sur l'*Hypnerotomachia Poliphili* attiserait les désirs des chercheurs les plus chevronnés.

Je lui ai donné un coup de main cet hiver pour ses recherches. Cela lui a permis d'avancer, et à moi, de comprendre enfin ma mère, qui prétendait que certains hommes étaient capables de vouer à un livre la passion d'ordinaire dévolue à une femme. L'*Hypnerotomachia* peut sembler rébarbative, mais le mystère qu'elle recèle parvient à envoûter tous ceux qui l'approchent. Paul aurait voulu que je partage son enthousiasme. Mais, sentant que, comme mon père, je risquais de succomber à cette passion, je me suis retiré avant que ma relation avec ma petite amie n'en pâtisse.

Depuis, les choses ont changé entre Paul et moi. Bill Stein, un doctorant, a pris le relais et l'aide à mettre la touche finale. À l'approche de la date butoir, Paul, d'habitude assez bavard, s'abîme dans ses pensées et refuse de parler de son mémoire. Pour le coup, Gil et Charlie sont logés à la même enseigne que moi.

– Alors, qu'est-ce que tu décides ? me demande Gil.

Charlie abandonne un instant ses aimants.

– Réponds ! On est sur des charbons ardents.

On entend un froissement dans la chambre que je partage avec Paul. Le voilà qui apparaît dans l'embrasure de la porte, en boxers et en tee-shirt, les yeux gonflés de sommeil.

– On te croyait au club, observe Charlie après un temps qui semble long.

Paul secoue la tête, recule de quelques pas et attrape un cahier dans la chambre. Il a les cheveux aplatis sur un côté de sa tête et le visage marqué de plis d'oreiller.

– Trop de bruit, répond-il. J'ai travaillé dans mon plumard et je me suis endormi.

Il n'a, pour ainsi dire, pas fermé l'œil depuis deux nuits, peut-être plus. D'une semaine à l'autre, Vincent Taft exige toujours davantage. Contrairement aux autres directeurs de recherche, trop heureux de voir leurs étudiants se pendre à la corde de leurs propres ambitions, Taft suit pas à pas l'avancée des travaux de Paul.

– Alors, qu'est-ce que tu décides ? me presse de nouveau Gil pour meubler le silence.

Il s'interroge évidemment sur le contenu des deux enveloppes qui trônent sur la table et sur lesquelles mes yeux se posent entre chaque paragraphe de mon bouquin. La première lettre, en provenance de l'université de Chicago, m'annonce mon admissibilité au programme de doctorat de littérature. La littérature, j'ai ça dans le sang, comme Charlie la médecine. Et un diplôme de Chicago me conviendrait tout à fait. En raison de mes résultats moyens à Princeton et parce que je ne sais pas encore très bien ce que je veux faire, je me suis appliqué pour rédiger ma lettre de motivation : les bons responsables de recherche flairent l'indécision des candidats comme le chien renifle la peur.

– Prends l'oseille, me conseille Gil sans lâcher Audrey Hepburn.

Gil est le fils d'un banquier de Manhattan. Pour lui, Princeton ne constitue pas une fin en soi, mais une parenthèse agréable, une halte sur la route qui conduit à Wall Street. Il est une caricature de lui-même, ce qui ne l'empêche pas de sourire quand on le taquine sur le sujet. Et ce sourire, il le conservera jusqu'à son entrée à la banque. Même Charlie, pourtant assuré de gagner une petite fortune en exerçant la médecine, ne verra jamais passer sur son compte qu'une fraction des sommes qui attendront Gil à chaque fin de mois.

– Ne l'écoute pas, lance Paul de l'autre côté de la pièce, et fie-toi à ton intuition.

Je suis étonné qu'il s'intéresse à autre chose qu'à son mémoire.

– Prends l'oseille, répète Gil en sortant une bouteille d'eau du frigo.

– Ils proposent combien ? questionne Charlie, délaissant ses aimants.

– Quarante et un, dit Gil, qui fait tomber quelques aimants shakespeariens en refermant le frigo. Plus une prime de cinq. Plus les stocks-options.

Le printemps est la saison des offres d'emploi, et 1999 est un excellent cru. Quarante et un mille dollars représentent plus ou moins le double de ce que je m'attendais à gagner avec ma licence d'anglais.

La proposition de Dedalus était alléchante. Cette start-up affirme avoir mis au point le logiciel le plus perfectionné du monde pour le dégraissage d'entreprise. Quand j'ai postulé, cette boîte m'était inconnue et la notion de dégraissage n'est toujours pas claire pour moi, mais, comme la rumeur veut que les salaires des débutants soient élevés dans ce genre d'entreprise, je me suis rendu à Austin, au Texas, pour l'entretien. Dedalus se fichait pas mal que j'ignore tout de la nature de ses activités. Si j'arrivais à résoudre deux ou trois casse-tête pendant l'entretien et à me montrer sous un jour sympathique, on m'offrait la place. En bon émule de César, Jules, je suis venu, j'ai vu, j'ai vaincu.

– Presque, dis-je en lisant la lettre. Ils me proposent quarante-trois mille dollars. Trois mille à la signature, plus mille cinq cents en stock-options.

– Alouette, je te plumerai ! ajoute Paul à l'autre bout de la pièce.

Il est le seul à considérer qu'on risque de se salir davantage à trop parler d'argent qu'à y toucher.

– Vanité des vanités, ajoute-t-il.

– Vanité des vanités, tout est vanité, chante Charlie de sa voix de baryton en imitant le pasteur de son église.

– Sans blague, Tom, poursuit Paul avec impatience, une boîte qui t'offre un salaire aussi élevé a peu de chances de survivre. Tu ne sais même pas ce qu'ils fabriquent !

Il replonge dans son cahier pour y gribouiller quelques notes, persuadé que, comme la plupart des prophètes, il est condamné à être incompris.

Gil ne lâche pas l'écran des yeux, mais Charlie, qui a bien senti que Paul était agacé, lève la tête.

– Très bien, basta, tout le monde ! lance-t-il d'une voix de stentor. La pression est trop forte. Il est grand temps de laisser sortir un peu la vapeur.

Gil abandonne son film. Comme moi, il a noté la légère emphase sur le mot « vapeur ».

– Maintenant ?

– On a encore une demi-heure, explique Charlie en regardant sa montre.

Pour preuve de son intérêt, Gil éteint le téléviseur et laisse Audrey s'évanouir sur l'écran. Charlie, ce fauteur de troubles, referme Fitzgerald. Le livre se rouvre sur sa tranche brisée et Charlie le fourre sous un coussin du canapé.

– J'ai du travail, se plaint Paul. Il faut absolument que je finisse ce truc.

Il me regarde d'un air bizarre.

– Quel truc ?

Paul ne me répond pas.

– Il y a un souci, les filles ? interroge Charlie avec impatience.

– Il neige encore, fais-je remarquer.

La première tempête de l'année avait surpris le printemps qui commençait à frémir aux branches des arbres. On annonçait trente centimètres de neige, peut-être plus. Sur le campus, le planning des fêtes du week-end pascal, culminant avec la conférence de Vincent Taft, le directeur de thèse de Paul, était bousculé. Le temps ne convenait pas au genre d'activité auquel songeait Charlie.

– Tu ne vois pas Curry avant 20 h 30, n'est-ce pas ? demande Gil dans une ultime tentative pour convaincre Paul de nous suivre. On aura fini d'ici là. Tu travailleras plus ce soir.

Richard Curry, ancien ami de mon père et de Taft, est le mentor de Paul depuis sa première année à l'université. Grâce à son aide, Paul a pu discuter avec les plus grands historiens du monde. Curry a, par ailleurs, financé une bonne partie de ses recherches sur l'*Hypnerotomachia*.

Paul soupèse son cahier. Rien qu'à le regarder, ses yeux se gonflent de sommeil. Charlie sent qu'il touche au but.

– Promis. On aura fini à 19 h 45, assure-t-il.

– Et les équipes ? s'enquiert Gil.

– Tom joue avec moi, répond Charlie après un moment de réflexion.

Nous sommes sur le point de nous lancer dans le dédale des tunnels à vapeur situés sous le campus, pour une partie de paintball. Ces souterrains recèlent davantage de rats que d'ampoules et, au plus fort de l'hiver, la température avoisine les trente-cinq degrés. Le terrain est si accidenté que la police du campus a interdiction d'y engager une poursuite. L'année dernière, s'inspirant d'un vieux plan trouvé à l'Ivy Club et d'un jeu que le père de Gil pratiquait dans les tunnels avec ses camarades, Charlie et Gil définirent de nouvelles règles.

Leur nouvelle formule fit des émules, et bientôt une dizaine de membres de l'Ivy Club et la plupart des collègues de l'équipe d'urgence médicale de Charlie se disputaient des parties enragées dans les boyaux secrets de la fac. Contre toute attente, Paul se révéla un excellent navigateur : la raison en était qu'il empruntait souvent les tunnels pour aller et venir entre sa chambre et l'Ivy Club. Constatant que les innombrables possibilités stratégiques échappaient à tout le monde, Paul se désintéressa peu à peu du jeu. Voilà pourquoi il n'était pas là quand un tir perdu transperça une canalisation l'hiver dernier. La force de l'explosion dénuda tous les fils électriques dans un rayon de trois mètres et, sans l'intervention rapide de Charlie, deux étudiants à moitié saouls se seraient électrocutés. Il avait fallu demander de l'aide aux *proctors,* le service d'ordre du campus, et l'aventure s'était soldée par une avalanche de sanctions émanant du bureau du doyen. Par la suite, Charlie avait troqué les pistolets à peinture contre des vieux fusils au laser, plus rapides et moins dangereux, dénichés dans une brocante. Mais, à l'approche des examens, l'administration avait bien fait comprendre qu'aucun écart de conduite ne serait toléré. Autant dire que se faire attraper dans les tunnels, ce soir, se traduirait dans le meilleur des cas par une suspension.

Charlie sort un premier sac à dos de la chambre qu'il partage avec Gil, puis un second qu'il me confie. Il enfonce ensuite un bonnet de laine sur sa tête.

– Bon sang, Charlie, s'étonne Gil, on a une demi-heure, pas plus. J'étais moins chargé aux dernières vacances.

– Toujours prêt ! répond Charlie en jetant le plus gros des deux sacs sur ses épaules.

– Toi et tes scouts, dis-je.

– Les *aigles*, reprend Charlie, qui sait que je n'ai jamais passé l'étape des louveteaux.

– Prêtes, les filles ? demande Gil, qui attend près de la porte.

Paul inspire profondément pour chasser son envie de dormir puis attrape son bipeur et l'accroche à sa ceinture.

Le groupe se scinde en deux devant Dod Hall, notre résidence universitaire. Charlie et moi partons dans une direction, Gil et Paul dans l'autre. Nous accéderons aux tunnels par des entrées différentes et tâcherons de rester invisibles jusqu'à ce qu'une équipe trouve l'autre.

– Au fait, avant de te connaître, je ne savais pas même pas que ça existait, les boy-scouts noirs, dis-je quand Paul et Gil ont disparu.

Il fait froid et il est tombé plus de neige que je ne m'y attendais. Je referme ma veste de ski et j'enfile des gants.

– T'en fais pas, rétorque Charlie. Avant de te connaître, je ne savais pas que ça existait, les chattes blanches.

La traversée du campus s'effectue dans une sorte de brouillard. Avec la fin de l'année qui approche et le mémoire dont je n'ai plus à m'inquiéter, le monde me semble traversé de mouvements inutiles : les étudiants de première qui courent d'une classe à l'autre, ceux de deuxième et troisième qui tapent fébrilement leurs derniers travaux dans les salles d'informatique surchauffées, et maintenant ces flocons de neige qui dansent au-dessus de ma tête avant de mourir au sol.

Ma jambe me fait souffrir. Depuis des années, une cicatrice m'annonce le mauvais temps avec six heures d'avance. Une vieille histoire. Je venais d'avoir seize ans, j'étais en première et un accident de voiture m'envoya passer l'été à l'hôpital. Je ne me souviens de presque rien, si ce n'est d'avoir entendu mon fémur claquer et d'en avoir admiré l'extrémité arrondie, pointant sous la peau de ma cuisse gauche. J'eus le temps de bien le voir avant de m'évanouir. En prime, j'avais l'avant-bras et trois côtes cassés. On m'arracha à la carcasse de la voiture et les ambulanciers jugulèrent à temps le saignement de l'artère. Derrière le volant, mon père était mort.

Cet accident me changea. Trois interventions chirurgicales et deux mois de rééducation plus tard, en plus des douleurs fantômes et de l'avertissement météo, j'avais des tiges de métal dans les os, une cicatrice sur la jambe et un trou dans ma vie qui semblait se creuser avec le temps. D'abord, les vêtements : avant de retrouver mon poids normal et pour couvrir la greffe sur ma cuisse, je passai par toutes les tailles et tous les styles. Ma famille aussi changea, mais cela, je ne le compris que plus tard. Ma mère se replia sur son chagrin et mes deux sœurs, Sarah et Kristen, désertèrent peu à peu la maison. Quand mes amis les imitèrent, je finis par croire que c'était ma faute.

J'aurais sans doute voulu qu'ils me comprennent mieux, qu'ils me voient autrement, mais, comme pour les vêtements, ceux d'avant ne m'allaient plus.

À ceux qui souffrent, on dit souvent que le temps est un excellent remède. Le meilleur remède, même, comme s'il possédait un pouvoir de guérison miraculeux. Après mûre réflexion et six ans de calvaire, je ne suis pas du tout de cet avis. Le temps, c'est un forain qui peint des tee-shirts à l'aérographe et vaporise des particules de couleur microscopiques sur du tissu : le résultat n'est jamais à la hauteur des espérances du client. J'ai un jour essayé de faire comprendre à Charlie que nous étions pareils à ces particules de peinture : le temps est ce qui nous disperse.

Mais finalement, c'est peut-être Paul qui a raison. Lors de notre première rencontre, il avait dix-huit ans, il était passionné de Renaissance et déjà persuadé que depuis la mort de Michel-Ange la civilisation régressait. Il avait lu tous les bouquins de mon père et, quelques jours après son arrivée à Princeton, ayant repéré mon nom dans l'annuaire universitaire, il avait tout fait pour me rencontrer. C'est vrai qu'il est particulier, ce nom. Toute mon enfance, je l'ai porté comme un fardeau.

Mon père aurait voulu que je m'appelle comme son compositeur favori, un Italien du XVIIe siècle sans lequel, prétendait-il, Haydn et Mozart n'auraient pas existé. Mais il n'était pas question pour ma mère d'inscrire Arcangelo Corelli Sullivan sur mon certificat de naissance. Elle refusait d'imposer un nom pareil à un enfant. Un nom tel un monstre à trois têtes. Elle voulait que mon prénom soit Thomas, en hommage à son père. Rien de très original, disait-elle, mais néanmoins assez subtil.

Dès les premières contractions, elle opposa à mon père une véritable résistance, qui consistait à me retenir hors du monde jusqu'à ce qu'il accepte un compromis. Dans un moment de faiblesse plus que par manque d'inspiration, ils s'accordèrent sur Thomas Corelli Sullivan. Ma mère espérait que, coincée entre mon nom et mon prénom, cette fantaisie paternelle passerait inaperçue. Lui, qui croyait au poids des mots, aimait à répéter que Corelli sans Arcangelo, c'était comme un Stradivarius sans ses cordes. S'il avait fini par céder à ma mère, c'est que l'enjeu revêtait beaucoup plus d'importance qu'elle ne le soupçonnait. Cette résistance, disait-il en souriant, menaçait de se propager à la chambre à coucher. Mon père appartenait à cette race d'hommes pour qui un pacte noué dans la passion excusait toutes les erreurs de jugement.

Quelques semaines après notre rencontre, j'avais révélé à Paul ma théorie sur le temps et l'aérographe, et bien plus encore.

– Tu as raison, avait-il remarqué. Ce qui prouve que le temps n'est pas Léonard de Vinci.

Il avait réfléchi un instant avant d'ajouter avec un sourire :

– Pas même Rembrandt. Jackson Pollock, tout au plus.

Depuis le début, il m'avait compris.

Tous les trois me comprenaient : Paul, Charlie et Gil.

Chapitre 2

Nous sommes plantés au-dessus de la bouche d'égout, devant le gymnase Dillon, dans la partie sud du campus. Sur le bonnet de Charlie, le badge décousu des Philadelphia 76 claque au vent. Dans le halo orange de l'ampoule du réverbère, des milliers de flocons de neige tourbillonnent au-dessus de nos têtes.

Nous attendons. Charlie s'impatiente : la présence de deux étudiantes de l'autre côté de la rue nous empêche de glisser dans les tunnels. Trop risqué.

– Maintenant, on fait quoi ?

– Il est 19 h 07, indique Charlie en consultant sa montre. Le changement de quart est à 19 h 30. Ça nous laisse vingt-trois minutes avant l'arrivée des proctors.

– Vingt minutes nous suffiront ?

– Bien sûr. À condition de savoir où ils se trouvent.

Charlie regarde de l'autre côté de la rue.

– Du vent, les filles ! marmonne-t-il à l'adresse des étudiantes.

L'une d'elles arbore une jupe légère comme si la neige l'avait surprise en pleine séance d'habillage. L'autre, une jeune Péruvienne que j'ai croisée pendant des compétitions sportives, porte la traditionnelle parka orange de l'équipe de natation de Princeton.

– Merde, j'ai oublié d'appeler Katie ! C'est son anniversaire aujourd'hui. Je dois passer chez elle ce soir.

Katie Marchand est ma petite amie, une étudiante de deuxième année que je ne méritais pas de rencontrer. Elle occupe une place importante dans ma vie et Charlie accepte cette fatalité en se disant que les femmes intelligentes ont souvent mauvais goût en matière de mecs.

– Tu lui as trouvé un cadeau ?

– Oui, dis-je en dessinant un rectangle avec les mains, une photo de cette galerie d'art dans le...

– Alors, ça va si tu n'appelles pas, commente-t-il avec une sorte de gloussement. De toute façon, elle a sûrement d'autres chats à fouetter en ce moment.

– Qu'est-ce que tu veux dire ?

Charlie tend la main et attrape un flocon.

– La première neige de l'année. Les JO nus.

– Merde ! J'avais oublié !

Les JO nus, une des traditions les plus populaires de Princeton. Tous les ans, les étudiants de deuxième année se rassemblent dans la cour de Holder Hall la nuit qui suit la première chute de neige. Sous les yeux amusés de leurs condisciples, collés aux fenêtres des chambres, les deuxième année se déshabillent avec l'héroïsme inconscient des lemmings, et se lancent dans une course effrénée sur le campus, nus comme des vers. Cette tradition remonte à l'époque où Princeton était réservé à la gent masculine. La nudité était alors l'expression d'une prérogative mâle, comme uriner debout ou faire la guerre. Mais quand les femmes se sont jointes au troupeau, cette joyeuse mêlée est devenue l'événement le plus couru de l'année, repris systématiquement par les chaînes de télé de Philadelphie ou de New York.

– Prêt ? demande Charlie après que les deux filles se sont enfin décidées à partir.

Du pied, je balaie la neige sur la plaque d'égout. Charlie s'agenouille et, sans effort, soulève le couvercle. Je m'assure une dernière fois qu'il n'y a personne dans la rue.

– Toi d'abord, m'enjoint-il en posant une main sur mon épaule.

– Et les sacs à dos ?

– Allez ! Dépêche-toi !

Je prends appui sur le bord. Une chaleur épaisse s'exhale du trou. Ma parka me gêne tandis que j'essaie de me glisser à l'intérieur.

– Tommy, dépêche, bon sang ! Cherche un peu, tu trouveras un barreau contre la paroi.

Ma chaussure se pose enfin sur le premier échelon. J'amorce la descente.

– Très bien, approuve Charlie. Attrape.

Il passe les deux sacs à dos par l'ouverture.

Un réseau de tuyaux se perd dans l'obscurité. L'endroit bruisse de cliquetis et de chuintements. Nous sommes au cœur de l'appareil circulatoire de Princeton, où les canalisations irradient depuis la chaudière centrale jusque dans les résidences et les salles de cours. D'après Charlie, la vapeur à l'intérieur des canalisations exerce une pression supérieure à cent kilos au centimètre carré. Les plus petits tuyaux abritent des fils électriques ou diffusent du gaz naturel. Je ne vois nulle part un panneau d'avertissement, pas le moindre triangle fluorescent, pas la plus petite affiche sur le règlement. L'université aimerait bien oublier l'existence de cet enfer. Un seul message, à l'entrée, peint voilà des lustres en lettres noires : LASCIATE OGNI SPERANZA, VOI CH'ENTRATE. Paul, qui n'a jamais eu peur dans ce dédale, avait souri en le déchiffrant la première fois. *Abandonnez tout espoir, vous qui entrez ici,* avait-il dit, traduisant Dante pour les néophytes.

Charlie se laisse glisser à son tour et remet le couvercle en place. En sautant du dernier échelon, il retire son bonnet. La lumière fait briller les gouttes de sueur qui perlent sur son front. Il n'est pas passé chez le coiffeur depuis quatre mois et ses cheveux balaient le plafond.

Il hume l'air ambiant et extrait du sac un pot de Vick's VapoRub.

– Tiens, mets-en un peu sous le nez et tu ne seras pas gêné par l'odeur.

Je décline son offre. Un médecin légiste lui a révélé cette astuce pour ne pas être gêné par les exhalaisons des cadavres pendant les autopsies. Depuis la mort de mon père, je ne tiens pas la profession médicale en haute estime. Pour moi, un toubib est un bon à rien doublé d'un hypocrite. Mais imaginer Charlie dans un hôpital est une tout autre affaire. Dans son équipe d'ambulanciers, c'est lui qu'on appelle pour les cas difficiles, lui qui trouvera toujours une vingt-cinquième heure pour aider des inconnus à lutter contre celle qu'il surnomme la Voleuse.

Charlie sort deux pistolets laser, à fines rayures grises, et les ceintures de Velcro. Je suis en nage. Pendant qu'il farfouille dans ses sacs, je retire ma parka, mais, au moment où je vais la balancer sur un tuyau, il m'attrape le bras.

– Attention ! Tu te souviens du blouson de Gil ?

Ça m'était sorti de la tête. La chaleur des canalisations avait fait fondre le Nylon et le blouson s'était embrasé. Nous avions dû éteindre le début d'incendie avec nos chaussures.

– On laisse ça ici, et on le reprendra tout à l'heure, ajoute-t-il en m'arrachant la parka des mains.

Il la roule en boule avec la sienne et fourre le tout dans un sac extensible qu'il suspend à un crochet du plafond.

– Comme ça, les rats n'y toucheront pas.

Il prend une torche, un émetteur-récepteur et deux bouteilles d'eau couvertes de condensation qu'il glisse dans les filets extérieurs de son sac à dos.

– N'oublie pas ! Si on se perd de vue, tu ne descends pas plus bas. Si l'eau coule dans un sens, va dans la direction opposée. Tu ne voudrais pas te retrouver au fond d'un égout ou d'une chute si le débit augmente. Ici, le niveau de l'eau monte *très* vite.

Allusion à peine voilée à notre dernière équipée souterraine, au cours de laquelle je m'étais perdu. J'ai chaud. Je m'évente avec un pan de ma chemise.

Charlie me donne un récepteur.

– Alors, on va dans quelle direction ?

– À toi de décider, répond-il en souriant.

– Pourquoi ?

– Parce que c'est toi le sherpa, chuchote-t-il en me tapotant la tête.

– Et que veux-tu que je fasse ?

– Paul connaît les tunnels mieux que nous. Il faut une stratégie.

Je réfléchis quelques secondes.

– Bien. Quelle est l'entrée la plus proche de l'endroit d'où ils sont partis ?

– Il y en a une derrière Clio, m'informe Charlie.

Cliosophic est le surnom donné au bâtiment de Princeton où se tiennent, tradition oblige, les débats et les joutes oratoires chères aux grandes universités américaines. J'essaie d'évaluer nos positions respectives, mais la chaleur m'embrouille les idées.

– Sauf erreur de ma part, le tunnel qui part de Clio conduit en ligne droite jusqu'ici. Nord, sud.

Charlie hésite un moment. La géographie n'est pas son fort.

– Exact, admet-il enfin.

– Et Paul ne va jamais droit au but.

– Exact.

J'imagine Paul, toujours partisan des stratégies retorses.

– Alors, c'est ce qu'il fera, dis-je. Il viendra directement de Clio à ici. Et, avant qu'on ait eu le temps de se préparer, il nous aura tiré dessus.

– Ouais, soupire Charlie.

Il fronce les sourcils, le regard lointain. Un sourire se dessine sur ses lèvres.

– Il suffit de les contourner, dis-je. On les surprendra par l'arrière.

– Bien joué, Tom !

L'œil de Charlie s'illumine. Il me tape dans le dos assez fort pour que, encombré par le poids de mon sac, je perde momentanément l'équilibre.

– Allons-y, ajoute-t-il.

Nous avançons dans le tunnel quand la radio émet un drôle de sifflement.

Je saisis le combiné accroché à ma ceinture et j'appuie sur le bouton.

– Gil ?

Silence.

– Gil ? Je ne t'entends pas.

Toujours pas de réponse.

– Ce n'est rien, grogne Charlie. De toute façon, ils sont trop loin pour qu'on capte.

Je répète ma question dans le micro. En vain.

– Tu m'avais raconté que ce truc captait à quatre kilomètres. Ils sont à moins de deux kilomètres.

– Quatre kilomètres à l'air libre, rectifie Charlie. À travers le béton et la terre, ça n'a plus rien à voir.

Nous avançons d'une centaine de mètres sans prononcer un mot, en évitant les flaques de boue et les petits monticules d'immondices. Charlie m'agrippe soudain par le col de la chemise et me tire violemment en arrière.

– Qu'est-ce que tu fais, merde ! dis-je en tentant de récupérer mon équilibre.

Il braque le faisceau de sa lampe de poche sur une passerelle de bois qui enjambe un trou assez profond. Ce n'est pas la première fois que nous passons par ici.

– Il y a un problème ?

Il appuie doucement le pied sur la passerelle.

– Non, ça va, soupire-t-il. Heureusement, l'eau ne l'a pas abîmée.

J'ai le front trempé de sueur.

– On continue, décrète-t-il.

Charlie traverse la passerelle en deux grandes enjambées. Si je veux arriver sain et sauf de l'autre côté du trou, je n'ai pas le choix : je le suis.

– Tiens, lance-t-il en me tendant une bouteille d'eau. Bois un peu.

J'avale quelques gorgées avant de le suivre dans la profondeur des tunnels. À perte de vue, dans toutes les directions, les murs sombres convergent discrètement vers une lueur imperceptible dans l'obscurité. On a la sensation d'évoluer à l'intérieur d'un long cercueil.

– C'est partout comme ça dans cette section des tunnels ? On dirait des catacombes.

J'ai l'impression que le combiné de la radio envoie des décharges qui me parasitent le cerveau.

– Des quoi ? s'étonne Charlie.

– Catacombes. Enfin, des tombes, quoi.

– Pas vraiment. Dans les parties récentes, les parois sont en tôle ondulée, m'explique-t-il en mimant une vague pour mieux décrire la surface du métal. On dirait qu'on marche sur une cage thoracique. Comme si on avait été avalé par une baleine géante. Un peu comme...

Il claque des doigts, cherche la comparaison idéale, une métaphore biblique, voire melvillienne, qui lui viendrait de son cours de littérature anglaise.

– ... comme Pinocchio !

Il est déçu de ne pas me voir éclater de rire.

– Ce n'est plus très loin, ajoute-t-il en reprenant la marche. Ne t'inquiète pas, on les coincera juste à l'angle et ce sera fini.

La radio crépite de nouveau. Cette fois, pas de doute, c'est la voix de Gil.

« Game over, Charlie. »

– Qu'est-ce que ça signifie ?

Charlie fronce les sourcils. Il attend que Gil répète le message, mais le combiné reste silencieux.

– Je ne marche pas, siffle-t-il entre les dents.

– Comment, tu ne marches pas ?

– *Game over*. Ça veut dire que la partie est finie.

– Sans blague, Charlie. Pourquoi ?

– Parce qu'il y a un truc qui ne tourne pas rond.

– Qui ne tourne pas rond ?

Il lève un doigt, m'intimant l'ordre de me taire. Au loin, j'entends des voix.

– C'est eux, dis-je.

Il soulève son fusil.

– Alors, allons-y.

Charlie marche à grandes enjambées et je n'ai d'autre choix que de le suivre. Incroyable, cette capacité qu'il a de courir dans le noir. J'essaie de garder le faisceau de ma lampe braqué sur lui.

Tout près d'une intersection, il s'arrête.

– Ne bouge plus, chuchote-t-il. Éteins la lampe. Je ne veux pas qu'ils nous voient arriver.

J'ai saisi le message. La radio crépite de nouveau.

« Game over, Charlie. Nous sommes dans le couloir nord-sud, sous Edwards Hall. »

La voix de Gil est plus claire, plus proche.

J'esquisse un pas, mais Charlie m'empêche de continuer. Deux rais de lumière se dessinent au loin. Scrutant l'obscurité, je distingue enfin les silhouettes de Gil et de Paul. Ils se retournent en nous entendant arriver. Un faisceau nous aveugle.

– Merde ! aboie Charlie en se protégeant les yeux.

Il pointe son fusil et appuie sur la détente. J'entends le couinement mécanique du barillet.

– Stop ! s'exclame Gil.

– Que se passe-t-il ? s'enquiert Charlie quand nous discernons enfin Gil et Paul au milieu d'un halo de lumière.

Un doigt sur les lèvres, Gil montre la grille au-dessus de leur tête. Deux hommes se tiennent devant Edwards Hall.

– Bill me cherche, chuchote Paul, très agité, en brandissant son bipeur dans la lumière. Il faut absolument que je sorte d'ici pour lui passer un coup de fil.

Charlie fait signe à Paul de se réfugier dans l'obscurité.

– Il refuse de bouger, explique Gil à voix basse.

Immobile sous la bouche d'égout, Paul scrute l'écran de son bipeur. Un peu de neige fondue coule à travers la grille. Il y a du mouvement au-dessus de nos têtes.

– On va se faire prendre, dis-je dans un murmure.

– Il prétend qu'il ne capte pas ailleurs, rétorque Gil.

– Bill n'a jamais fait ça auparavant, remarque Paul d'une voix à peine audible.

Je lui prends le bras, mais il se dégage d'une secousse. Il nous montre l'écran argenté de son bipeur. On distingue clairement trois chiffres : 911.

– Et alors ? s'énerve Charlie.

– C'est un code entre nous, s'impatiente Paul. Il a dû trouver quelque chose. Il faut absolument que j'y aille.

Les gens qui marchent sur nos têtes projettent de la neige à travers la grille. Charlie semble de plus en plus tendu.

– C'est du pipeau, conclut-il.

Il est interrompu par la vibration du bipeur. Le message ressemble à un numéro de téléphone : 116-7718.

– C'est quoi, ça ? demande Gil.

Paul renverse l'écran. Aux chiffres se substituent des lettres, et nous déchiffrons un message : BILL-911.

– Il faut que je sorte tout de suite, gronde Paul.

– Pas par là, objecte Charlie en levant la tête vers la grille. On ne sera pas tranquilles.

– Paul envisage de passer par l'Ivy, explique Gil. C'est trop loin, mais on peut rebrousser chemin jusqu'à Clio. Les proctors ne se relaient pas avant quelques minutes.

Au loin, des paires de petites billes rouges s'assemblent peu à peu. Les rats, assis sur leurs pattes arrière, nous observent.

– Mais qu'y a-t-il de si important, Paul ?

– On a découvert un truc énorme et...

Charlie l'interrompt :

– D'accord, j'ai pigé. Clio est encore la meilleure solution.

Il jette un coup d'œil à sa montre :

– 19 h 24, on a intérêt à bouger.

Nous lui emboîtons aussitôt le pas.

Chapitre 3

Les pierres remplacent peu à peu le béton, mais la sensation est toujours aussi oppressante. Je me souviens de mon père m'expliquant l'étymologie du mot *sarcophage*. Du grec *sarkophagos*, c'est-à-dire mangeur de chair, parce que les cercueils des Grecs étaient composés de pierre calcaire qui finissait par ronger le corps tout entier, à l'exception des dents, en moins de quarante jours.

Gil nous devance maintenant d'une bonne vingtaine de pas. Familier du terrain comme Charlie, il avance rapidement. La silhouette de Paul tour à tour apparaît et disparaît dans la lumière. Quand je vois ses cheveux mouillés, plaqués sur son front, je me rappelle qu'il n'a pas dormi depuis plusieurs jours.

Un peu plus loin, Gil attend, inquiet, comme un berger qui souhaite rassembler son troupeau. Prudent, il cherche à échafauder un plan de secours. Nous n'allons pas assez vite à son goût.

Je ferme les yeux et j'essaie de reconstituer de mémoire la topographie du campus.

– Plus que quinze mètres, Paul, lance Charlie. Maximum, trente.

Sous la bouche d'égout, près de Clio, Gil jette un coup d'œil à sa montre.

– Il est 19 h 29. Je vais soulever la plaque et m'assurer que le champ est libre. Préparez-vous à courir.

Il se cale sur le dernier échelon et se met en position, les bras contre la plaque. Avant de bander ses muscles, il nous regarde par-dessus son épaule.

– N'oubliez pas. Les proctors n'ont pas le droit de descendre dans les tunnels. S'ils nous repèrent, ils se contenteront de nous ordonner de sortir. Dans ce cas, on reste en bas. Interdiction absolue de prononcer le moindre nom, le moindre mot qui pourrait nous identifier. Compris ?

Nous opinons du chef.

Gil inspire profondément, remonte ses poings et fait pivoter le couvercle d'environ trente centimètres. Une voix aboie, qui vient de là-haut.

– Ne bougez pas ! Restez où vous êtes !

– Merde, siffle Gil entre ses dents.

Charlie le tire par la chemise.

– On file ! Par là-bas ! Éteignez vos lampes !

Je m'engouffre dans le tunnel, entraînant Paul dans la foulée. J'essaie de me rappeler par où nous sommes passés.

Rester à droite. Attention aux tuyaux à gauche. Rester à droite.

J'effleure le mur et ma chemise se déchire à l'épaule. Paul titube, accablé par la chaleur. Nous avançons en trébuchant. Gil nous rattrape. Une torche électrique, un bras puis une tête surgissent dans le tunnel.

– Sortez de là ! ordonne une voix.

Le faisceau de la torche balaie le vide dans les deux directions et envoie un triangle de lumière fouiller le tunnel.

Une deuxième voix. Celle d'une femme, maintenant.

– Dernier avertissement !

Je regarde en direction de Gil. Je devine le contour de sa tête, le hochement qui nous ordonne de rester immobiles. Je sens l'haleine humide de Paul dans mon cou. Le visage blême, défait, il s'appuie contre le mur. Assez fort pour se faire entendre, la femme lance à son collègue :

– Très bien. Postez un vigile à toutes les sorties.

La torche disparaît. Charlie nous pousse aussitôt dans le dos. Nous courons droit devant jusqu'à un embranchement, puis nous filons à droite en territoire inconnu.

– Ici, ils ne peuvent pas nous voir, murmure Gil, à bout de souffle.

Il braque sa lampe sur un autre tunnel qui semble se dérouler à l'infini vers la partie nord-ouest du campus.

– Et maintenant on fait quoi ? demande Charlie.

– On essaie Dod Hall, tranche Gil.

– Impossible, rétorque Paul en s'épongeant le front. Ils ont cadenassé la sortie.

– Ils ne surveilleront que les grilles principales, suppose Charlie.

– En passant par là, dis-je en montrant le fond du tunnel, je crois qu'on y sera plus rapidement.

– Et alors ?

– Il y a une sortie près de Rocky-Mathey. C'est encore loin ?

Charlie tend une bouteille d'eau à Paul, qui boit goulûment nos dernières réserves.

– Quelques centaines de mètres, répond-il. Peut-être plus.

– Par ce tunnel ?

Gil réfléchit un instant, puis hoche la tête.

– Je n'ai rien de mieux à proposer, admet Charlie.

Ensemble, nous nous enfonçons dans l'obscurité.

Nous marchons en silence. Charlie me confie sa lampe, car la mienne montre des signes de faiblesse. Il ne lâche pas Paul des yeux, qui semble de plus en plus épuisé. Quand il fait mine de s'appuyer à un mur, Charlie le rattrape pour éviter qu'il se brûle sur une canalisation. À chaque pas, un peu d'eau clapote dans les bouteilles. Je commence à me demander si je n'ai pas perdu le sens de l'orientation.

– Stop, les mecs ! s'exclame Charlie derrière nous. Paul tourne de l'œil.

– Je voudrais m'asseoir deux secondes, avoue Paul d'une voix éteinte.

Gil braque sa torche sur le fond du tunnel. Une série de barreaux métalliques bloque la sortie.

– Merde !

– Une barrière de sécurité, constate Charlie.

– Qu'est-ce qu'on fait ?

Gil se penche sur Paul.

– Paul, demande-t-il en le secouant doucement par l'épaule, y a-t-il un moyen de sortir d'ici ?

Paul désigne la canalisation près de la barrière, puis, le bras tremblant, mime un mouvement de plongée.

– Dessous, souffle-t-il. Il faut passer dessous.

À quelques centimètres du sol, sous la canalisation, la paroi est râpée. Il est évident que quelqu'un a déjà essayé de se glisser par là.

– Impossible, proteste Charlie. On risque de se brûler.

– Le loquet est de l'autre côté, remarque Gil en montrant le dispositif sur le mur. Il suffit que l'un de nous y arrive pour ouvrir la barrière.

Il se penche vers Paul.

– Tu l'as déjà fait ?

Paul hoche la tête

– Il est déshydraté, dit Charlie à voix basse. Qui a encore de l'eau ?

Gil tend sa bouteille, presque vide.

– Merci... hoquette Paul après avoir bu.

– Mieux vaut rebrousser chemin, suggère Charlie.

– Non, dis-je. Je vais tenter le coup.

– Prends mon blouson, propose Gil. Ça te protégera.

Je pose une main sur la canalisation. Même à travers la gaine isolante, elle est bouillante.

– Tu ne passeras pas, objecte Charlie. Pas avec le blouson.

– Alors je me débrouillerai sans.

Allongé sur le sol, je mesure à quel point l'opération est périlleuse. L'isolant est brûlant. Je rampe sur le ventre en m'efforçant de ne pas effleurer la canalisation.

– Expire complètement, recommande Gil. Tu te glisseras dessous à ce moment-là.

Plaqué au sol, j'avance centimètre par centimètre. Soudain, je n'ai plus prise, mes doigts glissent sur la vase. Je suis coincé sous le tuyau.

– Allez, Tom, intervient Charlie en me saisissant par les pieds, sers-toi de mes mains comme appui.

Le béton me broie la poitrine et ma cuisse effleure le tuyau là où l'isolant a été arraché. Je ressens la morsure de la brûlure avant de me dégager. Je suis enfin de l'autre côté.

– Ça va ? questionne Charlie.

– Ça va.

– Tourne le loquet vers la droite, conseille Gil.

Je m'exécute. Gil pousse la barrière. Charlie le suit, soutenant Paul par le bras.

– Tu es sûr de ton coup ? me demande Charlie tandis que nous poursuivons notre périple dans l'obscurité.

– Ne t'inquiète pas.

Plus loin, un « R » sur le mur indique que nous arrivons sous la résidence des étudiantes de Rockefeller College. En première année, je sortais avec une fille qui y avait une chambre, Lana McKnight. Avant que les conduits de cheminée sur le campus ne soient condamnés, nous avons passé plusieurs soirées d'hiver devant un feu de bois à discuter de tout et de rien : Mary Shelley, la mode gothique, mais aussi l'université de l'Ohio, où sa mère enseignait, comme mon père. Lana avait des seins en forme d'aubergine et, quand nous restions trop longtemps au coin du feu, ses oreilles rougissaient comme des coquelicots.

J'entends des voix au-dessus de nos têtes. Beaucoup de voix.

– Mais qu'est-ce qui se passe là-haut ? s'exclame Gil en s'approchant de la source du bruit.

– On est arrivés, dis-je en toussant. C'est ici qu'on sort.

Soudain, je perçois mieux les voix, ou plutôt le chahut. Ce sont des étudiants, pas des proctors. Des dizaines d'étudiants, qui semblent se presser au-dessus de nos têtes.

Charlie esquisse un sourire.

– Les JO nus.

Gil vient de comprendre.

– Et nous sommes juste dessous !

– Le souterrain aboutit au milieu de la cour, dis-je en m'appuyant contre le mur de pierre pour essayer de retrouver mon souffle. Il n'y a plus qu'à soulever la grille et se fondre dans la foule.

Paul corrige d'une voix enrouée :

– Il n'y a plus qu'à se désaper et se fondre dans la foule.

Sa remarque jette un froid. Charlie hésite un peu, puis déboutonne sa chemise.

– Moi, je me tire d'ici, explique-t-il en étouffant un rire.

Je retire mon jean. Gil et Paul m'imitent. Nous fourrons tous nos vêtements dans un des sacs à dos, jusqu'à en faire éclater les coutures.

– On sort avec les sacs ? me demande Charlie.

– Je ne sais pas. Il y aura des proctors dehors, tu crois ?

Gil, qui n'a plus peur de rien, gravit les échelons.

– Trois cents étudiants à poil, Tom. Si tu n'arrives pas à t'en tirer avec ce genre de diversion, tu mérites bien de te faire choper.

Il soulève la grille. Une vague d'air froid déferle dans le tunnel. Paul semble aussitôt renaître.

– D'accord, les mecs, acquiesce Gil en se retournant une dernière fois. Que le spectacle commence !

Le contraste est brutal. Hors du tunnel, la lumière paraît vive. C'est, en tout cas, la première chose qui me frappe. Le tapis blanc du sol étincelle sous l'éclairage des lampadaires. Les flashes s'allument dans le ciel comme des lucioles.

Puis il y a le froid et le mugissement du vent, plus puissant que les bruits de pas conjugués au grondement des voix. Les flocons fondent sur ma peau et forment une étrange rosée.

Finalement, je le vois. Un mur de bras et de jambes qui serpente interminablement autour de nous. Des visages se distinguent : camarades de classe, joueurs de football, filles croisées sur le campus. Nous sommes au milieu d'un collage abstrait d'accessoires extravagants, de hauts-de-forme, de capes de super héros, de fresques bariolées ornant des pectoraux et des seins. Clôturant le défilé, un dragon du quartier chinois ondule au rythme des cris et des hululements ponctués du crépitement des appareils photo.

– Venez, hurle Gil.

Nous lui emboîtons le pas, en état d'hypnose. J'avais oublié à quoi pouvait ressembler Holder la nuit où tombe la première neige.

Le grand serpent nous avale et pendant quelques secondes je me sens perdu, coincé entre des corps. J'essaie tant bien que mal de garder mon équilibre malgré le poids du sac sur mes épaules et la neige sous mes pieds. Dans mon dos, quelqu'un appuie un peu fort et la fermeture Éclair de mon sac cède sous la pression. Les vêtements qui en sortent sont immédiatement piétinés dans la boue. J'aurais voulu que Charlie sauve ce qui semblait récupérable, mais il a disparu.

– Des seins et des fesses. Des fesses et des seins, chante un jeune homme avec un fort accent cockney, comme s'il vendait des fleurs dans *My Fair Lady*.

En jouant de son gros ventre, un étudiant déguisé en homme-sandwich essaie de se faufiler dans la foule des coureurs. Sur le panneau de devant, on peut lire : EXAMEN DE CONDUITE GRATUIT ; et derrière : ENTREZ SANS FRAPPER.

Je finis par repérer Charlie en dehors du cercle. Il a rejoint un de ses amis de l'équipe d'urgence. Will Clay porte un casque colonial décoré de canettes de bière que Charlie s'amuse à faire sauter. Les deux amis se jettent dans une course effrénée avant de disparaître.

Des rires éclatent, puis s'évanouissent. Dans le brouhaha, je sens vaguement une main me saisir le bras.

– Partons.

Gil m'entraîne à l'extérieur du cercle.

– Qu'est-ce qu'on fait maintenant ? demande Paul.

Gil évalue la situation. Les proctors surveillent toutes les sorties.

– Par ici, dis-je.

Nous nous engouffrons dans Holder Hall. Une étudiante éméchée ouvre la porte de sa chambre et reste là, bouche ouverte, comme s'il nous revenait de l'inviter à entrer. Après avoir examiné la marchandise, elle lève sa bouteille de Corona.

– Santé, éructe-t-elle.

Avant qu'elle nous donne congé, j'ai le temps d'apercevoir une de ses compagnes de chambrée devant la cheminée, une minuscule serviette enroulée autour des reins.

– Allons-y, dis-je.

Gil et Paul me suivent au premier étage. Je frappe bruyamment à l'une des portes.

– Qu'est-ce que tu fab...

Gil n'a pas le temps de terminer sa phrase : une magnifique paire d'yeux verts nous accueille. Katie porte un tee-shirt marine moulant et un jean délavé. Elle éclate de rire en nous voyant tous les trois nus comme des vers.

– Je savais que tu étais là, dis-je en me frottant les mains.

Je l'embrasse. Son étreinte est chaleureuse, hospitalière.

– C'est mon cadeau d'anniversaire ? demande-t-elle en me scrutant de bas en haut, les yeux brillants. Je comprends mieux que tu ne m'aies pas appelée !

Paul est fasciné par le Pentax que Katie a à la main, avec son téléobjectif presque aussi long que son bras.

– Tu faisais des photos ? s'enquiert Gil quand elle repose l'appareil dans la bibliothèque.

– Oui, pour le *Prince*. Cette fois, ils en prendront peut-être une.

C'est pour ça qu'elle ne court pas. Katie n'a pas ménagé ses efforts cette année pour qu'une de ses photos fasse la une du *Daily Princetonian*. Mais l'ancienneté y prévaut toujours sur la qualité du travail. Pour une fois, pourtant, le système joue en sa faveur. Seuls les étudiants de première et de deuxième année sont logés à Holder. La chambre de Katie jouit d'une vue imprenable sur la cour.

– Où est Charlie ? s'étonne-t-elle.

Gil hausse les épaules et regarde par la fenêtre.

– Là, quelque part, en train de pincer les fesses de Will Clay.

– Il t'a fallu combien de temps pour planifier ce coup ? interroge Katie en se tournant vers moi, toujours souriante.

– Des jours, peut-être une semaine, improvise Gil, qui a compris que je suis incapable d'avouer à Katie que cette mise en scène n'est pas intentionnelle.

– Impressionnant, rétorque-t-elle. Il me semble pourtant qu'ils ont annoncé de la neige à la météo ce matin seulement.

– Disons quelques heures, corrige Gil. Peut-être une journée.

Katie ne me lâche pas des yeux.

– Laisse-moi deviner. Tu as besoin de vêtements de rechange.

– Nous en avons besoin tous les trois.

Katie se dirige vers sa penderie.

– Il fait plutôt froid dehors. Vous vous les gelez, non ?

Paul la contemple, les yeux écarquillés.

– Je peux me servir du téléphone ? demande-t-il, retrouvant ses esprits.

Elle lui désigne le sans-fil sur le bureau. Je pousse doucement

Katie dans la penderie. Elle essaie de se dégager, mais nous basculons sur des rangées de chaussures. Les talons aiguilles se plantent évidemment là où il ne faut pas. Gil et Paul n'ont rien vu, le premier est scotché à la fenêtre, l'autre occupé au téléphone. Vraisemblablement, Gil cherche Charlie des yeux, mais repère un proctor en conversation radio qui s'avance vers l'immeuble.

– Dis, Katie, ne te casse pas trop la tête, s'impatiente-t-il. Donne-nous la première chose qui te tombe sous la main.

– Du calme, l'exhorte-elle, les bras chargés de vêtements.

Elle a déniché trois pantalons de jogging, deux tee-shirts et la chemise bleue qui avait disparu de ma garde-robe depuis le mois de mars.

– C'est le mieux que je puisse faire sans préavis.

Nous nous empressons d'enfiler les vêtements. Le crachotement de la radio, en bas dans l'entrée, nous fait sursauter. La porte extérieure de l'immeuble se referme dans un bruit sourd.

Paul raccroche.

– Il faut que j'aille à la bibliothèque.

– Filez par-derrière, suggère Katie d'une voix tremblante. Je m'occupe du proctor.

Avant de refermer la porte, je presse sa main dans la mienne.

– On se voit plus tard ? demande-t-elle en me lançant un regard plein de promesses.

Gil étouffe un grognement et nous entraîne dans le couloir. En sortant de l'immeuble, nous entendons la voix de Katie qui interpelle le proctor du haut de l'escalier :

– Monsieur ! Monsieur ! Pouvez-vous m'aider, s'il vous plaît...

Quand Gil voit enfin la silhouette du proctor se découper dans la fenêtre de Katie, son visage se détend. À mesure que nous nous éloignons, Holder disparaît derrière un rideau de neige agité par un vent polaire.

Le campus est pratiquement désert. Sur le chemin de Dod Hall, la chaleur résiduelle du tunnel semble se dissiper, balayée par de minuscules perles de neige qui roulent sur mes joues. Paul marche d'un pas résolu, sans desserrer les mâchoires.

Chapitre 4

Un livre est responsable de ma rencontre avec Paul. Sans doute aurais-je fini par le croiser à la bibliothèque Firestone ou dans l'un des cours de littérature que nous suivions en première année. Alors pourquoi faire tant de cas de ce livre ? Le fait que celui qui nous réunit soit vieux de cinq siècles et que mon père lui ait sacrifié sa vie n'y est pas étranger.

L'*Hypnerotomachia Poliphili,* ou « Le Combat pour l'amour dans le songe de Poliphile », fut publiée vers 1499, à Venise, par Alde Manuce. Œuvre encyclopédique déguisée en roman, elle traite de tous les sujets possibles, de l'architecture à la zoologie, et fut rédigée dans un style dont la lenteur embarrasserait une tortue. C'est aussi le livre le plus long jamais écrit sur un homme qui s'abandonne à son rêve ; il recalerait Proust – auteur du livre le plus long jamais écrit sur le pouvoir évocateur d'une madeleine – au rang d'un Hemingway. Gageons que les contemporains de l'*Hypnerotomachia* se demandaient déjà à quoi pouvait bien correspondre cet enchevêtrement de héros et d'intrigues qui – quoi qu'en ait pensé Alde Manuce, le plus grand imprimeur de son temps – n'ont d'autre point commun que le héros du livre, un dénommé Poliphile. La trame de l'histoire paraît simple : Poliphile fait un rêve étrange au cours duquel il recherche sa bien-aimée. Or la narration est si alambiquée que la plupart des spécialistes de la Renaissance – ceux-là mêmes qui lisent Plotin en attendant le bus – considèrent l'*Hypnerotomachia* comme un texte fastidieux et pénible.

La plupart, en effet, sauf mon père, qui battait les sentiers des études historiques au gré de sa fantaisie. Pendant que la majorité de ses collègues tournait le dos à l'*Hypnerotomachia*, lui en faisait l'objet de sa passion. Un dénommé McBee, professeur d'histoire européenne à Princeton, mort un an avant ma naissance, l'avait gagné à la cause. Ce petit homme effacé, affublé de grandes oreilles et de dents minuscules, devait la plupart de ses succès à une personnalité haute en couleur et à un sens aigu de la nécessité historique. Il n'avait peut-être rien pour séduire, mais dans le monde universitaire il faisait figure de géant. Tous les ans, avec sa conférence sur la mort de Michel-Ange, il attirait les foules et arrachait des larmes à des auditeurs blasés. Mais plus encore, McBee défendait avec ardeur un livre que ses collègues ignoraient de manière délibérée : persuadé que *Le Songe de Poliphile* sortait de l'ordinaire, qu'il recelait peut-être un trésor, il poussait ses étudiants à explorer la signification réelle de cet ouvrage poussiéreux.

L'un d'eux s'y attela avec plus d'ardeur que McBee ne l'eût espéré. Fils d'un libraire de l'Ohio, mon père arriva à l'université le lendemain de ses dix-huit ans, cinquante ans après que F. Scott Fitzgerald eut donné ses lettres de noblesse à l'étudiant du Midwest débarquant à Princeton. Quand mon père y fut accepté, Princeton se débarrassait de son côté club de loisirs et, puisque c'était dans l'air du temps, se fâchait avec la tradition. La promotion de mon père fut parmi les dernières qu'on obligea à assister au service religieux du dimanche. L'année qui suivit son départ, l'université accueillait ses premières étudiantes au son de l'*Alléluia* de Haendel. Pour mon père, *Qu'est-ce que les Lumières ?* de Kant traduisait l'esprit même de sa jeunesse, et il affirmait sans sourciller que Kant était le Bob Dylan des années 1790.

Mon père était ainsi : il n'hésitait pas à faire sauter cette barrière temporelle au-delà de laquelle toute chose semble confuse et impénétrable. À ses yeux, l'histoire n'était pas affaire de chronologie et de grands hommes, mais de livres et d'idées. À Princeton, il suivit les recommandations de McBee jusqu'à la fin de sa licence et continua sur sa lancée à l'université de Chicago, où il obtint son doctorat sur la Renaissance italienne. Une bourse le conduisit à New York et enfin l'État de l'Ohio lui offrit un poste avec possibilité de titularisation pour enseigner le Quattrocento ; aussi se jeta-t-il sur l'occasion et rentra-t-il au pays. Ma mère, une comptable férue de Shelley et de Blake, succéda à mon grand-père, quand il prit sa retraite, à la tête de sa librairie. Ils m'élevèrent tous deux dans la bibliophilie comme d'autres dans la religion.

À l'âge de quatre ans, je suivais ma mère dans les foires aux livres et les congrès de libraires. À l'âge de six ans, je distinguais le parchemin du vélin mieux que je ne savais différencier un basketteur d'un footballeur. Avant l'âge de dix ans, j'avais feuilleté une bonne demi-douzaine d'exemplaires du chef-d'œuvre de l'imprimerie : la Bible de Gutenberg. Et d'aussi loin que je me souvienne, j'ai toujours su que l'*Hypnerotomachia* était le livre saint de ma famille.

– C'est l'ultime grand mystère de la Renaissance, Thomas, répétait mon père, sans doute en écho à McBee. Nul n'a réussi à l'élucider.

Il avait raison. Personne n'y était arrivé. Le fait même que le livre recelait un mystère à résoudre échappa à tout le monde pendant quelques décennies après sa publication. Jusqu'au jour où un savant fit une étrange découverte. Accolées les unes aux autres, les premières lettres de chaque chapitre de l'*Hypnerotomachia* formaient un acrostiche en latin : *Poliam Frater Franciscus Columna Peramavit*, autrement dit « Frère Francesco Colonna aimait Polia passionnément ». Polia étant l'objet de la quête de Poliphile, d'autres érudits s'interrogèrent enfin sur l'identité réelle de l'auteur. Il n'était pas indiqué dans l'ouvrage et l'imprimeur Alde Manuce lui-même ne l'avait jamais su. De ce jour, l'opinion générale s'accorda pour dire qu'il s'agissait d'un moine italien dénommé Francesco Colonna. Mais pour les membres du petit groupe de chercheurs inspirés par McBee, le fameux acrostiche n'était, si j'ose dire, que la partie émergée du mystère. Et ils entendaient bien percer le reste à jour.

L'été de mes quinze ans, la découverte d'un document valut à mon père son titre de gloire. Cette année-là – l'année qui précéda l'accident de voiture –, je l'accompagnais dans un voyage de recherche qui devait nous conduire dans un monastère du sud de l'Allemagne puis aux bibliothèques du Vatican. À Rome, nous logeâmes dans un studio meublé de deux lits pliants et d'une chaîne stéréo antédiluvienne, et, pendant cinq semaines, avec la précision d'un supplice médiéval, mon père portait son choix sur tel ou tel chef-d'œuvre de Corelli, en me réveillant au son des violons et des clavecins à 7 h 30 précises, façon de me rappeler que la recherche ne souffrait aucun délai.

Quand j'ouvrais un œil, je le trouvais qui se rasait au-dessus du lavabo, repassait ses chemises ou comptait les billets dans son portefeuille, tout en fredonnant la mélodie qui m'avait arraché au sommeil. Mon père n'était pas très grand et il prenait un soin jaloux de son apparence, épilant les rares fils gris qui se perdaient dans sa masse de cheveux bruns comme le fleuriste enlève à la rose ses pétales fanés. Il s'efforçait de préserver sa vitalité intérieure, cette vivacité que les rides et les pattes-d'oie altéraient selon lui, et quand mon imagination s'émoussait après les kilomètres de livres que nous dévorions, il compatissait sans discussion. À l'heure du déjeuner, nous sortions déguster des pâtisseries et des glaces ; le soir, il jouait les guides touristiques. Une nuit, il me fit faire la tournée des fontaines de Rome et m'obligea à lancer une pièce dans chaque bassin en guise de porte-bonheur.

– Une pour Sarah et une pour Kristen, énonça-t-il devant la Barcaccia. Pour que soient raccommodés leurs cœurs brisés.

Peu avant notre départ, mes sœurs avaient en effet connu de cruelles déceptions sentimentales. Mais mon père n'était pas mécontent de savoir ses filles célibataires.

– Et une pour ta mère, dit-il devant le Tritone, qui a le courage de me supporter.

Quand la demande de subvention pour cette recherche avait été refusée, ma mère avait ouvert la librairie tous les dimanches pour aider mon père à financer son expédition européenne.

– Et une pour nous, dit-il enfin devant les Quattro Fiumi. Puissions-nous trouver ce que nous cherchons.

Ce que nous cherchions, je l'ignorais. Du moins jusqu'à ce que nous tombions dessus. Je savais cependant que mon père était convaincu que l'exégèse de l'*Hypnerotomachia* était dans une impasse parce qu'on confondait l'arbre avec la forêt. Le soir, à l'heure du dîner, martelant le poing sur la table, mon père scandait que ses détracteurs s'enfonçaient la tête dans le sable. Le livre était trop ardu pour qu'on le comprenne de l'intérieur, m'assurait-il ; mieux valait découvrir des documents annexes qui s'intéressaient à l'auteur et aux raisons qui l'avaient poussé à produire une telle œuvre.

En réalité, mon père s'était aliéné bon nombre de ses confrères avec cette vision étroite de la vérité. Sans la fameuse trouvaille qui survint au cours de l'été, notre famille aurait sans doute été forcée de subsister aux crochets de la librairie. Mais la chance sourit à mon père, un an avant qu'elle ne se retourne contre lui.

Au troisième étage d'une des bibliothèques du Vatican, un peu à l'écart, dans une allée aux murs tapissés d'ouvrages livrés à la poussière que même le plumeau des moines dédaignait, alors que nous cherchions l'indice qu'il traquait depuis des années, mon père découvrit, insérée entre les pages d'un imposant volume, une lettre adressée au prêtre d'une église romaine. Datée de deux ans avant la publication de l'*Hypnerotomachia*, elle racontait l'histoire d'un fils de bonne famille : Francesco Colonna.

Il n'est pas aisé de retranscrire ici l'état d'excitation dans lequel le nom de Colonna plongea mon père. Pendant qu'il lisait, ses lunettes cerclées de fer glissaient sur son nez et lui grossissaient les yeux au point d'en faire le miroir de sa curiosité. À l'instant où il saisit l'importance de sa découverte, toute la lumière environnante sembla converger vers ce regard. D'une plume maladroite, rédigée en mauvais toscan par un homme à qui cette langue – ou la pratique de l'écriture – semblait peu familière, cette interminable diatribe s'adressait tantôt à Dieu, tantôt à un lecteur anonyme ; si l'auteur s'excusait d'abord de ne pas connaître le latin ni le grec, en dernière instance, il demandait l'absolution pour les crimes qu'il avait commis.

Pardonnez-moi, mon Père, car j'ai tué deux hommes. Mes mains ont porté le coup, mais tel n'était pas mon dessein. C'est maître Francesco Colonna qui m'a forcé à le faire. Jugez-nous tous les deux avec indulgence.

La lettre affirmait que ces meurtres faisaient partie d'un plan complexe, trop complexe en tout cas pour que l'auteur de cette confession en fût l'instigateur. Les victimes étaient deux hommes que Colonna soupçonnait de traîtrise. Pour les démasquer, il leur avait confié une mission : livrer une enveloppe scellée dans une église située en dehors de l'enceinte de Rome.

Sous peine de mort, ces deux émissaires ne devaient ni tenter d'en connaître le contenu, ni l'égarer, ni la toucher sans avoir enfilé de gants. Ainsi débuta l'histoire du maçon romain qui avait occis les messagers de Saint-Laurent.

Cette lettre trouvée par mon père fut rapidement baptisée, dans les cercles universitaires, *Document Belladone*. Croyant que cela redorerait son blason auprès de ses confrères historiens, mon père publia six mois plus tard un petit opus sous cet intitulé, dans lequel il établissait un lien entre la confession et l'*Hypnerotomachia*. Ce livre m'était dédié. Si la grande majorité des chercheurs tenait l'auteur du *Songe de Poliphile* pour un moine vénitien, mon père avançait désormais que Francesco Colonna était un aristocrate romain. À l'appui de cette hypothèse, il recensait dans un chapitre, à titre comparatif, tous les faits et gestes avérés du moine, qu'il surnommait l'Imposteur, ainsi que ceux du Colonna romain, laissant au lecteur la liberté de se forger une opinion. À lui seul, cet appendice acheva de nous convaincre, Paul et moi.

La démonstration était limpide. À Venise, le monastère où vivait le faux Francesco ne pouvait convenir à un philosophe-écrivain ; à entendre mon père, on s'y adonnait surtout aux plaisirs de la musique, de la boisson et de la fornication. Quand le pape Clément VII avait voulu s'en mêler, les moines lui avaient répondu qu'ils se convertiraient plus volontiers au luthérianisme qu'à la discipline à laquelle le Saint-Siège espérait les soumettre. Mais, même si le contexte prêtait à la débauche, la biographie de l'Imposteur ne laisse pas de surprendre. Exclu du monastère en 1477 pour infraction grave à la règle, il y revient quatre ans plus tard, commet un crime, et manque de peu d'être défroqué. En 1516, accusé de viol, il plaide coupable et il est chassé à vie. Ne se laissant pas abattre pour autant, il y retourne avant d'être banni de nouveau à cause d'un scandale impliquant un joaillier. La mort le ravit au monde en 1527. Le Francesco Colonna vénitien – voleur notoire, violeur avoué et dominicain devant l'Éternel – avait atteint l'âge vénérable de quatre-vingt-trois ans.

De son côté, le Francesco romain semble un parangon de vertu. D'après mon père, ce fils de nobles puissants fut élevé dans la meilleure société européenne et instruit par les plus grands penseurs de la Renaissance. L'oncle de Francesco, le cardinal Prospero Colonna, était non seulement un estimé protecteur des arts, mais également un humaniste dont on s'imagine sans peine qu'il inspira le Prospero de Shakespeare dans *La Tempête*. Pour mon père, ces atouts plaidaient en faveur du Romain : c'étaient eux qui avaient permis à un homme d'imaginer une œuvre aussi extravagante que l'*Hypnerotomachia* et de convaincre le plus grand imprimeur de son temps de le publier.

Par ailleurs, et cela finit par emporter ma conviction, ce Francesco aristocrate avait appartenu à la fameuse Académie romaine, une confrérie d'hommes gagnés aux idéaux païens de l'ancienne République, les idéaux exprimés avec tant d'ardeur dans l'*Hypnerotomachia*. Cela expliquerait pourquoi, dans l'acrostiche, Colonna faisait précéder son nom du mot « fra ». Les spécialistes y voyaient la preuve que Colonna était moine, mais l'emploi de ce titre entre membres était courant à l'Académie.

Les arguments de mon père, qui nous semblaient, à Paul et à moi, si pertinents, vinrent cependant troubler les eaux calmes du savoir. Mon père vécut juste assez longtemps pour affronter la tempête qui agita le petit monde gravitant autour de l'*Hypnerotomachia*. Cela faillit le détruire. Presque tous ses confrères rejetaient son hypothèse. Vincent Taft se lança dans une campagne de dénigrement. Les arguments en faveur d'un Colonna vénitien étaient tellement ancrés dans les esprits que, mon père ayant omis d'en réfuter un ou deux dans son court appendice, tout son travail s'en trouva discrédité. « L'idée d'associer deux meurtres crapuleux à un ouvrage des plus estimables, écrivit Taft dans un article, relève du sensationnalisme et traduit un fort regrettable désir de promotion personnelle. »

Anéanti, mon père vécut cette cabale comme le rejet absolu du fondement même de sa carrière, du fruit de la quête entreprise aux côtés de McBee. Il ne comprit jamais la violence des réactions suscitées par sa découverte. Autant que je sache, Paul demeure l'unique partisan inconditionnel du *Document Belladone*. Il avait lu ce livre si souvent qu'il en connaissait la dédicace par cœur. À son arrivée à Princeton, lorsqu'il déchiffra le nom de Tom Corelli Sullivan dans l'annuaire des étudiants de première année, il entreprit aussitôt de me rencontrer.

S'il espérait un clone de mon père, il fut certainement déçu. L'étudiant que Paul rencontra, le garçon qui boitait légèrement et rougissait quand on prononçait son drôle de nom, avait commis l'impensable : il avait renié l'*Hypnerotomachia*, devenant ainsi le fils indigne d'une famille qui avait élevé la lecture au rang de religion. Il est vrai que je souffrais toujours des répercussions de l'accident, mais, même avant la mort de mon père, ma foi en l'écrit avait été ébranlée. J'avais en effet constaté que les gens pétris de livres partagent un préjugé inavouable, une espèce de conviction secrète selon laquelle la vie telle qu'elle se présente correspond à une vision imparfaite de la réalité, et que seule la littérature, faisant office de lunettes, saurait corriger. Les chercheurs et intellectuels qui s'invitaient chez nous semblaient avoir une dent contre l'humanité entière. Ils ne se résignaient pas à l'idée que l'existence ici-bas ne suive pas la courbe dramatique qu'un grand auteur accorde à un héros de papier. Le monde ne devient théâtre, se lamentaient-ils, que par accident. Et c'était franchement regrettable.

Évidemment, personne ne l'exprimait ainsi, mais quand les amis et collègues de mon père – tous à l'exception de Vincent Taft – vinrent me rendre visite à l'hôpital, la mine déconfite à cause des critiques qu'ils avaient réservées au *Document Belladone*, et marmonnant du bout des lèvres des éloges funèbres concoctés à la va-vite dans la salle d'attente, j'ouvris enfin les yeux : mes visiteurs avaient tous un bouquin à la main.

– Ce livre m'a été d'un grand secours quand mon père est mort, déclara le doyen du département d'histoire en posant sur la tablette un exemplaire de *La Nuit privée d'étoiles*, de Thomas Merton.

– Moi, je trouve du réconfort dans la lecture d'Auden, susurra une jeune doctorante dont mon père dirigeait la thèse.

Elle laissa une édition de poche dont le prix avait été rayé.

– Il te faut un remontant, chuchota le dernier venu quand tous les autres eurent quitté la pièce. Pas ces trucs de femmelette.

Cet homme, que je ne connaissais pas, me laissa donc un exemplaire du *Comte de Monte-Cristo*, que j'avais déjà lu. Mais était-il sage d'encourager chez moi l'esprit de vengeance ?

Je compris qu'aucune de ces bonnes âmes ne pourrait jamais se mesurer au réel mieux que moi. La mort de mon père était hélas irréversible, et elle tournait en dérision les lois qui régissaient la vie de ces gens, selon lesquelles on peut interpréter un fait à l'infini et retravailler une fin jusqu'à ce qu'elle vous convienne. Or nul ne pouvait plus récrire le destin de mon père.

J'étais donc sur mes gardes quand je rencontrai Paul. Durant mes deux dernières années de lycée, j'avais fait beaucoup d'efforts pour changer : si je sentais une douleur dans la jambe, je continuais de marcher ; quand l'instinct me dictait de passer devant une porte sans m'arrêter – celles du gymnase, de la voiture d'un nouveau copain ou de la maison d'une fille qui me plaisait un peu –, je me forçais à frapper et même parfois à entrer. Quand je vis Paul la première fois, je pressentis qu'il incarnait ce que j'aurais pu devenir.

Avec ses cheveux en bataille, un lacet dénoué et le livre dont il ne se séparait pas, il tenait plus de l'enfant que de l'homme. Lorsqu'il se présenta à moi, il crut bon de citer d'emblée l'*Hypnerotomachia*. Ça y est, me dis-je : je le connaissais mieux que je ne l'aurais souhaité. Il m'avait suivi dans un café près du campus alors que le soleil se couchait déjà en cette fin d'après-midi de septembre. Mon instinct me soufflait de prendre mes jambes à mon cou et de m'arranger par la suite pour l'éviter systématiquement.

J'étais sur le point de prendre congé quand, en une phrase, il m'obligea à me raviser.

– J'ai le sentiment que c'est aussi un peu mon père.

Je n'avais pas encore évoqué l'accident, mais c'était précisément la chose qu'il ne fallait pas dire.

– Tu ne sais rien de lui, objectai-je d'une voix blanche.

– Ce n'est pas vrai. J'ai lu tout ce qu'il a écrit.

– Écoute...

– J'ai même mis la main sur sa thèse.

– Un homme ne se réduit pas à ses écrits. On ne peut pas se satisfaire de le lire.

Mes protestations tombèrent dans l'oreille d'un sourd.

– *La Rome de Raphaël*, 1974. *Finico et la renaissance de Platon,* 1979. *Les Hommes de Santa Croce*, 1985.

Il comptait sur ses doigts.

– « L'*Hypnerotomachia Poliphili* et les Hiéroglyphes d'Apollodore », dans l'édition de juin 1987 des *Cahiers de la Renaissance*. « Le médecin de Léonard » dans *Le Journal d'histoire médicale*, 1989.

Il égrenait ses travaux dans l'ordre chronologique, sans l'ombre d'une hésitation.

– « Fabricants de hauts-de-chausses » dans *Le Journal d'histoire interdisciplinaire*, 1991.

– Tu as oublié les articles du BSAR, intervins-je.

Le *Bulletin de la Société américaine de la Renaissance*.

– C'était en 1992, riposta Paul.

– Non, en 1991.

Il fronça les sourcils.

– Ils ont commencé à accepter des articles de chercheurs non membres en 1992. Tu te souviens ? En automne.

Nous restâmes un moment silencieux. Il semblait troublé. Pas parce qu'il s'était trompé, mais parce que c'est moi qui faisais erreur.

– Il l'a peut-être écrit en 1991, ajouta Paul. Mais il a été publié en 1992. C'est ce que tu voulais dire ?

Je hochai la tête.

– Alors tu as raison, c'était en 1991. Et puis il y a ça.

Il me tendit le livre qu'il tenait à la main. La première édition du *Document Belladone*. Il le soupesa avec respect.

– C'est son meilleur. Tu y étais quand il l'a trouvée ? Je veux dire : la lettre sur Colonna ?

– Oui.

– Qu'est-ce que j'aurais donné pour y être ! Ça devait être incroyable !

Je fixai un point derrière son épaule ; à travers la fenêtre, les feuilles des arbres rougissaient. Il pleuvait.

– Ça l'était, oui, murmurai-je.

Paul secoua la tête.

– Tu as vraiment beaucoup de chance,

Il tournait doucement les pages du livre.

– Il est mort il y a deux ans, lui dis-je. Un accident de voiture. J'étais avec lui.

– Pardon ?

– Il est mort juste après avoir écrit ça.

Sur la vitre, la condensation arrondissait les angles. Dehors, un homme marchait à grandes enjambées, la tête recouverte d'un journal pour se protéger de l'averse.

– Un chauffard ? me demanda-t-il.

– Non, mon père a perdu le contrôle de la voiture.

Paul frotta l'illustration sur la jaquette du livre. Un emblème : un dauphin et une ancre, logo avant-gardiste des éditions aldines de Venise.

– Je... je ne savais pas, balbutia-t-il.

– Ça va.

Un silence. Plus long qu'il n'y en aurait jamais par la suite entre nous.

– Mon père est mort quand j'avais quatre ans, reprit-il. D'une crise cardiaque.

– Je suis désolé.

– Merci.

– Et ta mère, elle fait quoi ?

Paul repéra une pliure sur la jaquette et entreprit de la lisser.

– Elle est morte un an plus tard.

J'aurais voulu dire quelque chose, mais toutes les paroles de réconfort dont on m'avait abreuvé sonnaient faux dans ma bouche.

Paul esquissa un sourire.

– Appelle-moi donc Oliver Twist, dit-il en formant un bol avec ses mains. « S'il vous plaît, monsieur. J'en veux encore un peu. »

Je lâchai un rire, sans trop savoir si c'était ce qu'il souhaitait.

– Je veux juste que tu comprennes ce que j'ai dit, pour ton père.

– Je sais.

– Je te l'ai dit parce que...

Sous la fenêtre, les parapluies étaient ballottés comme les crabes par le ressac. Le brouhaha s'amplifia dans le café. Désireux d'arranger les choses, Paul raconta son histoire. À la mort de ses parents, on l'avait envoyé dans une école catholique qui servait d'internat aux orphelins et aux adolescents fugueurs. Après avoir passé presque toutes ses études secondaires en compagnie des livres, il s'était inscrit à l'université, bien résolu à faire quelque chose de son existence. Il souhaitait rencontrer des amis aussi passionnés que lui. Finalement il se tut, gêné : il n'y avait pas grand-chose à ajouter.

– Où habites-tu ? demandai-je alors, sachant ce qu'il éprouvait.

– À Holder. Comme toi.

Il me montra l'annuaire des étudiants et la page écornée avec mon nom.

– Ça fait longtemps que tu me cherches ?

– J'ai vu ton nom ce matin.

Une tache rouge apparut dans la fenêtre. Encore un parapluie. Il vacilla un instant avant de disparaître de mon champ de vision.

– Tu veux un autre café ? demandai-je à Paul.

– Avec plaisir. Merci.

Ainsi débuta notre histoire.

Curieux comme on peut créer à partir du vide. Notre amitié s'est fondée sur du vide, parce que ce vide était au cœur de notre rapprochement. Après cette soirée, il me sembla de plus en plus naturel de bavarder avec Paul. Très vite, j'en vins à me dire qu'il n'avait peut-être pas tort, au fond, au sujet de mon père. Peut-être le partagions-nous vraiment.

– Tu connais sa phrase fétiche ?

Nous parlions de mon père et de l'accident, un soir, dans la chambre de Paul.

– Non.

– « Le plus fort prend au faible, mais l'intelligence a raison du plus fort. »

Paul sourit.

– C'était la devise de l'entraîneur de basket-ball de Princeton. Quand j'étais au collège, j'avais tenté ma chance auprès de l'équipe et mon père venait me chercher tous les jours à l'entraînement. Si je me plaignais d'être plus petit que les autres, il me rétorquait : « Peu importe la taille, Tom. N'oublie jamais que le plus fort prend au faible, mais que l'intelligence a raison du plus fort. » Il ressassait cette phrase tout le temps. Au bout du compte, j'en avais ras le bol.

– Tu crois que c'est vrai ?

– Quoi ? Qu'il suffit d'être intelligent pour triompher du plus fort ?

– Eh bien, oui.

J'éclatai de rire.

– C'est donc que tu ne m'as jamais vu jouer au basket.

– Moi, j'y crois. J'y crois vraiment.

– Tu plaisantes ?

Pendant des années, les brutes de son lycée l'avaient bousculé et intimidé dans les vestiaires.

– Pas du tout. La preuve : on est là, non ?

Il insista légèrement sur le « on ».

Trois livres trônaient sur son bureau : une grammaire, la Bible, et le *Document Belladone*. Pour Paul, Princeton était une bénédiction. Il pouvait oublier tout le reste.

Chapitre 5

Nous marchons en direction d'Holder, au centre du campus. Les fenêtres hautes et étroites de la bibliothèque Firestone lancent des rais rougeoyants sur la neige. La nuit, avec ses murs de pierre qui protègent le monde extérieur du feu de la connaissance, on dirait une vieille chaudière. Un jour j'ai rêvé que cette bibliothèque était infestée de rats, de millions de rats, lunettes sur le museau et bonnet sur la tête, qui frétillaient d'une page à l'autre, glissaient sur les mots, dévoraient les livres avec passion. Dans les passages plus tendus, où l'on voit les amants s'étreindre ou les bons vaincre les méchants, leurs moustaches prenaient une teinte phosphorescente et la bibliothèque n'était plus qu'une cathédrale de lampions oscillant doucement de droite à gauche.

– Bill m'attend ici, dit Paul, qui s'arrête brusquement.

– Tu veux que je vienne avec toi ? demande Gil.

– Merci, ça ira.

Dans sa voix, je perçois une hésitation.

– Moi, je viens, dis-je.

– Je vous retrouve dans la chambre, intervient Gil. On se voit à la conférence de Taft ce soir ?

– Bien sûr, répond Paul.

Gil agite la main et s'éloigne à regret. Paul et moi avançons en silence dans l'allée qui conduit à la Firestone. Cela fait des jours que nous n'avons pas eu une vraie conversation. Comme deux frères divisés par leurs épouses respectives, la phrase la plus banale risque de dégénérer en dispute. Paul estime que j'ai renoncé à travailler sur l'*Hypnerotomachia* pour passer plus de temps avec Katie ; j'estime pour ma part qu'il a renoncé à beaucoup plus qu'il ne le croit pour se consacrer à ce livre.

– Tu sais ce qu'il te veut ?

– Aucune idée. Bill n'a rien voulu dire.

– Où avez-vous rendez-vous ?

– Dans la salle des livres rares.

Où Princeton conserve un exemplaire de l'*Hypnerotomachia.*

– Je pense qu'il a trouvé un truc important.

– Quoi ?

Paul hésite, comme s'il cherchait les mots justes.

– Je ne sais pas. Il semblerait qu'il y ait plus dans le livre qu'on ne le soupçonnait. J'ai l'impression qu'on est tombés sur un truc énorme.

Je n'ai pas vu Bill Stein depuis des semaines. Cela fait bien six ans qu'il travaille à une thèse sur les techniques d'imprimerie de la Renaissance. Ce grand squelette dégingandé rêvait d'être bibliothécaire, mais l'ambition s'en est mêlée : titularisation, avancement, chaire, ces obsessions qui gagnent ceux qui veulent servir le livre et qui finissent par l'utiliser. Quand il n'est pas à la Firestone, il erre comme un ectoplasme échappé d'un conte de fées, paquet d'os mal ficelés aux yeux clairs et cheveux roux qu'il doit à ses origines mi-juives mi-irlandaises. Il sent le renfermé, les vieux livres que tout le monde a oubliés. Après nos entrevues, il m'arrive de rêver, avec horreur, à l'université de Chicago en proie à une armée de clones de Bill Stein, des myriades de thésards mus par cette énergie d'automate qui m'a toujours manqué.

Paul a une vision différente des choses. Selon lui, si impressionnante soit-elle, l'intelligence de Bill souffre d'un défaut majeur : il lui manque l'étincelle de vie. Stein se déplace dans la bibliothèque comme une araignée dans un grenier, il attrape les livres morts et les emprisonne dans ses fils soyeux avant de les dévorer. Tout ce qu'il entreprend est mécanique, dépourvu de souffle et marqué par un irrépressible besoin de symétrie.

Paul me conduit au fond du couloir. Située en retrait de la bibliothèque, la salle des livres rares est facile à manquer. Comme les ouvrages les plus récents ont au bas mot quelques centaines d'années, l'échelle du temps y est toute relative. Les étudiants de licence et de maîtrise y sont conduits comme des enfants en sortie pédagogique, stylos et crayons confisqués, mains sales sous haute surveillance. On entend parfois les bibliothécaires ordonner à des chercheurs ou à des membres du corps enseignant de regarder sans toucher. Les professeurs à la retraite s'y prélassent dans l'espoir d'y faire une cure de jouvence.

– D'habitude, c'est fermé, observe Paul en regardant sa montre. Bill a certainement demandé à Mme Lockhart de la laisser ouverte.

Nous pénétrons dans l'univers de Stein. Sans doute Mme Lockhart, la bibliothécaire que Chronos a oubliée, sans doute reprisait-elle des chaussettes aux côtés de la femme de Gutenberg. La peau douce et blanche tendue sur un corps menu qui lui permet de flotter entre les rayons, elle passe le plus clair de son temps au milieu des livres, à marmonner dans quelque langue morte comme une taxidermiste chuchote des paroles rassurantes à ses animaux.

Nous évitons de croiser son regard et signons le registre avec le stylo attaché à son bureau par une chaîne.

– Il est à l'intérieur, dit-elle en s'adressant à Paul, qu'elle a évidemment reconnu.

J'ai droit à un reniflement.

Un étroit corridor nous conduit devant une porte que je n'ai jamais vue ouverte. Paul s'avance, frappe deux coups et attend la réponse.

– Madame Lockhart ? demande une voix forte.

– C'est moi, répond Paul.

On entend le déclic de la serrure. La porte s'ouvre lentement. Bill Stein a les yeux gris acier injectés de sang. Il ne s'attendait pas à me voir ici.

– Tom est venu avec toi ? D'accord. Bien. Ça va.

Pour Bill, l'évidence se décline en demi-teintes, comme s'il manquait un lien entre sa bouche et son cerveau. L'impression est trompeuse. Après quelques minutes de banalités, on entrevoit ce dont son cerveau est capable.

– Mauvaise journée, annonce-t-il en nous faisant entrer. Mauvaise semaine. Rien de grave. Ça va.

– Pourquoi tu n'as rien dit au téléphone ? demande Paul.

Stein ouvre la bouche, mais ne répond pas. Il porte la main à la bouche, élimine une miette coincée entre ses dents. Il est nerveux. Il joue avec la fermeture Éclair de son blouson et se tourne vers Paul.

– Tu as remarqué si quelqu'un avait consulté les mêmes documents que toi ?

– Pardon ? s'exclame Paul.

– Parce que quelqu'un a consulté les mêmes documents que moi.

– Bill, ce sont des choses qui arrivent.

– Celui de William Caxton ? Le microfilm d'Alde ?

– Caxton est un personnage important, précise Paul à mon adresse.

C'est la première fois que j'entends parler de William Caxton.

– L'article de 1877 ? s'écrie Bill. Le seul exemplaire est à l'annexe Forrestal. Et les *Lettres de sainte Catherine* d'Alde... (Il se tourne vers moi :) Contrairement à ce qu'on croit, ce n'est pas le premier incunable où l'on utilise l'italique... (Puis de nouveau vers Paul :) Quelqu'un a retenu le microfilm hier. Ça n'était pas arrivé depuis les années soixante-dix. 1971, 1972. Nous sommes les seuls à l'avoir consulté, Paul. Alors tu n'as vraiment rien remarqué ?

Paul fronce les sourcils.

– Tu en as glissé un mot au service des prêts ?

– J'ai parlé à Rhoda Carter. Ils ne sont au courant de rien.

Rhoda Carter. La bibliothécaire en chef de Firestone. Celle par qui transitent tous les livres.

– Écoute, je ne sais pas, dit Paul, qui s'efforce de ne pas ajouter à l'angoisse de Bill. Ce n'est sans doute rien. À ta place, je ne m'inquiéterais pas.

– Je ne m'inquiète pas. Je ne suis pas inquiet. Mais il y a autre chose.

Bill va au fond de la pièce, là où l'espace entre le mur et la table semble trop étroit pour qu'un être humain puisse s'y glisser. Il passe sans un bruit et tapote doucement la poche de son vieux blouson de cuir.

– Je reçois des coups de fil bizarres. Ça sonne, je décroche, on me raccroche aussitôt. D'abord chez moi, maintenant ici, à mon bureau. Ce n'est pas grave, mais... Tant pis. Passons aux choses sérieuses. J'ai trouvé quelque chose. Ça te servira peut-être, Paul. Peut-être pas. Je ne sais pas. Mais je pense que ça peut t'aider à boucler.

Les mains parcourues de tremblements, Bill extrait d'une poche intérieure de son blouson un objet de la taille d'une brique, bien enveloppé dans des chiffons. Il le pose délicatement sur la table et enlève une à une ses couches protectrices. J'avais déjà remarqué qu'au contact d'un livre ses mains cessaient de trembler. Ça ne rate pas. Un vieux volume d'une centaine de pages dégageant une légère odeur saumâtre repose maintenant au milieu des langes.

– Ça provient de quelle collection ?

Ma question est innocente : je ne trouve pas de titre sur la tranche.

– Pas d'une collection. De New York. Chez un antiquaire.

Paul reste pantois. Lentement, il avance le bras vers le livre à la reliure craquelée, recousue avec des lacets de cuir. Les pages ont été coupées à la main. Un artefact. Peut-être.

– Il doit bien avoir cent ans. Cent cinquante ? dis-je après un long silence.

Stein me coule un regard sévère, chargé de reproches, comme si un chien venait de souiller son tapis. Et ce chien, c'est moi.

– Mais non, rétorque-t-il. *Non.* Il a *cinq cents* ans ! Génois. Sens-le, Paul.

Paul soulève délicatement la couverture du livre au moyen d'une gomme. Bill a marqué une page avec un ruban de soie.

– Attention ! s'écrie Stein en écartant ses doigts aux ongles rongés jusqu'au sang. Pas de marques. C'est un emprunt. Je dois le rendre dès que j'aurai fini.

– À qui appartient-il ? demande Paul.

– Je te l'ai dit. Je l'ai déniché chez Argosy, à New York. C'est ce qu'il te fallait, non ? Maintenant, on peut finir.

Bill a dit « on ». Paul ne réagit pas.

– Paul, tu peux m'expliquer de quoi il s'agit ?

– C'est le journal du capitaine du port de Gênes, me répond-il d'une voix posée, parcourant rapidement les signes qui dansent sur les pages.

– Le journal dont parlait Richard Curry !

Paul hoche la tête. Il y a trente ans, Curry travaillait sur un manuscrit génois, qui, d'après lui, allait lui permettre de percer le secret de l'*Hypnerotomachia*. Peu de temps après qu'il en eut parlé à Taft, on avait dérobé le manuscrit chez lui. Pour Curry, Taft était l'auteur ou l'instigateur du vol. Quelle que fût la vérité, Paul et moi étions résignés à la perte de ce texte et nous avions résolu de nous en passer. Mais pour Paul, à cette étape de la rédaction de son mémoire, cette trouvaille était capitale.

– Richard m'a expliqué qu'il était question de Francesco Colonna dans ce journal de bord. Vraisemblablement, il attendait un bateau. Tous les jours, le capitaine du port de Gênes prenait des notes. Il y a des pages entières sur Colonna, sur ses hommes, leurs déplacements, l'endroit où ils logeaient.

Bill se lève d'un bond, se rue vers la porte.

– Je te le laisse vingt-quatre heures. Fais-en une copie, si tu veux. Manuscrite. Tout ce qui peut faire avancer le travail. Tu dois me le rendre demain.

Paul sursaute.

– Tu t'en vas déjà ?

– Obligé.

– Tu assistes à la conférence de Vincent ?

Stein s'arrête.

– À la conférence ? Impossible.

Ses tics nerveux me mettent mal à l'aise.

– Je serai dans mon bureau, ajoute-t-il en passant une écharpe rouge autour de son cou. N'oublie pas. Tu dois absolument me le rapporter demain.

– Ne t'inquiète pas, dit Paul serrant le petit paquet contre sa poitrine. J'y passerai la nuit. Je prendrai des notes.

– Et pas un mot à Vincent, ordonne Stein en fermant son blouson. Que cela reste entre nous.

– Je te le rapporte. Promis. J'ai jusqu'à minuit, demain, pour en finir.

– Alors, à demain.

Stein rejette son écharpe derrière son épaule et se faufile hors de la salle. Il aime se ménager des sorties théâtrales. En quelques enjambées, il a dépassé le seuil du refuge de Mme Lockhart et disparu. La vieille bibliothécaire pose une main desséchée sur une reproduction élimée de Victor Hugo caressant le cou d'une ancienne flamme.

– Au revoir, madame Lockhart, dit Bill au loin.

– C'est vraiment le journal du capitaine ? demandé-je dès que Bill est sorti.

En guise de réponse, Paul me lit à voix haute certains passages. Il doit déchiffrer le dialecte de Ligurie, la langue parlée à Gênes à l'époque de Colomb, parsemée de mots à consonances françaises. Il hésite d'abord, et finit par trouver un rythme.

– *Mer houleuse, la nuit dernière. Un navire... se brise sur la grève. Les vagues déposent des requins, l'un très grand. Les marins français vont au bordel. Un Maure... corsaire ? Vu en eaux peu profondes.*

Paul tourne les pages, choisit au hasard.

– *Belle journée. Maria se remet. L'urine est meilleure, d'après le docteur. Il prend cher, le charlatan ! Le... l'apothicaire... prétend qu'il peut la soigner pour deux fois moins. Et la guérir deux fois plus vite !* (Paul s'arrête un instant.) *La fiente de chauve-souris guérit de tout.*

Je l'arrête.

– Mais qu'est-ce que tout cela a à voir avec l'*Hypnerotomachia* ?

Paul continue à feuilleter le livre.

– *Un capitaine vénitien s'est saoulé hier soir et a commencé à se vanter. Notre faiblesse à Fornova. La défaite de Portofino. Les hommes l'ont emmené sur le... le chantier naval et l'ont pendu haut et court. Son corps se balance encore ce matin au bout du mât.*

Avant que je puisse répéter ma question, Paul écarquille les yeux :

– *Le Romain est revenu hier soir. Vêtu plus richement qu'un duc. Personne ne sait ce qui l'amène. Pourquoi est-il venu ? Je pose la question aux autres. Ceux qui savent quelque chose se taisent. Un de ses navires doit mouiller dans le port, dit la rumeur. Il escompte s'assurer que tout se passe bien.*

Je me cale sur ma chaise. Paul tourne les pages et poursuit.

– *Que peut bien transporter ce navire pour qu'un homme de cette importance veille sur son bon arrivage ? Quelle cargaison ? Des femmes, dit Barbo l'Ivrogne. Des esclaves turcs, un harem. Mais j'ai vu cet homme que ses serviteurs appellent maître Colonna. Frère Colonna, disent ses amis. C'est un gentilhomme. J'ai vu ce qu'il y avait dans son regard. Ce n'est pas du désir. C'est de la peur. On dirait un loup qui a croisé un tigre.*

Paul s'arrête, fasciné. Curry lui a souvent répété cette phrase. Même moi, je la connais. *On dirait un loup qui a croisé un tigre.*

Paul referme le livre, petite graine sombre, résistante, dans son enveloppe de chiffons. Une odeur d'embruns a rempli la pièce.

– Terminé, les garçons, lance une voix de nulle part. C'est l'heure.

– Tout de suite, madame Lockhart.

En un tournemain, Paul escamote le livre sous le tee-shirt que lui a prêté Katie.

– On fait quoi, maintenant ?

– Il faut le montrer à Richard, répond Paul.

– Ce soir ?

Quand nous sortons de la salle, Mme Lockhart grommelle quelques paroles incompréhensibles sans prendre la peine de lever les yeux.

– Il faut que j'en parle à Richard. Qu'il sache au moins que Bill l'a retrouvé, chuchote Paul en jetant un coup d'œil à sa montre.

– Où est-il en ce moment ?

– Au musée. Il y a une soirée pour les curateurs.

J'étais sûr que Richard Curry serait en ville pour célébrer la fin du supplice de Paul.

– On fêtera ça demain, ajoute-t-il, ayant deviné la question que j'allais lui poser.

Un coin du journal dépasse de son tee-shirt, clin d'œil noir cerné de bandages. Au-dessus de nos têtes, l'écho d'une voix, on dirait presque un rire.

– *Weh ! Steck ich in dem Kerker noch ? Verfluchtes dumpfes*

Mauerloch, Wo selbst das liebe Himmelslicht trüb durch gemalte Scheiben bricht !

– Goethe, m'éclaire Paul. « Malheur ! Suis-je encore en prison ? Quelle grotte humide damnée, où même la lumière douce du ciel ne traverse les vitraux qu'atténuée ! » Elle termine toujours sa journée avec *Faust*.

Tenant la porte ouverte, il lance avant de sortir :

– Bonne nuit, madame Lockhart.

D'une voix plus modulée, la bibliothécaire fait écho à ces paroles.

– Oui, répond-elle. Passez une très bonne nuit.

Chapitre 6

Si j'en crois les bribes d'information que j'ai glanées au contact de mon père et de Paul, Vincent Taft et Richard Curry se rencontrèrent à New York, au cours d'une réception donnée dans un immeuble cossu du nord de Manhattan. Jeune professeur à Columbia, Taft n'arborait pas encore l'embonpoint qui le caractériserait plus tard, mais il avait déjà la rage au ventre et le tempérament bourru. Depuis la soutenance de sa thèse et la parution de deux ouvrages, le tout en dix-huit mois, il était la coqueluche des critiques, et les cercles mondains s'arrachaient cet intellectuel en vogue. De son côté, exempté du service militaire à cause d'un souffle au cœur, Curry débutait dans le monde des arts. D'après Paul, il sélectionnait ses amitiés avec soin et se taillait une solide réputation dans ce milieu versatile.

Les présentations furent faites en fin de soirée. Passablement éméché, Taft renversa du vin sur son voisin de table, séduisant jeune homme à la carrure athlétique. L'accident était inévitable, m'expliquerait Paul, car Taft passait alors pour un ivrogne invétéré. Le beau garçon ne se formalisa pas de cette maladresse, jusqu'au moment où il comprit que Taft n'avait aucune intention de présenter des excuses, puisqu'il se levait déjà pour prendre congé. Lui emboîtant le pas jusqu'à la porte, l'offensé demanda réparation mais Taft poursuivit son chemin vers l'ascenseur et, pendant le trajet qui les mena dix étages plus bas, abreuva sa victime d'injures et le condamna à une existence « indigente, dégoûtante, animale et brève ».

Son souffre-douleur sourit.

– *Léviathan*, avait dit Curry – car c'était lui –, passionné de Hobbes quand il étudiait à Princeton. Sauf que vous avez oublié *solitaire*. « La vie de l'homme est *solitaire*, pauvre, pénible, bestiale et brève. »

– Non, je ne l'ai pas oublié. J'ai gardé *solitaire* pour moi, c'est tout. *Indigente, dégoûtante, animale et brève*, c'est pour votre pomme.

Taft s'affaissa sous un réverbère en grimaçant. Sur ce, Curry héla un taxi, hissa Taft à l'intérieur et se fit déposer à son domicile, où Taft demeura douze heures durant dans un état d'hébétude. La légende raconte que, lorsqu'il émergea de sa stupeur, les deux hommes engagèrent le dialogue tant bien que mal et abordèrent leurs domaines de compétence respectifs ; au moment où ils semblèrent avoir épuisé tous les sujets, Curry, soudain inspiré, évoqua l'*Hypnerotomachia*, que lui avait fait découvrir l'éminence de Princeton, le professeur McBee.

Je me figure sans peine la réaction de Taft. S'il savait qu'un grand mystère entourait le livre, il ne put ignorer la flamme qui brillait dans le regard de Curry au simple énoncé de son titre. Leurs langues se déliant, les deux hommes allaient se trouver des affinités. Taft méprisait ses confrères historiens, et jugeait leurs travaux limités, dérisoires ; pour Curry, dans sa sphère professionnelle on était forcément dénué de substance, d'intérêt ou d'âme. Oui, à leurs yeux, le reste du monde manquait d'intégrité, d'intransigeance, de vision. Peut-être cette analyse – eux contre les autres – explique-t-elle les efforts que Taft et Curry consentirent pour surmonter leurs propres différences.

Car ces différences étaient de taille. Taft ne se dévoilait guère et ne se laissait pas facilement aimer. Il buvait beaucoup en public et tout autant en privé. Sans doute ne parvenait-il pas lui-même à contenir le feu d'une intelligence implacable et carnassière. Car au gré de cette intelligence, ne faisant qu'une bouchée des travaux de ses collègues, il relevait, aussitôt lus, les faiblesses de l'argumentation, les failles de la démonstration, les preuves manquantes et les erreurs d'interprétation, y compris lorsque le sujet lui était a priori étranger. Pour Paul, Taft ne possédait pas tant une personnalité destructrice qu'un esprit destructeur ; ce feu, hélas, se nourrissait de savoir et ne laissait que des cendres sur son passage. Quand tout serait détruit, le feu finirait par se retourner contre lui-même.

Or Curry pour sa part était un créateur : un homme plus intéressé par le champ des possibles que par les faits. Empruntant à Michel-Ange, il se plaisait à comparer la vie à la sculpture : le tout était de percevoir ce qui échappait au commun des mortels et d'élaguer le reste. À ses yeux, l'*Hypnerotomachia* était un bloc de pierre qui attendait qu'on le taille. Si, pendant cinq cents ans, cela avait échappé à tout le monde, il était grand temps qu'un regard neuf et des mains pures s'y emploient, n'en déplaise aux fantômes du passé.

En dépit de ces différences, Taft et Curry eurent tôt fait de se définir un terrain d'entente. En plus du livre de Colonna, ils nourrissaient une passion réelle pour l'abstraction. Ils croyaient à la notion de grandeur : grandeur d'esprit, de destin, de dessein. Comme des reflets dédoublés dans des miroirs placés face à face, au contact l'un de l'autre leurs pensées se réfléchissaient, rebondissaient, se démultipliaient. Pour la première fois, ils se voyaient tels qu'en eux-mêmes, infiniment plus forts qu'ils ne l'avaient soupçonné. Curieusement, mais c'était prévisible, cette amitié ne fit qu'accroître leur solitude. La toile de fond humaine des univers de Taft et de Curry – les collègues, les amis, les sœurs, les mères et les anciennes amantes – finit par se fondre en une scène déserte éclairée par un unique projecteur. Bien sûr, ils menèrent tous deux des carrières brillantes : Taft devint un historien de renommée internationale et Curry un marchand d'art fort estimé.

Mais on sait bien, depuis Hamlet, que la folie chez les grands ne doit pas aller sans surveillance. Les deux hommes menaient une vie d'esclave. Ils ne lâchaient prise que le samedi soir, au cours de leur réunion hebdomadaire chez l'un ou chez l'autre, ou dans un restaurant vide, et transformaient leur centre d'intérêt commun en objet de distraction : l'*Hypnerotomachia*.

C'est au cœur de l'hiver que Richard Curry se décida enfin à présenter Taft au seul ami qui lui restait, celui que Curry avait rencontré dans la classe de McBee à Princeton.

Il m'est difficile de m'imaginer mon père à cette époque. Celui que je me représente est déjà marié, il a trois enfants dont il note la taille au crayon sur le mur de son bureau, il se demande quand son fiston se décidera enfin à grandir et il brasse de vieux bouquins rédigés dans des langues mortes en opposant une indifférence réelle à la marche du monde. Seulement, ce portrait correspond à l'image que sa femme et ses enfants s'en sont faite, non de celle qu'il projetait en présence de Richard Curry.

Mon père, Patrick Sullivan, était le meilleur ami de Curry à Princeton. Ces deux-là se considéraient comme les rois du campus et sans doute le genre d'amitié qui les unissait leur permettait-il de nourrir un tel sentiment. Inscrit dans l'équipe de basket-ball universitaire, mon père avait passé une saison entière sur le banc avant que Curry, capitaine de l'équipe de football, ne l'emploie sur le terrain, où il fit meilleure figure qu'on ne l'aurait cru. Dès l'année suivante, ils partagèrent un appartement dans la résidence estudiantine et prenaient ensemble presque tous leurs repas. En troisième année, ils fréquentèrent deux sœurs jumelles, étudiantes à Vassar, Molly et Martha Roberts. Cette agréable aventure, que mon père comparait volontiers à une hallucination dans une galerie de miroirs de fête foraine, tourna court au printemps suivant, un soir où les sœurs portaient des robes identiques, et où les deux garçons, passablement éméchés et quelque peu distraits, avaient échangé leurs cavalières par méprise.

Je me dois de penser que mon père et Vincent Taft plaisaient chacun à des facettes différentes de la personnalité de Curry. Le touche-à-tout décontracté du Midwest et le redoutable New-Yorkais tout entier dévoué à une seule cause appartenaient à deux espèces très différentes et ils le perçurent sans doute dès leur première poignée de main, quand la paume de mon père fut avalée par les battoirs de boucher de Taft.

Des trois, c'était Taft qui possédait l'esprit le plus sombre. Les passages de l'*Hypnerotomachia* qui suscitaient sa fascination étaient toujours les plus sanglants et les plus abscons. Il élaborait des grilles d'interprétation pour mieux comprendre la signification des sacrifices relatés dans le texte – fût-ce la manière dont on égorgeait les bêtes ou les morts infligées aux humains –, pour mieux plaquer du sens sur une débauche de violence. Les dimensions des édifices cités dans le *Songe de Poliphile* lui donnaient du fil à retordre et il jonglait avec les chiffres jusqu'à trouver des schémas numérologiques qu'il confrontait aux tables et calendriers astrologiques de l'époque de Colonna, dans l'espoir d'y trouver des correspondances. De son point de vue, la meilleure approche consistait à aborder le livre de front, à défier son auteur puis à le vaincre. D'après mon père, Taft se croyait capable de terrasser un jour Francesco Colonna. Autant qu'on le sache, ce jour n'est pas venu.

L'approche de mon père ne pouvait être plus différente. Il était fasciné par la sensualité débridée qui émanait du livre. De même que l'on ajouta des feuilles de vigne sur les nus de la Renaissance pour les soumettre aux diktats de la pudibonderie, les illustrations de *l'Hypnerotomachia* furent censurées, masquées et parfois même arrachées au fil des siècles et des susceptibilités. Pour ce qui concerne Michel-Ange, les censeurs ont manifestement fait du zèle. Mais les gravures que prisait mon père, en revanche, choquent encore aujourd'hui.

Les foules de femmes et d'hommes nus ne constituent qu'une entrée en matière. Poliphile s'immisce dans une cohorte de nymphes qui célèbrent l'arrivée du printemps, et là, au cœur des festivités, se dresse l'énorme pénis du dieu Priape, point focal de l'illustration. Ailleurs, la reine Léda se consume dans le feu de la passion avec Zeus qu'elle accueille entre ses cuisses sous la forme d'un cygne. Le texte est encore plus explicite, qui décrit des unions trop farfelues pour qu'on puisse les illustrer dans les gravures. Quand Poliphile s'éprend d'architecture, il avoue avoir fait l'amour avec les édifices et affirme au moins une fois que le plaisir est partagé.

Tout cela envoûtait mon père, qui ne percevait évidemment pas le livre de la même manière que Taft. Plutôt qu'un traité rigide et calculateur, il y voyait une ode à l'amour qu'un homme porte à sa femme. L'*Hypnerotomachia* était, à son avis, la seule œuvre d'art qui avait su restituer dans toute sa plénitude l'extraordinaire chaos que provoque cette émotion. La narration onirique, la confusion des personnages et la quête désespérée d'un homme à la recherche de sa bien-aimée : c'était cela qui résonnait en lui.

C'est la raison pour laquelle mon père estimait – comme Paul, des années plus tard – que Taft faisait fausse route. « Le jour où tu comprendras l'amour, me confia un jour mon père, tu comprendras enfin Colonna. » Son intuition lui soufflait qu'il

fallait creuser ailleurs : dans des journaux intimes, des échanges de correspondance et des documents de famille. Il n'en a jamais vraiment parlé, mais je pense qu'il a toujours soupçonné l'existence d'un secret caché dans ces pages. Et malgré les équations de Taft, il croyait fermement que ce secret avait trait à une histoire d'amour : à une liaison entre Colonna et une femme de condition modeste ; un baril de poudre politique ; un héritier illégitime ; une passion à l'instar de celles qu'imaginent les adolescents avant que le monde des adultes ne chasse définitivement ce qu'il leur reste d'innocence.

Lorsqu'il arriva à Manhattan, détaché de l'université de Chicago, mon père comprit que Taft et Curry, bien que leur approche fût différente de la sienne, faisaient considérablement avancer la science. Curry invita son ami à se joindre à leur tandem et mon père accepta. Comme des animaux enfermés dans une cage, les trois hommes tâchèrent de s'adapter l'un à l'autre, d'abord dans la méfiance, puis dans l'équilibre quand le territoire de chacun fut mieux délimité. À cette époque, le temps était leur allié et ils croyaient en ce livre. Comme une sorte de médiateur cosmique, le vieux Francesco Colonna veillait sur eux, les guidait, recouvrait les dissensions de couches d'espoir. Et pendant quelque temps, un semblant d'unité prévalut.

L'entente dura dix mois. Curry fit alors cette découverte qui fut fatale pour leur association. Il avait délaissé les galeries au profit des salles de vente où se concentrent les véritables enjeux du monde de l'art et c'est en organisant sa première enchère qu'il tomba par hasard sur un cahier fort ancien ayant appartenu à un collectionneur d'antiquités, décédé depuis peu.

Il s'agissait du journal du capitaine du port de Gênes, un vieillard à l'écriture serrée, qui consignait le moindre détail se rapportant aux conditions climatiques ou à son état de santé défaillant mais aussi aux mouvements qui agitaient les quais au cours du printemps et de l'été 1497, y compris les événements étranges qui accompagnèrent l'arrivée d'un homme appelé Francesco Colonna.

Le capitaine du port – que Curry surnommait « le Génois », ce dernier n'ayant pas laissé trace de son nom – nota scrupuleusement toutes les rumeurs qui circulaient dans le port sur le compte de Colonna. Il mit un point d'honneur à épier les conversations de Colonna, ce qui lui permit de découvrir que le riche Romain était à Gênes pour surveiller l'arrivée d'un navire dont lui seul connaissait la cargaison. Le Génois était supposé transmettre à Colonna les informations sur l'activité portuaire et, un jour, il surprit Colonna en train de griffonner quelques mots sur un papier qu'il s'empressa de ranger quand il s'aperçut de la présence du visiteur.

S'il ne s'était agi que de cela, le journal du capitaine du port n'aurait pas révélé grand-chose sur l'*Hypnerotomachia*. Mais le Génois, en homme curieux, attendait avec impatience le navire de Colonna. Pour connaître les intentions du gentilhomme, il lui fallait mettre la main sur les papiers de navigation établissant la nature du chargement. Il demanda donc à son beau-frère Antonio, un marchand qui faisait parfois commerce de biens de contrebande, d'engager un voleur pour pénétrer chez Colonna et recopier tout document qu'il y trouverait. En échange de la complicité du Génois dans quelque opération de piraterie, Antonio accepta de collaborer.

Le hic, c'est qu'à la seule évocation du nom de Colonna, les fripouilles les plus affamées prenaient leurs jambes à leur cou. Antonio s'en remit donc à un larron illettré qui, contre toute attente, s'acquitta bien de son travail. Il recopia les trois documents que Colonna avait en sa possession : le premier racontait une histoire que le capitaine du port, la jugeant sans intérêt, ne relata pas en totalité ; le deuxième était une pièce de cuir sur laquelle on avait gravé une figure compliquée qui n'évoquait rien au Génois ; enfin le troisième était une sorte de plan, une carte étrange sur laquelle on reconnaissait les quatre points cardinaux, chacun suivi d'une série de signes que le Génois s'efforça en vain de déchiffrer. Ce dernier commença à regretter de s'être mis en frais, quand les événements qui survinrent lui firent craindre pour sa vie.

En rentrant chez lui un soir, le capitaine trouva sa femme en pleurs : son frère Antonio avait été empoisonné pendant un repas, sous son propre toit. Le larron avait connu un destin similaire : attablé dans une taverne, il avait été poignardé à la cuisse par un inconnu. Avant que le tenancier ait aperçu quoi que ce soit, le pauvre hère s'était vidé de son sang et son agresseur volatilisé.

Le Génois vécut ensuite dans une terreur qui l'empêchait presque de tenir ses fonctions dans le port. Il ne remit jamais les pieds chez Colonna, mais, dans son journal, il recopia avec soin les notes du voleur. Puis il attendit l'arrivée du navire, dans l'espoir que ce diable de Colonna s'en repartirait avec sa cargaison. Si grande était son inquiétude qu'il ne notait plus guère les arrivées et départs des vaisseaux. Quand le navire de Francesco accosta enfin, le vieux Génois n'en crut pas ses yeux.

Pourquoi un gentilhomme fait-il tant de cas d'une barque aussi insignifiante, écrit-il, *ce misérable petit canard boiteux ? Que peut transporter cette chose qui excite tant la convoitise d'un homme de qualité ?*

Apprenant que le bateau avait contourné Gibraltar pour transporter des marchandises provenant du Nord, le Génois faillit mourir d'apoplexie. Il remplit son journal de jurons obscènes et traita Colonna de fou syphilitique avant d'ajouter que seul un idiot ou un homme insensé pouvait imaginer trouver des choses de valeur à Paris.

Selon Richard Curry, le capitaine n'apparaît plus que par deux fois dans le journal du Génois. Une première à l'occasion d'une conversation surprise par le capitaine du port entre Colonna et un architecte originaire de Florence, qui était le seul visiteur fidèle du Romain. Au cours de cet entretien, Francesco parlait d'un livre dont il entreprenait l'écriture et dans lequel il comptait dépeindre le tourment qui assombrissait ses jours. Le Génois, toujours habité par la peur, n'en perdit pas un mot.

Il est de nouveau question de Colonna trois jours plus tard, de façon plus énigmatique, mais qui n'est pas sans rappeler la lettre trouvée par mon père dans l'une des bibliothèques du Vatican. Le Génois est persuadé de la démence de Colonna : le Romain a refusé qu'on décharge la cargaison en plein jour et exige que cela soit fait à la nuit tombée. Le capitaine du port observe que certaines caisses de bois sont si légères qu'une femme ou un vieillard seraient fort capables de les soulever. Il s'emploie alors à deviner quelle épice ou quel métal précieux exige de telles conditions de voyage. Bientôt il soupçonne les relations de Colonna, l'architecte et deux frères, tous trois florentins, d'être des hommes de main ou des mercenaires chargés de mettre en œuvre quelque noir complot. Quand la rumeur semble confirmer ses craintes, il note fébrilement :

Il est dit qu'Antonio et le voleur ne sont pas les premières victimes du Romain, mais que Colonna a ordonné la mort de deux autres. Je ne sais pas qui ils sont et je ne connais pas leurs noms, mais c'est sans doute en rapport avec la cargaison. Ils en auront découvert le contenu et Colonna aura craint leur trahison. J'en suis désormais sûr : sa puissance se nourrit de la peur qu'il suscite. Ses yeux le trahissent, même si ses hommes lui restent liges.

Curry s'intéressa moins à cette dernière occurrence qu'à la première, qui, selon lui, évoquait peut-être la rédaction de l'*Hypnerotomachia*. Si cela est vrai, le manuscrit découvert par le voleur illettré dans les effets de Colonna et que le Génois n'a pas cru bon de recopier était peut-être une version préliminaire de certains passages du livre.

Vincent Taft continuait à pister l'*Hypnerotomachia* à sa manière, en constituant de gigantesques concordances pour relier chaque mot du livre à sa source, mais il refusait obstinément de s'intéresser aux notes que Colonna avait soustraites à la vue du capitaine du port. Une histoire aussi ridicule, disait-il, ne pourrait jamais éclairer le profond mystère d'un si grand livre. Il traita la découverte de Curry de la même façon qu'il avait traité tous les livres sur le sujet : tout juste bons à jeter au feu.

Mais il se donnait du mal pour dissimuler l'étendue de sa frustration. L'équilibre du pouvoir se modifiait. L'alchimie de sa collaboration avec Richard Curry se délitait à mesure que les nouvelles perspectives explorées par mon père séduisaient son vieil ami de Princeton.

Un combat s'engagea, une lutte d'influence au cours de laquelle les deux hommes conçurent l'un pour l'autre une haine qui devait perdurer jusqu'à la mort de mon père. Estimant qu'il n'avait rien à perdre, Taft entreprit de dénigrer les recherches de mon père pour regagner les bonnes grâces de Curry. En trente jours, le travail de dix mois fut anéanti. Le progrès accompli par les trois hommes perdit tout son sens quand chacun se réappropria sa part de recherche, Taft et mon père refusant de s'associer à toute œuvre à laquelle l'autre aurait participé.

Curry s'accrocha au journal du Génois. Que la rancune puisse compromettre le travail de ses amis le stupéfiait. Dans sa jeunesse, il possédait ces traits de caractère qu'il retrouverait avec plaisir chez Paul : le désir de servir la vérité et le renoncement à toute distraction. Des trois savants, je crois que Curry était le plus mordu. Et c'est encore lui qui, plus que les autres, voulait résoudre l'énigme. Taft et mon père en appréciaient surtout les qualités académiques. Comme ils savaient qu'un seul livre peut accaparer l'existence d'un chercheur, tout sentiment d'urgence était étouffé chez eux. Seul Richard Curry maintenait un rythme enragé. Même à cette époque, il devait pressentir de quoi son avenir serait fait : sa vie parmi les livres serait de courte durée.

Ce n'est pas un, mais deux événements qui précipitèrent la suite. Le premier se produisit quand mon père se réfugia dans sa bonne ville de Columbus pour y voir plus clair. Trois jours avant de retourner à New York, il buta sur une étudiante de l'université de l'Ohio, qui récoltait des ouvrages usagés pour un organisme de charité ; la collision se produisit devant la librairie de mon grand-père et, dans une volée de pages et de livres, les deux jeunes gens se retrouvèrent par terre. L'aiguille du destin resserra doucement ses fils.

De retour à Manhattan, mon père était irrémédiablement perdu, foudroyé qu'il était par sa rencontre avec cette fille aux longs cheveux, aux yeux bleu clair. Mais déjà avant que le hasard s'en mêle, il savait qu'il en avait assez de Taft. Il savait aussi que Richard Curry allait son chemin, obsédé par le journal du Génois. Le mal du pays le taraudait. Mon père revint à Manhattan pour prendre ses affaires et dire adieu à ses amis. Ses aventures sur la côte est, qui avaient si bien commencé à Princeton en compagnie de Richard Curry, touchaient à leur fin.

Arrivé au lieu de leur rendez-vous hebdomadaire du samedi, où il comptait leur faire part de ce changement de vie, mon père trouva un champ de ruines. Taft et Curry s'étaient disputés le premier jour de son absence et, le lendemain, en étaient venus aux poings. L'ancien capitaine de l'équipe de football ne faisait pas le poids à côté d'un Taft enragé, qui lui avait décoché un coup de poing magistral et brisé le nez. Le vendredi soir, malgré son nez couvert de bandages et un œil au beurre noir, Curry avait dîné en ville avec une femme rencontrée dans une galerie d'art. À son retour, les documents de la salle des ventes ainsi que l'intégralité de ses notes sur l'*Hypnerotomachia* avaient disparu. Son bien le plus précieux, le journal du capitaine du port, n'avait pas été épargné.

Curry accusa Taft, mais Taft nia formellement. La police, évoquant une série de cambriolages dans le quartier, fit peu de cas de la disparition de quelques vieilles reliques. Mon père se rangea du côté de Curry et rompit définitivement avec Taft. Il avait un aller simple pour Columbus dans sa poche et rien ne l'incitait à se raviser.

Ainsi prit fin cette période formatrice pour mon père. Une année avait suffi pour donner l'impulsion aux rouages qui constitueraient sa future identité. Peut-être en va-t-il ainsi pour tous les êtres humains. L'âge adulte est pareil à un glacier qui mord peu à peu sur le terrain de la jeunesse ; quand il arrive, l'empreinte de l'enfance se fige sur un dernier acte, un dernier haut fait, qui immortalise la pose dans laquelle l'âge de glace nous surprend. Les trois dimensions de Patrick Sullivan, quand le froid vint le saisir, furent celles du mari, du père et de l'érudit. Elles demeurèrent jusqu'à la fin.

Après le vol du journal du Génois, Taft disparut de la vie de mon père pour resurgir sous la forme d'un venin distillé derrière le masque de la recherche. Curry se manifesta trois ans plus tard pour le mariage de mes parents. Il envoya à mon père une lettre torturée, hantée par les fantômes de ces jours sombres. Après ses félicitations aux jeunes mariés, expédiées en deux phrases, il n'était question que de l'*Hypnerotomachia.*

Le temps passa ; leurs mondes divergèrent. Porté par le dynamisme de ces années, Taft se vit offrir un poste au prestigieux Institute for Advanced Study, où Einstein enseigna à l'époque où il vivait près de Princeton. C'est un honneur que lui envia certainement mon père et qui libérait Taft des contraintes de l'enseignement. En dehors des thèses de Bill Stein et de Paul, le vieil ours refusa de diriger à l'avenir des travaux d'étudiants.

De son côté, Curry accepta un poste à la Skinners Auction House à Boston et gravit les échelons de cette célèbre salle des ventes. Dans la librairie de Columbus où mon père avait appris à marcher, trois jeunes enfants l'aidèrent à oublier, du moins pour un temps, cette expérience new-yorkaise qui l'avait profondément marqué. Ces trois hommes, que l'orgueil et les circonstances avaient séparés, trouvèrent des substituts à l'*Hypnerotomachia*, des ersatz à cette quête abandonnée trop tôt. L'horloge des générations se prépara à une autre révolution et, avec le temps, les amis se muèrent en étrangers. Sans doute Francesco Colonna, qui détenait la clef du mécanisme de cette horloge, pensait-il que son secret résisterait à tous les assauts.

Chapitre 7

Derrière nous, la bibliothèque s'estompe dans la pénombre.

– Et maintenant, où allons-nous ?

– Au musée, répond Paul, qui marche voûté pour protéger son précieux fardeau.

Nous longeons Murray-Dodge, sorte d'excroissance de pierre située au cœur de la partie nord du campus. Des étudiants en art dramatique y répètent *Arcadia*, de Tom Stoppard. C'est la dernière œuvre que Charlie est censé étudier pour valider son UV de littérature et nous assisterons ensemble à la représentation de dimanche soir. Déchirant les murs tapissés de velours, s'élève la voix de lady Thomasina, l'héroïne de la pièce, jeune prodige de treize ans qui m'évoque Paul immanquablement :

– « Si on pouvait arrêter tous les atomes, les figer chacun dans sa position et sa direction, et si notre esprit était capable de concevoir toutes les actions ainsi suspendues... Si enfin, on était très, mais alors très fort en algèbre, on pourrait écrire la formule de l'avenir tout entier. Et même si personne n'est assez malin pour la trouver, moi, je suis sûre qu'elle existe. »

– « Oui, balbutie son tuteur », épuisé par la mécanique du cerveau de la jeune fille. « Oui. Pour autant que je sache, vous êtes la première à avoir cette idée [1]. »

Au loin, le musée semble encore ouvert. Un soir férié, c'est un petit miracle. Par définition, les conservateurs de musée sont

1. Traduction française de Jean-Marie Besset, parue chez Actes Sud Papiers.

de curieux personnages. Qu'ils soient réservés comme des bibliothécaires, ou fantasques comme des artistes, la plupart d'entre eux préféreraient laisser des bambins barbouiller un Monet plutôt que d'autoriser l'accès à des étudiants.

McCormick Hall, qui abrite le département d'histoire de l'art, se dresse devant le musée proprement dit. Derrière les panneaux de verre de l'entrée, les gardiens surveillent notre approche. Ils me rappellent une exposition d'avant-garde où Katie m'avait traîné et à laquelle je n'avais strictement rien compris : ils ont toute l'apparence de la réalité mais leur silence et leur immobilité, derrière leur bocal de verre, démentent cette impression. Une affichette sur la porte annonce une réunion du conseil d'administration du musée d'art. De minuscules caractères précisent que l'accès est interdit au public. J'hésite, mais Paul entre résolument.

– Richard ! lance-t-il d'une voix tonitruante dans le hall.

Des têtes se retournent, je ne reconnais aucun visage. Aux murs du rez-de-chaussée, les tableaux figurent autant de petites fenêtres colorées qui trompent l'ennui de cet édifice blanc. Dans une salle adjacente, des vases grecs reposent sur des colonnes.

– Richard, répète Paul.

Un cou long et épais, un crâne chauve, une silhouette haute et efflanquée, un complet à fines rayures et une cravate rouge : Richard Curry se tourne et, à l'approche de Paul, ses yeux noirs se chargent de tendresse. Curry a perdu sa femme voilà dix ans et, n'ayant pas eu d'enfant, il considère Paul comme son propre fils.

– Bonjour, les garçons, tonne-t-il en écartant les bras, comme s'il s'adressait à des gamins de la moitié notre âge. Je ne t'attendais pas si tôt. J'étais persuadé que tu finirais à l'aube. Quelle agréable surprise !

Ses doigts jouent avec ses boutons de manchette, son regard pétille de joie. Enfin il s'avance et tend la main à Paul.

– Comment vas-tu ? ajoute-t-il d'un ton enjoué.

Sa bonne humeur est contagieuse et nous lui sourions en retour. Si la voix énergique de Curry ne trahit pas son âge, les griffes du temps ont fait leur œuvre. Ses mouvements ont perdu en souplesse depuis notre dernière rencontre, il y a six mois, et une ombre discrète creuse ses joues. Richard Curry possède une importante salle de ventes à New York et il siège au conseil d'administration de musées de renom international. Mais Paul est persuadé que, depuis la brouille autour de l'*Hypnerotomachia*, sa carrière est un dérivatif servant à effacer de sa mémoire l'objet de sa passion véritable. D'ailleurs, personne ne semble plus surpris, ni moins impressionné, par sa réussite professionnelle que Curry lui-même.

– Ah ! s'exclame-t-il en pivotant sur ses talons comme s'il voulait nous présenter quelqu'un. Avez-vous admiré les tableaux ?

J'aperçois derrière lui une toile qui m'est inconnue. Jetant un coup d'œil à la ronde, je me rends compte soudain que les peintures exposées ne sont pas celles qui s'y trouvent d'habitude.

– Ça n'appartient pas à la collection de l'université, note Paul.

Curry sourit.

– En effet. Chaque administrateur a apporté une pièce pour notre réunion de ce soir. Nous avons même ouvert les paris pour deviner qui prêterait le plus grand nombre de tableaux au musée.

Curry, l'ancien joueur de football, s'exprime parfois avec la fougue d'un gentleman turfiste.

– Et qui a gagné ? demandé-je.

– Le musée, bien sûr, répond habilement Richard. Princeton a tout avantage à encourager de tels défis.

Curry profite du silence pour toiser les membres du conseil qui n'ont pas fui le hall après notre irruption.

– Je te les aurais montrés plus tard, reprend-il en s'adressant à Paul, mais rien ne nous empêche de le faire dès à présent.

D'un geste, il nous invite à le suivre vers une pièce à gauche du hall. Je coule un regard interrogateur vers Paul, qui ne paraît pas plus éclairé que moi. Curry désigne deux petites gravures enserrées dans des cadres si vermoulus qu'on dirait du bois flotté.

– Albrecht Dürer, explique-t-il. George Carter les a apportées, ainsi que le Wolgemut, au fond de la salle. Et le fonds Philip Murrays a prêté deux très jolis tableaux maniéristes.

Il nous entraîne dans une deuxième salle, où plusieurs toiles impressionnistes se sont substituées aux œuvres de la fin du XXe siècle.

– Nous avons reçu quatre tableaux de la famille Wilson : un Bonnard, ce petit Manet et deux Toulouse-Lautrec. (Il nous laisse les contempler quelques instants.) Et enfin, les Marquand ont ajouté ce Gauguin.

Nous traversons le hall pour entrer dans la salle des antiquités.

– Mary Knight n'avait qu'une pièce à proposer, mais c'est un buste romain imposant qui pourrait bien enrichir la collection du musée. Très généreux de sa part.

Après avoir parcouru toutes les salles du rez-de-chaussée, nous sommes de retour à notre point de départ.

– Et voici ma contribution, dit Curry avec un geste théâtral.

– Quoi, tous les tableaux ? demande Paul.

– Oui, répond Curry.

Plus d'une dizaine d'œuvres nous entourent.

– Suivez-moi, ajoute-t-il avant de franchir en quelques enjambées la distance qui le sépare du mur. Voici ceux que je tenais absolument à te montrer.

Nous défilons devant chacun, en silence.

– À ton avis, qu'ont-ils en commun ? questionne-t-il après quelques instants de fascination muette.

Je n'en ai, pour ma part, aucune idée ; Paul, bien sûr, est beaucoup plus perspicace.

– Le sujet. Ces œuvres se rapportent toutes à l'histoire de Joseph, dans la Bible. Joseph, qui savait interpréter les songes...

Curry sourit.

– *Joseph et ses frères*, de Franz Maulbertsch, 1750.

Nous restons un moment devant l'œuvre avant que Curry ne nous entraîne devant le second tableau.

– *Joseph distribuant du blé au peuple*, dit-il en montrant le premier tableau, de Bartholomeus Breenbergh, vers 1655. J'ai réussi à persuader l'institut Barber de nous le prêter. Remarquez l'obélisque, au fond.

– Ça me rappelle une des gravures de l'*Hypnerotomachia*.

Curry sourit :

– J'ai eu la même réaction que toi, la première fois que je

l'ai vu. Malheureusement il ne semble pas y avoir de lien entre les deux.

Il s'avance vers la troisième.

– Pontormo, affirme Paul.

– Bravo, dit Curry. *Joseph en Égypte.*

– Comment l'avez-vous eu ?

– La National Gallery de Londres refusait de l'envoyer directement à Princeton. Je suis passé par le Metropolitan.

Curry s'apprête à ajouter quelque chose quand Paul avise les deux derniers trésors de la série. Il s'agit de deux panneaux, d'environ un mètre de haut sur un mètre cinquante de large, riches de couleurs. L'émotion point dans sa voix.

– Andrea del Sarto. *Histoires de Joseph.* Je les ai vus à Florence.

Grâce à Richard, Paul a passé un été en Italie pour ses recherches sur l'*Hypnerotomachia.* Il n'avait jamais séjourné à l'étranger auparavant.

– J'ai un ami au palais Pitti, dit enfin Curry en croisant les mains sur sa poitrine. Il m'a souvent rendu service. Il me les prête pour un mois.

Tétanisé, Paul garde le silence. La neige fondue l'a décoiffé, il a les cheveux plaqués sur la tête, mais ses lèvres s'étirent en un étrange sourire lorsqu'il s'approche du tableau. Sa réaction m'amène à déduire que les peintures ont été accrochées dans un ordre précis, pour leur conférer un sens que seul Paul est en mesure d'apprécier. L'insistance de Curry, ajoutée à son exceptionnelle contribution au musée, supérieure à toutes les autres réunies, lui a certainement permis de convaincre les administrateurs de disposer les œuvres à sa guise. Le mur qui se dresse devant nous est en réalité un cadeau à nul autre pareil, manière pour Curry de féliciter Paul d'avoir achevé son mémoire.

– Tu connais le poème de Browning sur Andrea del Sarto ? s'enquiert Curry d'un ton peu assuré.

Moi, je l'ai appris en cours de littérature. Paul secoue la tête.

– « Vous faites ce que beaucoup rêvent de faire toute leur vie », murmure Curry. « Ce qu'ils rêvent de faire ? Ce à quoi ils aspirent, qu'ils brûlent d'accomplir mais à quoi ils échouent. »

Paul pose enfin une main sur l'épaule de Curry. Puis il recule d'un pas et extirpe le petit paquet de sous sa chemise.

– Qu'est-ce que c'est ? interroge Curry.

– Quelque chose que Bill vient de m'apporter.

Paul hésite, je le sens inquiet de la réaction de Richard. Délicatement, il extrait le carnet de son enveloppe de chiffons.

– Je crois que vous devriez voir cela, ajoute-t-il.

– Mon journal, réplique Curry, médusé, en examinant le livre sous toutes ses coutures. C'est incroyable...

– J'ai l'intention de m'en servir, reprend Paul. Pour terminer le mémoire.

Curry l'a-t-il seulement entendu ? Quand son regard se pose de nouveau sur son trésor, son sourire a disparu.

– Où l'as-tu trouvé ?

– Bill me l'a apporté tout à l'heure.

– Je sais, tu l'as dit. Où se l'est-il procuré ?

La voix de Curry s'est durcie. Je me sens obligé de répondre pour Paul.

– Chez un bouquiniste à New York.

– Impossible ! s'écrie Curry. J'ai cherché ce livre partout, j'ai remué ciel et terre, visité toutes les librairies, tous les antiquaires, toutes les bibliothèques, tous les revendeurs, tous les prêteurs sur gages de New York, toutes les salles de ventes et je ne l'ai trouvé nulle part. Cela fait trente ans que ce livre a disparu, Paul. Il avait disparu, tu comprends ?

Curry tourne les pages, palpe la couverture, caresse les feuilles et le papier.

– Regarde. Voici le passage dont je t'ai parlé. Il est ici question de Colonna. Et tiens, plus loin, vois !

Il relève brusquement la tête :

– Impossible ! Bill ne peut avoir trouvé ce livre aujourd'hui. Pas la veille de la remise de ton mémoire.

– Que voulez-vous dire ?

– Où est le dessin ? Le plan ? Bill te l'a-t-il remis ?

– Quel dessin ?

– Un parchemin de trente centimètres carrés, guère plus, explique Curry en formant un carré avec le pouce et l'index. Caché dans la double page centrale.

– Il n'y était pas, réplique Paul.

Curry continue de palper le livre. Son regard est plus froid, distant.

– Richard, poursuit Paul, j'ai promis à Bill de le lui rendre demain. Je voudrais le lire cette nuit. Cela me permettra peut-être de comprendre le dernier chapitre de l'*Hypnerotomachia.*

Curry frissonne, revient au présent.

– Tu n'as pas terminé ?

– La dernière partie ne ressemble pas aux autres, répond Paul d'une voix chargée d'angoisse.

– C'est pourtant demain la date limite ?

Paul reste muet. Curry caresse une dernière fois la couverture.

– Termine, dit-il en lui tendant l'ouvrage. Ne compromets pas l'acquis. L'enjeu est trop important.

– Je terminerai. Je pense avoir trouvé. En tout cas, j'y suis presque.

– Si tu as besoin de quoi que ce soit, n'hésite pas à me le demander. Une autorisation de fouilles, des géomètres, tu n'as qu'à me le dire. Si c'est exact, on le trouvera.

Je suis intrigué. À mon regard interloqué, Paul répond par un sourire crispé.

– Je n'ai besoin de rien. Je suis sûr que la réponse est enfouie dans le journal.

– Ne le quitte pas des yeux, surtout. Nul n'a réalisé ce que tu es en passe de réussir. Souviens-toi de Browning : *Vous faites ce que beaucoup rêvent de faire toute leur vie.*

– Monsieur, dit une voix derrière nous.

Un des administrateurs s'avance dans notre direction.

– Monsieur Curry, la réunion est sur le point de commencer. Puis-je vous demander de monter ?

– Nous reparlerons de cela plus tard, reprend Curry, qui semble avoir recouvré ses esprits. Je ne sais combien de temps va durer la réunion.

Il tapote le bras de Paul et me serre la main avant de gravir les marches de l'escalier. Paul et moi sommes de nouveau seuls, avec les gardiens.

– Je n'aurais pas dû lui montrer son journal, murmure Paul pour lui-même.

Il se retourne une dernière fois et embrasse la salle du regard, comme pour se remémorer ces œuvres et pouvoir les admirer en esprit après la fermeture du musée. Nous sortons enfin.

– Pourquoi Bill aurait-il menti sur la provenance du journal ?

– Je ne crois pas qu'il ait menti, me rétorque Paul.

– Alors pourquoi Curry a-t-il réagi de cette façon ?

– Je l'ignore. S'il en savait plus, il nous l'aurait dit.

– C'est peut-être ma présence qui l'a gêné ?

Paul fait mine de ne pas avoir compris. Il se plaît à croire que Curry nous porte, à moi comme à lui, une affection égale.

– C'est quoi, cette histoire d'autorisation de fouilles ?

– Pas ici, Tom, m'intime Paul en jetant un œil inquiet vers un étudiant qui nous cède le passage.

Connaissant Paul, je sais qu'il vaut mieux ne pas insister.

– Tu peux me dire pourquoi il a réuni tous ces tableaux sur Joseph ? demandé-je au bout d'un long moment.

Le visage de Paul s'éclaire.

– Livre de la Genèse, chapitre 37 : « Israël aimait Joseph plus que tous ses autres fils, parce qu'il l'avait eu dans sa vieillesse ; et il lui fit une tunique de plusieurs couleurs. »

Je mets un peu de temps avant de comprendre. Un cadeau de couleurs. L'amour d'un père vieillissant pour son fils préféré.

– Il est fier de toi, Paul.

– Oui, mais je n'ai pas terminé. Le travail n'est pas fini.

– Cela n'a rien à voir avec ton mémoire.

Paul sourit à peine.

– Bien sûr que si !

Le temps ne me dit rien qui vaille. À l'horizon, des nuages lourds de neige tapissent de gris un ciel anthracite, sans étoile. Alors que nous atteignons notre résidence de Dod Hall, une pensée m'affole : ayant laissé nos affaires dans le tunnel, nous n'avons aucun moyen d'entrer dans l'immeuble. Mieux vaut passer par la porte de derrière, qui donne sur le sous-sol. Un étudiant hésite avant de nous prêter sa carte d'identité qui déclenche l'ouverture. Un capteur électronique enregistre notre passage et la porte se déverrouille dans un bruit d'amorce de fusil de chasse. Dans la touffeur de la blanchisserie, deux étudiantes en tee-shirt et short minuscule plient leurs vêtements sur une table. Traverser la blanchisserie en hiver nous plonge immanquablement dans un mirage où l'air palpite et où des silhouettes de rêve frémissent de sueur. Quand il neige dehors, la vue d'une jambe ou d'une épaule dénudée est plus efficace qu'un verre de whisky pour vous fouetter les sangs. Nous ne sommes pas à Holder, mais cette buanderie constitue l'antichambre rêvée des JO nus.

Je fonce vers notre chambre au rez-de-chaussée, l'ultime refuge. Paul me suit en silence. À chaque pas, je pense davantage aux deux lettres qui traînent sur la table basse. Même le journal de Bill n'a pas réussi à me les sortir de l'esprit. Cela fait des semaines que je me demande ce qu'on peut faire de quarante-trois mille dollars par an. Parfois, avant de m'endormir, durant ce moment fragile où tout bascule dans le flou, je suis submergé par le souvenir d'une nouvelle de Fitzgerald, *Un diamant gros comme le Ritz*, et je me vois acheter ce joyau et l'offrir à une femme située de l'autre côté de mon rêve. Parfois aussi, dans un état second, je me surprends à rêver que j'achète des objets enchantés, de ceux qu'imaginent les enfants : une voiture indestructible, une jambe incassable.

– Qu'est-ce qu'ils font là ? s'exclame Paul.

Au fond du couloir, Charlie et Gil sont postés côte à côte devant la porte de notre appartement. On s'agite à l'intérieur : c'est la police du campus. On nous aura vus sortir des tunnels.

– Que se passe-t-il ? demande Paul en hâtant le pas.

Un proctor examine quelque chose par terre. Charlie et Gil se disputent à mi-voix, trop bas pour que je distingue leurs paroles. Je suis sur le point de formuler des excuses pour notre escapade dans les tunnels quand Gil vient à moi :

– Tout va bien, dit-il sur un ton rassurant. Ils n'ont rien pris.

– Quoi ?

Il désigne la porte. Le désordre dans l'appartement est total. Livres et coussins jonchent le sol du salon ; dans la chambre que je partage avec Paul, les tiroirs de la commode sont grands ouverts.

– Bon sang... murmure Paul, qui s'engouffre à l'intérieur.

– Quelqu'un a forcé la porte, explique Gil.

– Non. Quelqu'un a poussé la porte, rectifie Charlie. Apparemment, elle n'était pas verrouillée.

Je me tourne vers Gil, le dernier à avoir quitté les lieux tout à l'heure. Depuis un mois, Paul nous supplie de fermer à clef. Gil est le seul à oublier. Il montre la fenêtre pour parer à toute accusation.

– Ils sont entrés par là, avance-t-il. Pas par la porte.

Dans le séjour, une flaque d'eau s'est formée devant la fenêtre ouverte. La neige soufflée par le vent s'est accumulée sur l'appui et la moustiquaire est éclatée par trois endroits.

Dans la chambre, Paul passe tout en revue, des tiroirs du bureau aux étagères de la bibliothèque que Charlie a posées. Les livres qu'il a empruntés à la bibliothèque ont disparu. Il respire avec difficulté. L'espace de quelques secondes, nous nous croyons projetés de nouveau dans les tunnels : seules les voix nous sont familières.

Ça ne fait rien, Charlie. Ce n'est pas par là qu'ils sont entrés.

Tu t'en fiches, parce qu'ils ne t'ont rien pris.

Le proctor arpente la pièce voisine.

– Quelqu'un savait... marmonne Paul.

– Ici, regarde ! m'exclamé-je en pointant un lit.

Ses livres sont là. Les mains tremblantes, il s'assure qu'il n'en manque aucun.

De mon côté de la chambre, c'est à peine si un grain de poussière a été déplacé. Certes, la reproduction de la page de titre de l'*Hypnerotomachia*, cadeau de mon père, a été décrochée du mur. Un des coins est plié, mais elle n'a pas souffert. Seul un de mes ouvrages a été abîmé : un exemplaire du jeu d'épreuves de la *Lettre Belladone*, que mon père rebaptisera, dans un deuxième temps, *Document Belladone*.

Gil passe la tête dans le vestibule qui sépare nos chambres.

– Ils n'ont touché à rien chez nous. Chez vous, ça va ?

Il est évident qu'il se sent coupable. Sa voix trahit l'espoir que, en dépit du désordre, rien n'a été dérobé.

– Ils n'ont rien pris, dis-je.

– Disons qu'ils n'ont rien trouvé, corrige Paul.

Je n'ai pas le temps de lui demander ce qu'il entend par là.

– Puis-je vous poser quelques questions ? demande un proctor.

Notre accoutrement ne semble pas l'impressionner : survêtement de Katie pour Paul et pull aux couleurs de l'équipe de natation synchronisée pour moi. Le lieutenant Williams, comme me l'apprend l'insigne épinglé sur sa poche de poitrine, est une femme stoïque à la peau tannée et aux cheveux bouclés. Elle sort son calepin.

– Vous êtes ?

– Tom Sullivan. Et voici Paul Harris.

– On vous a volé quelque chose ?

Paul ignore la question et poursuit des yeux son inspection.

– Je ne le sais pas encore, rétorqué-je.

Le lieutenant Williams lève les yeux.

– Vous avez regardé partout ?

– Pour l'instant, il semble que rien n'ait disparu.

– Qui d'entre vous a quitté l'appartement le dernier ?

– Pourquoi ?

Le lieutenant Williams se racle la gorge.

– Nous savons qui a oublié de verrouiller la porte, mais pas qui a omis de fermer la fenêtre.

Elle insiste sur les mots « porte » et « fenêtre » pour bien nous signifier que tout cela est notre faute.

Paul blêmit.

– C'est peut-être moi, murmure-t-il. On étouffe dans la chambre et Tom ne veut jamais que j'aère. Alors je suis venu travailler ici et j'ai dû oublier de la refermer.

– Écoutez, dit Gil au lieutenant Williams, on peut en finir ? Je pense qu'il n'y a rien à ajouter.

Sans attendre sa réponse, il referme la fenêtre et invite Paul à s'asseoir sur le canapé. Le lieutenant griffonne quelques mots dans son calepin.

– Fenêtre ouverte. Porte déverrouillée. Rien ne semble avoir été volé. Autre chose ?

Personne ne répond.

– Dans ce genre d'affaire, il est rare que l'on retrouve les coupables, déclare le lieutenant Williams en secouant la tête comme si nous attendions un miracle. Je transmettrai à la police locale. La prochaine fois, verrouillez votre porte en sortant. Ça vous évitera des ennuis. On vous appellera si on a du nouveau.

Elle sort d'un pas lourd, en faisant couiner ses bottes. La porte se referme.

Je m'approche de la fenêtre. La neige fondue sur le sol de la pièce est d'une transparence immaculée.

– Ils ne feront rien, lâche Charlie.

Intrigué, je soulève le châssis et laisse le vent s'engouffrer dans la pièce. La moustiquaire a été entaillée sur trois côtés, parallèlement au cadre. On dirait l'entrée d'une niche. Par terre, mes chaussures laissent d'ostensibles traces de boue.

– Tom, ferme cette fichue fenêtre ! ordonne Gil sur un ton exaspéré.

– Venez voir, dis-je en passant un doigt sur le rebord.

Paul pivote vers moi. Les fils métalliques pointent vers l'extérieur, comme si quelqu'un avait emprunté ce chemin pour sortir. Si on avait crevé la moustiquaire pour entrer, les arêtes pointeraient vers l'intérieur. Les proctors ne s'en sont même pas aperçus.

Déjà Charlie embrasse la pièce du regard.

– Pas de boue non plus, dit-il en montrant la flaque d'eau propre à ses pieds.

– Ça ne tient pas la route, objecte Gil. Puisque la porte était ouverte, pourquoi sortir par la fenêtre ?

– De toute façon, rien ne tient la route, rétorqué-je. Une fois à l'intérieur, on peut toujours sortir par la porte.

– Signalons cela aux proctors, suggère Charlie, de nouveau remonté. C'est extraordinaire ! Ils n'ont même pas vu ça !

Paul se contente de passer une main sur le journal de Bill Stein.

– Tu as toujours l'intention d'assister à la conférence de Taft ? lui demandé-je.

– Eh bien, oui. Ça ne commence pas avant une heure.

Charlie range les livres sur l'étagère du haut, qu'il est le seul capable d'atteindre.

– Je passerai chez les proctors tout à l'heure, dit-il. Je leur expliquerai, pour la moustiquaire.

– C'est sans doute un coup monté, suggère Gil, qui ne s'adresse à personne en particulier. Des participants aux jeux Olympiques nus qui se seront amusés à entrer chez les uns et les autres.

Nous remettons la pièce en ordre pendant quelques minutes avant de décider, sans même nous concerter, que cela suffit. Gil, trop heureux de se débarrasser du chemisier de Katie, enfile un pantalon de laine.

– Si vous avez faim, ajoute-t-il, je suggère l'Ivy Club.

Paul hoche la tête, tout en continuant à feuilleter son exemplaire de *La Méditerranée et le monde méditerranéen à l'époque de Philippe II*, de Fernand Braudel, comme s'il en comptait les pages.

– De toute façon, il faut que j'y passe. J'ai deux ou trois trucs à vérifier là-bas.

– Alors changez-vous, Tom et toi, conseille Gil.

Paul ne réagit pas, mais le message est clair et je file dans ma chambre : plutôt mourir que de me montrer attifé de la sorte à l'Ivy. Paul, qui n'est qu'une ombre dans son propre club, peut se permettre d'enfreindre le code vestimentaire, nul ne lui en tiendra rigueur.

Alors que je fouille mes tiroirs, je m'aperçois que je n'ai pratiquement rien de propre à me mettre. Je finis par trouver un pantalon militaire roulé en boule au fond de la penderie et une chemise oubliée depuis si longtemps dans un tiroir que les plis ressemblent à une fantaisie dans le tissu. Je cherche en vain mon anorak, avant de me rappeler qu'il est toujours accroché, avec le sac de Charlie, dans l'un des tunnels souterrains. J'enfile le manteau que ma mère m'a offert à Noël et regagne le salon, où Paul, assis près de la fenêtre, les yeux rivés sur les étagères de livres, paraît abîmé dans sa méditation.

– Tu prends le journal avec toi ?

Il tapote le petit paquet de chiffons sur ses genoux et acquiesce.

– Où est Charlie ? dis-je.

– Il est déjà parti, répond Gil en m'entraînant dans le couloir. Il voulait avertir les proctors.

Avant de refermer la porte il vérifie le contenu de sa poche.

– Clef de la chambre... Clef de la voiture... Carte d'identité...

Cet excès de zèle me met mal à l'aise. Gil n'est pas homme à se préoccuper des détails. Je jette un dernier regard à l'intérieur : les deux enveloppes m'attendent toujours sur la table. Gil verrouille la porte avec minutie, tournant deux fois la poignée pour s'assurer que le verrou est bien tiré. Nous marchons vers sa voiture dans un lourd silence. Au loin, des proctors arpentent les rues, ombres parmi les ombres. Nous les observons quelques secondes, puis Gil actionne le levier de vitesse et nous glissons doucement dans l'ombre.

Chapitre 8

Après avoir dépassé le poste de sécurité de l'entrée nord, nous nous engageons dans Nassau Street, l'artère principale du campus de Princeton. Les rues sont désertes à cette heure, à l'exception de deux énormes chasse-neige et d'un camion d'épandage de sel qu'on a arrachés à l'hibernation. Quelques boutiques isolées luisent encore dans la nuit, la neige caresse les vitrines des devantures. Les vêtements Talbot et la librairie Micawber Books sont fermés à cette heure, mais Pequod Copy et les cafés font recette grâce aux étudiants de dernière année engagés dans leur course contre la montre.

– Content d'avoir terminé ? demande Gil à Paul, qui est de nouveau plongé dans ses pensées.

– Quoi ? Mon mémoire ?

Gil regarde dans le rétroviseur.

– Je n'ai pas encore fini, ajoute Paul.

– Allez ! Tu as *terminé*. Qu'est-ce qu'il te reste à faire ?

Paul respire bruyamment. La lunette arrière se couvre de buée.

– Plein de choses.

Au croisement, Gil s'engage à droite dans Washington Road, puis roule vers Prospect Avenue, où s'alignent les clubs. Gil a compris qu'il était préférable de se taire. De toute façon, je le sais, son esprit vagabonde. Il est préoccupé. La soirée annuelle de l'Ivy a lieu demain soir, et l'organisation de cet événement lui incombe, en tant que président. La rédaction de son mémoire l'a éloigné de ses responsabilités, mais il se rend souvent à l'Ivy depuis quelques jours pour se convaincre que tout est sous contrôle.

Dans le parking, Gil se gare à une place qui lui semble réservée. Dès qu'il éteint le moteur, un silence glacial envahit l'habitacle. Dans la tourmente du week-end, le vendredi est synonyme d'accalmie, occasion pour les fêtards de dessaouler entre les bringues traditionnelles du jeudi et du samedi soir. La tempête de neige assourdit même le bourdonnement des voix des étudiants qui rentrent au bercail après avoir dîné.

À en croire les prospectus de la fac, les *eating clubs* constituent « le fin du fin de la restauration à Princeton ». En réalité, nous n'avons pas vraiment le choix. Autrefois, quand l'extinction des feux de réfectoire et la mauvaise humeur des restaurateurs contraignaient les étudiants à se débrouiller seuls, une poignée d'entre eux décida d'organiser des repas sous le même toit. L'université de Princeton étant ce qu'elle était à l'époque, le toit en question tenait davantage du manoir que de l'humble gargote. À ce jour, les *eating clubs* demeurent l'institution distinctive de notre université : un lieu pareil aux « *fraternities* », célèbres associations estudiantines américaines, où l'on se retrouve pour faire la fête ou dîner, sans toutefois y résider. Près de cent cinquante ans après leur création, les *eating clubs* constituent le cœur de l'animation de la fac.

À cette heure, l'Ivy Club a l'air sinistre. Dans la pénombre, ses tourelles fuselées et ses murs noirs n'ont rien de très engageant : avec ses rondeurs et ses pierres d'angle blanches, le Cottage Club l'éclipse sans peine. Ces deux clubs jumeaux sont les plus élitistes de Princeton et, depuis 1886, ils se disputent les meilleurs éléments de chaque promotion.

Gil consulte sa montre.

– Le service est terminé à cette heure. Je vais nous chercher de quoi casser la croûte.

Il nous tient la porte ouverte avant de nous conduire en haut de l'escalier principal.

Ma dernière visite à l'Ivy Club remonte à quelque temps et les portraits sévères accrochés aux murs de chêne sombre m'impressionnent toujours autant. À gauche s'étend la salle à manger, avec ses longues tables de bois et ses chaises centenaires ; à droite, la salle de billard, où Parker Hasset joue une partie solitaire. Parker est la bête noire d'Ivy, un imbécile issu d'une famille aisée, tout juste assez malin pour comprendre que beaucoup le considèrent comme un demeuré et tout juste assez bête pour le reprocher à la terre entière. Il tient la queue de billard à deux mains, comme un comédien dansant avec une canne dans une pièce de boulevard. Il jette un coup d'œil dans notre direction, je préfère l'ignorer et nous poursuivons notre ascension vers l'Officers' Room, le bureau de direction.

Gil frappe deux coups et entre sans attendre de réponse. Nous le suivons dans la pièce agréablement éclairée où nous trouvons le corpulent Brooks Franklin, vice-président de l'Ivy et adjoint de Gil, assis à une longue table d'acajou sur laquelle trônent une lampe Tiffany et un téléphone. Six chaises sont rangées devant ce somptueux bureau.

– Vous tombez à pic, dit Brooks, qui feint poliment de ne pas remarquer les vêtements féminins dont Paul est attifé. Parker me donne du fil à retordre et j'ai besoin de renfort.

Je ne connais pas bien Brooks, mais depuis que nous avons suivi le même cours d'économie en deuxième année, il me considère comme un vieil ami. Le projet de Parker concerne sûrement le bal costumé de samedi soir, qui a pour thème le Princeton d'antan.

– Tu vas en *crever* de jalousie, Gil, renchérit Parker, faisant irruption dans la pièce, une cigarette à la main et un verre de vin à l'autre. Toi, au moins, tu as le sens de l'humour.

Il ignore ostensiblement mon existence et celle de Paul. À l'autre bout de la table, Brooks a l'air accablé.

– J'ai décidé de me déguiser en John F. Kennedy, poursuit Parker. Et je ne viens pas accompagné de Jackie, mais de Marilyn Monroe.

Parker doit lire l'étonnement sur mon visage, parce qu'il jette sa cigarette dans un cendrier et me nargue :

– Eh oui, Tom, Kennedy était diplômé de Harvard. Mais il a passé sa première année ici, à Princeton.

Avant que je ne puisse réagir, Gil se penche vers Parker.

– Écoute, je n'ai pas le temps de m'occuper de ça. Si tu veux te déguiser en Kennedy, c'est ton affaire. Mais tâche, pour une fois, de ne pas faire preuve de mauvais goût.

Parker, qui s'attendait sans doute à mieux, nous jette un regard plein d'amertume et tourne les talons, le verre à la main.

– Brooks, dit Gil, peux-tu demander à Albert s'il reste quelque chose à la cuisine ? Nous n'avons rien mangé et nous sommes très pressés.

Brooks est un vice-président idéal : obligeant, infatigable, loyal. Même quand les requêtes de Gil s'apparentent à des ordres, il ne s'en offusque pas. C'est la première fois, pourtant, que je lui trouve l'air aussi las. Sans doute le mémoire.

– Finalement, ajoute Gil en levant les yeux, je mangerai en bas, avec Brooks. On en profitera pour parler de la commande de vin pour demain.

Brooks se tourne vers Paul et moi.

– Content de vous avoir vus, les gars. Désolé pour Parker. Parfois, je me demande ce qu'il a dans la tête.

– Parfois ? soufflé-je entre les dents.

Brooks a dû entendre. Il a le sourire en sortant.

– Les plateaux seront prêts dans quelques minutes, annonce Gil. Paul, on ira à cette conférence dès que tu le souhaiteras.

Après son départ, j'ai comme un étourdissement : Paul et moi, assis à une vieille table d'acajou dans un splendide manoir du dix-neuvième siècle, attendant qu'un domestique vienne nous servir. Cloister Inn, le club dont Charlie et moi sommes membres, est une modeste bâtisse de pierre, chaleureuse et charmante. Quand les planchers sont cirés et les pelouses tondues, c'est un lieu agréable où il fait bon siroter une bière et jouer au billard. Côté cuisine, la quantité prime sur la qualité et, contrairement à nos camarades de l'Ivy placés d'office selon leur ancienneté, nous prenons place à la table de notre choix, sur des chaises de plastique, avec des couverts jetables. Si une soirée a coûté cher ou que nous avons forcé sur la bière, c'est hot-dogs au menu le vendredi. La plupart des clubs fonctionnent sur le même mode. L'Ivy est l'exception.

– Accompagne-moi en bas, m'intime soudain Paul.

Sa précipitation me déroute, mais je lui emboîte le pas. Nous passons devant le vitrail sur le palier avant d'emprunter un escalier qui mène à la cave. Paul se rend directement au studio réservé au président. En principe, seul Gil y a accès, mais quand Paul craignit pour sa tranquillité à la bibliothèque, Gil lui proposa la clef de son appartement, sur lequel débouchent directement les tunnels à vapeur, ce qui, espérait-il, ramènerait Paul à l'Ivy. Jusque-là obsédé par son travail, Paul n'avait pas vraiment trouvé de bonnes raisons de s'attarder au club. Certains membres protestèrent, ils accusèrent Gil de transformer l'Ivy en auberge espagnole, mais la discrétion de Paul, qui passait toujours par les souterrains, eut raison des mécontents.

Paul glisse la clef dans la serrure et ouvre la porte. Je m'engouffre derrière lui et suis saisi : je ne suis pas venu ici depuis des semaines et j'ai oublié à quel point il y fait froid. La température avoisine le zéro et la pièce paraît avoir essuyé un cyclone de papiers. Des livres empilés en monticules occupent chaque surface disponible. Encyclopédies, journaux historiques, cartes maritimes et quelques plans épars, accumulés par Paul, dissimulent les classiques poussiéreux, propriétés de l'Ivy, qui s'entassent sur les rayons de la bibliothèque.

Paul referme la porte derrière nous. À côté du bureau se dresse une imposante cheminée et les paperasses qui l'encombrent se déversent sur le sol. Pourtant, Paul paraît soulagé : rien n'a bougé. Il ramasse *The Poetry of Michelangelo* de Robert Clements, abandonné par terre, souffle quelques écailles de peinture tombées sur la couverture et dépose avec précaution le livre sur son bureau. Il craque ensuite une longue allumette de bois qu'il jette dans la cheminée et une flamme bleue insuffle un peu de vie aux vieux journaux froissés coincés sous les bûches.

– Tu as beaucoup travaillé, dis-je en remarquant un plan plus détaillé que les autres sur sa table de travail.

Paul fronce les sourcils.

– Ce n'est rien. J'en ai des tas comme ça et ils sont probablement tous faux. Je dessine quand j'ai envie de tout lâcher.

Je baisse les yeux et contemple un décor tout droit sorti du cerveau de Paul, une sorte d'assemblage des ruines illustrées dans l'*Hypnerotomachia*, à ceci près que les voûtes sont restaurées, les fondations consolidées, les colonnes et chapiteaux redressés. Je remarque autour de moi une foule de dessins similaires, chacun représentant une construction inspirée des illustrations léguées par Colonna à la postérité. Paul s'est créé un paysage plus vrai que nature, une Italie où il se réfugie quand il entre dans cette pièce. Aux murs, il a épinglé d'autres maquettes, dont certaines sont masquées par des notes punaisées par-dessus. Les traits sont précis, dignes d'un architecte, mais les unités de mesure me sont étrangères. Les proportions sont si justes et les caractères si bien tracés qu'ils auraient pu être conçus par un logiciel. Paul, qui n'a jamais eu les moyens de s'offrir un ordinateur, prétend se méfier de l'informatique, et il a même refusé le PC que Curry lui proposait. Tout a été dessiné à la main.

– Qu'est-ce que ça représente ? demandé-je.

– C'est une construction que Francesco projette.

J'avais presque oublié qu'il aimait évoquer Colonna au présent, en le désignant par son prénom.

– Quel type de construction ?

– Sa crypte. Il en est question dans toute la première partie de l'*Hypnerotomachia*. Tu te souviens ?

– Bien sûr. Mais tu crois que ça ressemble à ça ? dis-je en montrant la pile de dessins.

– Je ne sais pas, mais je vais bientôt le découvrir.

Les paroles de Curry au musée me reviennent en mémoire.

– Ah, c'est pour ça, les géomètres de tout à l'heure ? Tu veux l'exhumer ?

– Peut-être.

– Alors tu sais enfin pourquoi il l'a construite ?

Nous en étions là, au moment où j'ai mis fin à notre collaboration. L'*Hypnerotomachia* mentionnait à mots couverts une crypte que Colonna désirait édifier, mais Paul et moi ne nous accordions pas sur sa nature. Selon lui, il s'agissait d'un sarcophage familial qui rivaliserait en splendeur avec les tombes papales conçues par Michel-Ange. De mon côté, probablement influencé par *Le Document Belladone*, je gageais que cette crypte servait à abriter le repos éternel des victimes de Colonna, ce qui expliquait le mystère entourant sa conception. Le fait que Colonna n'ait jamais rédigé une description complète de la crypte ni indiqué son emplacement constituait la faille majeure de la thèse de Paul.

Avant qu'il ne me réponde, on frappe à la porte.

– Vous êtes descendus, constate Gil, accompagné de l'économe du club.

Il s'arrête, examine la pièce comme s'il s'introduisait par mégarde dans une salle de bains de femme, l'air à la fois penaud et intrigué. L'économe dispose deux sets sur une table, puis les assiettes de porcelaine à l'insigne du club, une carafe d'eau et une corbeille de pain.

– Pain au levain chaud, annonce-t-il.

– Steak au poivre, ajoute Gil dans la foulée. Vous avez besoin d'autre chose ?

Nous secouons la tête et Gil jette un dernier regard à la ronde avant de tourner les talons. L'économe verse de l'eau dans nos verres.

– Désirez-vous du vin ?

Devant notre refus, il disparaît à son tour.

Paul se sert aussitôt. Je songe à notre première rencontre, à son imitation d'Oliver Twist, les mains jointes qui formaient un bol. Je me demande si la faim est le souvenir le plus prégnant de son enfance. Il m'avait confié qu'à l'orphelinat il partageait la table avec six autres pensionnaires : premier arrivé, premier servi, jusqu'à ce qu'il ne reste plus rien. A-t-il jamais changé d'état d'esprit ? Un soir, en première année, Charlie avait cru nous amuser en proclamant qu'au rythme où Paul s'empiffrait on pouvait craindre une famine à l'échelle mondiale. Paul raconta alors son histoire et plus personne ne se moqua plus de lui.

Tout à sa joie de manger, Paul étire le bras jusqu'à la corbeille à pain. Comme s'il lisait dans mes pensées, Paul, soudain conscient de son geste, rougit de honte. Je lui tends la panière.

– Mange, dis-je en raclant mon assiette.

Le feu crépite dans la cheminée, l'odeur de nourriture se mêle à celle des livres moisis et de la fumée du bois qui brûle. Une ouverture de la taille d'un monte-plats perce le mur : c'est l'issue préférée de Paul vers les tunnels à vapeur.

– Je n'en reviens pas que tu continues à passer par là ! m'exclamé-je.

Paul lâche sa fourchette.

– Il vaut mieux ça qu'affronter les autres, là-haut.

– On dirait un cachot, là-dessous.

– Ça ne te dérangeait pas, avant.

Je sens remonter l'ancienne rancune. Paul s'essuie rapidement la bouche avec sa serviette.

– Ce n'est pas grave, reprend-il en posant entre nous le journal du capitaine du port. Désormais, tout ce qui compte, c'est ça, ajoute-t-il en poussant le recueil vers moi. On a enfin une chance d'aboutir. Richard pense que la clef du mystère réside là-dedans.

Je frotte une tache sur le bureau.

– Il faudrait peut-être en parler à Taft.

– Tu n'y penses pas ! Vincent pense que toutes nos découvertes, à toi et à moi, ne valent pas un clou. Il m'a obligé à lui remettre deux rapports par semaine pour lui prouver que je persévérais. J'en ai marre de m'entendre répondre que mes hypothèses sont dénuées d'intérêt.

– Dénuées d'intérêt !

– Il a menacé de prévenir le département que je piétinais.

– Après tout ce qu'on a trouvé ?

– Mais ça m'est égal. Je me fiche de ce que pense Vincent, assène-t-il en tapotant la couverture du recueil. Je veux en finir.

– Mais c'est demain, la date limite.

– À nous deux, on a accompli plus de travail en trois mois que je n'en ai abattu, seul, en trois ans. Qu'est-ce qu'une nuit de plus ? Et puis la date limite n'a pas d'importance, lâche-t-il dans un murmure.

Le mépris de Taft pour nos recherches m'ébranle. Paul sait que je suis plus fier de ma part de travail sur l'*Hypnerotomachia* que de mon propre mémoire.

– Taft a perdu la boule. Personne, avant toi, n'avait révélé autant de choses sur ce livre. Pourquoi n'as-tu pas demandé à changer de directeur de thèse ?

Paul émiette son pain et forme des petites boulettes de mie qu'il roule entre ses doigts.

– Je me suis posé la question, avoue-t-il, le regard ailleurs. Sais-tu combien de fois il s'est vanté d'avoir ruiné la carrière universitaire de quelque « imbécile » en rédigeant des critiques d'ouvrage et des recommandations de titularisation ? À part ton père, dont il ne parle jamais, Vincent a un tableau de chasse impressionnant. Tu te souviens de Macintyre, le professeur de lettres classiques, et de son bouquin sur l'*Ode sur une urne grecque* de Keats ?

J'opine. Taft a écrit un article dans lequel il déplorait la dégradation intellectuelle des grandes universités, et, à son avis, l'ouvrage de Macintyre illustrait parfaitement cette idée. En trois paragraphes, il lui réglait son sort : il y relevait quantité d'erreurs, de contresens et d'omissions, sous prétexte de fustiger la vingtaine de spécialistes de lettres classiques – pauvres ânes dilettantes – qui avaient oublié de les souligner. L'attaque de Taft paraissait dirigée contre ces derniers mais Macintyre fut, bien sûr, l'objet de la risée générale et quelque temps après on lui retira sa chaire. Taft reconnut plus tard avoir assouvi son désir de vengeance contre le père de Macintyre, qui avait jadis égratigné l'un de ses travaux.

– Et puis il y a cette histoire que Vincent m'a racontée, poursuit Paul d'une voix plus paisible. Celle d'un petit garçon appelé Gaël Rote. Un jour, alors qu'il rentrait de l'école, un chien le suivit. Gaël s'enfuit, mais le chien le pistait toujours. Il lui lança son goûter, mais le chien ne dévia pas de sa route. Il menaça l'animal avec un bâton, mais le chien était toujours là.

« Quelques kilomètres plus loin, Gaël entraîna le chien sur un terrain vague envahi de ronces. Il lui lança des pierres, mais le chien ne recula pas. Gaël lui donna des coups de pied, encore et encore, sans que le chien bouge. L'animal mourut roué de coups. Gaël le prit dans ses bras et l'enterra sous son arbre préféré.

J'étais abasourdi.

– Et quelle est la morale de cette histoire débile ?

– D'après Vincent, Gaël comprit à ce moment-là qu'il avait trouvé un chien loyal.

Un silence.

– Et Vincent espère te faire rire avec ça ?

Paul secoue la tête.

– Non. Il m'a raconté beaucoup d'histoires sur Gaël. Elles sont toutes de la même eau.

– Pourquoi, bon sang ?

– C'est une sorte de parabole.

– Ah, il imagine ?

– Je ne crois pas, répond Paul après une hésitation. Gaël

Rote, c'est l'anagramme d'*alter ego*. Il s'invente un double, en somme.

J'ai envie de vomir.

– Taft aurait pu faire une chose pareille ?

– Quoi, tuer un chien ? Va savoir. C'est sa façon de parler de notre relation. De nous deux, le chien, c'est moi.

– Pourquoi tu continues à travailler avec ce type ?

Paul recommence à jouer avec le pain.

– Parce que c'est le seul moyen sûr pour moi d'avancer. Tom, ma découverte est encore plus énorme qu'on ne le supposait. J'y suis presque. Je suis à deux doigts de trouver l'emplacement de la crypte de Francesco. À part ton père, personne n'a autant travaillé sur l'*Hypnerotomachia* que Vincent. J'ai besoin de lui.

Paul jette la croûte dans son assiette.

– Et il le sait, ajoute-t-il.

Gil passe la tête dans la porte.

– J'ai fini, dit-il. On peut y aller maintenant.

Paul est soulagé de mettre un terme à cette conversation. Évoquer le comportement de Taft assombrit son humeur. Je me lève, commence à empiler les assiettes.

– Ne t'inquiète pas, lance Gil en me faisant un signe. Ils enverront quelqu'un s'en occuper.

Paul se frotte les mains. Des miettes de pain roulent entre ses paumes et il s'en débarrasse comme de peaux mortes.

Il neige un peu plus fort que tout à l'heure. J'ai l'impression de regarder le monde à travers un écran brouillé. Nous roulons en direction de l'auditorium. J'observe Paul dans le rétroviseur et me demande depuis combien de temps il garde tout cela pour lui. Entre deux réverbères, instant fugitif, je ne le vois plus : son visage est une ombre.

Au fond, Paul a toujours été très secret. Pendant des années, il a dissimulé la vérité sur son enfance ou sur ses années à l'orphelinat. Le voilà qui cache aujourd'hui la nature de ses rapports avec Vincent. Malgré tout ce qui nous lie, le fossé se creuse, et j'ai l'impression que s'érigent entre nous des barrières. Pour Léonard de Vinci, un peintre doit d'abord enduire sa toile de noir parce que dans la nature tout est sombre qui n'est pas exposé à la lumière. Or la plupart des peintres font le contraire et blanchissent leur toile avant d'y ajouter les ombres. Mais Paul, qui connaît Léonard de Vinci presque intimement, mesure la richesse de la part de l'ombre. Les seules choses que les gens sachent de lui sont celles qu'il accepte d'éclairer.

Je n'en mesurais pas l'importance à l'époque, mais, quelques années avant notre arrivée à Princeton, un incident défraya la chronique sur le campus. James Hogue, voleur de bicyclette de vingt-neuf ans, fut admis à l'université en se faisant passer pour un employé de ranch de dix-huit ans, originaire de l'Utah. Il prétendait avoir lu Platon à la belle étoile et se disait capable de courir un kilomètre en deux minutes chrono. Son personnage de cow-boy philosophe était si réussi qu'on accepta son dossier avec enthousiasme. Lorsque Hogue réclama un sursis d'un an avant d'entrer en fac, nul ne trouva rien à y redire : il affirmait s'occuper de sa mère malade en Suisse. En réalité, il purgeait une peine de prison.

Cette mystification est d'autant plus fascinante que mensonge et vérité s'entremêlaient. Conformément à ses dires, Hogue était un grand sportif et, pendant deux ans, il fut la star des sprinters de Princeton. Par ailleurs, non seulement il brillait en cours alors qu'il suivait un nombre d'UV considérable, mais il récoltait les meilleures notes. L'Ivy Club entreprit de le recruter dès sa deuxième année à Princeton. On peut presque regretter la banalité avec laquelle la supercherie s'acheva : Hogue fut reconnu sur le stade par un spectateur assis dans les gradins, qui le fréquentait dans une vie antérieure. Quand la rumeur se répandit, Princeton mena son enquête et les proctors l'arrêtèrent au beau milieu d'une expérience de chimie en laboratoire. Hogue plaida coupable. Quelques mois plus tard, ce serial imposteur retourna en prison et regagna, petit à petit, l'obscurité.

Pour moi, l'affaire Hogue fut le clou de cet été-là et seule me passionna davantage la découverte d'un numéro que *Playboy* consacrait aux jolies étudiantes des universités huppées de la côte est. Mais pour Paul, cette histoire était plus que captivante. Lui qui n'hésitait pas à recouvrir d'un vernis de fiction sa propre histoire – il jurait avoir dîné alors qu'il ne mangeait pas, ou abhorrer les ordinateurs alors qu'il était sans le sou – s'identifiait aisément à cet homme qui se sentait trahi par la vérité. Le seul avantage à venir de nulle part, comme James Hogue ou Paul, réside dans la liberté qu'on a de se réinventer soi-même. À mesure que j'appris à mieux connaître Paul, je compris qu'il s'agissait moins d'une liberté que d'une nécessité absolue.

Se réinventer soi-même ou abuser son monde : la frontière est mince et, sachant ce qui était arrivé à Hogue, Paul s'efforça de ne pas la franchir. Dès son arrivée à Princeton, il se fixa une ligne de conduite : mieux valait garder des secrets que de proférer des mensonges. Quand j'y songe, une peur ancienne resurgit du plus profond de mon âme. Mon père comparait souvent l'*Hypnerotomachia* à une liaison adultère : « Ce livre pousse à mentir, disait-il, y compris à soi-même. » Peut-être Paul perpétue-t-il ce mensonge : après quatre ans à supporter Taft, quatre ans à en perdre le sommeil, à s'étourdir, à suer sang et eau, tel un amour infidèle, le livre ne lui a rien donné en retour.

Je l'observe de nouveau dans le rétroviseur. Il regarde la neige tomber, l'air absent, le visage pâle. Au loin, un feu orange clignote à un carrefour. Sans l'avoir jamais formulé à voix haute, mon père m'a inculqué un principe : ne jamais se vouer corps et âme à un projet si un échec risque d'anéantir toute perspective de bonheur. Paul s'est investi tout entier dans ce mémoire, et il se demande à présent si le jeu en valait la chandelle.

Chapitre 9

Ma mère m'a dit un jour qu'un bon ami nous protège du danger dès que nous lui demandons secours, mais que le véritable ami intervient de son propre chef, sans qu'il soit nécessaire de solliciter son aide. Les vrais amis sont si rares qu'on peut crier au miracle quand il vous en tombe trois d'un coup.

Notre rencontre date d'une fraîche nuit d'automne, l'année de notre arrivée à Princeton. Paul et moi étions déjà inséparables, et Charlie, qui vivait dans un studio à l'autre bout du couloir, fit irruption dans la chambre de Paul dès le jour de la rentrée, sous prétexte de l'aider à déballer ses affaires. Pour Charlie, que rien n'effrayait tant que la solitude, toutes les occasions étaient bonnes pour lier connaissance.

Au début, Paul se méfia de ce géant un peu fou, qui frappait sans cesse à sa porte en lui proposant de l'embarquer dans quelque aventure impossible. Sa carrure athlétique semblait raviver chez Paul des terreurs anciennes, comme si une brute du même gabarit l'avait torturé dans son enfance. Le fait que Charlie ne se lasse pas de notre présence – nous étions si calmes, comparés à lui – avait, à mon sens, de quoi surprendre : j'étais persuadé qu'il nous lâcherait à la première occasion pour des camarades plus dégourdis. Mon idée était faite : encore un sportif noir issu d'un milieu aisé, maman neurochirurgienne et papa directeur de société, qui considère Princeton avec la désinvolture des gosses de riches espérant y passer du bon temps sans finir bons derniers.

Tout cela me fait rire aujourd'hui. En fait, Charlie est originaire de Philadelphie, ville qu'il sillonnait en ambulance chaque nuit comme bénévole dans une équipe d'urgence. Quand il voulut s'inscrire à Princeton, son père, représentant de commerce, et sa mère, prof de biologie dans un collège, l'avertirent qu'au-delà de ce que coûteraient ses études dans une université publique, les frais seraient à sa charge. Aussi, le jour de son arrivée sur le campus, était-il déjà plus endetté que nous ne le serions jamais après l'obtention de notre diplôme. Même Paul, d'origine plus modeste, disposait d'une bourse couvrant toutes ses dépenses.

Voilà pourquoi aucun d'entre nous ne bossait autant et ne dormait aussi peu que Charlie, qui, de nuit, travaillait désormais comme ambulancier. L'argent si durement gagné était censé lui procurer de grandes choses, et pour justifier les sacrifices qu'il consentait, il se sacrifiait davantage. En outre, s'affirmer dans une fac qui ne compte qu'un étudiant noir pour quinze blancs représente une gageure. Mais les conventions ne lui importent guère et, devant sa personnalité hors norme et sa détermination inébranlable, j'ai parfois l'impression de vivre dans son monde et non dans le mien.

Bien sûr, nous ne savions rien de tout cela, ce fameux soir d'octobre, six semaines après notre première rencontre, quand Charlie vint frapper à la porte de Paul pour lui proposer une entreprise des plus hardies. Depuis la guerre de Sécession, les étudiants de Princeton subtilisaient le battant de la cloche de Nassau Hall, le plus vieil édifice du campus, en vertu d'un principe simple : si la cloche ne sonne pas le début de la nouvelle année universitaire, celle-ci ne peut pas commencer. Que cette croyance fût fondée ou non, peu importe, toujours est-il que cette tradition du larcin s'ancra dans les mœurs au point que l'on ne recula devant rien pour chaparder le battant, pas même escalader des murs ou crocheter des serrures. Un siècle plus tard, lassée du canular et craignant les poursuites judiciaires en cas d'accident, l'administration décréta qu'on retirait à la cloche son battant. Or Charlie n'en croyait pas un mot. Il s'était renseigné, nous dit-il, et le battant était à sa place. Et ce soir-là, avec notre aide, il allait s'en emparer.

Inutile de préciser que pénétrer par effraction dans un monument historique grâce à un jeu de clefs volé puis de fuir les proctors sur ma mauvaise jambe, afin d'emporter un battant de cloche sans valeur, ne m'enthousiasmait guère. Tous ces risques pour connaître un quart d'heure de gloire... Mais à force d'arguments, Charlie vainquit mes résistances : les étudiants de troisième et de quatrième année ne s'intéressent qu'à leurs examens et à leurs mémoires ; en deuxième, c'est le choix d'un sujet de recherche et le rattachement à un club qui anime les discussions. Restait pour briller, aux étudiants de première année, la prise de gros risques. Le président de la faculté serait indulgent avec les nouvelles recrues, disait-il, et ce serait la dernière fois.

Charlie avait besoin de deux comparses, et un vote démocratique entérina ce projet. Nos deux voix l'emportèrent sur celle de Paul par une courte majorité. Ce dernier n'étant pas du genre à jouer les trouble-fêtes, il s'était rangé à nos côtés. Lui et moi ferions le guet pendant que Charlie se lancerait à l'assaut du clocher. Et à minuit, vêtus de noir, nous étions tous les trois au pied de Nassau Hall.

Le nouveau Tom – celui qui avait réchappé du terrible accident de voiture – était plus aventureux que l'ancien – le Tom pusillanime de l'enfance. Mais il est entendu que ni l'un ni l'autre n'avait l'étoffe d'un cascadeur. Je restai longtemps à mon poste, tendu, immobile, trempé de sueur, guettant les ombres et sursautant au moindre bruit. Puis, peu après 1 heure du matin, les premiers clubs fermèrent leurs portes, et une vague d'étudiants et d'agents de sécurité déferla en direction du campus. Charlie avait juré que nous aurions décampé bien avant.

Je chuchotai à Paul :

– Mais pourquoi c'est si long ?

Pas de réponse.

J'appelai de nouveau :

– Qu'est-ce qu'il fait là-haut ?

Je quittai mon poste et je remarquai que la porte de Nassau Hall était restée entrouverte. Paul et Charlie conversaient à mi-voix.

– Ils l'ont vraiment enlevé, disait Charlie.

– Magnez-vous, m'écriai-je, ils arrivent !

Une voix aboya dans mon dos :

– Police du campus ! Restez où vous êtes !

Charlie se tut aussitôt. Je crois me rappeler que Paul jura.

– Les mains sur les hanches, dit de nouveau la voix.

Je fus submergé par une bouffée d'angoisse. J'imaginais le pire, le blâme, les avertissements du président de l'université, l'expulsion.

– Les mains sur les hanches ! répéta la voix, plus fort.

J'obtempérai.

Nous restâmes un moment silencieux, immobiles. J'essayais de distinguer le visage du proctor dans le noir, en vain. Puis un éclat de rire retentit.

– Eh bien, dansez maintenant.

Un étudiant sortit de l'ombre, esquissant une rumba chancelante. Ses cheveux noirs lui tombaient sur le visage et il portait un blazer impeccablement coupé sur une chemise blanche largement ouverte sur le torse.

Charlie et Paul sortirent lentement de Nassau Hall, bredouilles.

Le jeune homme s'avança vers eux montra le clocher en souriant.

– Alors, c'est vrai ?

– Quoi ? grogna Charlie en me lançant un regard furieux.

– Le battant, ils l'ont vraiment enlevé ?

Charlie ne répondit pas, mais Paul hocha la tête. Notre nouvel ami réfléchit un instant.

– Mais vous êtes montés, n'est-ce pas ?

Je commençais à comprendre où cela nous mènerait.

– Vous ne pouvez pas partir comme ça, déclara-t-il.

Ses yeux pétillaient de malice. Charlie saisit immédiatement. En moins de temps qu'il n'en faut pour le dire, je retrouvai mon poste de vigile et les trois autres disparurent dans Nassau Hall.

Quinze minutes plus tard, ils étaient de retour, en caleçon.

– Mais qu'est-ce que vous avez fait ?

Ils avançaient, bras dessus, bras dessous, en se trémoussant. Attachées à la girouette du clocher, six jambes de pantalons flottaient dans le ciel.

Je balbutiai qu'il fallait rentrer, mais, après des coups d'œil complices, mes compagnons me huèrent. L'inconnu voulait fêter ça dans un des clubs de l'université. Il suggéra l'Ivy, sachant qu'à cette heure, sur Prospect Avenue, personne ne nous forcerait à nous rhabiller. Charlie approuva bruyamment.

Sur le chemin, notre nouvel ami nous raconta ses frasques de lycée : il avait teint en rouge l'eau de la piscine pour célébrer la Saint-Valentin ; jeté des cafards en classe pendant un cours sur Kafka ; scandalisé le département d'art dramatique en installant un immense pénis gonflable au-dessus de la scène le soir de la première de *Titus Andronicus*. Des faits d'armes impressionnants. Lui aussi était en première année. Ancien élève d'Exeter, nous apprit-il, qui répondait au nom de Preston Gilmore Rankin.

– Mais, ajouta-t-il sur un ton qui résonne encore à mes oreilles, appelez-moi Gil.

Bien sûr, Gil venait d'un monde à part. Avec le recul, je me demande si son séjour à Exeter ne l'immunisa pas contre la fascination pour la fortune et les distinctions qu'elle impose à l'existence. À ses yeux, le caractère était la seule richesse véritable et c'est peut-être ce qui l'attira vers Charlie et, à travers Charlie, vers nous. Son charme l'aidait à estomper les différences et, à son côté, je me sentais toujours au cœur des choses.

Il nous réservait immanquablement une place pendant les fêtes d'étudiants. Si Paul et Charlie se lassèrent vite de ces mondanités, je goûtai vraiment la compagnie de Gil autour d'une table ou assis à un bar. Car si Paul trouvait son bonheur dans les salles de classe ou les livres, et Charlie dans une ambulance, Gil trouvait le sien dans l'art de la conversation : si elle était bonne, le reste du monde pouvait passer à la trappe. Je crois bien avoir vécu mes plus belles soirées à Princeton avec lui.

L'heure arriva, au cours de notre deuxième année, aux alentour de Pâques, de choisir un club et qu'un club nous choisisse. Dans la majorité des cas, la sélection dépend d'un simple tirage au sort. Certains clubs privilégient toutefois l'ancien système, connu sous le nom de *bicker*, processus de sélection similaire à celui en vigueur pour le recrutement des fraternités : la prime au mérite. Évidemment, la définition du mérite ne rejoint pas toujours celle du dictionnaire et confine parfois au bizutage.

Comme nous y avions des amis, Charlie et moi tentâmes notre chance à Cloister Inn. Gil, bien sûr, décida de se soumettre aux épreuves de sélection de l'Ivy. Paul, poussé par Richard Curry, lui-même ancien membre du club, oublia toute prudence et suivit l'exemple de Gil.

Gil paraissait taillé pour l'Ivy. Il satisfaisait tous les critères d'admission imaginables : il était beau sans qu'il eût à faire le moindre effort, toujours élégant, jamais vulgaire, fougueux mais distingué, intelligent sans passer pour un intello. Que son père – ancien membre de l'Ivy Club – fût un agent de change richissime qui versait à son fils unique une rente mensuelle scandaleuse ne nuisait pas à son dossier. Nul ne s'étonna donc de le voir admis au printemps et élu président l'année suivante.

L'entrée de Paul à l'Ivy procédait d'une autre logique. Sans doute le soutien de Gil et celui, plus discret, de Richard Curry y contribuèrent-ils. Cela n'explique pas tout. De l'avis général, Paul était l'un des plus brillants éléments de notre promotion. Contrairement aux rats de bibliothèque qui ne s'aventuraient jamais au-delà de la Firestone, il était porté par une telle curiosité que sa compagnie était très prisée. Les étudiants de troisième et quatrième année s'amusaient de ce jeune homme malhabile en société qui appelait par leur prénom ses auteurs préférés. Paul ne fut pas même surpris d'être retenu. Quand il était rentré imbibé de champagne pour fêter la nouvelle, je m'étais dit qu'il avait enfin trouvé une famille.

Pendant un certain temps, Charlie et moi avons craint que le magnétisme exercé par l'Ivy club ne nous ravisse nos deux amis. En outre, Richard Curry commençait à occuper une place importante dans la vie de Paul. Paul et Richard s'étaient rencontrés à l'occasion d'un dîner auquel Curry m'avait convié, lors d'une de nos rares équipées à New York. L'intérêt que me témoignait cet homme depuis la mort de mon père m'avait toujours semblé curieux, voire égoïste. Qui de nous deux était le substitut de l'autre : le père sans fils ou le fils sans père ? Aussi avais-je demandé à Paul de m'accompagner à ce repas pour me servir de tampon. Le résultat dépassa mes espérances. L'entente entre eux fut immédiate : ce potentiel intellectuel que Richard m'attribuait, par fidélité pour mon père, se retrouvait chez Paul. En outre, la passion de mon ami pour l'*Hypnerotomachia* ravivait le souvenir des jours heureux au cours desquels, avec Vincent Taft et mon père, il avait exploré cet ouvrage. Le semestre suivant, il offrait à Paul un séjour de recherches en Italie. C'est là que l'ardeur du soutien que Richard manifestait à Paul se mit à m'inquiéter.

Mais si Charlie et moi avions redouté de perdre nos deux amis, nous fûmes vite rassurés. À la fin de l'année, Gil proposa que nous partagions un appartement dans une résidence du campus, renonçant pour rester avec nous à son « studio présidentiel » de l'Ivy Club. Paul accepta avec enthousiasme. La commission des attributions de logement du campus nous assigna Dod Hall ; Charlie aurait préféré le quatrième étage – les escaliers nous auraient forcés à faire de l'exercice – mais le bon sens et le confort l'emportèrent, et c'est dans l'appartement du rez-de-chaussée, fort bien meublé par les bons soins de Gil, que nous passâmes notre dernière année à Princeton.

Entre la chapelle et la salle de conférence, s'étend une vaste cour dallée où nous sommes accueillis par un étrange spectacle. Une dizaine de tables couvertes de victuailles attendent dans la neige sous des tentes. Je n'en crois pas mes yeux : les organisateurs ont l'intention de servir une collation en plein air par ce froid.

Et, comme lors d'une kermesse champêtre avant un ouragan, il n'y a personne. Sous la toile tendue, entre deux touffes d'herbe, le sol est trempé de boue. La neige s'infiltre par les côtés, et les nappes claquent au vent, freinées dans leur envol par le poids des Thermos d'eau chaude et des plateaux de gâteaux et de petits-fours sous Cellophane. Image saisissante que cette immense cour vide et silencieuse, telle une ville anéantie, ersatz de Pompéi.

– C'est une blague ! s'exclame Gil en garant la voiture.

Nous marchons en direction de la salle de conférence. Au passage, Gil secoue les poteaux de la tente la plus proche. Toute la structure s'ébranle.

– Attendez que Charlie voie ça ! ajoute-t-il.

À l'instant même, la silhouette de Charlie se dessine sur le seuil de la salle de conférence. Il s'apprêtait vraisemblablement à partir.

– Eh, Charlie ! dis-je en gesticulant vers la cour. Qu'est-ce que tu penses de ce barda ?

Mais Charlie a autre chose en tête.

– Tes idiots de copains ont placé une fille comme cerbère et elle ne veut pas me laisser passer, lance-t-il à Gil.

Gil tient la porte ouverte. Les idiots, ce sont les étudiantes de l'Ivy qui s'occupent de la coordination des festivités pascales.

– Du calme, dit Gil. Elle aura craint un canular du Cottage Club. Des rumeurs courent à ce sujet et les filles préfèrent étouffer ce genre de plan dans l'œuf.

Charlie se presse l'entrejambe.

– C'est plutôt ça qu'elles étouffent.

– Quelle classe ! raillé-je en marchant vers la chaleur de la salle de conférence, dans l'espoir de sécher mes chaussures trempées. On peut entrer ?

Sur le palier, assise derrière une table, une étudiante de deuxième année – cheveux blond platine, teint hâlé de skieuse – secoue la tête. Mais quand Gil apparaît derrière nous, sa mine se transforme.

La jeune fille considère Charlie d'un air piteux.

– Je ne savais pas que vous étiez avec Gil...

J'entends déjà le professeur Henderson, du département de littérature comparée, qui présente Taft à l'assistance.

– Laisse tomber, dit Charlie en la dépassant.

Nous lui emboîtons le pas.

La salle est bondée. Ceux qui n'ont pas trouvé de place s'entassent le long des murs et près de l'entrée. Katie est assise dans une des dernières rangées, mais avant que j'aie le temps de lui faire signe, Gil m'entraîne avec lui. Un doigt sur les lèvres, il indique de la tête le devant de la scène. Taft vient de faire son entrée et avance vers l'estrade.

La conférence du Vendredi saint est une tradition fort ancienne à Princeton. Bon nombre d'étudiants, qu'ils soient chrétiens ou non, ne manqueraient pour rien au monde ce rendez-vous annuel. Selon la légende, le rituel pascal fut introduit par le théologien Jonathan Edwards, artisan du renouveau religieux en Nouvelle-Angleterre au XVIIIe siècle, qui fut le troisième président de notre université. Le Vendredi saint de l'année 1758, Edwards fit une homélie mémorable, et le samedi soir, il convia les étudiants à un repas avant de célébrer la messe, à minuit. Ces festivités religieuses ont perduré jusqu'à nos jours, profitant de cette inaltérabilité que l'université, tel un bassin de houille, confère à tout ce qui s'y engouffre et s'y fossilise.

Jonathan Edwards lui-même en est la parfaite illustration. Peu de temps après son arrivée à Princeton, il contracta la petite vérole et succomba trois mois plus tard. Bien qu'il fût certainement trop affaibli pour organiser les festivités pascales qu'on lui attribue, les dirigeants successifs de l'université recréent depuis lors les trois événements – sermon, dîner, messe – en leur conférant une « perspective moderne ».

Si je me fie à ce que je sais du personnage, Jonathan Edwards n'appréciait guère les perspectives modernes. Étant donné qu'il nous a légué une vision sinistre de la vie humaine, comparée dans son œuvre à l'araignée se balançant au-dessus de la bouche de l'enfer, accrochée à un fil tenu par un dieu irascible, sans doute se retourne-t-il dans sa tombe à chaque printemps. Le sermon du Vendredi saint s'est mué en une conférence donnée par un professeur en sciences humaines, et si l'on n'y entend guère parler de Dieu, l'évocation de l'enfer est encore plus rare. Le dîner traditionnel, jadis austère et frugal, a laissé place à un banquet, dressé dans une salle somptueuse du campus. Et la messe de minuit, qui faisait autrefois trembler les murs, s'est inclinée devant un rassemblement œcuménique où même les athées et les agnostiques se sentent à l'aise. Si ces cérémonies attirent autant d'étudiants de confessions différentes, c'est qu'on y renforce leurs espérances et qu'on respecte leur sensibilité.

Taft attend sur l'estrade, plus gras et hirsute que jamais. Je ne peux m'empêcher de songer aux victimes de Procuste, les membres étirés ou raccourcis à la mesure exacte du lit sur lequel l'immonde brigand les allongeait. Oui, Taft est difforme, avec sa grosse tête, son ventre rebondi et ses bras dont la chair pend comme si on l'avait tirée des os. Malgré tout, il irradie sur scène. Dans sa chemise blanche froissée et sa veste de tweed élimée, il semble plus grand que nature, tel un esprit s'échappant par ses coutures humaines. Le professeur Henderson s'avance vers lui et essaie d'ajuster le micro sur le revers de sa veste. Taft reste immobile comme un crocodile qui se ferait curer les dents par un oiseau. En me remémorant l'histoire de Gaël Rote et du chien, j'ai de nouveau la nausée.

Quand nous trouvons enfin refuge à l'arrière de la salle, Taft a commencé son discours, qui n'a rien à voir avec le rabâchage habituel du Vendredi saint. Il a préparé une série de diapositives. Sur les images projetées à l'écran, toutes plus terribles les unes que les autres, on torture des saints et on assassine des martyrs. Taft soutient qu'il est plus aisé de donner la foi que de donner la vie, mais qu'il est plus dur de reprendre la première que la seconde. En quelques exemples, il illustre son propos :

– Saint Denis, dit la voix de Taft amplifiée par les haut-parleurs, a été décapité. D'après la légende, son corps s'est relevé et a ramassé sa tête.

Au-dessus du lutrin, apparaît une peinture, un homme aux yeux bandés dont la tête repose sur un billot. Le bourreau brandit une énorme hache.

– Saint Quentin, poursuit Taft en décrivant l'image suivante. Un tableau de Jacob Jordaens, peint en 1650. Il a subi le supplice du chevalet avant d'être flagellé. Il supplia Dieu qu'il lui accorde la force de résister et le saint survécut. Mais bientôt il fut convaincu de sorcellerie, battu et torturé. Il eut la peau transpercée des épaules aux cuisses avec du fil de fer. On lui enfonça des clous dans les doigts, dans le crâne et dans tout le corps. Pour finir, il fut décapité.

Charlie, indifférent à ce charabia – à moins qu'il ne soit tout simplement mithridatisé à force de voir des horreurs en ambulance –, se tourne vers moi.

– Alors, qu'est-ce qu'il voulait, Bill Stein ? chuchote-t-il.

L'écran projette l'image sombre d'un homme, vêtu seulement d'un pagne ; il est allongé sur une grille métallique sous laquelle on va vraisemblablement allumer un brasier.

– Saint Laurent, reprend Taft, qui connaît assez son sujet pour ne pas avoir besoin de se retourner. Martyrisé en l'an 258. Brûlé vif.

– Il a trouvé le manuscrit dont Paul a besoin pour son mémoire, dis-je.

Charlie pointe du doigt le paquet de chiffons que Paul tient serré sur sa poitrine.

– Ça doit être important.

Je m'attendais à plus d'ironie de sa part, puisque Bill Stein a bousillé notre partie de paint-ball dans les tunnels. Une fois sur deux, Gil et lui écorchent le mot *Hypnerotomachia*, mais Charlie a l'intelligence de reconnaître les efforts inouïs que Paul a consacrés à la rédaction de son mémoire.

Taft appuie sur un bouton derrière le lutrin et une gravure abominable surgit à l'écran. Un homme allongé sur une planche de bois, le ventre troué. Deux tortionnaires font tourner une broche à laquelle semble attaché le cordon qui sort de l'abdomen du martyr.

– Saint Erasmus, dit Taft, mieux connu sous le nom de saint Elme. Torturé par l'empereur Dioclétien, il survécut au fouet et au gourdin. On le roula dans le goudron, puis on le brûla, mais la mort ne voulut pas de lui. Jeté en prison, il s'évada. Après sa capture, on l'obligea à s'asseoir sur une chaise de fer chauffée à blanc. Il succomba enfin après qu'on lui eut ouvert le ventre et enroulé les viscères autour d'un treuil.

Gil se tourne vers moi.

– C'est spécial, ce truc.

Dans la dernière rangée, un visage se retourne pour nous faire taire, mais en voyant Charlie, l'étudiant juge préférable de ne pas intervenir.

– Les proctors n'ont rien voulu savoir au sujet de la moustiquaire, chuchote Charlie à l'oreille de Gil, qui tente de reprendre la conversation.

Gil ne se laisse pas distraire et regarde en direction de la scène.

– Saint Pierre, poursuit Taft. Œuvre de Michel-Ange, vers 1550. Pierre fut martyrisé sous Néron, crucifié la tête en bas, à sa propre requête. Il était trop humble pour être supplicié de la même manière que le Christ.

Sur la scène, le professeur Henderson semble mal à l'aise. Elle triture avec nervosité une tache sur sa manche. Malgré le fil conducteur qui justifie cet enchaînement d'illustrations violentes, l'exposé de Taft tient moins de la conférence que du peep-show pour sadique en mal de divertissement. Dans la salle, un silence nerveux règne.

– Dis donc, demande Gil en tirant sur la manche de Paul, c'est son sujet de conversation habituel ?

Paul opine du chef.

– Il est un peu cinglé, non ? chuchote Charlie.

– Nous voici enfin à la Renaissance, poursuit Taft, ère d'un homme qui fit sien le langage de la violence que je viens de vous décrire. J'aimerais vous faire part de son histoire ; et ce n'est pas tant sa mort qui nous importe que le mystère qu'il créa de son vivant. Cet homme était un riche Romain, d'extraction noble, répondant au nom de Francesco Colonna. Il fut l'auteur d'un ouvrage exceptionnel, parmi les plus beaux jamais imprimés : l'*Hypnerotomachia Poliphili.*

Paul a les yeux fixés sur Taft, pupilles dilatées dans le noir.

– Un *Romain* ? chuchoté-je.

Paul me dévisage, incrédule. Des éclats de voix nous parviennent soudain du fond de la salle. La jeune fille à l'entrée et un individu de taille imposante sont engagés dans une violente dispute.

Je n'ai aucun mal à reconnaître l'homme qui sort de l'ombre.

Chapitre 10

Malgré les protestations vigoureuses de la jeune fille blonde, Richard Curry s'engouffre dans la salle. Des dizaines de têtes se retournent. Taft préfère ignorer l'incident :

– Ce livre demeure l'une des grandes énigmes de l'histoire de l'imprimerie.

De tous les côtés on jette des regards interloqués sur l'intrus. La cravate dénouée, le veston à la main, les yeux fous, Curry semble égaré. Paul se fraye un chemin dans la foule.

– Cette œuvre fut publiée par le plus grand imprimeur italien de la Renaissance, Alde Manuce, mais l'identité de son auteur reste sujette à controverse.

– Mais qu'est-ce qu'il fait, ce type ? chuchote Charlie.

– On dirait Richard Curry, répond Gil à mi-voix.

Paul a réussi à se faufiler près de la dernière rangée et tente d'attirer l'attention de Curry.

– De nombreux chercheurs sont d'avis que ce livre est non seulement le moins bien compris, mais aussi, hormis la Bible de Gutenberg, le plus important au monde.

Paul a rejoint Curry. Il pose une main sur son dos, avec délicatesse, et lui murmure quelques mots à l'oreille. Mais le vieil homme secoue la tête.

– Je suis là, dit Curry, assez fort pour que tout le monde entende. J'ai quelque chose à dire.

Taft s'est tu. Tout le monde a les yeux braqués sur l'inconnu qui s'avance vers l'estrade. Curry se passe la main dans les cheveux avant de continuer :

– Le langage de la violence ? gronde-t-il cette fois d'une voix stridente, étrange. Tu l'enseignais il y a trente ans, Vincent, et ton public, c'était *moi.*

Il se tourne vers la foule et ouvre grands les bras.

– Vous a-t-il parlé de saint Laurent, de saint Quentin ? De saint Elme et du treuil ? N'y a-t-il donc rien de nouveau, Vincent ?

Un murmure parcourt l'auditoire. À l'autre bout de la salle, un rire fuse. Curry pointe l'estrade d'un geste empli de mépris :

– Chers amis, cet homme est un imposteur, un escroc.

Puis, à Taft :

– Vincent, je te savais charlatan, capable de chercher à abuser plusieurs fois le même homme. Mais ici, ce soir, tu t'attaques à des esprits innocents. Bravissimo, il Fraudolento ! ajoute-t-il avant de poser deux doigts sur ses lèvres et de lui envoyer un baiser.

D'un mouvement de bras, il invite la foule à se lever.

– Applaudissez, mes amis. Acclamez saint Vincent, saint patron des voleurs.

Taft fulmine.

– Pourquoi es-tu venu, Richard ? dit-il, contrarié.

– Ils se connaissent ? s'étonne Charlie.

Paul essaie de capter l'attention de Curry, en vain.

– Pourquoi es-tu venu, *toi,* mon vieil ami ? Sommes-nous au théâtre ou à l'université ? Et que vas-tu dérober cette fois, maintenant que le livre du capitaine du port n'est plus en ta possession ?

À ces mots, Taft tressaille avant de hurler :

– Assez, Richard !

Mais la voix de Curry s'échappe, ne lui appartient plus.

– Qu'as-tu fait de la pièce de cuir qui se trouvait dans le journal, Vincent ? Dis-le-moi et je m'en irai. Tu pourras continuer de berner ton monde.

Les ombres de la salle semblent envahir le visage de Curry. Le professeur Henderson se lève enfin et s'écrie :

– Qu'on appelle la sécurité !

Un proctor est sur le point d'empoigner Curry, mais Taft a recouvré sa morgue :

– Non, grogne-t-il. Lâchez-le. Il partira de lui-même, n'est-ce pas, Richard ? Avant qu'on ne soit obligé de t'arrêter...

– Vingt-cinq ans ont passé, Vincent, l'interrompt Curry, et c'est toujours la même guerre. Dis-moi où est le plan et je disparaîtrai. Tout le reste, ajoute-t-il en écartant les bras comme pour embrasser la salle, tout le reste est vain.

– Va-t'en, Richard.

– Nous avons échoué tous les deux. Tu connais ce dicton italien : « Il n'y a pas pire voleur qu'un mauvais livre. » Soyons dignes et retirons-nous. Où est le plan ?

Le proctor se glisse entre Paul et Curry mais, à mon grand étonnement, Curry baisse la tête et tourne le dos avant de remonter l'allée. La fièvre a déserté son visage.

– Vieux fou, lance-t-il d'une voix lasse.

Les étudiants s'écartent pour laisser passer Curry. Incapable de bouger, Paul regarde son ami s'éloigner.

– Pars, Richard, ordonne Taft sur l'estrade. Et ne reviens pas !

Nous suivons la lente progression de Curry vers la sortie. La blonde de l'entrée le considère, les yeux agrandis par la peur. Le vieil homme franchit le seuil, traverse le vestibule et disparaît.

La salle se met aussitôt à bruire.

– C'était quoi, ce cirque ? dis-je en regardant la porte.

Gil s'approche de Paul et lui passe un bras autour des épaules.

– Ça va aller ?

– Je n'y comprends rien, balbutie Paul.

– Que lui as-tu dit ?

– Rien. Mais il faut que j'y aille. Il faut que je parle à Richard.

Ses mains tremblent. Il tient toujours le journal serré contre lui.

Charlie proteste, tente de le retenir, mais Paul s'éloigne à grands pas vers la sortie.

– Je l'accompagne, annoncé-je.

Cette fois, Charlie acquiesce, soulagé. Je me retourne une dernière fois vers la scène avant de m'éclipser. Taft a repris sa conférence et il me semble que le géant me regarde droit dans les yeux. Toujours assise, Katie essaie d'attirer mon attention. Ses lèvres formulent une question muette que je ne saisis pas. Je referme doucement la porte derrière moi.

Dehors, les tentes s'agitent comme des squelettes et dansent dans le noir sur leurs jambes de bois. Le vent s'est radouci, mais il neige plus dru que tout à l'heure. J'entends la voix de Paul.

Puis j'aperçois à quelques mètres Richard Curry, dont le veston flotte dans le vent.

– Qu'est-ce qui ne va pas ? lui demande Paul.

– Retourne à l'intérieur, ordonne Curry.

J'avance pour mieux surprendre leurs paroles, mais la neige craque sous mes pieds. Curry lève les yeux et la conversation s'arrête. Rien dans son expression n'indique qu'il me reconnaît. Il pose une main affectueuse sur l'épaule de son protégé avant de s'éloigner.

– Richard ! On peut se retrouver quelque part ? demande Paul.

Mais le vieil homme est déjà loin. Je m'approche de Paul et ensemble nous regardons Curry disparaître dans l'ombre de la chapelle.

– Il faut absolument que je sache où Bill a dégoté ce journal, dit Paul.

– Maintenant ?

– Oui.

– Mais où est Bill ?

– Dans le bureau de Taft, à l'institut, répond Paul.

Ce n'est pas la porte à côté.

– Pourquoi m'as-tu suivi ? me demande-t-il.

– Je me suis dit que tu pourrais avoir besoin de moi.

Je tremble de froid. Paul a des flocons dans les cheveux.

– Ça ira, assure-t-il.

Sauf qu'il n'a rien sur le dos.

– Viens, on t'emmènera là-bas en voiture.

Il baisse les yeux.

– Je préfère lui parler seul.

– Tu es sûr ? Alors prends ça au moins, dis-je en lui tendant mon manteau.

Il sourit.

– Merci.

– Appelle si tu as besoin de quelque chose.

Paul enfile mon manteau et glisse le journal sous son bras. Il part d'un pas hésitant.

– Tu es sûr que tu n'as pas besoin d'aide ? lancé-je sans trop d'espoir.

Il se retourne vers moi, décline mon offre de la tête.

– Bonne chance, murmuré-je.

Le froid s'engouffre par le col de ma chemise. Il n'y a rien que je puisse faire pour Paul. Quand il a disparu de mon champ de vision, je retourne à l'intérieur.

Je repasse devant la blonde sans piper mot. Je retrouve Gil et Charlie où je les ai laissés tout à l'heure. Ils semblent hypnotisés par Taft.

– Tout va bien ? me chuchote Gil.

– Oui. Je te raconterai tout à l'heure.

– Certains lecteurs modernes, tonne Taft, se sont contentés de l'idée que ce livre obéit aux règles du roman pastoral, genre cher à la Renaissance. Mais, si l'*Hypnerotomachia* ne figure qu'un roman d'amour classique, pourquoi la passion de Poliphile et Polia n'occupe-t-elle que trente pages du livre, contre trois cent quarante pages d'intrigues secondaires, de rencontres incongrues avec des créatures mythiques et de dissertations sur des sujets ésotériques ? Si un mot sur dix est consacré à l'idylle, comment interpréter les quatre-vingt-dix pour cent restants du livre ?

Charlie se tourne vers moi.

– Tu connais tout ça ?

– Oh, oui...

J'ai entendu ce discours des dizaines de fois autour de la table familiale.

– Bref, il ne s'agit pas d'une simple histoire d'amour. « Le Combat pour l'amour dans le songe de Poliphile » – car tel est l'intitulé latin du livre – est extraordinairement plus complexe. Depuis cinq siècles, les chercheurs s'échinent à le déchiffrer avec les meilleurs outils d'interprétation de leur époque, et aucun n'a réussi à trouver son chemin dans ce labyrinthe.

« L'*Hypnerotomachia* est-il un livre ardu ? Voyons comment se sont débrouillés ses traducteurs. Le premier traducteur en français réduisit l'incipit à moins de douze mots alors qu'il en compte soixante-dix dans sa version originale. Robert Dallington, contemporain de Shakespeare, tenta bien de lui être plus fidèle, mais il se découragea et abandonna à mi-parcours. Il n'y eut aucune tentative ultérieure en anglais. Quant aux penseurs de l'Occident, ils n'y voient qu'un galimatias sans grand intérêt. Castiglione recommandait aux hommes de la Renaissance de ne point emprunter au langage de Poliphile pour courtiser les femmes.

« Pourquoi ce livre est-il si opaque ? Pourquoi a-t-on tant de mal à le comprendre ? Parce que non seulement il se décline en latin et en italien, mais on y trouve du grec, de l'hébreu, de l'arabe, du chaldéen et même des hiéroglyphes ! L'auteur maîtrisait plusieurs langues, passait de l'une à l'autre à sa guise et, quand cela ne suffisait pas, il inventait des mots de son cru.

« Ce n'est pas le seul mystère autour de cet ouvrage. Jusqu'à une date récente, on ignorait même l'identité de son auteur. Le secret semblait si bien gardé que le grand Alde lui-même, son imprimeur, ne connaissait pas son nom. Dans une impression ultérieure de l'*Hypnerotomachia,* l'un des éditeurs, dans son introduction, implore les muses de lui révéler le nom de l'auteur. Les muses refusent au motif que “la prudence s'impose, si l'on ne souhaite pas que les choses divines soient dévorées par une jalousie vindicative”.

« Ma question est la suivante : pourquoi l'auteur se serait-il donné tant de mal pour écrire une banale histoire d'amour ? Et pourquoi employer toutes ces langues ? Pourquoi y inclure deux cents pages sur l'architecture ? Dont dix-huit sur un temple de Vénus et douze sur un labyrinthe souterrain ? Pourquoi cinquante pages sur une pyramide ? Et cent quarante sur des pierres précieuses et des métaux, sur la danse et la musique, la nourriture et les arts de la table, la flore et la faune ?

« Mieux encore, qui est ce Romain qui maîtrise tant de langues, tant de sujets, et qui put convaincre le plus grand imprimeur d'Italie de travailler sur ce mystérieux ouvrage sans révéler son identité ?

« Et par-dessus tout, quelles sont ces "choses divines" que les muses refuseraient de divulguer ? Et quelle jalousie vindicative pourraient-elles inspirer ?

« Il ne peut s'agir d'une histoire d'amour. L'auteur cherchait à nous emmener ailleurs – là où nous, chercheurs, n'avons jamais su aller. Mais où commencer à chercher ?

« Je ne répondrai pas à cette question pour vous. Je préfère vous offrir une énigme à résoudre. Trouvez la solution et vous approcherez la vérité.

Sur ces mots, Taft allume le projecteur et trois images apparaissent à l'écran.

– Voici trois gravures tirées de l'*Hypnerotomachia*. Elles illustrent le cauchemar que Polia décrit à la fin du livre. Première gravure : un enfant conduit un char en flammes tiré par deux femmes nues qu'il fouette comme des bêtes. Polia observe, cachée derrière un arbre de la forêt. Deuxième gravure : l'enfant libère ces femmes en tranchant leurs chaînes brûlantes, à l'aide d'une épée dont il se sert ensuite pour les décapiter et les démembrer.

« Sur la dernière gravure, l'enfant arrache du corps des deux femmes leurs cœurs encore palpitants et les offre à des oiseaux de proie. Les entrailles sont lancées aux aigles et les membres vont aux chiens, aux loups et aux lions rassemblés autour de lui.

« Quand Polia se réveille, sa nourrice lui explique que l'enfant de son rêve est Cupidon, que les femmes sont de jeunes vierges qui l'ont offensé en refusant les ardeurs de leurs soupirants. Polia en déduit qu'elle a eu tort de repousser les avances de Poliphile.

Taft s'arrête un instant. Le dos tourné à la salle, il contemple les images qui flottent au-dessus de sa tête.

– Et si la nourrice de Polia s'était trompée ? reprend-il d'une voix désincarnée qui résonne dans le micro accroché à sa veste. Si son interprétation était erronée ? Si la punition infligée à ces femmes nous désignait leur véritable crime ?

« Dans nombre de pays d'Europe à cette époque, la haute trahison était passible d'une peine effroyable : le coupable était

d'abord attaché à la queue d'un cheval, puis traîné dans toute la ville jusqu'à la potence pour être pendu. Mais avant qu'il ne meure tout à fait, le bourreau le découpait en morceaux, l'éviscérait et jetait ses entrailles au feu. On lui arrachait ensuite le cœur pour le présenter à la foule. Le bourreau décapitait la carcasse, coupait en quatre les restes, que l'on exposait sur des piques en divers endroits de la ville pour dissuader les traîtres potentiels.

Taft se retourne pour observer la réaction du public.

– Revenons à nos gravures. De nombreux détails correspondent à ce châtiment que je viens de vous décrire. Les victimes sont traînées vers le lieu de leur exécution – ou plutôt, et c'est assez caustique, ce sont elles qui traînent le char de leur bourreau. Elles sont démembrées et leurs membres sont exposés à la foule, en l'occurrence aux animaux dont il a été question tout à l'heure.

« En revanche, elles ne sont pas pendues, mais passées au fil de l'épée. Et pourquoi donc ? La décapitation est un privilège accordé aux coupables de haut rang alors que la pendaison est le lot des manants. Nos deux femmes sont donc certainement issues de la noblesse.

« Enfin, les animaux vous rappelleront sans doute les trois bêtes du chant d'ouverture de *L'Enfer* de Dante, ou le sixième verset de Jérémie.

– Il me l'a ôté de la bouche, chuchote Gil en souriant.

Mais Charlie le fait taire.

– Le lion symbolise l'orgueil, poursuit Taft. Et le loup représente la convoitise. Deux vices caractéristiques du traître – qu'il s'agisse de Satan ou de Judas. La troisième bête de Dante est le léopard, symbole de luxure. Mais Francesco Colonna troque le léopard pour le chien dans l'*Hypnerotomachia*, suggérant ainsi que la luxure n'est pas un des péchés pour lesquels ces deux femmes sont condamnées.

Taft s'arrête pour donner le temps au public de digérer ces informations.

– Nous décryptons à présent le vocabulaire de la cruauté. En dépit de ce que nombre d'entre vous sont portés à croire, ce langage n'est pas que barbare. Comme tous les rituels, il est chargé de sens. Il suffit d'apprendre à le lire. Je vous propose donc un dernier indice pour mieux interpréter ces images. La suite vous appartient.

« Vous l'aurez remarqué presque à votre insu : Polia s'est trompée sur l'identité de l'enfant. Si le petit garçon du cauchemar était Cupidon, ce n'est pas une épée qu'il aurait à la main, mais un arc et des flèches.

Un murmure d'approbation parcourt la salle : des centaines d'étudiants, soudain, considèrent la Saint-Valentin sous un jour nouveau.

– Cherchez donc : qui est cet enfant qui brandit une épée, qui force des femmes à traîner son char sur un chemin semé d'embûches et qui les tue comme on liquide les traîtres ?

Il s'arrête, feint de s'apprêter à souffler la réponse, mais il se contente d'ajouter :

– Résoudre cette énigme, c'est commencer à entrevoir la vérité cachée dans l'*Hypnerotomachia.* Et peut-être commencerez-vous aussi à comprendre le sens profond de la mort, et de la forme qu'elle prend lorsqu'elle se présente aux vivants. Croyants ou mécréants, nous sommes tous si habitués au signe de croix que nous en occultons la signification du crucifix. Mais toute religion, et le christianisme en particulier, se fonde sur une vision de la mort, une vision du sacrifice et du martyre. Et ce soir, tandis que nous commémorons le sacrifice du plus célèbre supplicié de l'histoire, nous aurions tort de l'oublier.

Taft retire ses lunettes et les glisse dans la poche de sa chemise. Il baisse la tête et conclut :

– Cette tâche, je vous la confie. J'ai confiance en vous.

Il recule d'un pas.

– Merci à tous et bonsoir.

Les applaudissements, d'abord dispersés, gagnent rapidement toute la salle. Malgré l'incident du début, le public s'est laissé séduire par l'étrange personnage, fasciné par ce mélange d'érudition et de cruauté.

Taft s'avance vers la table sur la scène, avec l'intention de s'asseoir, mais les acclamations ne cessent pas. Certains étudiants l'ovationnent même debout.

– Merci, répète-t-il, les mains serrées sur le dossier de sa chaise.

Son rictus caractéristique se dessine sur ses lèvres. Comme s'il n'avait jamais cessé d'observer son public, et non l'inverse.

Le professeur Henderson se lève pour faire taire les vivats.

– Comme tous les ans, nous offrons une collation dans la cour située entre la salle et la chapelle. Le personnel a disposé autour des tables des chauffages d'appoint. Nous vous attendons nombreux.

Se tournant vers Taft, elle ajoute :

– Cela dit, permettez-moi de vous remercier, docteur Taft, pour cette inoubliable conférence qui, j'en suis sûre, marquera les esprits.

Le sourire qu'elle affiche paraît crispé.

La foule applaudit une dernière fois avant de se disperser lentement vers la sortie.

Taft observe le mouvement et j'admire presque ce vieil ours solitaire qui vit à l'écart du monde depuis tant d'années. Je comprends enfin pourquoi il fascine Paul. Même quand on sait qu'il nous manipule, il est très difficile, voire impossible de le quitter des yeux.

Lentement, Taft déplace son corps trop lourd de l'autre côté de la scène. L'écran blanc disparaît dans une fente au plafond et les trois diapositives ne sont plus qu'un camaïeu de gris sur le mur noir du fond. C'est à peine si je reconnais les animaux sauvages qui se disputaient tout à l'heure les restes des femmes. Même l'enfant se dissipe.

– Tu viens ? demande Charlie, qui m'attend avec Gil près la sortie.

Je m'empresse de les suivre.

Chapitre 11

– Tu n'as pas trouvé Paul ? demande Charlie.

– Il ne voulait pas de mon aide.

Mais lorsque j'évoque son échange avec Curry, Charlie me jette un regard réprobateur. Je n'aurais pas dû le laisser partir seul.

– Paul a suivi Curry ? insiste-t-il.

– Non. Il cherchait Bill Stein.

– Vous restez au pot ? demande Gil, sentant que nous sommes sur le point de battre en retraite. On a besoin de vous.

– Bien sûr, dis-je.

Gil semble aussitôt rassuré. Son esprit est ailleurs.

– Il faudra éviter Jack Parlow et Kelly. Leur seul sujet de conversation, c'est la fête de demain soir. Sinon ce sera sympa.

Il nous précède dans l'escalier qui conduit à la cour enneigée, où toute trace du passage de Paul et Curry a été balayée par le vent. Les étudiants s'amassent sous les tentes. Zut, il est presque impossible de passer inaperçu avec Gil. Nous nous abritons à l'écart, mais, malgré lui, Gil exerce un pouvoir d'attraction irrépressible.

La première à nous happer est la blonde qui gardait l'entrée de la conférence.

– Tara, comment vas-tu ? lance Gil lorsqu'elle nous rejoint sous l'abri de toile. Quelle soirée mouvementée, n'est-ce pas ?

Charlie fuit vers la table où sont posés des Thermos argentées pleines de chocolat chaud.

– Je crois que tu connais Tom ?

Cette dernière trouve une façon polie de signifier qu'elle ignore qui je suis.

– Ah, bien, reprend Gil avec légèreté. Vous n'êtes pas du même niveau.

Il me faut une seconde avant de comprendre qu'il parle de niveau universitaire.

– Tom, voici Tara Pierson, promotion 2001, poursuit Gil, qui a remarqué le manège de Charlie pour éviter ces mondanités. Tara, voici mon ami Tom Sullivan.

Ce formalisme ne réussit qu'à accroître l'embarras de Tara :

– Je suis vraiment désolée pour tout à l'heure, commence-t-elle. Je ne pouvais pas deviner...

Et patati et patata. Je l'entends débiter que nous méritons un traitement de faveur, ou, en tout cas, d'être traités avec plus d'égards que le commun des mortels parce que Gil se brosse les dents au-dessus du même lavabo que nous. Plus elle jacasse, plus je me demande pourquoi l'Ivy ne s'en est pas encore débarrassé. Fondée ou non, la rumeur veut que les étudiantes, qui, comme Tara, ne peuvent compter que sur leur physique, se soumettent à une épreuve particulière, le « bizutage du deuxième étage ». Invitées à se rendre au club, elles se font expliquer dans l'une des chambres que leur candidature dépend de leur bonne volonté. J'ose à peine imaginer la nature exacte de cette bonne volonté ; Gil, bien sûr, nie farouchement l'existence de telles pratiques.

Tara, devinant sans doute mes pensées ou s'apercevant que je ne l'écoute pas, s'échappe en balbutiant quelque excuse. Bon débarras, me dis-je en la regardant se glisser furtivement sous une autre tente, tignasse dorée flottant au vent.

Je repère Katie de l'autre côté de la cour, une tasse de chocolat fumant à la main, l'appareil photo pendu à son cou comme une amulette. Il me faut quelques secondes avant de deviner ce qui attire son attention. Il n'y a pas si longtemps, j'aurais envisagé le pire, un amant secret qui l'aurait conquise pendant les nuits où je planchais sur l'*Hypnerotomachia*. Mais j'ai mûri. C'est la chapelle qui l'intéresse. Elle se dresse telle une falaise au bord d'une mer blanche : un rêve de photographe.

L'attirance amoureuse est un phénomène curieux que je commence seulement à comprendre. Quand j'ai rencontré Katie, je pensais qu'il me suffisait de la regarder pour que le monde s'arrête. Même si mon avis ne faisait pas l'unanimité – Charlie, qui préfère les filles plantureuses, goûte plus le caractère de Katie que son physique –, j'étais subjugué. À cette époque, l'idée de lui toucher la main ou de respirer le parfum de ses cheveux suffisait à me bouleverser. Chacun était le trophée de l'autre, nous nous hissions mutuellement sur un piédestal. Puis je compris que mes deux années d'avance sur elle à l'université et mon amitié avec le président de son club avaient favorisé ma rencontre avec une fille aussi formidable que Katie.

J'ai fini par revenir sur terre et Katie me l'a bien rendu. On se dispute quand il fait trop chaud dans ma chambre ou qu'elle dort la fenêtre ouverte. Elle me reproche de me servir deux parts de dessert et affirme que tous les hommes finissent par payer le prix de leurs petites transgressions. Gil se moque de moi, l'accuse de m'avoir apprivoisé, comme si j'avais jamais été sauvage. De fait, je suis candidat à la domestication. Je monte le thermostat quand je n'ai pas froid et je prends deux fois du dessert même quand je n'ai pas faim, parce que je me dis que, plus tard, Katie ne tolérera pas ces détails, ce qui veut dire que j'envisage un plus tard. Les fantasmes d'hier, dans la foulée de ses réprimandes, m'importent moins. Je la préfère comme elle est, dans cette cour.

Elle a les yeux gonflés, signe qu'une longue journée touche à sa fin. Le vent fait danser ses boucles sur ses épaules. Je voudrais pouvoir continuer à l'observer ainsi de loin, me fondre dans sa contemplation. Mais elle me fait signe de la rejoindre.

– C'était quoi, tout ce bazar ? demande-t-elle. Tu connais le type qui a fait ça ?

– Richard Curry.

– Curry !

Katie me prend par la main. Sa lèvre inférieure s'ourle délicatement.

– Paul va bien ?

– Je crois.

Dans la foule, des étudiants galants proposent leur veste à leurs amies, transies de froid. Tara la Blonde a réussi à convaincre un inconnu de lui prêter la sienne.

Katie fait quelques pas en direction de l'amphithéâtre.

– Alors, ça t'a plu ? demande-t-elle.

– La conférence ?

Elle hoche la tête tout en se tordant une mèche.

– Un peu sanglant.

Jamais je ne ferai de compliments à l'ogre.

– Plus intéressant que d'habitude, tout de même, dit-elle en me tendant sa tasse de chocolat. Tu me tiens ça un instant ?

Elle a noué un chignon sur sa tête et y plante deux longues épingles sorties de sa poche. Cette dextérité qui lui permet de faire une chose à l'aveugle me rappelle la manière dont ma mère nouait la cravate de mon père en se tenant derrière son dos.

– Qu'est-ce qui ne va pas ? questionne-t-elle en voyant l'expression sur mon visage.

– Rien, je pensais à Paul.

– Il aura fini à temps ?

Ah, le mémoire. En dépit de tout, Katie s'intéresse encore au sort de l'*Hypnerotomachia*. Demain soir, elle pourra oublier à jamais mon ancienne maîtresse.

– J'espère.

Le silence qui suit est moins agréable. Je me creuse les méninges pour trouver un autre sujet de conversation – son anniversaire ou le cadeau qui l'attend chez moi. Charlie se joint à nous, ce qui ne laisse rien présager de bon : après avoir fait le tour des tables, il a décidé de venir se réfugier à nos côtés.

– Je suis un peu en retard, annonce-t-il. Tu me fais un topo ?

Charlie est un être bizarre, mais je suis chaque fois soufflé de constater à quel point ce géant intrépide peut se montrer balourd et maladroit avec le sexe opposé.

– Un topo ? s'exclame Katie, amusée.

Il gobe un petit-four, puis un autre, tout en contemplant la foule, comme s'il cherchait un divertissement.

– Mais oui, dit-il. Comment ça se passe en cours. Qui sort avec qui. Ce que tu fais l'année prochaine. Les trucs habituels.

Katie sourit.

– Tout va très bien en classe, Charlie. Tom et moi sortons toujours ensemble, précise-t-elle, les sourcils froncés. Je serai encore ici l'an prochain. Je passe en troisième année.

– Ah ! soupire Charlie, qui oublie systématiquement qu'elle a deux ans de moins que nous.

Il tient un gâteau minuscule dans sa paume gigantesque et cherche sans doute la façon idéale de s'adresser à une étudiante de deuxième année. Évidemment, il choisit la pire : le bon conseil.

– La troisième année est assez difficile. Deux devoirs importants à rendre, incontournables pour ta matière principale.

Puis, parlant de moi tout en s'empiffrant :

– Et puis ta relation avec ce type se gérera à distance, désormais. Pas facile, tout ça.

Il tourne sa langue dans sa bouche, savoure ce qu'il y trouve tout en ruminant notre avenir.

– Je ne peux pas dire que je t'envie, conclut-il.

Il s'arrête pour nous donner le temps de digérer. Par un tour de force dont il a le secret, Charlie a réussi à plomber notre humeur en moins de cinq phrases.

– Tu aurais voulu courir ce soir ? lâche-t-il enfin.

Katie, qui espère une accalmie après cette salve de bourdes, attend des précisions. Mais, comme je connais les rouages de la pensée de Charlie, je sais ce qui va suivre. D'un geste, je le supplie de se taire.

– Les JO nus, dit-il en m'ignorant. Tu n'avais pas envie d'y participer ?

Le coup est fatal. Je l'ai vu venir, mais je suis incapable de le parer. Pour montrer son intérêt envers Katie, une étudiante de deuxième année qui habite Holder, Charlie lui demande si elle est contrariée de ne pas avoir paradé nue sur le campus ce soir. Il sous-entend, je pense, un compliment malhabile : une fille aussi bien roulée que Katie doit rêver d'exhiber ses appas devant la population universitaire tout entière.

Katie se renfrogne.

– Pourquoi ? J'aurais dû ?

– Je ne connais pas beaucoup d'étudiantes de deuxième année qui voudraient rater une telle aubaine, dit-il.

Le ton s'est radouci. Il cherche à se rattraper.

– Qu'est-ce que tu entends par « aubaine » ? insiste Katie.

J'essaie d'aider Charlie, de trouver une litote avantageuse, mais mes cellules grises s'échappent comme une nuée d'oiseaux migrateurs.

– Eh bien, se débarrasser de ses fringues une fois tous les quatre ans, c'est pas une aubaine, ça ? propose Charlie en cherchant ses mots.

Très lentement, Katie détaille notre accoutrement : la tenue de combat souterrain de Charlie et mon costard froissé.

– Dans ce cas, nous sommes quittes. Parce que je ne connais pas beaucoup d'étudiants qui voudraient rater l'occasion de *changer* de fringues une fois tous les quatre ans.

Je lutte contre l'envie de lisser les plis de ma chemise.

Charlie regarde ailleurs avant d'aller inspecter la table voisine.

– Vous savez parler aux femmes, tous les deux, note Katie.

Elle voudrait paraître détendue, mais sa voix trahit une grande lassitude. Elle me passe la main dans les cheveux. Au même moment, une fille de l'Ivy vient vers nous, traînant Gil par le bras. Vu la tête qu'il fait, j'en déduis qu'il s'agit de la fameuse Kelly qu'il nous a recommandé d'éviter.

– Tom, tu connais Kelly Danner, n'est-ce pas ?

Je suis sur le point de répondre quand le visage de Kelly s'empourpre de colère. Son regard se pose sur l'autre côté de la cour.

– Ah, les salauds ! vitupère-t-elle en jetant son gobelet par terre. Je me doutais bien qu'ils préparaient un coup.

Une troupe de jeunes gens vêtus de toges et de tuniques est le point de mire.

Charlie siffle d'excitation et s'approche pour mieux voir.

– Dites-leur de fiche le camp, crie Kelly à la ronde.

Le groupe avance. C'est exactement ce que craignait Kelly : un canular chorégraphié. Deux séries de lettres ornent la poitrine des étudiants. Je ne peux pas tout lire, mais je distingue un « T » et un « I ».

TI pour Tiger Inn. Dans l'ordre d'ancienneté, c'est le troisième *eating club* de Princeton, le seul asile au monde qui soit dirigé par des fous. Et l'Ivy n'est jamais aussi menacé que lorsque les étudiants de Tiger Inn lui offrent une farce.

Des rires éclatent dans la cour. En plus des toges et des tuniques, les plaisantins arborent perruques et longues barbes grises.

Après un bref conciliabule, ils se dispersent pour former une seule rangée. Chacun porte sur sa poitrine un mot différent, lequel est, je le distingue enfin, un prénom. Sur le plus grand personnage, debout au milieu de la rangée, je lis : *Jésus*. Entouré des douze apôtres, six de part et d'autre.

Les rires et les exclamations s'amplifient.

Kelly serre les mâchoires. Gil essaie-t-il d'étouffer un rire pour ne pas la blesser ou espère-t-il donner l'illusion qu'il s'amuse alors que cette comédie l'exaspère ? L'expression de son visage est sibylline.

Jésus lève les bras pour inviter le public à se taire. Quand le silence règne enfin dans la cour, les apôtres se divisent pour former un chœur. Un peu en retrait, Jésus dirige l'ensemble. Extrayant un diapason de sa toge, il donne le la et les hommes de la première rangée, assis par terre, répètent la note après lui. Ceux de la deuxième, à genoux, enchaînent à la tierce. Finalement, tandis que tous semblent à bout de souffle, les apôtres de la troisième rangée reprennent à la quinte.

La foule, impressionnée par tant de coordination, applaudit à tout rompre.

– Jolies toges ! hurle quelqu'un tout près.

Jésus tourne la tête, hausse un sourcil. D'un mouvement du poignet, il lève trois fois sa baguette avant d'exécuter un grand geste théâtral qui marque le début du spectacle. Le chœur explose sur l'air d'une marche militaire et son chant envahit la cour.

Nous sommes venus raconter l'histoire du collège de Dieu
Mais les raisins de la colère ont fait tourner le vin,
Alors pardonnez notre ivresse en ces lieux,
C'est que nous ne sommes pas n'importe quels saints.

Gloire ! Gloire ! Nous sommes les fossiles
Les plus âgés des apôtres du Nazaréen
Nous sommes les héros des Évangiles
Mais nous serions de pauvres pécheurs de rien
Si le Christ n'était pas venu en ville.

Jésus est un gamin type de l'antique Moyen-Orient,
Pupille d'une école publique, mais propriétaire du Saint-
[Graal :
Plutôt brûler en enfer que fréquenter Harvard ou Yale,
Pour lui, le choix s'est fait en riant.

Gloire ! Gloire ! Dieu l'avait à la bonne,
Pour Jésus-Christ, il fallait Princeton,
Il a pris la bonne décision
En choisissant d'étudier les religions
Il nous a permis d'écrire cette chanson.

Ainsi le Christ est arrivé, l'automne de ses dix-huit ans.
Le Plus Grand Homme que le campus ait accueilli
Et quand il annonça qu'il choisissait TI
Ivy & Co ne furent pas contents.

Deux apôtres de la première rangée se lèvent et esquissent un pas en avant. Le premier déroule une banderole sur laquelle on lit « Ivy ». Le second fait de même pour « Cottage ». Chacun vient narguer l'autre, puis se pavane devant Jésus, la poitrine gonflée d'importance. La chanson reprend.

Chœur : *Gloire ! Gloire ! Jésus à l'épreuve.*
Tous ces païens prétentieux font ce qu'ils peuvent.
Ivy : *Nous ne voulons pas d'un Juif ;*
Cottage : *Et nous d'un menuisier dans le pif ;*
Chœur : *Et le Seigneur choisit Tiger Inn.*

Kelly fulmine.
La formation se disloque et les apôtres en rang serré, bras dessus, bras dessous, Jésus au centre, se lancent dans un french cancan endiablé.

Jésus, Jésus, quel type sympa !
Grâce à lui, nous avons fait un grand pas.
Rien de plus divin
Que de changer l'eau en vin !

Là-dessus, les treize hommes se retournent et, dans mouvement parfaitement synchronisé, soulèvent leur toge. À un caractère par fesse, espace compris, l'ensemble forme un tout amusant :

TIGER INN VOUS DIT MERCI !

Le tonnerre d'applaudissements se mêle à un chahut monstre et à des huées éparses. Et au moment où les treize compères se préparent à partir, un craquement violent déchire l'air de l'autre côté de la cour, suivi d'un bruit de verre brisé.

Au dernier étage de Dickinson, siège du département d'histoire, une lampe s'allume, puis s'éteint. Une des vitres a volé en éclats. Je distingue des mouvements dans la pièce.

Les apôtres de TI applaudissent bruyamment.

– Que se passe-t-il ? demandé-je.

En plissant les yeux, je devine une silhouette à côté de la fenêtre.

– Ce n'est pas drôle, hurle Kelly à Judas, qui est maintenant à portée de voix.

Judas lève le nez.

– Qu'est-ce que ce type fait là-haut ? interroge-t-elle en montrant la fenêtre.

Judas réfléchit une seconde.

– Il va pisser par la fenêtre.

Furieuse, Kelly alpague Jésus.

– Tu veux m'expliquer ce qui se passe, Derek ? lance-t-elle.

La silhouette apparaît de nouveau à la fenêtre, puis disparaît. À sa façon de se mouvoir, j'ai l'impression que l'homme est saoul.

– Il y a quelqu'un d'autre, là-haut, signale Charlie.

Soudain, l'homme se redresse avant de s'appuyer aux montants de la fenêtre.

– Il va pisser ! répète Judas.

Les apôtres scandent :

– Saute ! Saute !

Kelly se rue sur eux.

– Taisez-vous, bande d'imbéciles. Allez le chercher !

L'homme disparaît de nouveau.

– Je ne pense pas que ce soit un TI, opine Charlie, préoccupé. Sans doute un gars des JO nus qui a trop forcé sur la gnôle.

Non, l'homme était vêtu. Je lève la tête, essayant de distinguer ses formes dans l'obscurité. L'homme ne reparaît pas à la fenêtre.

Tout près, les apôtres enivrés le huent.

Derek tente de restaurer le calme et rassemble ses disciples égarés.

Gil observe tout cela avec le même air impassible qu'il affichait à l'arrivée des Tiger Inn. Jetant un coup d'œil à sa montre, il sourit :

– Eh bien, on dirait que la soirée est...

– Merde ! hurle Charlie.

Sa voix couvre presque le deuxième craquement. Cette fois, il n'y a pas de doute. C'est un coup de feu.

L'homme explose à travers la vitre, le dos tourné, et pendant quelques secondes il semble figé dans sa chute. Quand le corps s'écrase au sol dans un bruit sourd, un silence absolu envahit la cour.

Puis plus rien.

Je me souviens surtout du bruit des pas de Charlie se précipitant vers le corps allongé dans la neige. Une foule de gens converge.

– Bon sang ! murmure Gil.

D'un peu partout, la même question aux lèvres.

– Comment va-t-il ?

Mais l'homme à terre n'esquisse pas le moindre mouvement.

On entend enfin la voix de Charlie :

– Appelez une ambulance ! Dites qu'il y a un homme inanimé dans la cour, près de la chapelle.

Gil dégaine son portable, mais deux agents de sécurité du campus arrivent au pas de course, se fraie un chemin dans la foule en repoussant les curieux. Penché sur le corps, Charlie exécute un massage cardiaque – ses gestes sont réguliers comme le mouvements des pistons. Étrange de l'observer dans un rôle qui occupe pourtant toutes ses nuits.

– L'ambulance ne devrait pas tarder.

Au loin, j'entends hurler les sirènes.

Ma jambe commence à trembler.

L'ambulance arrive enfin. Les portes s'ouvrent à l'arrière et laissent passer deux membres de l'équipe médicale d'urgence. Ils immobilisent le blessé dans un corset avant de le déposer sur la civière. Quand les portes se referment, je devine l'empreinte laissée par le corps. La trace sur la dalle a quelque chose d'indécent, comme une entaille dans la chair d'une princesse de conte de fées. Ce que je prenais pour de la boue, à l'endroit de l'impact, passe du noir au rouge. C'est du sang. Dans le bureau au dernier étage, tout est sombre.

L'ambulance s'éloigne dans Nassau Street et le bruit de la sirène s'estompe petit à petit. Je n'arrive pas à détacher mes yeux de l'empreinte de l'ange disloqué. Le vent mugit et je frissonne. Quand les gens commencent à quitter la cour, Charlie a disparu. Il est monté dans l'ambulance et un silence infernal se substitue à la voix que je voudrais entendre.

Les étudiants se dispersent sans bruit.

– J'espère qu'il s'en sortira, dit Gil en posant une main sur mon épaule.

Pendant une seconde, j'ai l'impression d'entendre Charlie.

– Rentrons, dit Gil. Je te ramène.

J'apprécie la chaleur de sa main, mais je ne bouge pas, je suis incapable de m'arracher à ces lieux. Je revois l'homme tomber, son corps s'écraser au sol. La séquence se fragmente, j'entends le bris du verre, puis le coup de feu.

J'ai l'estomac retourné.

– Viens, insiste Gil. Tirons-nous d'ici.

J'accepte. Katie a disparu après le départ de l'ambulance. Une de ses amies me prévient qu'elle est rentrée à Holder avec ses camarades de chambrée. Je l'appellerai dès que je serai chez moi.

Gil prend mon bras et me guide vers la Saab enneigée, garée près de l'entrée de l'auditorium. D'instinct, il met le chauffage à la bonne température et ajuste le volume d'une vieille ballade de Sinatra jusqu'à ce que le sifflement du vent ne soit plus qu'un souvenir. Il conduit à une vitesse qui me rassure quant à notre résilience face aux intempéries.

– Tu as vu qui est tombé ? demande-t-il doucement après un moment.

– Je n'ai rien pu voir.

– Tu ne penses pas que... énonce Gil en s'avançant un peu sur son fauteuil.

– Je ne pense pas que quoi ?

– Tu ne crois pas qu'on devrait appeler Paul pour lui demander si ça va ?

Gil me tend son portable. Je compose le numéro, mais il n'y a pas de couverture de réseau.

Nous n'échangeons plus un mot pendant quelques secondes interminables, chacun tente de chasser cette possibilité de son esprit. Finalement, Gil change de sujet.

– Raconte-moi ton voyage. C'était bien de retrouver la famille ?

Plus tôt dans la semaine, j'avais fait l'aller-retour à Columbus pour célébrer avec ma mère la remise de mon mémoire.

Toutes ces platitudes produisent une conversation sans queue ni tête : je lui donne les dernières nouvelles de mes sœurs, l'une est vétérinaire, l'autre voudrait s'inscrire dans une école de gestion. Gil me demande comment va ma mère, il se souvient que c'est son anniversaire. Il me dit que malgré le temps consacré à l'organisation du bal, il a réussi à boucler son mémoire en quelques jours et à le déposer avant la date fatidique imposée par le département d'économie. Nous nous interrogeons sur le choix de Charlie l'année prochaine, essayant de deviner quelle école de médecine parviendra à séduire notre ami. Sur certains sujets, Charlie a le triomphe modeste, même avec nous.

Dans l'épaisseur de la nuit, les résidences universitaires semblent recroquevillées de part et d'autre de la chaussée. La nouvelle du drame a dû se répandre sur le campus : il n'y a pas un passant dans les rues. Bien que nous ne soyons qu'à un kilomètre de Dod Hall, le retour en voiture semble aussi long que notre marche dans la neige, au sortir des tunnels. Où est Paul ?

Chapitre 12

Nombre de spécialistes de *Frankenstein* affirment que le monstre imaginé par Mary Shelley n'est qu'une métaphore du roman. L'auteur, qui commença à écrire à dix-neuf ans, encouragea cette interprétation en qualifiant son œuvre de progéniture hideuse, de chose morte dotée d'une existence propre. Ayant perdu un enfant à dix-sept ans et causé la mort de sa mère en venant au monde, elle connaissait bien le sujet.

J'ai longtemps pensé que Mary Shelley était l'unique point commun entre mon mémoire et celui de Paul : Francesco Colonna (selon certains, il avait ébauché l'*Hypnerotomachia* à quatorze ans) et elle formaient un joli couple d'adolescents suprêmement doués. Avant de rencontrer Katie, je considérais Mary et Francesco comme des amants intemporels, éternels, unis par-delà les siècles. Pour Paul, sans cesse confronté à des érudits de la génération de mon père, ils symbolisaient la fougue de la jeunesse dressée contre la puissance obstinée de la vieillesse.

Curieusement, c'est en défendant la thèse d'un Francesco Colonna plus mûr que Paul fit ses premières trouvailles dans l'étude de l'*Hypnerotomachia*. Il avait intégré le cours de première année de Taft avec la modestie du néophyte. Mais l'ogre avait vite flairé en lui l'influence de mon père, dont il s'acharnait à dénigrer les théories. Même s'il prétendait ne plus s'intéresser à l'étude de l'œuvre de Colonna, Taft prenait encore parti pour la thèse de l'Imposteur vénitien.

L'*Hypnerotomachia*, disait-il, avait été publié en 1499. Pourtant, relevait Taft, sur la dernière page, Colonna précise qu'il termina la rédaction en 1467. Le Francesco romain de mon père n'aurait eu que quatorze ans. Or, s'il y avait peu de chances pour qu'un moine débauché vénitien fût l'auteur de l'*Hypnerotomachia*, il était carrément impossible que ce livre eût surgi de l'imagination d'un jouvenceau.

Ainsi, tel Eurysthée inventant de nouveaux travaux pour le jeune Hercule, Taft se délesta sur Paul du fardeau de la preuve. Tant que son nouveau protégé n'aurait pas résolu le problème de l'âge de Colonna, il ne dirigerait aucune recherche soutenant l'hypothèse d'un auteur romain.

Avec une obstination qui défie presque l'entendement, Paul refusa de se soumettre à la logique de ces faits. Il puisa son inspiration non seulement dans le défi que Taft lui avait lancé, mais dans la personnalité même du maître. Tout en rejetant son interprétation rigide de l'*Hypnerotomachia*, il imita son implacable rigueur. Alors que mon père s'était laissé guider par l'intuition, effectuant la plupart de ses recherches en des endroits aussi exotiques que les bibliothèques pontificales et les monastères, il privilégia l'approche minutieuse de Taft. Aucun livre n'était négligeable, aucun lieu à dédaigner. Paul parcourut d'abord le catalogue de la bibliothèque de Princeton. Et, petit à petit, comme un enfant ayant toujours vécu près d'un étang, sa représentation des livres fut détrônée par l'immensité de l'océan qui s'ouvrait devant lui. Il possédait un peu moins de six cents volumes à son arrivée à l'université. Princeton en comptait six millions, y compris ceux qui reposaient sur les quatre-vingts kilomètres de rayons de la seule bibliothèque Firestone.

Tout d'abord, l'énormité de la tâche le découragea. Paul devait se détacher des méthodes de mon père, occulter les hasards presque miraculeux qui l'avaient amené à découvrir certains documents clefs. Il ressentit plus douloureusement encore, je crois, la remise en question qui en découla. Il douta de lui-même, se demanda si son génie n'était pas un talent platement provincial, une étoile terne dans un coin sombre du ciel. À ses yeux, l'admiration de ses camarades et la déférence de ses professeurs ne se justifiaient en rien s'il ne se montrait pas capable de progresser.

Tout cela changea durant l'été qu'il passa en Italie. Il découvrit les travaux des chercheurs italiens et put se plonger dans leurs œuvres grâce à ses quatre années de latin. Il apprit, dans une biographie de l'Imposteur vénitien faisant autorité, que certains passages de l'*Hypnerotomachia* étaient tirés d'un ouvrage publié en 1489, le *Cornucopiæ*. Paradoxalement, cette précision conforta Paul dans son hypothèse romaine. Quoi qu'en dise Colonna, ses emprunts flagrants prouvaient que la rédaction du livre était forcément postérieure à 1489 ; à cette époque, Francesco le Romain avait trente-six ans, et non quatorze. Tout en ne s'expliquant pas le mensonge de Colonna sur l'année de la rédaction de l'*Hypnerotomachia*, Paul comprit qu'il avait relevé le défi de Taft. Pour le meilleur ou pour le pire, il venait de pénétrer dans le monde de mon père.

Suivit une période de confiance bienheureuse. Armé de quatre langues (la cinquième, l'anglais, se révélant inutile, sauf pour les sources secondaires) ainsi que d'une connaissance approfondie de la vie de Colonna et de son temps, Paul se jeta à corps perdu dans le texte. Il s'y consacra chaque jour davantage et adopta une attitude envers l'*Hypnerotomachia* qui ravivait de mauvais souvenirs : les pages se transformaient en champ de bataille où s'affrontaient l'esprit de Colonna et le sien, et que le meilleur l'emporte. L'influence de Vincent Taft, déclinante avant le voyage en Italie, regagna du terrain. Lentement, tandis que l'intérêt de Paul virait à l'obsession, l'emprise de Taft et de Bill Stein s'accrut. Sans l'intervention d'un homme, ils nous auraient sans doute ravi notre ami de manière définitive.

Cet homme, c'était Francesco Colonna en personne, dont l'ouvrage se livrait moins facilement que Paul ne l'aurait souhaité. Il eut beau mobiliser sa matière grise, la montagne refusait de bouger. Les progrès ralentirent, l'hiver succéda à l'automne ; Paul devint irritable, parfois blessant dans ses propos, presque rustre dans ses manières, travers qu'il ne pouvait tenir que de Taft. Gil nous raconta qu'on se moquait de lui à l'Ivy Club : il s'attablait seul, entouré de livres et n'adressant la parole à personne. Plus je voyais sa confiance s'effriter, plus je comprenais les propos que m'avait un jour tenus mon père : « L'*Hypnerotomachia* est une sirène au chant lointain, envoûtante, mais dont les griffes menacent quiconque s'en approche. On ne la courtise qu'à ses risques et périls. »

Le printemps arriva. Des étudiantes en débardeur lancèrent des frisbees sous sa fenêtre ; bourgeons et écureuils envahirent les branches, l'écho des balles de tennis résonna sur les courts. Paul, lui, restait confiné dans sa chambre, les stores baissés, la porte verrouillée, avec, sur le tableau blanc, une injonction très claire : NE PAS DÉRANGER. Il qualifiait de distraction tout ce qui me ravissait : les parfums et la clameur de la nouvelle saison, ce sentiment d'impatience après un long hiver studieux. Je le vis de moins en moins.

Un été tout entier fut nécessaire à sa rédemption. En septembre de la dernière année, après avoir passé trois mois sur le campus désert, il nous accueillit avec chaleur et nous aida à emménager. Il se montra tout à coup plus ouvert, moins hanté par le passé. Pendant quelques mois, notre amitié s'épanouit au-delà de mes espérances. Il haussait les épaules devant ses condisciples de l'Ivy Club qui, suspendus à ses lèvres, attendaient de lui quelque propos outrancier ; il délaissait Taft et Stein ; il savourait ses repas et prenait part aux virées entre les cours. Il riait même des pitreries des éboueurs qui vidaient la benne à ordures sous nos fenêtres, tous les mardis matin à 7 heures précises. Je crus qu'il allait mieux. Plus encore : je crus à une renaissance.

Un soir d'octobre, après nos partiels de milieu de trimestre, je pris conscience de l'autre point commun qui rapprochait *Frankenstein* de *l'Hypnerotomachia* : leurs sujets étaient des choses mortes qui refusaient de rester enterrées.

– Y a-t-il une chose au monde qui pourrait te convaincre de travailler sur l'*Hypnerotomachia* ? me demanda-t-il ce soir-là.

Je devinai, à son expression tendue, l'importance de son avancée.

– Non, répondis-je, sincère et curieux tout à la fois.

– Je crois avoir fait, cet été, une découverte capitale. Mais j'ai besoin de ton aide pour comprendre.

– Raconte-moi.

J'ignore ce qui déclencha la passion de mon père pour l'*Hypnerotomachia.* Mais pour moi, tout commença ainsi. Et ce que

Paul me révéla ce fameux soir insuffla une âme nouvelle à l'œuvre moribonde de Colonna.

– L'année dernière, commença Paul, quand Vincent a réalisé que je commençais à baisser les bras, il m'a présenté un type de Brown, Steven Gelbman, un crack en maths et en cryptographie. Il est spécialiste de l'analyse mathématique de la Torah. Tu as déjà entendu parler des codes secrets de la Bible ?

– Ça ressemble à la kabbale, c'est ça ?

– Exactement. Enfin, ça s'appelle la guematria, ou gématrie. Le sens littéral du texte biblique est une chose, mais celui que lui confère sa valeur numérique importe aussi, car à chaque lettre de l'alphabet hébraïque correspond un chiffre.

« Au début, je n'y croyais pas trop. Et même après dix heures de cours assidus sur les correspondances séphirotiques, je n'étais pas convaincu. La numérologie ne me semblait pas coller avec Colonna. À la fin de l'été, après avoir terminé la lecture des études parues sur l'*Hypnerotomachia,* je me suis mis à travailler sur le livre lui-même. Ça a été infernal. Chaque fois que j'essayais d'y plaquer une interprétation, il me renvoyait tout à la figure. Lorsque j'avais l'impression de tenir quelque chose, un fil conducteur qui m'aurait permis de formuler une hypothèse, de déceler une structure, un simple passage venait tout remettre en cause.

« J'ai passé cinq semaines à essayer de comprendre le premier labyrinthe décrit par Francesco. J'ai même lu le traité de Vitruve pour me familiariser avec le jargon architectural. J'ai répertorié tous les labyrinthes antiques que je connaissais – celui de la cité des Crocodiles en Égypte, ceux de Lemnos et Clusium, de Crète, sans compter une bonne demi-douzaine d'autres. Pour compliquer le tout, il y a quatre labyrinthes différents dans l'*Hypnerotomachia* : un dans un temple, un autre sous l'eau, un troisième dans un jardin et le dernier sous terre. Même Poliphile se perd au début du livre et dit : “Mon seul recours fut d'implorer la pitié d'Ariane la Crétoise, dont le fil permit à Thésée de s'échapper du labyrinthe.” Tout se passait comme si le livre avait conscience des tortures qu'il m'infligeait.

« En fin de compte, j'admis que le seul élément réellement tangible que j'avais sous la main, c'était l'acrostiche, composé avec la première lettre de chaque chapitre. J'ai donc imploré Ariane la Crétoise, seule personne susceptible de me guider dans ce dédale.

– Tu es revenu vers Gelbman.

Il hocha la tête.

– Je me suis confondu en excuses. J'étais désespéré. En juillet, Gelbman a accepté que je m'installe chez lui à Providence, après que Vincent lui eut assuré que j'avais affiné ma méthode. Pendant tout un week-end, il m'a enseigné des techniques sophistiquées de décodage. Mon travail a vraiment décollé à partir de ce moment-là.

Je me souviens d'avoir regardé par la fenêtre, derrière l'épaule de Paul, avec la sensation que le paysage changeait. Nous étions assis dans notre chambre, à Dod Hall, seuls tous les deux, un vendredi soir ; Charlie et Gil, quelque part sous nos pieds, jouaient au paint-ball dans les tunnels à vapeur avec des amis de l'Ivy Club et de l'équipe d'urgence médicale. Le lendemain, je devais passer un oral. La semaine suivante, j'allais rencontrer Katie. Mais pour l'heure, toute mon attention se concentrait sur Paul.

– La notion la plus difficile, à laquelle Gelbman m'a initié, poursuivit-il, c'est l'interprétation d'un livre à partir d'algorithmes ou de codes inhérents au texte. Dans ce cas, la clef est fournie par le livre lui-même. Il s'agit alors de déchiffrer le code, une équation ou une série d'instructions, puis de s'en servir pour décrypter le reste.

Je souris.

– C'est le genre d'idée qui pourrait mettre en faillite le département de lettres.

– Moi aussi, j'étais sceptique, reprit Paul. Mais cette tradition est très ancienne. À l'époque des Lumières, de nombreux intellectuels, par jeu, rédigeaient des textes sur ce modèle, des fables, des romans épistolaires. Les astuces étaient récurrentes : par exemple, en traquant les coquilles volontaires ou en résolvant un rébus dans les illustrations, on avait une chance de trouver la clef. On obtenait alors ceci : « N'utilisez que les nombres premiers, des carrés parfaits et les lettres d'un mot sur dix ;

les paroles de lord Kinkaid et toutes les questions de la servante sont à exclure. » Il suffisait de suivre les instructions pour découvrir le message. La plupart du temps, il s'agissait d'un poème humoristique ou d'une plaisanterie salace. Mais parfois, c'était plus sérieux. Un auteur a même écrit son testament de cette façon, en précisant que celui qui parviendrait à le déchiffrer hériterait de sa fortune.

Paul sortit une feuille de papier glissée entre les pages d'un volume, sur laquelle quelques lignes codées étaient juxtaposées au message en clair, bien plus court. Comment Paul était-il passé de l'un à l'autre ? Cela relevait pour moi du mystère.

– Au bout d'un certain temps, j'ai commencé à espérer que cela fonctionnerait. L'acrostiche obtenu à partir de la première lettre de chaque chapitre de l'*Hypnerotomachia* n'était pas qu'un indice. Il fixait également le cadre herméneutique du reste du livre. Beaucoup d'humanistes se sont intéressés à la kabbale, et l'idée de jouer avec le langage et les symboles, chiffrés ou autres, était populaire à la Renaissance. Francesco avait-il dissimulé un message secret dans l'*Hypnerotomachia ?*

« Restait un problème : où chercher cet algorithme de base ? J'ai mis au point mes propres codes, juste pour vérifier que ça marchait. Je luttais pas à pas, jour après jour. J'apercevais une lueur, passais une semaine dans la salle des livres rares, à la recherche d'une solution possible, pour me rendre compte au final que ça n'avait pas de sens, ou que c'était un piège, une impasse.

« Puis, à la fin du mois d'août, j'ai planché trois semaines durant sur un morceau de texte. Poliphile contemple les ruines d'un temple et découvre des hiéroglyphes gravés sur un obélisque. En dessous, le texte latin qui leur correspond commence par ces mots : "Au divin et toujours auguste Jules César, gouverneur du monde." Je ne l'oublierai jamais. J'ai failli devenir fou. Tous les jours, je relisais les mêmes pages. Et c'est à ce moment-là que j'ai trouvé.

Il ouvrit un classeur posé sur son bureau, qui contenait une reproduction page par page de l'*Hypnerotomachia*. Paul y avait ajouté une annexe à la fin, notamment une feuille sur laquelle il avait fixé avec des trombones la première lettre de chaque chapitre, formant une phrase qui évoquait une demande de rançon : *Poliam Frater Franciscus Columna Peramavit.*

– Mon hypothèse de départ était simple. L'acrostiche n'était pas un jeu visant à identifier l'auteur. Il jouait forcément un rôle crucial dans le décodage du message initial, mais en outre dans le décryptage de l'ensemble du livre.

« J'ai donc essayé. Le passage qui m'obsédait s'ouvrait par un hiéroglyphe particulier, figurant dans une des illustrations : un œil.

Il feuilleta plusieurs pages avant de le trouver.

– Puisque c'était le premier symbole de la gravure, j'ai pensé qu'il avait son importance. Malheureusement, la définition fournie par Poliphile, selon qui l'œil est synonyme de Dieu ou de la divinité, ne me conduisait nulle part.

« C'est alors que j'ai eu un coup de chance. Je travaillais, un matin, dans la bibliothèque et, n'ayant pas beaucoup dormi la veille, j'ai eu envie de boire un soda. Mais le distributeur de boissons a recraché plusieurs fois mon billet d'un dollar. J'étais tellement fatigué que je ne comprenais pas pourquoi, jusqu'à ce que je me rende compte que je l'introduisais à l'envers. En le retournant, je l'ai vu. Sous mon nez, au dos du billet.

– L'œil, dis-je. Au-dessus de la pyramide.

– Eh oui. C'est à ce moment-là que je m'en suis souvenu. Un des grands humanistes de la Renaissance avait fait de cet œil son symbole personnel. Il le gravait même sur des pièces de monnaie et des médailles.

Paul se tut un instant, comme s'il s'attendait que je donne la réponse.

– Alberti, dit-il enfin en désignant, sur l'une des étagères de la bibliothèque, un petit livre au titre imprimé sur la tranche : *De Re Œdificatoria.* C'est précisément cela que Colonna voulait dire. Il voulait aiguiller le lecteur vers Alberti, dont il reprenait quelques concepts.

« Dans son traité, Alberti invente des équivalents latins pour des termes architecturaux dérivés du grec. Francesco use du même procédé tout au long de l'*Hypnerotomachia*, sauf à un endroit. Je l'avais remarqué en traduisant le passage, truffé de termes empruntés à Vitruve, mais je ne pensais pas que c'était significatif.

« J'ai appliqué le principe d'Alberti et identifié toute la terminologie architecturale grecque pour la remplacer par son équivalent latin. Grâce aux initiales des mots ainsi apparus, j'ai reconstruit un nouvel acrostiche, en latin. L'obstacle consistait à ne pas se tromper de terme : à la moindre erreur de traduction, tout s'écroule. Qu'on remplace *entasi* par *ventris diametrum* au lieu de *venter*, et le “d” de *diametrum* sème le désordre.

Paul tourna la page, se mit à parler plus vite :

– Bien sûr, j'ai eu quelques ratés, pas assez graves, heureusement, pour m'empêcher de déduire la phrase en latin. Ça m'a pris trois semaines. Ce n'est que la veille de votre retour sur le campus que j'ai trouvé la solution. Et tu sais ce que dit le message ?

Il se gratta nerveusement la joue.

– Ça dit : « Qui a cocufié Moïse ? »

Il éclata d'un rire nerveux, avant de poursuivre :

– Je te jure que je l'entends se payer ma tête, ce diable de Francesco ! Comme si tout le livre se réduisait à une mauvaise blague montée à mes dépens. Enfin, bon sang : « Qui a cocufié Moïse ? »...

– Je ne comprends pas, lâchai-je, consterné.

– En d'autres termes : qui a trompé Moïse ?

– Merci, un cocu, je sais ce que c'est.

– En réalité, Francesco n'emploie pas exactement le terme de cocu. Il dit plutôt : « Qui fit porter des cornes à Moïse ? »

On emploie les cornes depuis Artémidore pour désigner l'époux trompé. Ça vient de...

– Mais quel rapport avec l'*Hypnerotomachia* ? explosé-je.

Plutôt que d'éclairer ma lanterne, Paul se leva et arpenta la pièce. Je compris que l'affaire n'était pas simple.

– Je n'en sais rien. Je n'arrive pas à trouver le lien avec le reste du livre. Le plus curieux, c'est que je pense avoir fait mouche.

– Quelqu'un a cocufié Moïse ?

– D'une certaine façon, oui. Au début, j'ai cru que j'avais fait une erreur. Moïse est un personnage trop central de l'Ancien Testament pour que son nom soit associé à un adultère. Je savais qu'il avait eu une épouse, Séphora la Madianite, mais on la mentionne à peine dans l'Exode et je n'ai trouvé aucune allusion à une infidélité de sa part.

« Puis, dans le livre des Nombres, au chapitre XI, Myriam et Aaron, sœur et frère de Moïse, médisent dans son dos parce qu'il a épousé une femme cushite. On n'en sait pas plus, mais comme Madian et Cush sont des régions très éloignées l'une de l'autre, certains spécialistes pensent que Moïse a eu deux femmes. Le nom de l'épouse cushite n'apparaît nulle part dans la Bible, mais Flavius Josèphe affirme que cette Cushite, ou, si tu préfères, cette Éthiopienne, se nommait Tharbis.

Ce déluge d'informations me donnait le tournis.

– Tu veux dire que c'est elle qui l'a trompé ?

Paul secoua la tête.

– Non. Dans certaines traditions, les cornes du cocu apparaissent sur la tête de l'infidèle, pas uniquement sur celle du conjoint bafoué. La réponse est donc Séphora ou Tharbis.

– Et qu'as-tu fait de ce résultat ?

Son excitation retomba aussitôt.

– J'ai tourné la chose dans tous les sens, en me servant des noms de Séphora et de Tharbis pour décrypter le reste du bouquin. En vain. Rien ne marche.

Il s'interrompit, comme si j'avais une idée à suggérer.

– Et que pense Taft de cette hypothèse ?

C'était la seule question qui m'était venue à l'esprit.

– Vincent n'est pas au courant. Il a décrété que les techniques de Gelbman n'entraînaient pas de découvertes sensationnelles, et m'a enjoint de recentrer mes recherches sur sa théorie et de m'intéresser davantage aux sources vénitiennes.

– Tu ne lui parleras pas des cornes de Moïse ?

– C'est à toi que j'en parle, murmura-t-il.

– Je n'ai aucune idée là-dessus, Paul.

– Tom, ce n'est pas un hasard. Pas quelque chose d'aussi gros. C'est le signe que ton père cherchait. J'ai besoin de ton aide.

– Pourquoi ?

Curieusement, sa voix gagnait en assurance, comme s'il prenait subitement conscience de quelque chose qu'il avait, jusque-là, laissé échapper.

– L'*Hypnerotomachia* mérite qu'on multiplie les tactiques d'approche. Il faut, bien sûr, de la patience et de la rigueur. Mais aussi de l'instinct et de l'inventivité. J'ai lu certaines de tes conclusions sur *Frankenstein*. Elles sont intéressantes. Originales. Et tu n'as même pas eu besoin de te creuser les méninges. Penses-y. Pense à cette énigme. Tu auras peut-être une idée, une piste différente à suggérer. C'est tout ce que je te demande.

Pour une raison toute personnelle, je rejetai d'abord sa requête. Dans le paysage de mon enfance, le livre de Colonna trônait comme un château abandonné sur une colline, une ombre menaçante sur toute pensée qui s'y aventurait. Même les tristes mystères de ma jeunesse semblaient avoir pris leur source dans ces pages illisibles : les innombrables absences de mon père, qui préférait passer des nuits entières à son bureau plutôt que de s'attabler avec nous ; les vieilles disputes auxquelles mes parents s'adonnaient, comme des saints se livrant au péché ; et même l'agressivité de Richard Curry, qui, plus que quiconque, s'était laissé envoûter par le livre de Colonna. Le pouvoir qu'exerçait l'*Hypnerotomachia* sur ses lecteurs me paraissait incompréhensible. Mais je savais que cette fascination n'engendrait que le pire. J'avais été témoin, pendant trois ans, du combat de Paul. Cela m'incitait à garder mes distances, même si mon ami devait déboucher sur une découverte de premier ordre.

Pourtant, je me ravisai le lendemain et acceptai de prêter main-forte à Paul. Tout cela à cause d'un rêve que je fis cette nuit-là. Chaque fois que je me glissais dans le bureau de mon père, une gravure m'époustouflait. Ce n'est pas tous les jours qu'un jeune garçon a le loisir de contempler une femme nue qui, allongée sous un arbre, semble lui renvoyer son regard. Et, en dehors du cercle restreint des spécialistes de la Renaissance, personne n'aurait imaginé au pied d'une telle créature un satyre nu, le pénis en forme de corne tendu dans sa direction, comme l'aiguille d'un compas. J'avais douze ans quand je tombai pour la première fois sur cette illustration. J'étais seul dans le bureau de mon père. Soudain, je compris pourquoi il tardait parfois à nous rejoindre à table. Face à cette merveille, le bœuf en daube ne faisait pas le poids.

Cette nuit-là, cette image hanta mon sommeil : la gravure de mon enfance, une femme alanguie, un satyre aux jambes de bouc qui, le membre érigé, la guette. Sans doute me retournai-je plusieurs fois dans mon lit, car Paul me demanda, du haut du sien, si tout allait bien.

À mon réveil, je compulsai les livres posés sur son bureau. Ce pénis, cette corne étrange, me rappelait quelque chose. Il y avait un lien. Colonna savait fort bien de quoi il parlait. Quelqu'un avait vraiment fait porter des cornes à Moïse.

La réponse se trouvait dans *L'Histoire de l'art de la Renaissance* de Hartt. Je connaissais cette photographie, mais je ne m'y étais jamais attardé.

– Qu'est-ce que c'est ? demandai-je à Paul en brandissant le volume au-dessus de ma tête pour qu'il puisse l'apercevoir de son lit.

Il loucha.

– La statue de Moïse, par Michel-Ange, répondit-il en me dévisageant comme si j'avais perdu la raison. Mais ça ne va pas, Tom ?

Puis, avant que je puisse répondre, il se redressa et alluma sa lampe de chevet.

– Bien sûr... murmura-t-il. Mais bien sûr !

Deux petites protubérances émergeaient de la tête de la statue, pareilles aux cornes du satyre.

Paul bondit hors de son lit avec tant de fracas qu'il manqua de réveiller Gil et Charlie.

– Tu as tapé dans le mille ! s'exclama-t-il, les yeux écarquillés. C'est forcément ça !

La tête me tournait, je n'y entendais rien. Comment Colonna s'y était-il pris pour cacher la réponse à son énigme dans une statue de Michel-Ange ?

– Pourquoi les cornes ? demandai-je enfin.

Paul, lui, avait déjà saisi. Il s'empara du livre, pointa le texte qui accompagnait la photographie.

– C'est très bien expliqué ici : les cornes n'ont rien à voir avec le fait d'être cocufié, mais proviennent d'une mauvaise traduction de la Bible. Il fallait se demander : qui a fait porter des cornes à Moïse ? Lorsque Moïse descend du Sinaï, nous dit l'Exode, il a le visage qui rayonne. Mais le terme hébraïque pour « rayon », *keren,* peut également signifier « corne ». Quand saint Jérôme traduisit l'Ancien Testament en latin, produisant la Vulgate, il se dit que seule la face du Christ pouvait resplendir. Il opta donc pour l'autre acception possible. D'où cette sculpture de Michel-Ange fondée sur son interprétation du texte : un Moïse cornu.

La fébrilité de Paul m'empêcha de mesurer pleinement ce qui était en train de se produire. L'*Hypnerotomachia* s'était de nouveau glissée dans ma vie, me transportait au milieu d'un fleuve que je n'avais jamais eu l'intention de traverser. Nous devions à présent nous focaliser sur saint Jérôme, qui, en appliquant à Moïse le mot latin *cornuta*, l'avait pourvu de cornes. Mais la semaine suivante, Paul se chargea seul, et avec joie, de ce fardeau. À partir de cette nuit et pendant quelque temps, je ne fus que son auxiliaire, son dernier recours contre l'*Hypnerotomachia*. Cette situation me convenait. Elle me maintenait à distance du livre. Et c'est mon ami qui reprit le chemin de la bibliothèque Firestone, galvanisé par les possibilités découlant de notre découverte.

En ce qui me concerne, je m'apprêtais à faire une découverte bien différente : une femme, une vraie. Tel que j'étais, bouffi d'orgueil après ma confrontation victorieuse avec Francesco Colonna, j'imagine sans mal la première impression qu'elle eut de moi.

Je la rencontrai à l'Ivy Club, ce lieu auquel nous n'appartenions ni l'un ni l'autre, mais où nous nous sentions bien. J'y avais, pour ma part, passé autant de week-ends qu'à mon propre club. Quant à elle, elle s'était liée avec Gil plusieurs mois auparavant. L'idée de nous réunir venait de lui. Pour arriver à ses fins, il nous invita tous les deux au club un samedi soir.

– Katie, voici Tom, mon colocataire.

Je souris paresseusement, persuadé que je n'aurais pas de gros efforts à faire pour séduire une étudiante de deuxième année. Puis j'entendis sa voix. Et, telle une mouche plongeant dans la corolle d'une plante carnivore qui, au lieu du nectar espéré trouve la mort, je compris qui de nous deux était la proie.

– Alors c'est toi, Tom, dit-elle, comme si je correspondais au signalement d'un forçat évadé dont on aurait placardé le portrait sur les murs. Charlie m'a beaucoup parlé de toi.

Quand Charlie vante les qualités de quelqu'un, la réalité dépasse toujours favorablement la fiction. Apparemment, il avait rencontré Katie à l'Ivy Club quelques soirs plus tôt et, mis au courant des intentions de Gil, s'était porté volontaire pour lui donner un avant-goût de ma personne.

– Que t'a-t-il dit ? déclarai-je d'un ton qui se voulait indifférent.

Elle réfléchit une seconde, cherchant ses mots exacts.

– Il m'a parlé d'astronomie. Un truc sur les étoiles.

– La Naine blanche, répliquai-je. Un gag de scientifique.

Katie fronça les sourcils.

– Je ne comprends pas non plus, admis-je en essayant de faire oublier ma désinvolture du début. La science et moi...

– Licence d'anglais ? demanda-t-elle, comme si elle le savait déjà.

J'acquiesçai. Gil m'avait dit qu'elle étudiait la philo.

Elle me dévisagea d'un air soupçonneux.

– Qui est ton auteur préféré ?

– Question impossible. Et toi, ton philosophe préféré ?

– Camus, répondit-elle, alors que je ne lui avais retourné la question que pour la forme. Et H. A. Rey est mon écrivain de chevet.

J'avais l'impression de passer un examen. Je n'avais jamais entendu parler de Rey ; sans doute un scribouillard d'avant-garde, un T. S. Eliot en plus obscur.

– Un poète ? hasardai-je, parce que je l'imaginais très bien lisant des auteurs français à la lueur d'une bougie.

– C'est lui qui a écrit *Georges le petit curieux*, répliqua-t-elle en riant très fort lorsque je commençai à rougir.

Telle fut, je crois, la dynamique de notre relation. Chacun donnait à l'autre ce qu'il ne s'attendait pas à recevoir. Dès mes premiers jours à Princeton, j'avais appris à ne jamais parler boulot à mes petites amies. Selon Gil, même la poésie, si elle devenait un sujet de conversation, pouvait détruire une idylle. Katie avait vécu une expérience similaire et en gardait un aussi mauvais souvenir que moi. Au cours de sa première année, elle était sortie avec un joueur de hockey que j'avais croisé dans un séminaire de littérature. Il était brillant, plus passionné de Pynchon et DeLillo que je ne l'avais jamais été, mais il refusait d'en parler en dehors des cours. Cette attitude ulcérait Katie : à quoi bon compartimenter sa vie, ériger des murs entre le travail et le plaisir ? En vingt minutes de conversation, ce samedi soir, nous comprîmes que nous nous entendrions à merveille sur ce point : ni elle ni moi ne voulions de ces murs ; en tout cas, nous ferions tout pour les abattre. Gil fut ravi d'avoir pu jouer les entremetteurs. Très vite, je me mis à guetter le week-end, à espérer apercevoir Katie entre deux cours, à penser à elle avant de m'endormir, sous la douche, pendant les examens. Un mois plus tard, nous sortions officiellement ensemble.

Je crus un certain temps que mes deux ans de plus m'autorisaient à décider de toutes nos activités. Je prenais soin de lui donner rendez-vous dans des lieux qui lui étaient familiers, au milieu de visages amis. Sans doute par peur. D'expérience, je n'ignorais pas qu'un béguin peut très bien déboucher sur une impasse. Deux personnes persuadées d'être amoureuses se rendent souvent compte, une fois seules, qu'elles ne se connaissent pas. Je multipliais donc nos rendez-vous dans les endroits publics – le week-end dans les clubs de Princeton, les soirs de semaine au centre étudiant – et n'acceptais une rencontre dans une chambre ou dans un coin isolé de bibliothèque que lorsque je croyais percevoir dans sa voix une inflexion presque aguicheuse, une forme d'invite dont je me flattais de deviner le sens.

Comme d'habitude, ce fut Katie qui remit les pendules à l'heure.

– Allez, viens, me lança-t-elle un soir. On va dîner en tête à tête.

– Dans quel club ?

– Au restau. Tu choisis.

Nous sortions ensemble depuis moins de quinze jours ; j'ignorais encore trop de choses d'elle. Un dîner aux chandelles représentait un risque certain.

– Tu voulais inviter Karen et Trish ?

Ses deux camarades de chambre à Holder m'avaient déjà servi de paravent, surtout Trish l'ascète, qui ne cessait de jacasser pendant les repas pour mieux éviter de s'alimenter.

Katie me tournait le dos.

– On pourrait aussi proposer à Gil de nous accompagner, dit-elle.

– Pourquoi pas ?

Cette association me paraissait plutôt curieuse, mais le nombre de convives avait de quoi me rassurer.

– Charlie pourrait également se joindre à nous, ajouta-t-elle. Il est affamé.

Je finis par comprendre qu'elle se payait ma tête.

– Qu'est-ce qu'il y a, Tom ? lança-t-elle en se tournant vers moi. Tu as peur du qu'en-dira-t-on ?

– Non.

– Je t'ennuie ?

– Bien sûr que non.

– Alors, quoi ? Tu crois que nous allons nous rendre compte que nous ignorons beaucoup de choses l'un de l'autre ?

J'hésitai un instant.

– Oui, c'est ça.

Katie parut abasourdie par ma franchise.

– Comment s'appelle ma sœur ? dit-elle enfin.

– Je ne sais pas.

– Est-ce que je suis pratiquante ?

– Je n'en suis pas sûr.

– Au café, est-ce que je chaparde des pièces dans la coupe à pourboires quand je suis à court de monnaie ?

– Probablement.

La tête penchée sur l'épaule, elle me sourit.

– Voilà. Tu as survécu.

Je n'avais jamais connu de fille aussi certaine de parvenir à me connaître. Elle n'eut jamais, semble-t-il, le moindre doute là-dessus : entre nous, ça marcherait.

– Et maintenant, allons dîner, conclut-elle en me tirant par la main.

Nous ne regardâmes pas en arrière.

Huit jours après mon rêve du satyre, Paul vint m'annoncer qu'il avait du nouveau.

– J'avais raison, affirma-t-il avec fierté. Des parties du livre sont codées.

– Comment l'as-tu découvert ?

– *Cornuta*, le mot choisi par Jérôme pour planter des cornes sur la tête de Moïse, est la réponse souhaitée par Francesco.

Mais la plupart des techniques recourant à un mot codé ne fonctionnent pas avec l'*Hypnerotomachia*. Regarde...

Il me mit sous les yeux une feuille qu'il avait préparée pour moi, avec deux séries de lettres parallèles.

a b c d e f g h i j k l m n o p q r s t u v w x y z
C O R N U T A B D E F G H I J K L M P Q S V W X Y Z

– Voici de quoi il s'agit. La première rangée représente l'alphabet classique, et la deuxième, l'alphabet de substitution. Tu constates que la deuxième rangée commence avec notre mot clef, *cornuta*, suivi de l'alphabet classique auquel on retire les lettres du mot *cornuta*, afin qu'on ne les retrouve pas deux fois.

– Et comment ça marche ?

Il saisit un crayon sur son bureau, commença à entourer les lettres.

– Admettons que tu veuilles écrire « bonjour » en te servant du mot clef *cornuta*. Au « b » de l'alphabet de la première rangée correspond la lettre « o » de l'alphabet de substitution. Si tu continues avec les autres lettres, le mot « bonjour » devient « *ojiejsc* ».

– C'est ce que fait Colonna avec *cornuta* ?

– Non. Aux quinzième et seizième siècles, les Italiens usaient de systèmes beaucoup plus sophistiqués. Alberti, l'auteur du traité d'architecture dont je t'ai parlé la semaine dernière, est également l'inventeur du premier procédé de chiffrement polyalphabétique. L'alphabet de substitution change en cours de route. Tout se complique.

Je désignai la feuille de papier.

– Mais Colonna ne pouvait pas utiliser un tel alphabet. On se serait retrouvé avec un texte complètement illisible, un charabia composé de mots comme ton *ojiejsc*.

– Tu as raison, dit Paul, le regard soudain fiévreux. Une méthode de cryptage complexe ne produit pas nécessairement un texte lisible. Mais l'*Hypnerotomachia* est différente. Le texte de substitution se lit aussi comme un livre.

– Colonna a donc recouru à des énigmes plutôt qu'à des codes ?

Il hocha la tête.

– Ça s'appelle la stéganographie. Comme rédiger un message à l'encre invisible ou au jus de citron : ce codage permet de dissimuler des information secrète dans une image ou un texte. Francesco a combiné cryptographie et stéganographie. Il a caché des énigmes dans un récit en apparence banal, se sert ensuite des techniques de décryptage afin que le message soit encore plus hermétique. Dans le cas qui nous intéresse, il faut compter le nombre de lettres que comporte le mot *cornuta*, soit sept, puis relier entre elles toutes les septièmes lettres du texte. C'est semblable à la méthode de l'acrostiche, la difficulté principale étant de déterminer le bon intervalle de départ.

– Et ça a marché ? Chaque septième lettre dans le livre ?

Il secoua la tête.

– Pas pour tout le livre. Seulement une partie. Et puis non, au début, ça ne marchait pas. Je me heurtais toujours au même problème : par où commencer ? En choisissant la première lettre comme point de départ, on obtient quelque chose de complètement différent de ce qu'on a si l'on compte à partir de la deuxième lettre, etc. C'est là que la réponse à l'énigme joue un rôle essentiel.

Il sortit une autre feuille de sa pile : une photocopie d'une page originale de l'*Hypnerotomachia.*

– Au milieu du chapitre, on trouve le mot *cornuta* dans le texte du livre lui-même. En commençant par le « c » de *cornuta* et en notant chaque septième lettre des trois chapitres suivants, on obtient le texte de Francesco. L'original était en latin, mais je l'ai traduit.

Il me tendit une autre feuille.

– Regarde.

Bon lecteur, l'année qui vient de s'écouler aura été la plus pénible que j'aie eu à endurer. Loin de ma famille, je n'avais pour tout réconfort que la bonté de l'homme mais, voyageant sur l'eau, je pus mesurer à quel point cette bonté était imparfaite. Si ce que dit Pico est vrai, si l'homme peut enfanter tous les possibles, s'il est lui-même un grand miracle, comme l'a affirmé Hermès Trismégiste, alors, où se trouve la preuve ? Je suis entouré d'un côté par le cupide et l'ignorant, qui espèrent tirer un profit quelconque en me suivant, de l'autre par l'envieux et le faux dévot, qui espèrent tirer profit de ma perte.

Mais toi, lecteur, tu as foi en ce que je crois. Sinon, tu n'aurais pas trouvé ce que j'ai caché ici. Tu ne fais pas partie de ceux qui détruisent au nom de Dieu, car mon texte est leur adversaire et ils sont mes ennemis. J'ai voyagé à la recherche d'un réceptacle où enfouir mon secret, le mettre à l'abri du temps. Romain de naissance, j'ai grandi dans une cité édifiée pour l'éternité. Les murs et les ponts des empereurs s'y dressent depuis mille ans ; les mots de mes anciens concitoyens se sont multipliés et sont aujourd'hui réimprimés par Manuce et ses pairs. Inspiré par ces créateurs de l'ancien monde, j'ai choisi les mêmes réceptacles qu'eux : un livre et une grande œuvre de pierre. Tous deux recèlent ce que je souhaite te donner, lecteur, si tu parviens à comprendre le sens de mon message.

Pour savoir ce que je souhaite te dire, tu dois connaître le monde tel que nous l'avons connu, nous qui l'avons étudié plus que tous les hommes de notre époque. Tu dois te comporter en amoureux de la sagesse et des potentialités de l'homme. Ainsi, je saurai que tu n'es pas un ennemi. Car le mal est partout et même nous, princes de notre temps, le redoutons.

Continue, lecteur, à traquer le sens de mes paroles. Le voyage de Poliphile devient plus difficile, tout comme le mien, mais j'ai plus encore à te dire.

Je retournai la page, cherchant la suite.

– Où est le reste ?

– C'est tout ce que j'ai, répondit Paul. Pour en savoir plus, il faut résoudre d'autres énigmes.

Je contemplai le texte, avant de dévisager Paul avec stupéfaction. Un souvenir lointain me revint tout d'un coup en mémoire : dans ses moments de grande excitation, mon père se mettait, sur la première surface qu'il trouvait, à pianoter avec furie le *Concerto de Noël* de Corelli. En cet instant de grâce, j'entendis distinctement le tambourinement de ses doigts, au rythme plus rapide que n'importe quel allegro.

– Que vas-tu faire, maintenant ? demandai-je.

Je tentai de reprendre mes esprits, de revenir à l'instant présent. Arcangelo Corelli avait achevé son concerto plus de cent ans avant la *Neuvième Symphonie* de Beethoven. En ce temps-là, le message de Colonna attendait son lecteur depuis plus de deux siècles.

– La même chose que toi, me répondit Paul. Nous allons trouver la prochaine énigme de Francesco.

Chapitre 13

Les couloirs de Dod Hall sont déserts quand Gil et moi regagnons notre chambre, transis après notre longue marche dans le froid depuis le parking. Le silence règne dans l'immeuble. Entre les JO nus et les festivités pascales, tout le campus s'affaire.

J'allume la télévision, à l'affût des nouvelles. La chaîne locale diffuse son reportage sur les JO nus en ouverture du journal. Au milieu de la cour de Holder, des coureurs flottent dans une sorte de brouillard blanc, clignant des yeux derrière l'écran de verre comme des lucioles prisonnières d'un bocal.

Enfin, la présentatrice réapparaît.

– Une information de dernière minute vient de nous parvenir.

Gil sort de sa chambre pour écouter.

– Un incident s'est produit ce soir sur le campus de Princeton. Il semblerait que l'accident de Dickinson Hall, décrit par de nombreux étudiants comme une blague de potache qui aurait dérapé, ait pris un tour tragique. En effet, les autorités du centre médical de Princeton viennent de nous confirmer le décès de la victime, un étudiant de l'université, nous dit-on. Dans un communiqué, le chef de la police, Daniel Stout, confirme que les enquêteurs continueront à examiner la possibilité que, je cite, « des facteurs non accidentels aient joué un rôle dans ce drame ». Par ailleurs, les administrateurs de Princeton demandent aux étudiants de rester dans leur chambre ou de se déplacer en groupe s'ils doivent sortir ce soir.

La présentatrice se tourne vers son collègue.

– Une situation difficile, notamment après ce que nous avons vu récemment à Holder Hall.

Puis, le visage face à la caméra, elle ajoute :

– Nous reviendrons sur cette affaire à la fin du journal.

– Il est mort ? répète Gil, incapable d'y croire. Je croyais que Charlie...

– Un étudiant de Princeton, dis-je.

Après un long silence, Gil lève les yeux vers moi.

– Pas ça, Tom. Charlie nous aurait appelés.

Appuyée contre le mur du fond, la reproduction encadrée que je voulais offrir à Katie pour son anniversaire m'a l'air de guingois. Tandis que je compose le numéro de Taft, Gil me tend une bouteille de vin.

– Qu'est-ce que c'est ?

À l'institut, le téléphone sonne dans le vide. Rien.

– J'ai besoin de me détendre, répond Gil en saisissant deux verres et un tire-bouchon sur le bar de fortune installé dans un coin de la pièce

Toujours pas de réponse dans le bureau de Taft. À regret, je repose le combiné. Cette histoire me ronge. Je me rends compte que Gil est encore plus angoissé que moi. Je m'interroge à voix haute :

– Mais qu'est-ce qu'il se passe ?

Il me tend un verre, lève le sien à ma santé et avale une gorgée.

– Tiens, dit-il. Il est bon.

– Je n'en doute pas.

Je me demande s'il ne veut pas, tout simplement, ne pas boire seul. La seule idée de boire me donne la nausée. Il attend. Je trempe mes lèvres. Le bourgogne me brûle l'estomac et me fait grimacer, mais il semble produire sur Gil l'effet inverse : plus il en ingurgite, plus il paraît requinqué.

Au loin, des volutes de neige ondoient sous les lampadaires. Gil avale son deuxième verre.

– Doucement, chef, dis-je sur le ton le plus désinvolte possible. Ne débarque pas au bal avec une gueule de bois.

– Tu as raison. Il faut que je sois chez le traiteur demain à

9 heures. J'aurais dû lui dire que je n'ai jamais cours aussi tôt le matin.

D'un geste nerveux, il attrape la télécommande sur le sol.

– Voyons s'ils en parlent ailleurs.

Trois autres chaînes ont envoyé des équipes sur le campus, mais aucune ne donne d'information supplémentaire. Gil abandonne et choisit par dépit de regarder un film.

– *Vacances romaines*, annonce-t-il en se rasseyant.

Son visage a retrouvé un semblant de sérénité. Une fois de plus, grâce à Audrey Hepburn. Il pose son verre.

Plus on progresse dans le film, plus j'éprouve la même fascination que lui. Le visage d'Audrey balaie mes pensées les plus sombres. Je n'arrive plus à m'en détacher.

L'attention de Gil semble ensuite se dissiper. Le vin, sans doute... Mais lorsqu'il se frotte les tempes avant de fixer un peu trop longuement ses mains, je devine qu'il y a autre chose. Peut-être songe-t-il à Anna, qui l'a plaqué alors que j'étais en congé chez moi. L'échéance de son mémoire et la planification du bal ont eu raison de leur relation, m'a raconté Charlie. Gil, lui, n'a jamais voulu en parler. Dès le début, Anna fut pour nous un mystère. Il ne l'amenait presque jamais à l'appartement, même si on les disait inséparables à l'Ivy Club. Elle était la première de ses petites amies à ne jamais nous différencier au téléphone, la première qui oubliait parfois le nom de Paul et ne passait jamais nous dire bonjour quand elle savait que Gil n'était pas là.

– Tu sais qui ressemble un peu à Audrey Hepburn ? lance-t-il soudain, au moment où je m'y attends le moins.

– Qui ? dis-je en composant de nouveau le numéro de Taft.

– Katie.

Sa réponse me surprend.

– Ah bon ?

– Je ne sais pas. Je vous ai observés tous les deux, ce soir. Vous allez vraiment bien ensemble.

Il le dit comme s'il voulait se remémorer quelque chose de tangible. J'ai envie de rétorquer que Katie et moi avons, nous aussi, des hauts et des bas, qu'il n'est pas le seul à se débattre dans des problèmes sentimentaux, mais je crois qu'il n'apprécierait pas.

– Elle est tout à fait ton genre, Tom, poursuit-il. Elle est *brillante*. Je ne comprends pas la moitié de ce qu'elle dit.

Le téléphone sonne toujours en vain. Je raccroche.

– Mais où est-il passé ?

– Il appellera, ne t'inquiète pas.

Gil inspire profondément, essayant de s'abstraire des catastrophes possibles.

– Vous sortez ensemble depuis quand ? reprend-il enfin.

– Ça fera quatre mois mercredi prochain.

Il secoue la tête. Il a rompu trois fois depuis que j'ai rencontré Katie.

– Il t'arrive de te demander si tu es vraiment tombé sur la bonne personne ?

C'est la première fois qu'on me pose la question.

– Oui, parfois. Mais j'aimerais avoir plus de temps. Je me fais du mauvais sang pour l'année prochaine.

– Tu devrais l'entendre, quand elle parle de toi. On jurerait que vous vous connaissez depuis l'enfance.

– Qu'est-ce que tu veux dire ?

– Un jour, je l'ai surprise, à l'Ivy Club, en train d'enregistrer pour toi une partie de basket-ball à la télé. Elle m'a dit que c'était en souvenir des matchs auxquels tu assistais autrefois avec ton père.

Avant de me rencontrer, elle se moquait du basket comme d'une guigne.

– Tu as de la chance, conclut Gil.

J'approuve d'un hochement de tête.

Nous parlons encore un peu de Katie avant que Gil ne bascule vers Audrey Hepburn. Son visage se détend, puis se ferme à nouveau. Paul, Anna, le bal... Il attrape la bouteille. Je m'apprête à le sermonner lorsqu'un bruit sourd nous parvient du couloir. La porte d'entrée s'ouvre et la silhouette de Charlie se profile dans la lumière jaunâtre du plafonnier. Il a mauvaise mine. Des taches rouge sang maculent ses vêtements.

– Ça va ? demande Gil, qui s'est levé.

– Il faut qu'on parle, murmure Charlie d'une voix brisée.

Gil coupe le son de la télévision.

Charlie sort de l'eau du frigo, lampe la moitié de la bouteille avant de s'asperger le visage. Son regard vacille. Il finit par s'asseoir.

– L'homme qui est tombé de Dickinson... C'était Bill Stein.

– Bon Dieu ! chuchote Gil.

Soudain, j'ai froid.

– Je ne comprends pas, dis-je.

Charlie ne plaisante pas.

– Il était dans son bureau, au département d'histoire. Quelqu'un est entré et l'a flingué.

– Qui ?

– On n'en sait rien.

– Comment ça, on n'en sait rien ?

Un ange passe. Charlie s'adresse à moi.

– C'était quoi, le message sur le bipeur de Paul ? Que lui voulait Bill Stein ?

– Je te l'ai déjà dit. Il venait de mettre la main sur un manuscrit et voulait le lui montrer. Je n'arrive pas à le croire, Charlie !

– Il n'a rien ajouté ? Où il allait ? S'il avait rendez-vous avec quelqu'un ?

Je secoue la tête. Puis, petit à petit, me revient ce qui, sur le moment, passait pour de la paranoïa : tous ces appels que Bill a reçus, ces livres que quelqu'un d'autre consultait. La peur me submerge.

– Merde, grogne Charlie en tendant la main vers le téléphone.

– Qu'est-ce que tu fais ? demande Gil.

– Les flics vont vouloir t'interroger, me dit Charlie. Où est Paul ?

– Bon sang, je n'en ai aucune idée. Mais il faut que je le trouve. Il n'y a personne dans le bureau de Taft. Je n'arrête pas d'appeler.

Charlie semble s'impatienter.

– Ne t'inquiète pas, ça ira, assure Gil d'une voix râpeuse. Calme-toi.

– Ce n'est pas à toi que je m'adressais, réplique sèchement Charlie.

– Il est peut-être chez Taft ? Ou dans son bureau ?

Ma suggestion ne convainc personne.

– Les flics le trouveront bien si nécessaire, déclare froidement Gil. Nous devrions rester en dehors de tout cela.

Charlie se tourne dans sa direction.

– Deux d'entre nous y sont déjà jusqu'au cou.

– Éclaire-moi, Charlie. Depuis quand es-tu impliqué là-dedans ? lance Gil d'un air méprisant.

– Pas moi, crétin. Tom et Paul. Quand je dis *nous*, je ne parle pas que de que *toi*.

– Épargne-moi tes sermons. J'en ai par-dessus la tête que tu te mêles toujours des problèmes des autres.

Charlie se penche, soulève la bouteille posée sur la table et la jette à la poubelle.

– Tu as eu ta dose.

Pendant un instant, je crains que l'alcool ne fasse tenir à Gil des propos regrettables. Il se contente de foudroyer Charlie du regard avant de quitter le canapé.

– Ras le bol, maugrée-t-il. Je vais me coucher.

Je le regarde battre en retraite dans sa chambre, sans ajouter un mot. Une seconde plus tard, la lumière, sous sa porte, fait place à l'obscurité.

Les minutes s'égrènent, qui semblent des heures. Je tente encore une fois de joindre l'institut, en vain. Charlie et moi allons nous asseoir dans le salon et restons un moment silencieux. Mes pensées défilent trop vite pour que j'y discerne un sens. Je regarde par la fenêtre et la voix de Stein résonne dans ma tête.

Je reçois des coups de fil. Je décroche... Clic. *Je décroche...* Clic.

Finalement, Charlie se lève. Il sort une serviette de bain de l'armoire et prend ses affaires de toilette. Puis il quitte la pièce en caleçon, la serviette autour du cou, ses affaires sous le bras, et se dirige vers les douches, au fond du couloir, en passant devant des portes derrière lesquelles vivent une demi-douzaine d'étudiantes de quatrième année.

Je regagne le canapé et feuillette le *Daily Princetonian* du jour. Pour me changer les idées, je guette un crédit photographique de Katie au bas d'une page, là où l'on relègue d'ordinaire les noms des collaborateurs secondaires. Je suis toujours curieux des clichés qu'elle prend, des sujets qu'elle choisit, y compris ceux qu'elle juge trop superficiels pour les signer. À la longue, on finit par croire que l'être aimé perçoit la réalité de la même façon que soi. Les photos de Katie rectifient le tir, m'invitent à entrevoir le monde à travers ses yeux.

J'entends un bruit à la porte : sans doute Charlie revenant de la douche. Mais je comprends qu'il ne s'agit pas de lui quand on glisse une clef dans la serrure. La porte s'ouvre. Paul entre dans la pièce : très pâle, les lèvres bleuies par le froid.

– Est-ce que ça va ?

Charlie arrive avant que Paul n'ait pu me répondre.

– Mais où étais-tu donc passé ?

Pétrifié, il bredouille des explications hachées. Après avoir quitté la salle de conférence, il s'est rendu à l'institut, pour rejoindre Bill Stein au labo d'informatique. Une heure plus tard, Stein ne s'étant pas manifesté, Paul a décidé de rentrer. Mais, à un kilomètre du campus, sa vieille guimbarde l'a lâché et il a dû faire le trajet à pied, dans la neige.

Le reste de la nuit lui revient confusément en mémoire. Parvenu au nord du campus, il a aperçu des voitures de police près du bureau de Bill, à Dickinson. À force de poser des questions, il s'est retrouvé à l'hôpital, où on lui a demandé de reconnaître le corps. Taft est apparu peu après et a, à son tour, identifié la victime. Mais avant que Paul et lui n'aient eu le temps d'échanger une parole, des policiers les ont emmenés dans des salles séparées pour les interroger. Questionné sur sa relation avec Stein et Taft, sa dernière rencontre avec Bill et son emploi du temps au moment du meurtre, Paul a répondu dans un état second. On l'a laissé partir en exigeant qu'il ne quitte pas le campus et en promettant de le tenir au courant. Il a réussi à marcher jusqu'à Dod, mais a attendu un moment sur les marches du perron. Il voulait simplement rester seul.

Nous discutons tous de la conversation que nous avons eue avec Stein dans la salle des livres rares et dont la police, nous apprend Paul, a pris bonne note. En parlant de Bill, de sa nervosité à la bibliothèque, de cet ami qu'il a perdu, il manifeste peu d'émotion. Il est toujours sous le choc.

– Tom, me dit-il une fois que nous avons regagné notre chambre, il faut que tu me rendes un service.

– Bien sûr. Tu n'as qu'à demander.

– J'ai besoin que tu viennes avec moi.

J'hésite un instant.

– Où ?

– Au musée d'Art.

Il enfile des vêtements secs.

– Maintenant ? Pourquoi ?

Il se frotte le front, comme pour chasser un mal de tête.

– Je t'expliquerai en chemin.

Lorsque nous nous retrouvons dans le séjour, Charlie nous regarde comme si nous avions perdu la raison.

– À cette heure-ci ? Mais le musée est fermé ! s'exclame-t-il.

– Je sais ce que je fais, rétorque Paul, déjà engagé dans le couloir.

Charlie me lance un regard noir. Je file à la suite de Paul.

Situé de l'autre côté de la cour, le musée d'Art évoque un palais oriental. À première vue, c'est un immeuble moderne un peu massif, flanqué, sur la pelouse, d'une sculpture de Picasso qui ressemble à une luxueuse fontaine à pigeons. Mais il suffit de s'en approcher par les côtés pour constater qu'on a conservé ses parties anciennes, notamment les jolies fenêtres cintrées de style roman et les tuiles rouges qui, ce soir, pointent discrètement sous le voile de neige. En d'autres circonstances, ce spectacle nous aurait enchantés. Peut-être Katie aurait-elle même pris une photo.

– Qu'est-ce qu'on fait ?

Paul trace pour moi un chemin dans la neige, avec ses vieux brodequins de débardeur.

– J'ai retrouvé ce que Richard cherchait dans le journal, dit-il.

Sa phrase semble exprimer une pensée tronquée, saisie au milieu d'un raisonnement dont il aurait gardé le début pour lui.

– Tu veux dire le plan ?

Il hoche la tête.

– Je te montrerai quand on sera à l'intérieur.

En marchant dans ses pas pour éviter de mouiller le bas de mon pantalon, je ne peux m'empêcher de regarder ses brodequins. Pendant nos premières vacances d'été, Paul travaillait au musée comme manutentionnaire, chargeant et déchargeant les camions avant et après les expositions. À l'époque, ces godillots lui étaient indispensables. Mais, ce soir, comme ils laissent des traces sombres dans la neige, Paul a l'air d'un enfant chaussé de souliers d'adulte.

Devant une porte du côté ouest du musée, il compose son ancien mot de passe sur un clavier minuscule, ignorant s'il est toujours valide. Il a aussi, autrefois, été guide : emploi si mal payé qu'il s'est finalement rabattu sur un poste à la photothèque.

À mon grand étonnement, le code fonctionne. Habitué aux grincements des portes vétustes de la résidence, c'est à peine si j'entends le léger bip, suivi du claquement qui déclenche le mécanisme d'ouverture. Paul m'entraîne dans un petit vestibule : une salle de surveillance où, derrière une baie vitrée, un gardien nous regarde approcher. Je me sens tout à coup pris au piège. Pourtant, tout se déroule le mieux du monde. Nous signons la feuille des visiteurs et exhibons notre carte d'identité universitaire. Le gardien nous autorise alors à pénétrer dans le centre de documentation, attenant au vestibule.

– C'est si facile que ça ? dis-je.

Je m'attendais carrément, à cette heure de la nuit, à une fouille en règle.

Sans répondre, Paul me montre la caméra vidéo fixée au mur.

Réservé aux guides du musée, le centre de documentation n'a rien d'extraordinaire : quelques rayons de livres d'histoire de l'art qui, offerts par des anciens, servent aux nouveaux à préparer les visites guidées. Paul se dirige droit vers l'ascenseur, dont la porte métallique s'orne d'une grande pancarte : RÉSERVÉ AU PERSONNEL ET AUX AGENTS DE SÉCURITÉ. ACCÈS INTERDIT AUX GUIDES ET AUX ÉTUDIANTS NON ACCOMPAGNÉS. Les mots *guides* et *étudiants* sont soulignés en rouge.

Paul regarde ailleurs. Il sort un trousseau de sa poche, glisse une clef dans une fente percée dans le mur, la tourne vers la droite. Les battants s'écartent.

– Où as-tu obtenu cette clef ?

– Le boulot, chuchote-t-il en me précédant dans l'ascenseur et en pressant sur un bouton.

Son travail à la photothèque lui donne accès aux archives du musée. Employé modèle, il a gagné la confiance d'à peu près tout le monde.

– Où allons-nous ?

– Dans la salle de projection, où Vincent conserve certaines de ses diapositives.

L'ascenseur nous dépose au rez-de-chaussée. Paul me guide à travers les galeries, dédaignant les chefs-d'œuvre dont il m'a si souvent fait l'éloge : le grand Rubens et son Jupiter aux sourcils sombres, *La Mort de Socrate*, tableau inachevé dans lequel le vieux philosophe tend la main vers la coupe de ciguë. Toutefois, il ralentit l'allure devant les toiles apportées par Curry pour l'exposition des administrateurs du musée.

Nous atteignons la porte de la diapothèque. Paul extirpe son trousseau. Une des clefs tourne sans difficulté dans la serrure et nous pénétrons dans une pièce sombre.

– Par ici, dit-il en désignant une rangée d'étagères couvertes de cartons poussiéreux. Chaque boîte contient une série de diapositives. Une grande partie de la collection de diapositives d'œuvres d'art se trouve derrière une autre porte verrouillée, dans une grande salle où je n'ai mis les pieds qu'une fois.

Paul repère les boîtes qu'il cherchait, en choisit une, la pose sur l'étagère qui lui fait face. Sur l'étiquette, quelqu'un a griffonné d'une écriture brouillonne : PLANS. ROME. Paul va ensuite chercher un projecteur sur une autre étagère, le branche à une prise proche du sol avant d'y insérer les diapositives. Une image floue apparaît sur le mur. Paul fait le point.

– D'accord, déclaré-je. Maintenant, tu vas me dire ce qu'on fait ici.

– Et si Richard avait raison ? murmure-t-il. Et si Vincent lui avait volé le journal, il y a trente ans ?

– C'est sans doute le cas. Qu'est-ce que ça peut faire, maintenant ?

– Mets-toi à la place de Vincent. Richard n'arrête pas de lui répéter que la clef de l'*Hypnerotomachia* se trouve dans ce journal. Au début, il se dit que ce sont des paroles en l'air, que Richard n'est qu'un minable étudiant en histoire de l'art. Et puis voilà qu'intervient un troisième larron. Un autre érudit.

Paul a prononcé ces dernières paroles avec respect. J'en déduis qu'il parle de mon père.

– Soudain, il se sent largué. Ses deux compagnons affirment en chœur que le journal est la solution. Mais lui s'obstine. Il a soutenu que le document ne valait rien, que le capitaine du port était un faiseur. Pis encore, il a horreur de se tromper. Que voulais-tu qu'il fasse ?

Paul prêche un convaincu : je sais depuis toujours que Vincent Taft est un voleur.

– Je vois, dis-je. Continue.

– Il finit par subtiliser ce fichu journal. Mais il ne peut rien en faire, parce que, d'une part, son hypothèse de départ est fausse, et d'autre part il ignore tout des messages cryptés de Francesco. Alors, que fait-il ?

– Je ne sais pas.

– Pas question de le jeter, même s'il ne le comprend pas, poursuit Paul.

J'acquiesce d'un hochement de tête.

– Donc il le garde. Il le cache dans un endroit sûr. Peut-être dans le coffre de son bureau.

– Ou chez lui.

– Oui. Puis, des années plus tard, un petit étudiant apparaît. Avec un ami, il progresse sur son interprétation de l'*Hypnerotomachia*. Plus que Vincent ne l'aurait cru au départ. En fait, beaucoup plus que lui, à l'époque où il y consacrait tout son temps. Et ce minus se met à décoder les messages de Francesco.

– Taft commence donc à croire que, tout compte fait, le journal possède son utilité.

– Exact.

– Évidemment, il n'en parle pas à l'étudiant. Trop risqué. Ça le désignerait comme coupable. Mais admettons qu'un jour quelqu'un intercepte le fameux journal.

– Bill.

Paul hoche la tête.

– Il était toujours fourré dans le bureau de Vincent ou à son domicile, il lui servait de tâcheron. Et il connaissait l'importance du journal. S'il l'a trouvé, il ne pouvait pas le laisser filer.

– Et il te l'a apporté.

– Oui. Et nous, nous l'avons montré à Richard. Et Richard est venu provoquer Vincent à la conférence.

Je suis sceptique.

– Mais Taft s'est forcément rendu compte, avant cet incident, que le journal avait disparu.

– Bien sûr. Il ne pouvait pas ignorer que Bill l'avait découvert. Mais comment voulais-tu qu'il réagisse en apprenant que non seulement Bill l'avait démasqué, mais qu'en plus Richard était au courant ? La première chose qui a dû lui venir à l'esprit, c'est d'aller trouver Bill.

Maintenant, je comprends.

– Tu penses qu'il s'est rendu directement au bureau de Stein après la conférence ?

– Tu as vu Vincent au pot qui a suivi la conférence ?

La question me semble d'abord purement rhétorique, mais je me souviens ensuite que Paul n'y était pas ; il avait déjà filé, à la recherche de Stein.

– Pas que je sache.

– Un couloir relie la salle de conférence à Dickinson. Vincent n'a même pas eu à sortir pour s'y rendre.

Je digère ce que Paul vient de dire. L'éventualité de l'implication de Vincent dans le meurtre de Stein fait son chemin dans mon cerveau, se raccorde à mille autres détails.

– Tu crois vraiment que Taft l'a tué ?

En posant la question, j'imagine la silhouette de Gaël Rote enterrant le chien kamikaze sous un arbre.

Paul contemple les contours noirs que le projecteur plaque contre le mur.

– Je crois qu'il en est capable.

– C'est la colère qui l'y aurait incité ?

– Je ne sais pas, soupire Paul, qui semble avoir déjà réfléchi à la question. Il faut que je te dise quelque chose. Pendant que j'attendais Bill à l'institut, j'ai commencé à repérer les passages du journal où apparaît le nom de Francesco.

Il l'ouvre, me montre une feuille de papier à en-tête de l'institut glissée à l'intérieur. Elle est couverte de notes.

– J'ai retrouvé l'extrait où le capitaine du port retranscrit les directives recopiées chez Francesco par le voleur. D'après le Génois, il s'agit d'un plan de navigation, d'indications sur la route empruntée par le bateau. Le capitaine a essayé de découvrir le port d'origine de la cargaison en remontant sa trajectoire depuis Gênes.

Paul a dessiné sur sa feuille, à côté d'un compas de marine, une série de flèches.

– Voici les indications en latin. Je te traduis : quatre sud, dix est, deux nord, six ouest. Et finalement : *De Stadio*.

– Qu'est-ce que ça veut dire, *De Stadio* ?

Paul sourit.

– Je pense que c'est la clef. Le capitaine s'est adressé à son cousin, qui lui a expliqué que *De Stadio* correspondait à une unité de mesure. Autrement dit, on comptait les distances en *stadia*, ou stades.

– Je ne comprends pas.

– Le stade est une mesure qui nous vient de la Grèce antique, équivalant à environ 180 mètres, soit la longueur d'une piste de course à pied. D'où le mot moderne et ce calcul : il y a entre quatre et cinq stades au kilomètre.

– Alors, *quatre sud* veut dire un kilomètre au sud.

– Et avec dix est, deux nord et six ouest, ça fait quatre directions. Ça ne te rappelle rien ?

Dans sa dernière énigme, Colonna évoque une règle de quatre, une formule censée conduire ses lecteurs jusqu'à sa crypte secrète. Mais nous avons renoncé à la localiser après nous être aperçus que le texte lui-même ne contenait aucune indication géographique.

– Tu crois que c'est ça ? Les quatre directions ?

Paul acquiesce.

– Mais notre capitaine cherchait quelque chose sur une échelle beaucoup plus vaste : un trajet sur des centaines et des centaines de milles. Sachant qu'un mille équivaut à un millier de pas, soit près de mille cinq cents mètres, on imagine son périmètre d'investigation. Or, puisque Francesco parlait de stades, le bateau ne pouvait pas venir de France ou des Pays-Bas. Son point de départ se situait forcément à environ un kilomètre au sud-est de Gênes. Le capitaine du port savait bien que c'était impossible.

Paul jubile, ravi d'avoir, croit-il, damé le pion au Génois.

– Tu veux dire que ces indications ne correspondent pas au trajet du navire, mais à autre chose ?

– *De Stadio* n'est pas forcément une unité de mesure. Peut-être s'agit il d'un point de départ. Par exemple : « Depuis le stade ».

Il guette ma réaction, mais la profondeur de son raisonnement m'échappe.

– Et si l'on part d'un stade, ajoute-t-il, *De Stadio* pourrait constituer à la fois ce point de départ *et* l'unité de mesure.

Il ajuste la lentille et la carte de Rome apparaît clairement sur le mur. La ville est peuplée d'anciennes arènes. Colonna la connaissait mieux que n'importe quelle cité au monde.

– Cela résout le problème d'échelle auquel le capitaine du port se heurta, commente Paul. Impossible de mesurer en stades la distance entre les pays. Mais c'est tout à fait concevable quand il s'agit des distances à l'intérieur d'une ville. Pline nous apprend que la circonférence de l'enceinte de Rome, en l'an 75, était d'environ vingt-cinq kilomètres. La ville s'étirait donc sur un diamètre de vingt-cinq à trente stades.

– Tu crois que ça pourrait nous conduire à la crypte ?

– Francesco parle d'une construction où tout le monde est aveugle. Il ne veut pas qu'on sache ce qu'elle renferme.

Des mois d'hypothèses et de conjectures me reviennent à l'esprit. Combien de nuits blanches avons-nous passées à essayer de percer le secret de Colonna ? À spéculer sur l'idée d'une crypte cachée dans une forêt des alentours de Rome, à l'abri du regard de sa famille et de ses amis ? Paul et moi n'étions jamais du même avis.

– Et si la crypte représentait plus que nous ne l'avons cru tout d'abord ? hasarde-t-il. Si, au fond, l'endroit où elle se trouve était le secret du livre ?

– Mais alors, qu'y a-t-il à l'intérieur ?

Son enthousiasme retombe aussitôt.

– Je ne sais pas, Tom. Je n'ai pas encore réussi à comprendre.

– Enfin, tu ne penses pas que le but de Colonna était de...

– Nous révéler ce que renfermait la crypte ? Bien sûr. Mais toute la deuxième partie du livre repose sur le dernier code, et je n'arrive pas à le déchiffrer. Pas tout seul. Alors, la réponse est dans le journal. D'accord ?

Je n'insiste pas. Paul poursuit :

– Il ne nous reste qu'à examiner les plans. Commençons par les environs des grands amphithéâtres : Colisée, cirque Maxime, etc. Puis, quatre stades au sud, dix à l'est, deux au nord et six à l'ouest. Si l'un des emplacements potentiels est situé là où s'étendait une forêt à l'époque de Colonna, on le note.

– Allons-y, dis-je.

Les diapositives défilent. Des plans dessinés aux XVe et XVIe siècles se succèdent sur le mur. On dirait des caricatures de dessins d'architectes ; les bâtiments sont disproportionnés, massés les uns sur les autres. Impossible d'évaluer l'échelle.

– Comment allons-nous faire pour mesurer les distances ?

Pour toute réponse, Paul continue à faire défiler les diapositives. Après trois ou quatre plans datant de la Renaissance, une carte plus récente s'affiche sur le mur. La ville ressemble davantage à celle que j'admirais sur les illustrations que mon père m'a offertes avant notre excursion au Vatican. La muraille fortifiée d'Aurélien au nord, à l'est et au sud, et le Tibre à l'ouest tracent le profil d'une vieille dame contemplant le reste de l'Italie. L'église Saint-Laurent, où Colonna fit exécuter les deux messagers, flotte au-dessus de l'arche du nez de la vieille femme.

– Sur cette carte-ci, les mesures sont exactes.

Paul me désigne l'échelle, en haut à gauche. Les noms des huit stades semblent courir sur une ligne unique. S'approchant de l'image projetée sur le mur, il plaque une main à côté de l'échelle. De la base de la paume à l'extrémité du majeur, elle couvre entièrement les huit stades.

– Commençons par le Colisée.

Il s'agenouille, place sa main à côté d'une tache ovale, au milieu de la carte, près de la joue de la vieille dame.

– Quatre sud, dit-il en déplaçant sa paume vers le bas, puis dix est.

Il étale sa main à droite sur la carte, ajoute deux phalanges.

– Et pour finir, deux nord et six ouest.

Son doigt s'est posé sur le mont Caelius.

– Tu crois que c'est là ?

– Non, répond-il, découragé.

Il me montre un cercle sombre, au sud-ouest de son point d'arrivée.

– Ici, c'est l'église San Stefano Rotondo. Un peu plus haut, à droite, la basilique des Quatre Saints couronnés. Et là, en descendant un peu à l'est, on trouve Saint-Jean-de-Latran, accolée au palais où les papes résidèrent jusqu'au XIVe siècle. Si la crypte de Francesco était là, il l'aurait bâtie à moins de cinq cents mètres de trois églises monumentales. Impossible.

« Le cirque Flaminius. Cette carte est vieille. Il me semble que Gatti l'a placé plus près d'ici.

Il déplace son index, qui vient presque toucher le fleuve, puis répète les mouvements.

– Alors ? dis-je en fixant le point sur la carte, juste au-dessus du Palatin. C'est bon ou pas bon ?

Il fronce les sourcils.

– Pas bon. On se trouve à peu près au milieu de San Teodoro.

– Encore une église ?

– Oui.

– Pourquoi Colonna n'aurait-il pas construit sa crypte près d'une église ?

Il me regarde comme si je venais d'énoncer la pire des âneries.

– Dans tous les messages, il dit craindre comme la peste les fanatiques, les « hommes de Dieu ». Qu'est-ce que tu en conclus ?

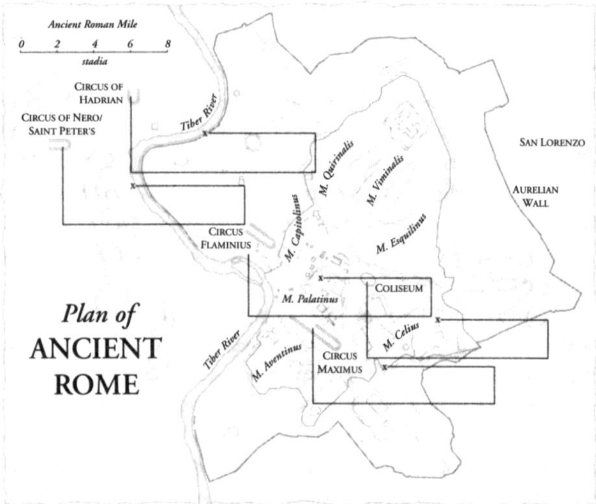

Perdant patience, il essaie deux nouvelles possibilités : le cirque d'Hadrien et l'antique cirque de Néron, sur lequel se dresse le Vatican. En vain. Dans les deux cas, le rectangle de vingt-deux stades le conduit presque au milieu du Tibre.

– Il y a des stades partout, dis-je. Pourquoi ne pas penser d'abord à un emplacement possible de la crypte, puis revenir en arrière pour voir si on n'en trouve pas un à proximité ?

Il réfléchit un instant.

– Il faudrait que je consulte mes atlas à l'Ivy Club.

– On peut revenir demain.

Paul, dont l'optimisme s'émousse, contemple encore un instant le plan de Rome sur le mur. Puis, d'un geste, il me donne raison. Une fois de plus, comme contre le capitaine du port qu'il a jadis mené en bateau, Colonna nous a semés.

– On fait quoi, maintenant ?

Paul reboutonne son manteau et éteint le projecteur.

– Il faut que je descende dans le bureau de Bill. J'ai un truc à vérifier.

Il range le projecteur sur son étagère, soucieux de tout remettre en place.

– Pourquoi ?

– Pour voir si je ne peux pas trouver le fameux plan dont parlait Richard, et qui aurait dû se trouver dans le journal.

Il me tient la porte et jette un ultime regard à l'intérieur de la pièce avant de la verrouiller.

– Tu as la clef de la bibliothèque ?

Il secoue la tête.

– Bill m'a remis le code de la cage d'escalier.

À tâtons, je le suis au fond du couloir. Les signaux de sûreté orange clignotent comme des avions dans la nuit. Devant la porte qui donne sur la cage d'escalier, il hésite avant de composer la séquence sur un clavier à cinq chiffres qui déverrouille la poignée. Au moment où la porte s'ouvre, nous nous arrêtons tout net.

Dans le silence, nous percevons clairement le bruit traînant d'un pas.

Chapitre 14

– Vas-y, chuchoté-je en poussant Paul, d'un coup de coude, vers la porte de la bibliothèque.

À travers la vitre d'une lucarne de sécurité, nous jetons un coup d'œil dans la pièce.

Une ombre s'agite autour des tables. Une lampe de poche balaie l'une d'entre elles. Je distingue une main qui plonge dans un tiroir.

– C'est le bureau de Bill, souffle Paul.

Sa voix se répercute dans la cage d'escalier. Le faisceau de la torche s'immobilise, puis pivote dans notre direction.

– Qui est-ce ?

– Je n'ai pas vu, répond Paul.

Nous attendons, immobiles, écoutant les pas. Quand je les entends s'éloigner, je regarde de nouveau par la lucarne. La pièce est vide.

Paul ouvre la porte. Je m'engage à sa suite. Perçant les fenêtres, du côté nord, le clair de lune accentue l'ombre écrasante des étagères croulant sous les livres. Les tiroirs du bureau de Bill Stein sont encore ouverts. Toujours aussi bas, je demande :

– Il y a une autre sortie ?

Paul hoche la tête et désigne une encoignure, au-delà de la rangée de rayons de livres montant jusqu'au plafond. Nouveaux bruits de pas, suivis d'un déclic. La porte que nous avons empruntée se referme doucement. D'instinct, je me précipite.

– Qu'est-ce que tu fais ? lâche Paul à voix basse, en me faisant signe de le rejoindre à côté du bureau de Bill.

Je colle mon nez contre la vitre. Pas un mouvement dans la cage d'escalier.

En s'éclairant d'une petite lampe de poche, Paul examine le fouillis de notes et de lettres jonchant le bureau de Stein. Il braque la lumière sur un tiroir ; la serrure a été forcée. Des dossiers sont dispersés sur la table. Il semble y en avoir un pour chaque professeur du département d'histoire.

RECOMMANDATION : DOYEN WORTHINGTON

RECO (A-M) : BAUM, CARTER, GODFREY, LI

RECO (N-Z) : NEWMAN, ROSSINI, SACKLER, WORTHINGTON (VICE-DOYEN)

RECO (AUTRES DEPTS) : CONNER, DELFOSSE, LUTKE ; MASON, QUINN

ANCIENNE CORRESPONDANCE : HARGRAVE/WILLIAMS, OXFORD

ANCIENNE CORRESPONDANCE : APPLETON, HARVARD

Pour moi, c'est du charabia. Pas pour Paul.

– Qu'est-ce qui ne va pas ?

– Mais pourquoi avait-il besoin de toutes ces recommandations ? s'exclame-t-il en faisant courir sa lampe sur le bureau

Deux dossiers attirent son attention : RECO/CORRESPONDANCE : TAFT et INFLUENCE/PREF.

La lettre de Taft a été remisée dans un coin. Repoussant sa manche de chemise pour recouvrir ses doigts, Paul la tire jusqu'à lui.

William Stein est un jeune homme très compétent. Depuis cinq ans, il me seconde dans des tâches administratives. Je suis sûr qu'il donnera entière satisfaction dans des emplois du même ordre, où qu'il aille.

– Seigneur ! chuchote Paul. Vincent l'a complètement descendu. On a l'impression qu'il parle de sa secrétaire.

Datée du mois précédent, la lettre se termine par un post-scriptum manuscrit.

Bill, ceci en dépit de tout. Tu mérites moins. Vincent.

– Salaud ! s'étrangle Paul. Bill était en train de t'échapper !

Il éclaire le dossier INFLUENCE/PREF. S'y empilent quelques brouillons de lettres annotés et corrigés par Stein. Il s'y est vraisemblablement pris plusieurs fois, avec des stylos différents. Il a ajouté des phrases et raturé des mots, ce qui rend la lecture difficile. La lampe de Paul commence à trembler dans sa main.

> *Cher Monsieur Hargrave,* lit-il à haute voix, *je suis heureux de vous apprendre que mes recherches sur l'*Hypnerotomachia Poliphili *~~sont terminées~~ arrivent à leur terme. Je pourrai vous communiquer les résultats avant fin avril au plus tard. Je puis vous assurer que votre attente n'aura pas été vaine. Sans nouvelles de vous et du professeur Williams depuis mon courrier du 17 janvier, je souhaiterais que vous me confirmiez la disponibilité ~~de la chaire~~ du poste dont nous avons discuté. Bien que je sois attaché à Oxford, il me sera difficile de ne pas prendre en considération les offres que d'autres universités ne manqueront pas de me faire après la publication de mon article. J'ai d'ailleurs déjà reçu de nouvelles propositions.*

Paul passe à la page suivante. Il respire difficilement.

> *Monsieur le Président Appleton, j'ai le plaisir de vous annoncer que mon travail sur l'*Hypnerotomachia *est presque terminé. ~~Comme promis~~, Les résultats de mes recherches bouleverseront les recherches historiques sur la Renaissance – ou toute autre période – cette année ou l'année prochaine. Avant de publier ces résultats, je voudrais m'assurer que le poste d'assistant est toujours disponible. Vous connaissez mon attachement pour Harvard. Il me sera toutefois difficile de repousser les offres que d'autres universités ne manqueront pas de me faire après la publication de mon article, offres qui commencent d'ailleurs à affluer.*

Paul la lit une deuxième fois, puis une troisième.

– Il allait me voler mon mémoire, dit-il, le souffle coupé.

Il recule d'un pas, s'appuie contre le mur.

– Comment est-ce possible ? dis-je.

– Il pensait peut-être que personne ne songerait à attribuer ce travail à un simple étudiant en licence.

– Quand s'est-il proposé de taper ton texte ?

– Le mois dernier.

– Tu veux dire que ça fait un moment qu'il y pense ?

Paul me lance un regard furieux en jetant le dossier sur le bureau de Stein.

– C'est évident. Il écrit à tous ces gens depuis janvier.

Le dossier contient une autre lettre, sous celles de Harvard et d'Oxford. Paul, qui en a repéré l'en-tête, s'en empare.

Richard, j'espère que tu vas bien. Tu auras peut-être eu plus de chance en Italie qu'à New York. Si ce n'est pas le cas, nous savons tous deux dans quelle situation tu te trouves. Et nous savons de quoi Vincent est capable. Je suis persuadé qu'il a un plan, dans le cas où il ressortirait quelque chose de ce travail. Par conséquent, j'ai une proposition à te faire. Il y en a assez pour deux. J'ai décidé d'une répartition que tu trouveras sans doute équitable. Fais-moi signe rapidement pour que nous en discutions. Donne-moi tes numéros de téléphone à Florence et à Rome – il ne faut pas compter sur le courrier en Italie. Je souhaite clarifier les choses le plus rapidement possible. –B.

La réponse, rédigée par une autre main, tient en quelques lignes au bas de la lettre, qui a été retournée à son envoyeur. Il y a deux numéros de téléphone et une note : *Voici les numéros. Appelle après 18 h, heure d'Italie. Et Paul ? – Richard.*

Paul reste sans voix. Il fouille de nouveau le dossier, mais ne trouve rien. Quand je fais un geste pour le consoler, il me repousse.

– Il vaudrait mieux prévenir le doyen, dis-je d'une voix hésitante.

– Pour lui dire quoi ? Qu'on a fourré notre nez dans les affaires de Bill ?

Tout à coup, une lumière vive éclaire fugitivement un mur de la bibliothèque, suivie du clignotement rouge et bleu d'un gyrophare. Une voiture de police roule doucement dans la cour du musée. Deux agents en sortent après avoir éteint le gyrophare. Une seconde voiture arrive en renfort.

– Quelqu'un a dû les prévenir de notre présence ici, dis-je.

La note de Curry tremblote dans la main de Paul. Il reste

immobile, observant les ombres qui se précipitent vers l'entrée du musée.

– Allez, viens ! dis-je en l'entraînant vers la rangée de rayons proche de l'autre sortie.

Au même moment, la porte de la bibliothèque s'ouvre et le faisceau d'une torche électrique inonde la pièce. Nous nous recroquevillons dans un coin. Les deux policiers entrent.

– Par là ! crie le premier en gesticulant dans notre direction.

Je pousse brutalement la porte du fond. Paul se jette dans le couloir ; je le talonne. Nous avançons prudemment, le dos au mur, jusqu'à l'escalier qui conduit au rez-de-chaussée. Nous descendons en courant ; mais, dans le hall principal, la lumière d'une torche illumine le mur qui nous fait face.

– Il y a un l'ascenseur de service en bas, dit Paul.

Nous pénétrons dans la section asiatique du musée. Des vases et des statuettes reposent sagement derrière de fantomatiques panneaux de verre. Dans les vitrines, on a disposé des manuscrits chinois, ouverts, à côté d'objets mortuaires.

– Par ici, chuchote Paul tandis que les pas nous rattrapent.

Il me conduit dans un cul-de-sac, devant les portes métalliques de l'ascenseur de service, seule issue possible.

Les voix s'approchent. Au pied de l'escalier, je distingue deux policiers qui avancent à tâtons dans le noir. Soudain, tout l'étage s'éclaire.

– On a trouvé la lumière ! s'exclame un troisième policier.

Paul enfonce sa clef dans la fente. Les portes s'écartent, il m'entraîne dans la cabine. Un barrage de pas avance vers nous.

– Venez, venez...

Les portes restent ouvertes. Pendant une seconde, je crains qu'ils n'aient coupé l'alimentation électrique de l'ascenseur. Mais les murs gris se referment au moment où un flic apparaît dans mon champ de vision. Impuissant, il tape du poing contre les battants métalliques tandis que la cabine s'ébranle.

– Où va-t-on, maintenant ?

– Sur la plate-forme de chargement, répond Paul, qui peine à retrouver son souffle.

L'ascenseur nous dépose dans un petit vestibule. Paul doit forcer la porte qui donne dans un vaste hangar glacial. Il me faut un peu de temps pour m'habituer à l'obscurité. Je finis par distinguer la plate-forme. Dehors, le vent fait trembler le rideau de fer. J'imagine la course effrénée de nos poursuivants dans l'escalier ; mais la lourde porte ne laisse filtrer aucun son.

Paul se précipite sur un commutateur fixé au mur. En tournant le bouton, il déclenche l'ouverture du rideau, qui couine en remontant péniblement sur ses rails.

– Ça ira, dis-je lorsque l'ouverture est suffisante pour nous laisser passer sur le dos.

Paul secoue la tête et le rideau poursuit son ascension.

– Qu'est-ce que tu fais ?

La vue du campus est saisissante. Je suis ému par la splendeur du panorama. Paul tourne le commutateur dans l'autre sens et le rideau amorce sa descente.

– On y va ! hurle-t-il.

Il se jette sous l'ouverture et je m'allonge maladroitement sur le dos. Paul roule sous le rideau, me tend la main, m'arrache de justesse à la morsure du métal.

Je me relève, à bout de souffle. Je fais un pas en direction de Dod Hall, Paul me tire brusquement en arrière.

– Ils peuvent nous voir de là-haut, dit-il en montrant les fenêtres de la façade ouest de l'immeuble. Allons plutôt par là. Vers l'est.

– Ça va ? demandé-je.

Nous plongeons dans la nuit. Sous le col de mon blouson, le vent rafraîchit la sueur qui me mouille le cou. Derrière moi, Dod et Brown Hall forment une masse noire, comme les autres résidences que nous devinons dans le lointain. L'obscurité a gagné tout le campus. Seules les fenêtres du musée restent violemment éclairées.

Nous traversons Prospect Gardens, merveilleux petit jardin botanique planté au cœur du campus. Les pousses printanières ont pratiquement disparu sous un voile blanc, mais le cèdre du Liban et le hêtre d'Amérique, dont les branches s'affaissent sous la neige, se dressent au-dessus d'elles tels des anges gardiens. Une voiture de police patrouille dans une des rues latérales. Nous accélérons le pas.

Mon esprit divague. J'essaie de comprendre, d'analyser ce

que nous avons vu. Est-ce Taft que nous avons surpris là-haut, fouillant dans les affaires de Stein pour effacer toute trace du lien qui les unissait ? Est-ce lui qui a prévenu les flics ? En regardant Paul, je me demande si les mêmes pensées le taraudent. Son visage ne laisse rien transparaître.

Nous approchons du département de musique, le centre Woolworth. Quelques notes éparses flottent dans le froid. Des étudiants profitent de la nuit pour y faire leurs gammes sans déranger personne. Je hasarde une suggestion.

– Nous pourrions nous y réfugier en attendant que ça se calme.

– Où ?

– Dans les salles de répétition, au sous-sol.

Une voiture de patrouille fonce en direction de Prospect, faisant gicler dans le tournant des gravillons et de la neige fondue. Je force l'allure.

Les travaux de rénovation du centre Woolworth viennent de s'achever. Le nouveau bâtiment, débarrassé de sa gangue d'échafaudages, offre un contraste étrange, celui d'une forteresse fragile et tout en transparence. Au rez-de-chaussée, s'incurvant comme une rivière, l'atrium traverse la bibliothèque et les salles de cours, et, trois étages plus haut, s'ouvre sur le ciel, cerné par le vent. Paul désamorce le verrou avec sa carte d'identité et me tient la porte.

– De quel côté ? demande-t-il.

Je le précède vers l'escalier le plus proche. Depuis son inauguration, Gil et moi sommes venus à Woolworth à deux reprises, chaque fois un samedi soir de désœuvrement, après avoir beaucoup bu. La seconde femme de son père tenait à tout prix à ce qu'il joue du Duke Ellington, tout comme le mien désirait ardemment que je me familiarise avec Arcangelo Corelli : huit ans de leçons sans le moindre résultat. Battant la mesure avec nos bouteilles sur un vieux piano à queue, Gil saccageait *A' Train* pendant que je martyrisais *La Follia*. Nous faisions semblant de maintenir un rythme que nous n'avions jamais réussi à acquérir.

Paul me suit au sous-sol. À une exception près, toutes les salles sont libres. Seul un pianiste répète *Rhapsody in Blue*. Nous nous glissons dans un studio insonorisé. Paul s'assied sur le tabouret, devant un piano droit. Intimidé par les touches du clavier, aussi mystérieuses pour lui que celles d'un ordinateur, il les fixe sans oser les toucher. La lumière du plafond clignote, puis s'éteint. C'est tout aussi bien.

– Je n'arrive pas à le croire, dit enfin Paul en inspirant profondément.

– Pourquoi auraient-ils fait une chose pareille ?

Il gratte doucement l'ébène d'une touche. J'ai l'impression qu'il n'a rien entendu. Je répète ma question.

– Qu'est-ce que tu veux que je te dise, Tom ?

– C'est peut-être pour cette raison que Stein a d'abord voulu t'aider.

– Quand ? Ce soir, avec le journal ?

– Non, il y a quelques mois.

– Tu veux dire : quand toi, tu as cessé de travailler sur l'*Hypnerotomachia* ?

C'est une pique, un rappel qu'au fond je suis personnellement responsable de l'implication de Stein.

– Tu crois que c'est ma faute ?

– Non, répond Paul calmement. Bien sûr que non.

Pourtant, l'accusation reste comme suspendue entre nous. La carte de Rome, le journal du capitaine du port, tout cela me replonge dans l'aventure des dernières années, les progrès que nous avons faits avant que j'abandonne, le plaisir que j'y prenais. Je contemple mes mains, repliées sur mes genoux. Mon père les trouvait paresseuses. Après cinq années de leçons, je n'étais même pas capable d'interpréter une sonate de Corelli. Pour compenser, je m'étais mis au basket-ball.

Le fort prend au faible, Thomas, mais l'intelligence a raison du plus fort.

– Et que penses-tu de la note de Curry ? demandé-je à l'extrémité du piano.

Le bois n'est pas verni uniformément. Économie aussi mesquine que la négligence d'un professeur qui ne se peigne pas l'arrière de la tête parce qu'il ne le voit pas dans son miroir, à l'instar de mon père. J'ai toujours pensé qu'il s'agissait d'un défaut de perspective, de l'erreur d'un homme qui ne voyait le monde qu'à sa manière. Pas plus qu'à moi, sans doute, cette erreur n'échappait à ses élèves, chaque fois qu'il leur tournait le dos.

– Richard n'essaierait jamais de me voler le fruit de mon travail, rétorque Paul en se rongeant un ongle. Il y a quelque chose qui nous échappe.

Le silence s'installe dans la chaleur du studio. Pas un bruit, hormis un bourdonnement au fond du corridor, où Beethoven a remplacé Gershwin. Cela me rappelle les orages de mon enfance, l'été, quand je restais assis sagement dans une maison silencieuse, sans électricité, avec, dans le lointain, le grondement sourd du tonnerre. Ma mère me lisait à la bougie les aventures illustrées d'Arsène Lupin ou de Sherlock Holmes. Les meilleures histoires, songeais-je avec délectation, ont toujours pour héros des hommes qui portent d'étranges chapeaux.

– Le type que nous avons surpris, c'était Vincent, dit Paul. J'en mettrais ma main au feu. Au commissariat, il a menti sur sa relation avec Bill. Il leur a déclaré qu'il était son meilleur thésard depuis des années.

Nous savons de quoi Vincent est capable, affirmait la lettre de Stein. *Je suis persuadé qu'il a un plan, dans le cas où il ressortirait quelque chose de ce travail.*

– Tu penses que Taft se le réserve pour lui tout seul ? Il n'a rien publié sur l'*Hypnerotomachia* depuis des années.

– Il ne s'agit pas de publier, Tom.

– Alors, de quoi s'agit-il ?

Il attend de longues secondes avant de répondre :

– Tu as entendu ce qu'a dit Vincent ce soir. Il n'a jamais voulu reconnaître que Francesco était romain.

Il baisse la tête, regarde les pédales du piano, qui dépassent du cadre de bois comme de minuscules chaussons d'or.

– Il essaie de m'enlever ça, ajoute-t-il.

– De t'enlever quoi, Paul ?

Une fois de plus, il hésite.

– Non, rien. Oublie ça.

– Et si c'était Curry, au musée ?

La lettre que Stein lui a expédiée m'a troublé. L'homme m'apparaît sous un nouveau jour. N'était-il pas, d'ailleurs, le plus passionné des trois par l'*Hypnerotomachia ?*

– Il n'est pas dans le coup, Tom.

– Tu as pourtant vu sa réaction quand tu lui as montré le journal. Il était persuadé que c'était le sien.

– Non. Je le connais bien, Tom. D'accord ? Pas toi.

– Qu'est-ce que je dois comprendre ?

– Tu n'as jamais fait confiance à Curry. Même quand il a essayé de t'aider.

– Je n'avais pas besoin de son aide.

– Et tu détestes Vincent, uniquement à cause de ton père.

J'encaisse le choc.

– Paul ! C'est lui qui a amené mon père à...

– À quoi ? À quitter la route ?

– Non, il a eu un moment de distraction. Il était perturbé. À cause de Vincent, précisément. Mais qu'est-ce qui t'arrive, Paul ?

– C'était une critique de livre, Tom.

– Il a bousillé sa vie.

– Il a bousillé sa carrière. Ce n'est pas la même chose.

– Pourquoi le défends-tu ?

– Ce n'est pas lui que je défends, c'est Richard. Cela dit, Vincent ne t'a jamais rien fait.

Je brûle d'envie de lui rentrer dans le lard, mais l'effet qu'a sur lui notre conversation fait retomber ma colère. Il se pétrit les joues avec la base des paumes. Pendant un instant, je n'ai plus en tête que l'éclat des phares, le hurlement d'une sirène.

– Richard a toujours été bon pour moi, ajoute Paul.

Autant qu'il m'en souvienne, mon père n'a pas prononcé une parole. Pas un mot pendant le trajet, pas un cri quand la voiture a dérapé sur le bas-côté de la route.

– Tu ne les connais pas, insiste Paul. Ni l'un, ni l'autre.

Je ne me rappelle plus très bien quand il a commencé à pleuvoir. Était-ce durant le trajet qui devait nous conduire à la foire du livre, où nous attendait ma mère, ou sur la route de l'hôpital, quand j'étais allongé dans l'ambulance ?

– Je suis tombé sur une coupure de presse, un article sur le premier livre de Vincent, poursuit Paul. Elle datait des années soixante-dix. Il l'avait conservée chez lui. C'était à l'époque joyeuse de Columbia, avant qu'on lui offre ce poste à l'institut, avant que tout se dégrade et qu'il cesse d'écrire. C'était dithyrambique ; le genre d'éloge dont rêvent tous les professeurs. Ça se terminait par ceci : « Vincent Taft se consacre maintenant à un projet qui lui tient à cœur : l'histoire définitive de la Renaissance italienne. À en juger par ce qu'il a déjà accompli, nous sommes en droit d'attendre un livre majeur, un de ces chefs-d'œuvre qui nous font dire si rarement qu'écrire l'histoire équivaut à la faire. » Je me souviens de chaque terme. J'ai retrouvé l'article au printemps de ma deuxième année, avant de faire sa connaissance. Ce jour-là, j'ai commencé à comprendre qui il était.

Une critique de livre. Comme celle qu'il avait envoyée à mon père, pour être sûr qu'il la lirait. *Belladone : un canular ?,* par Vincent Taft.

– C'était l'étoile montante, Tom. Tu le sais. Il était plus brillant que tous ses collègues réunis. Mais il a tout raté. Il a tout laissé filer. Il n'est resté qu'un trou noir.

Ses paroles se bousculent, résonnent dans le vide, emmuré dans le silence qui nous entoure et l'énorme tension qui l'habite. J'ai l'impression de nager à contre-courant, de lutter contre le ressac. Paul continue, parle de nouveau de Taft, de Curry. Moi, je me dis qu'ils ne sont que les personnages d'un autre livre, des hommes au chapeau bizarre jaillis de mon imagination d'enfant. Mais plus il parle, plus je commence à les voir tels qu'il les voit.

Au lendemain du scandale provoqué par le vol du journal du capitaine du port, Taft quitta Manhattan et s'installa près de l'institut, dans une maison blanche située à deux kilomètres du campus de Princeton. Fut-ce la solitude, l'absence de collègues à qui se mesurer ? Toujours est-il qu'au bout de quelques mois des rumeurs sur son alcoolisme circulèrent dans le milieu universitaire. L'histoire définitive dont il avait tant rêvé mourut de sa belle mort. Sa passion, son souffle, sa force, tout s'écroula.

Trois ans plus tard, quand il publia une plaquette sur le rôle des hiéroglyphes dans l'art de la Renaissance, il devint évident que sa carrière battait de l'aile. Sept ans plus tard, à la parution d'un nouvel article dans une revue de seconde catégorie, un critique osa qualifier son déclin de tragédie. D'après Paul, la nostalgie de ce qui avait uni Taft à Curry et à mon père continuait de le hanter. Au cours des vingt-cinq années qui séparent son arrivée à l'institut de sa rencontre avec Paul, Vincent Taft ne publia que quatre fois, préférant consacrer son temps à la rédaction d'articles critiques sur des travaux universitaires, notamment ceux de mon père. Il ne retrouva ni la flamme ni le génie de sa jeunesse.

Sa rencontre avec Paul, qui frappa à sa porte au printemps de sa première année à Princeton, ramena certainement l'*Hypnerotomachia* dans sa vie. Paul raconte que Taft eut des moments de brio absolument saisissants, que le vieil ours, soudain ragaillardi, pouvait réciter des passages entiers de textes obscurs quand Paul ne les trouvait pas en bibliothèque.

– C'est cet été-là que Richard a financé mon voyage en Italie, raconte-t-il en se frottant la main sur le tabouret. Nous étions emballés. Vincent aussi. Lui et Richard ne se parlaient plus, mais ils savaient l'un et l'autre que je tenais quelque chose. Que je commençais à comprendre.

« Nous logions dans un appartement que possédait Richard au dernier étage d'un ancien palais de la Renaissance. C'était incroyable, merveilleux. Il y avait des tableaux partout : aux murs, aux plafonds, dans des niches au-dessus des escaliers. Le Tintoret, Carrache, le Pérugin... J'étais au paradis, Tom. Je baignais dans la beauté. Le matin, en se levant, Richard déclarait d'un ton résolu : "Paul, aujourd'hui, il faut que je travaille." Nous commencions à bavarder. Puis, une demi-heure plus tard, il enlevait sa cravate et au diable le travail ! Nous partions en balade. Nous arpentions les piazzas pendant des heures, sans cesser de palabrer.

« Il me parla de ses années à Princeton, de l'Ivy Club, de ses aventures, des folies qu'il avait faites, des gens qu'il avait connus. De ton père, surtout. Ça paraissait tellement plus vivant, plus emballant que le Princeton que je connaissais. J'étais fasciné. Je vivais un rêve, un rêve idéal. Richard partageait mon euphorie. Pendant tout le temps que nous avons passé en Italie, j'ai eu l'impression qu'il flottait sur un nuage. Il est tombé amoureux d'une Vénitienne. Elle était sculpteur. Il envisageait sérieusement de demander sa main. Cet été-là, j'ai même cru qu'il allait essayer de se réconcilier avec Vincent.

– Mais cela ne s'est jamais produit.

– Non. Après notre retour aux États-Unis, tout est redevenu comme avant. Vincent et lui ont continué à ne pas s'adresser la parole. Son amie a rompu. Richard a commencé à fréquenter de nouveau le campus par nostalgie, pour se rappeler la passion qui les animait, ton père et lui, quand ils étudiaient avec McBee. Depuis, il vit de plus en plus dans le passé. Vincent a tout fait pour m'éloigner de lui, mais cette année, c'est de Vincent que j'ai essayé de m'écarter, en évitant de me rendre à l'institut, en travaillant à l'Ivy Club chaque fois que je le pouvais. Je ne voulais pas lui parler de ce que nous avions trouvé. Du moins, pas avant d'y être obligé.

« Vincent a exigé des rapports hebdomadaires sur mes progrès. Il voulait que je lui soumette mes conclusions. Il s'est peut-être dit que c'était sa dernière chance de récupérer l'*Hypnerotomachia*.

Paul se passe la main dans les cheveux.

– Si j'avais su, j'aurais pondu un mémoire bidon et je me serais tiré d'ici. « Contre les demeures les plus hautes et les arbres les plus élevés, les dieux lancent le tonnerre et la foudre. Car, ne supportant d'autre fierté que la leur, ils aiment asservir tout ce qui est grand. » C'est d'Hérodote. Je connais ces lignes par cœur. J'ai dû les lire cent fois sans jamais me donner la peine d'y réfléchir. C'est Vincent qui me les a fait découvrir. Il savait ce qu'elles signifiaient.

– Mais tu n'y crois pas.

– Je ne sais plus ce que je crois, Tom. J'aurais dû me méfier plus tôt. Si je n'avais pas été aussi égocentrique, les manœuvres de Bill et de Vincent ne m'auraient pas échappé.

La lumière filtre sous la porte. Au fond du couloir, le piano s'est tu. Paul se lève, marche lentement vers la sortie.

– Allons-nous-en, dit-il.

Chapitre 15

Nous échangeons à peine quelques paroles en quittant le centre Woolworth. Paul me devance assez pour que chacun se sente plus ou moins dans sa bulle. La tour de la chapelle se profile au loin. À son pied s'agglutinent plusieurs voitures de police, comme des crapauds s'abritant sous un chêne pour se protéger de la tempête. Un cordon jaune de sécurité claque dans le vent. Ce qui restait de Bill Stein, l'empreinte de son corps aux bras en croix allongé dans la neige, a disparu. De lui ne subsiste pas même une flétrissure sur ce manteau blanc.

Nous arrivons à Dod Hall, où Charlie s'apprête à se recoucher. Secoué par ce qu'il a vu tout à l'heure, il s'est lancé dans un grand ménage pour se changer les idées : rangement du séjour, classement des journaux épars et du courrier non ouvert. Après un coup d'œil sur sa montre, il nous jette un regard désapprobateur, mais n'a pas la force de nous faire des reproches. Paul lui raconte notre aventure au musée, sachant qu'il insistera pour que nous appelions la police. Mais quand je lui parle des lettres que nous avons trouvées dans le tiroir de Stein, il semble se raviser.

Paul et moi gagnons enfin notre chambre, nous déshabillons et nous glissons dans nos lits. Une fois couché, songeant à son émotion de tout à l'heure lorsqu'il évoquait Curry, je prends soudain conscience de quelque chose qui, jusque-là, m'avait échappé. Même si elle n'a pas duré, une sorte de plénitude paisible imprégnait leurs relations. Curry n'était jamais parvenu à décoder l'*Hypnerotomachia* avant que Paul n'entre dans sa vie et lui offre des réponses que tous deux pourraient désormais partager. Ainsi ont-ils connu, en s'offrant l'un à l'autre ce dont chacun avait besoin, cette communion dont Paul rêvait depuis si longtemps.

Je ne peux pas lui en vouloir d'avoir eu cette chance. Il la méritait plus que quiconque. Il n'a jamais eu de famille, de visage dans un cadre, de voix au bout du fil. Moi, peut-être de façon imparfaite, j'ai bénéficié de tout cela, même après la mort de mon père.

Ce qui est en jeu, désormais, va beaucoup plus loin. Le journal du capitaine du port pourrait prouver que mon père avait raison. Par-delà la poussière et le temps, dans cette forêt de langues mortes et de gravures sur bois, il a mis le doigt sur la nature véritable de l'*Hypnerotomachia*. À l'époque, je n'y ai pas cru. L'idée qu'un vieux livre défraîchi pût contenir des trésors me paraissait ridicule, bornée, vaine. Mais celui qui se trompait, ce n'était pas mon père. C'était moi.

– Arrête, Tom, chuchote soudain Paul au-dessus de ma tête.

– Quoi ?

– Cesse de t'apitoyer sur ton sort.

– Je pensais à mon père.

– Je sais. Essaie de penser à autre chose.

– À quoi, par exemple ?

– Je ne sais pas. À nous.

– Je ne comprends pas.

– À nous quatre. Sois heureux de ce que tu as.

Il hésite un instant avant de reprendre :

– Tu as décidé, pour l'année prochaine ? Tu as une idée de ce que tu vas faire ?

– Je l'ignore encore.

– Le Texas ?

– Peut-être. Sauf que Katie sera encore ici.

J'entends le froissement des draps. Paul s'est retourné dans son lit.

– Et si je te disais que j'envisage d'aller à Chicago ?

– Pardon ?

– Pour un doctorat. J'ai reçu ma lettre le lendemain du jour où tu as reçu la tienne.

Je suis stupéfait.

– Tu croyais que j'irais où, l'année prochaine ? demande-t-il.

– À Yale, pour travailler avec Pinto. Pourquoi Chicago ?

– Pinto prend sa retraite. De toute façon, le programme de Chicago est meilleur. Et puis Melotti y est toujours.

Melotti. L'un des derniers spécialistes de l'*Hypnerotomachia*. Mon père m'en parlait parfois.

– De plus, ajoute Paul, si c'était assez bien pour ton père, je ne vois pas pourquoi ça ne me conviendrait pas.

J'y avais songé, au moment des demandes, mais pour une raison très différente : si lui y avait été admis, pourquoi pas moi ?

– En effet.

– Alors, qu'est-ce que tu en penses ?

– Quoi ? Du fait que tu veuilles aller à Chicago ?

Il hésite de nouveau. Vraisemblablement, quelque chose m'a échappé.

– Que nous, nous allions à Chicago.

Le plancher craque dans la chambre au-dessus de la nôtre, écho d'un autre monde.

– Pourquoi tu ne me l'as pas dit auparavant ?

– J'avais un peu peur de ta réaction, répond-il.

– Tu suivrais donc le même programme que lui.

– J'essaierais, du moins.

Quant à moi, je ne sais si j'y arriverais. Hanté par mon père pendant cinq années supplémentaires ? Il serait plus que jamais présent dans l'ombre de Paul.

– C'est ton choix prioritaire ?

Il met beaucoup de temps avant de me répondre.

– Taft et Melotti sont les deux derniers.

Il veut dire : les deux derniers spécialistes de l'*Hypnerotomachia*...

– Je pourrais aussi ne pas bouger d'ici, ajoute-t-il, et travailler avec n'importe qui : Batali ou Todesco.

Mais rédiger une thèse sur l'*Hypnerotomachia* sous la férule d'un non-spécialiste équivaudrait à composer de la musique pour les sourds.

– Il faut que tu ailles à Chicago, dis-je comme si j'en étais convaincu, ce que je suis peut-être vraiment.

– Cherches-tu à m'avouer que tu as choisi le Texas ?

– Je n'ai encore rien décidé.

– Tu sais, tu ne dois pas faire les choses uniquement en fonction de lui.

– Ce n'est pas ça.

– Bon, conclut Paul, qui préfère ne pas insister. J'ai l'impression qu'on a le même délai pour la réponse.

Les deux enveloppes gisent là où je les ai laissées, sur son bureau : le bureau sur lequel il a commencé à résoudre le mystère de l'*Hypnerotomachia.* Pendant quelques secondes, j'imagine mon père flottant depuis le début au-dessus de la table, pareil à un ange gardien qui, tous les soirs, guiderait Paul sur le chemin de la vérité. Et cela me fait tout drôle de penser que j'étais là, à deux pas, presque toujours endormi.

– Repose-toi, murmure-t-il.

Il prend une longue inspiration, puis gigote dans son lit. La gravité des événements de la nuit semble le tourmenter de nouveau. Peut-être a-t-il envie de m'en parler ?

– Que fais-tu demain matin ? lui dis-je.

– Il faut que j'interroge Richard à propos de ces lettres.

– Tu veux que je t'accompagne ?

– Il vaut mieux que j'y aille seul.

Nous nous taisons, cette fois pour de bon.

Paul s'endort rapidement, si j'en juge par sa respiration. J'aimerais pouvoir en faire autant, mais mes pensées se bousculent. Je songe à ce qu'aurait dit mon père en apprenant que nous avons, après toutes ces années, mis la main sur le journal du capitaine de port. Cette nouvelle aurait peut-être adouci sa solitude, l'amertume qu'il devait éprouver après avoir consacré tant d'efforts à une recherche qui intéressait si peu de monde. Et que son fils ait enfin accompli quelque chose l'aurait certainement réconforté.

Je me rappelle lui avoir lancé un soir, alors qu'il n'était apparu qu'à la mi-temps d'un match de basket auquel je participais et qui fut d'ailleurs mon dernier :

– Pourquoi es-tu arrivé si tard ?

– Désolé, Tom. J'ai été retardé.

Il marchait devant moi en direction de la voiture. Je ne pouvais détacher mes yeux de l'arrière de son crâne, de ses cheveux hirsutes qu'il oubliait systématiquement de coiffer parce qu'il ne les voyait pas dans son miroir. Nous étions à la mi-novembre. En dépit du froid de saison, il portait une veste légère. Sans doute, trop absorbé, avait-il décroché la mauvaise sur le portemanteau.

– Par quoi ? Ton travail ?

« Ton travail... » Un euphémisme pour éviter d'avoir à prononcer le titre qui me gênait tant devant mes amis.

– Non, répliqua-t-il calmement. Par la circulation.

Sur le chemin du retour, égal à lui-même, il dépassa légèrement la vitesse autorisée. Cette petite transgression, ce refus de se conformer tout à fait aux règles sans jamais vraiment parvenir à les briser me hérissait, surtout depuis que j'avais mon permis.

– Je trouve que tu as bien joué, dit-il me regardant. Tu as réussi les deux seuls lancers francs que j'ai vus.

– J'en ai raté cinq pendant la première mi-temps. Au fait, j'ai annoncé à l'entraîneur que je ne jouerais plus.

– Tu lâches l'équipe ? Pourquoi ?

– L'intelligence a peut-être raison du plus fort, répondis-je, sachant qu'il allait me sortir cette phrase. Mais les grands écrabouillent toujours les petits.

Mon père sembla, par la suite, se reprocher cette soirée, comme si, entre nous, le basket avait été la goutte d'eau qui fit déborder le vase. Deux semaines plus tard, alors que j'étais au lycée, le panier et le panneau disparurent de notre allée et prirent le chemin d'une œuvre de bienfaisance. Ma mère reconnut ne pas très bien savoir pourquoi mon père avait agi ainsi. « Peut-être croit-il que cela arrangera les choses », hasarda-t-elle.

Je me demande comment j'aurais pu lui faire plaisir. Alors que le sommeil me gagne, la réponse me paraît limpide : il eût suffi que j'aie foi en ses idoles. C'était ce qu'il souhaitait : sentir que quelque chose de permanent nous unissait, qu'aussi longtemps que nous partagerions les mêmes croyances rien ne nous séparerait. Et je me suis évertué à ce que cela ne se produise pas. L'*Hypnerotomachia* ne différait en rien des leçons de piano, du basket ou de sa façon de se coiffer : c'était une illusion dans laquelle il s'enferrait. Et puis, et il savait que cela se produirait tôt ou tard, quand j'ai cessé de croire en ce livre, nous sommes presque devenus des étrangers, même assis pour les repas autour de la même table.

Paul m'a dit un jour :

– L'espérance, qui n'est sortie de la boîte de Pandore qu'après que tous les maux s'en furent échappés, est la dernière et la meilleure de toutes les choses. Sans elle, il ne reste que le temps. Et le temps exerce une force centrifuge qui nous repousse toujours plus loin, jusqu'à ce que nous basculions dans l'oubli.

Là réside, à mon sens, la seule explication possible à ce qui s'est passé entre mon père et moi, entre Taft et Curry, et à ce qui se passera entre nous quatre, les inséparables de Dod Hall. C'est un mouvement perpétuel, une réalité physique à laquelle Charlie pourrait donner un nom, semblable à l'évolution des naines blanches et des géantes rouges. Comme tout dans l'univers, nous sommes condamnés, depuis notre naissance, à nous séparer. Le temps ne fait que mesurer cet éloignement. Si nous sommes des particules dans un océan de distance, détachées d'une matrice originelle, notre solitude obéit à une loi immuable : elle augmente à mesure que nos années s'écoulent.

Chapitre 16

L'été de mes onze ans, mon père m'envoya passer deux semaines dans une colonie de vacances pour anciens scouts turbulents, espérant que je finirais par réintégrer la troupe qui m'avait exclu. On m'avait en effet retiré le foulard l'année précédente pour avoir jeté des pétards dans la tente de Willy Carlson et continué à trouver cela hilarant après qu'on m'eut sermonné sur la constitution fragile de Willy et l'hypersensibilité de sa vessie. Le temps avait passé et, avec lui, espéraient mes parents, le souvenir de mes bêtises. Il est vrai qu'après le scandale provoqué par Jake Ferguson, un gamin de douze ans dont le commerce de BD pornographiques avait transformé l'expérience du camp scout en une entreprise aussi lucrative pour lui qu'instructive pour ses acheteurs, je faisais figure d'enfant de chœur. Une quinzaine sur la rive sud du lac Erie, s'imaginaient mon père et ma mère, suffirait à me faire rentrer dans le rang et à m'assurer mon retour en grâce.

Il ne leur fallut que quatre jours pour comprendre leur erreur. Au milieu de la première semaine, un chef scout me déposa devant chez moi et repartit l'air outré, sans un mot. J'étais renvoyé pour conduite déshonorante, coupable, cette fois, d'avoir appris des chansons immorales à mes petits camarades. Dans une lettre de trois pages, le directeur m'accusait d'être un des pires boy-scouts récidivistes de tout l'Ohio et me jugeait mûr pour la maison de correction. N'étant pas sûr de comprendre le sens du terme « récidiviste », je décidai de confier mon péché à mes parents.

Une troupe d'éclaireuses s'était jointe à nous pour une expédition de canoë d'une journée. Elles chantaient une chanson que mes sœurs m'avaient apprise et qui remontait à leurs propres mornes années de camps et d'insignes : *Les vieux amis, ça te rend fort, ils te conduiront à bon port, plus sûrement que l'argent et l'or.* J'en connaissais de nombreuses variantes, que je m'empressai de partager avec mes compagnons :

Les vieux débris ont toujours tort.
Botte-leur le cul avant leur mort
Prends tout leur argent et leur or.

Ce pastiche ne justifiait certes pas une exclusion. Mais, sans doute pour se venger, après avoir asséné un coup de pied à l'animateur du camp le plus âgé au moment où le malheureux se penchait pour allumer un feu, Willy Carlson m'attribua la responsabilité de son geste, influencé, selon lui, par les nouvelles paroles de la chanson. Quelques heures plus tard, le lourd appareil de la justice scoute se mobilisait et Willy et moi faisions nos valises.

En dehors de mon excommunication du mouvement scout, qui me réjouit, cette aventure eut deux conséquences. Primo, je devins très ami avec Willy Carlson, dont la vessie hypersensible n'avait été qu'un bobard destiné à me faire jeter la première fois. Secundo, j'eus droit à une sévère réprimande de ma mère, dont je n'appréhendai pas le sens avant d'avoir presque terminé mes études à Princeton. Ce n'était pas le premier vers de la nouvelle chanson qui la gênait, même si son irrévérence à l'égard des personnes ayant atteint un âge vénérable avait eu des conséquences fâcheuses. Non, ce qui la choquait, c'était le troisième.

– Pourquoi l'argent et l'or ? me demanda-t-elle dans la petite pièce située au fond de la librairie où elle entreposait les invendus et les vieux classeurs.

– Qu'est-ce que tu veux dire ?

Un vieux calendrier du musée d'Art de Columbus était punaisé au mur, arrêté à la page du mois de mai sur une reproduction d'Edward Hopper : une femme seule assise dans son lit. Je n'arrivais pas à en détacher mes yeux.

– Pourquoi pas des pétards ? ajouta ma mère. Ou des feux de camp ?

– Parce que ça ne marche pas, répondis-je, excédé, tant la réponse me paraissait évidente. Je voulais quelque chose qui rime avec « tort ».

Elle me saisit le menton, tourna ma tête pour capter mon regard. À la lumière, sa chevelure était dorée, comme celle de la femme de Hopper.

– Écoute-moi bien, Tom. Ce n'est pas normal. Un garçon de ton âge ne devrait pas s'intéresser à l'or et à l'argent.

– Mais ça ne m'intéresse pas ! Pourquoi tu dis ça ?

– Parce que chaque désir a son objet propre.

Cette maxime me rappela les tirades creuses débitées par le pasteur au catéchisme.

– Qu'est-ce que ça veut dire ?

– Cela signifie que les gens passent leur vie à désirer des choses qu'ils ne devraient pas convoiter.

Elle ajusta le col de sa robe d'été avant de s'asseoir à côté de moi.

– Pour être heureux, reprit-elle, il suffit d'aimer ce qui doit l'être. Pas l'argent. Pas les livres. Mais les gens, Tom. Les adultes qui ne le comprennent pas ne sont jamais satisfaits. Je ne voudrais pas que tu leur ressembles.

Je n'ai jamais saisi pourquoi ce recentrage de mes passions lui tenait tant à cœur. Je hochai la tête le plus sérieusement du monde et m'engageai à ne plus jamais chanter de chanson sur les métaux précieux, ce qui eut l'heur de la rassurer.

En fait, les métaux précieux n'étaient pas le vrai problème. Je me rends compte aujourd'hui que ma mère livrait une guerre autrement importante. Elle voulait empêcher le pire : que je devienne comme mon père. L'obsession de son mari pour l'*Hypnerotomachia* était, à ses yeux, une forme dévoyée de la passion qu'il éprouvait pour elle et elle lutta contre cette réalité jusqu'à ce qu'il meure. À ses yeux, son amour pour le livre n'était qu'une perversion de celui qu'il éprouvait pour sa femme et sa famille. Mais rien ni personne n'y pouvait plus rien. Quand ma mère comprit qu'elle avait perdu la bataille, qu'il lui serait impossible de changer la vie de mon père, elle entreprit de mener le combat auprès de son fils.

Ses craintes, hélas, étaient fondées. L'entêtement puéril des garçons doit sembler ahurissant aux filles, qui apprennent plus vite que les anges à se comporter de façon sensée. Je n'eus aucune conscience de la gravité du vice dont ma mère essayait de me préserver avant d'avoir le malheur d'y succomber. Lorsque cela arriva, ce ne fut pas ma famille qui en souffrit, mais Katie.

En janvier, après avoir résolu la première énigme de l'*Hypnerotomachia*, Paul parvint à en décoder une deuxième, puis une troisième. Selon un cycle réglé comme du papier à musique, le volume des chapitres augmente progressivement de cinq ou dix pages pour atteindre vingt, trente, voire quarante pages. Si plusieurs chapitres courts se succèdent, les plus importants apparaissent isolément. Représenté sur un graphique, cela donne une alternance de séquences prolongées d'intensité basse (les chapitres courts survenant en bloc) et de pics élevés (les chapitres les plus longs). Cette projection représentait pour nous le pouls de l'*Hypnerotomachia*. Mais ce cycle prévaut sur toute la première moitié du texte. Puis survient une séquence confuse où la taille des chapitres n'excède pas onze pages.

Utilisant la méthode qui lui avait si bien réussi avec les cornes de Moïse, Paul déduisit assez vite : chacun des longs chapitres solitaires posait une énigme ; en appliquant sa solution ou, si l'on veut, son code, aux chapitres suivants, plus courts, on découvrait le reste du message de Colonna. Paul considérait cette seconde partie comme du remplissage, une diversion permettant de maintenir une impression de narration dans une histoire par ailleurs assez fragmentée.

Nous nous partageâmes le travail. Paul cherchait les énigmes dans les chapitres les plus longs et me laissait les résoudre. La première à laquelle je m'attaquai fut celle-ci : *Quelle est la plus petite harmonie d'une grande victoire ?*

– Ça me fait penser à Pythagore, dit Katie lorsque je lui en parlai devant une tasse de café. Pour lui, tout était harmonie : l'astronomie, les vertus, les maths...

– Moi, ça m'évoque plutôt la guerre, lui objectai-je, ayant planché longuement sur des textes techniques de la Renaissance. Dans une lettre au duc de Milan, Léonard de Vinci affirme pouvoir construire des chars indestructibles, les blindés de l'époque, ainsi que des mortiers légers et d'énormes catapultes. On assiste là au choc de la philosophie et de la mécanique : la victoire devient une question mathématique, liée à l'élaboration d'une machine de guerre parfaite. Des maths à la musique, il n'y a qu'un pas.

Le lendemain, Katie m'arracha du lit à 7 h 30, pour notre jogging matinal.

– Il ne s'agit pas de la guerre, dit-elle entre deux foulées, se lançant dans une de ces analyses d'énoncé dont raffolent les étudiants de philo. La question comporte deux éléments : « plus petite harmonie » et « grande victoire ». La grande victoire peut signifier n'importe quoi. Le champ de recherche est trop vaste. Il faut donc s'intéresser à la plus petite harmonie.

En passant au pas de course devant la gare de Dinky, j'enviai le sort des quelques rares voyageurs qui attendaient le train de 7 h 43. Courir et penser avant l'aube n'était décidément pas naturel. Katie savait que, dans mon cerveau, le brouillard ne se dissiperait pas avant midi. J'en conclus qu'elle allait me châtier pour n'avoir pas pris sa suggestion de Pythagore au sérieux.

– Alors, que proposes-tu ? demandai-je.

Elle ne semblait même pas essoufflée.

– On s'arrêtera à la Firestone au retour. Je t'indiquerai où je pense qu'il faut regarder.

Cela dura deux semaines : je me réveillais à l'aube pour une séance de gymnastique suédoise et cérébrale ; j'énonçais des idées sur Colonna pour forcer Katie à ralentir et à m'écouter ; puis je m'obligeais à courir plus vite pour ne pas lui laisser le temps de déclarer que je me trompais. Nous terminions tant de soirées et débutions tant de journées ensemble qu'un espoir germa au fond de moi : la perspective de passer une nuit à Dod Hall finirait par traverser son esprit pragmatique, qui apprécierait l'économie d'un aller et retour à Holder. Tous les matins, quand je la voyais en collant et sweat-shirt, j'imaginais de nouvelles façons de l'inviter. Mais Katie feignait de ne pas voir clair dans mon manège. Elle se souvenait de la perfidie de son ancien petit ami, le joueur de hockey. N'ayant pas abusé de la situation les rares fois où elle avait trop bu, il la voulait éperdue de reconnaissance quand elle était sobre. Elle avait mis si longtemps à le percer à jour qu'il en subsistait des traces un mois après notre rencontre.

– Que dois-je faire ? pleurai-je devant mes amis, un soir où ma frustration se muait en désespoir.

J'avais droit à un baiser sur la joue le matin après avoir couru, ce qui, tout bien considéré, couvrait à peine ma dépense d'énergie. Et depuis que je passais le plus clair de mon temps sur l'*Hypnerotomachia,* à raison de cinq à six heures de sommeil par nuit, ma vie devenait intenable. Le supplice de Tantale n'était qu'une bagatelle à côté de ce que j'endurais : quand je voulais Katie, je n'obtenais que Colonna ; quand j'essayais de me concentrer sur Colonna, une irrépressible envie de dormir me submergeait ; et quand, enfin, j'essayais de fermer l'œil, on cognait à ma porte pour me signifier que c'était l'heure du jogging avec Katie. À ce rythme-là, j'allais y laisser des plumes. Il était urgent que ça change.

Pour une fois, Gil et Charlie accordèrent leurs violons :

– Sois patient, dirent-ils. Elle en vaut la peine.

Ils ne se trompaient pas. Un soir, cinq semaines après notre rencontre, Katie nous dama le pion. En rentrant d'un séminaire de philosophie, elle s'arrêta à Dod Hall pour nous faire part de son idée.

– Écoutez bien ceci, dit-elle en sortant de son sac un exemplaire de l'*Utopie* de Thomas More :

> *Le soir, après souper, les Utopiens passent une heure en divertissements : l'été dans les jardins, l'hiver dans les salles communes où ils prennent leurs repas. [...] Ils ne connaissent ni dés, ni cartes, ni aucun de ces jeux de hasard également sots et dangereux. Ils pratiquent cependant deux espèces de jeu qui ont beaucoup de rapport avec nos échecs ; le premier est la* bataille arithmétique, *dans laquelle le nombre pille le nombre ; l'autre est le* combat des vices et des vertus. *Ce dernier montre avec évidence l'anarchie des vices entre eux, la haine qui les divise, et néanmoins leur parfait accord, quand il s'agit d'attaquer les vertus. Il fait voir [...] comment enfin la victoire se déclare pour l'un ou l'autre parti.*

Elle me tendit le livre. Je jetai un coup d'œil sur la quatrième de couverture.

– Rédigé en 1516. Moins de vingt ans après l'*Hypnerotomachia*.

– Un combat entre les vices et les vertus, répéta-t-elle, qui indique comment la victoire se déclare pour l'un ou l'autre des partis.

Elle venait peut-être de nous mettre sur la piste.

Du temps où nous sortions ensemble, Lana McKnight m'avait imposé une règle : ne jamais mélanger le lit et les bouquins. Opposés sur l'éventail des plaisirs, disait-elle, sexe et travail intellectuel étaient tous deux fort agréables, à condition de ne pas s'y consacrer en même temps. Qu'une fille aussi intelligente pût basculer dans l'idiotie dès qu'on éteignait la lumière me sidérait. Elle se déhanchait dans son déshabillé imprimé léopard, telle une femme des cavernes que j'aurais frappée avec mon gourdin, poussant des hurlements à faire frémir la meute de loups qui l'avait élevée. Je n'eus pas le courage de lui avouer que ses plaintes forcées m'écorchaient les oreilles ; et, dès la première nuit, je sus que je ne connaîtrais jamais avec elle la communion du corps et de l'esprit que je recherchais.

Avec Katie, je pressentis dès le début que ce serait possible, surtout après toutes ces heures impossibles consacrées à des exercices cérébro-musculaires. Il me fallut pourtant attendre ce fameux soir. Alors que nous planchions sur les implications de sa découverte, les dernières ombres du joueur de hockey glissèrent sur la page et s'envolèrent à jamais, laissant enfin la voie libre à un nouveau départ.

Paul, qui avait eu la délicatesse d'aller dormir à l'Ivy Club, avait laissé les lampes de la chambre allumées. Katie et moi nous plongeâmes dans sir Thomas More en essayant de déterminer en quoi consistait ce jeu auquel il se référait, où les grandes victoires survenaient quand les vertus se trouvaient en harmonie. Nous découvrîmes que l'un d'eux s'appelait le jeu des Philosophes, ou la rithmomachie, jeu que prisaient les hommes du Moyen Âge et de la Renaissance, et dont la portée stratégique convenait parfaitement à la personnalité de Colonna.

Les lampes brillaient encore lorsque Katie m'embrassa, après que j'eus reconnu qu'elle avait vu juste, puisqu'un joueur de rithmomachie, venions-nous d'apprendre, ne pouvait gagner la partie qu'en créant une harmonie de nombres dont la plus parfaite produisait une combinaison fort rare qu'on appelait la « grande victoire ». Elles restèrent allumées quand elle m'embrassa de nouveau pour me remercier d'avoir admis que je m'étais trompé et que j'aurais dû l'écouter depuis le début. Et je compris enfin qu'il y avait entre nous, depuis le matin de notre premier jogging, un malentendu. Alors que je m'évertuais à courir au même rythme qu'elle, elle tentait par tous les moyens de garder sur moi une foulée d'avance : pour prouver que ses aînés ne l'intimidaient pas, qu'elle méritait d'être prise au sérieux. J'admis sans peine, ce soir-là, qu'elle avait réussi au-delà de toute espérance.

Le lit croulait sous les livres quand nous nous y allongeâmes, sans même prendre la peine de faire semblant de lire. Nous avions chaud. Sous le chandail qu'elle enleva, Katie portait un tee-shirt et, sous le tee-shirt, un soutien-gorge noir. En la voyant décoiffée, les cheveux hérissés dans un halo d'électricité statique, je savourai avec délectation la fin du supplice de Tantale.

Lorsque vint mon tour de me déshabiller, de lui exposer l'état déplorable de ma jambe gauche couverte de cicatrices, je n'hésitai pas une seconde. Elle la regarda sans ciller. Si nous avions passé ces heures dans l'obscurité, j'en aurais eu honte. Mais, cette première nuit, nous nous contemplâmes en pleine lumière. Et nous basculâmes, en toute connaissance de cause, d'abord sur saint Thomas More et les pages de son *Utopie*, puis dans la magie pure.

La semaine suivante, je passai avec Paul presque toute la journée du lundi et du mardi à débattre du sens de la dernière énigme en date : *Combien de bras de tes pieds à l'horizon ?*

– Pour moi, cela a un rapport avec la géométrie, dit Paul.

– Euclide ?

Il secoua la tête.

– La mesure de la Terre. Ératosthène est le premier à avoir déterminé la circonférence terrestre en mesurant les différents angles des ombres à midi, le jour du solstice d'été, à Alexandrie et à Syène. Puis il s'est servi de ces angles...

Au milieu de son explication, je compris qu'il se référait au sens étymologique du mot *géométrie* : du grec *gê*, la terre, et *metron*, mesure.

– ... Et, comme il connaissait la distance entre les deux villes, il parvint à fixer la longueur de la circonférence terrestre.

– Quel rapport avec l'énigme ?

– Francesco pose la question de la distance entre toi et l'horizon. Où que tu sois sur la Terre, la réponse est toujours la même. En physique, ça s'appelle une constante.

Il l'avait énoncée comme si cela ne faisait aucun doute, mais je ne partageais pas son avis.

– Pourquoi Colonna mesurerait-il la distance en bras ? demandai-je.

Il se pencha et, sur ma feuille, raya le mot « bras » pour le remplacer par un autre, de consonance italienne.

– Il faut probablement lire *braccia*, dit-il. C'est le même mot, sauf que *braccia* est une unité de mesure florentine. Un *braccio* mesure environ la longueur d'un bras.

Pour la première fois depuis que nous nous connaissions, je dormais moins que lui. Ce que je vivais était si puissant que je devais m'y jeter à corps perdu, embrasser l'un et l'autre, Katie et Colonna, car ce savoureux cocktail était ce que la vie m'avait donné de mieux. C'était un signe du destin, me disais-je, si grâce à l'*Hypnerotomachia,* le monde, pour moi, changeait. Et il me fallut peu de temps pour plonger dans le même piège que mon père, dont ma mère avait tenté de me prévenir.

Le mercredi matin, en plein jogging, je racontai à Katie que j'avais rêvé de mon père. Chose inhabituelle : elle s'arrêta.

– Tom, je ne veux plus que nous parlions de tout cela.

– De quoi ?

– Du mémoire de Paul.

– Je te parlais de mon père.

– C'est blanc bonnet et bonnet blanc.

À tort, j'eus l'impression que ces paroles trahissaient une crainte : celle de ne pas pouvoir résoudre la prochaine énigme aussi facilement qu'elle avait résolu la précédente. Peut-être croyait-elle que cela diminuerait mon attirance pour elle.

– Bien, dis-je, pensant au moins lui épargner cela. Parlons d'autre chose.

Nous vécûmes quelques semaines agréables, basées sur un quiproquo aussi complet que celui qui avait présidé au début de notre relation. Pendant le mois qui avait précédé sa première nuit à Dod Hall, Katie s'était façonné un masque, conforme, dans son esprit, à ce que je souhaitais. Je lui rendis la pareille le deuxième mois en évitant d'évoquer l'*Hypnerotomachia* en sa présence, non par indifférence pour ce livre, qui restait essentiel pour moi, mais parce que j'étais persuadé que les énigmes de Colonna l'incommodaient.

Si elle avait su la vérité, elle aurait eu de bonnes raisons de s'inquiéter. L'*Hypnerotomachia* envahissait lentement mon esprit, noyautait tous mes centres d'intérêt. L'équilibre que je pensais avoir réussi à maintenir entre mon mémoire et celui de Paul, cette valse entre Mary Shelley et Francesco Colonna, que la fréquentation de Katie rendait plus saisissante encore, se transformait en une lutte féroce dont Colonna, petit à petit, sortait vainqueur.

Mes rapports avec Katie n'en demeuraient pas moins idylliques. Nous courions toujours ensemble le matin, nous arrêtions dans les mêmes cafés avant d'aller en cours ; nous déjeunions ensemble, dansions tous les jeudis soir au Cloister Inn, en compagnie de Charlie et Gil. Le samedi soir, billard à l'Ivy Club avec Gil ; le vendredi, quand tout le monde désertait les clubs de Prospect Avenue, nous allions voir des amis interpréter une comédie de Shakespeare, jouer dans un orchestre ou chanter dans un de ces concerts *a cappella* qui rythmaient la vie nocturne du campus.

Notre intimité grandissait de jour en jour. J'éprouvais ce que je n'avais jamais connu avec Lana et les autres, une joie comparable à celle qu'on ressent lorsqu'on rentre chez soi après une longue absence, un bien-être provoqué par un équilibre parfait.

La première fois qu'elle remarqua que je souffrais d'insomnie, Katie me lut à voix haute les vieux livres de mon enfance, notamment les aventures exotiques de son personnage préféré, George, le petit singe curieux, équipées qui le menaient au bout du monde et moi jusqu'aux bras de Morphée. Elle renouvela l'expérience, trouvant chaque fois une solution nouvelle à mes nuits sans sommeil : des épisodes de *M*A*S*H* rediffusés à des heures tardives, des morceaux choisis de Camus, des émissions de radio qu'elle écoutait chez elle et que nous captions à peine. Nous laissions parfois les fenêtres ouvertes pour écouter la pluie de cette fin de février ou les conversations de nos condisciples un peu trop éméchés. Nous inventions même des comptines, que Francesco Colonna n'aurait peut-être pas trouvées aussi intéressantes que la rithmomachie, mais qui nous amusaient beaucoup.

– Il était une fois un dénommé Camus... lançais-je, lui laissant le soin d'improviser la suite.

Dans la pénombre, ses yeux luisaient comme ceux d'un chat. Elle souriait et chantonnait :

– Qui arriva d'Alger bien mal vêtu...

– Il avait un fort potentiel...

– Mais rien d'existentiel...

– Sartre en fut tout ému.

Malgré tous les efforts qu'elle déployait pour m'endormir, l'*Hypnerotomachia* me tenait éveillé plus souvent qu'à mon tour. J'avais trouvé le sens de « la plus petite harmonie d'une grande victoire ». Dans la rithmomachie, où il s'agissait, pour le joueur, de créer avec des suites de chiffres des harmonies arithmétiques, géographiques ou musicales, seules trois suites aboutissaient simultanément aux trois harmonies, ce qui entraînait la grande victoire. La plus petite de ces suites, celle à laquelle Colonna faisait référence, se composait des chiffres suivants : 3-4-6-9.

C'était un code. Paul n'eut aucun mal à l'utiliser. Dans les chapitres appropriés, il cocha la troisième lettre, puis la quatrième après la troisième, ensuite la sixième et enfin la neuvième. Une heure plus tard, nous déchiffrions un nouveau message de Colonna :

Je commencerai mon récit par une confession. À cause de mon secret, beaucoup d'hommes sont morts. Certains périrent durant l'édification de ma crypte, dessinée par Bramante et bâtie par mon frère romain Terragni. Conçu pour résister à toutes les agressions, surtout les inondations, cet édifice unique fit de nombreuses victimes, même parmi les ouvriers les plus chevronnés. Trois d'entre eux furent broyés en déplaçant de lourdes pierres, deux furent écrasés par des arbres abattus et cinq perdirent la vie lors de la construction elle-même. Je ne mentionnerai pas ceux qui connurent un trépas honteux et ne méritent que l'oubli.

Laisse-moi te parler, à présent, de l'ennemi que j'affronte et dont la menace grandissante motive toutes mes actions. Lecteur, tu vas te demander pourquoi j'ai daté ce livre de 1467, quelque trente ans avant d'écrire ces mots. En voici la raison : cette année marque le début d'une guerre qui fait toujours rage, et que nous sommes sur le point de perdre. Trois ans avant cette date, Sa Sainteté le pape Paul II chassa les abréviateurs, dévoilant ainsi ses intentions envers ma confrérie. Mais les hommes de la génération de mon oncle restaient puissants et conservaient leur influence. Les frères expulsés purent donc se réfugier à l'Académie romaine, autour du bon Pomponio Leto. Paul vit que nous étions encore nombreux, ce qui accrut sa fureur. En cette année 1467, il écrasa l'Académie par la force ; et, pour que nous ne doutions pas de sa détermination, il fit emprisonner Pomponio Leto, accusé d'être sodomite. D'autres membres de notre groupe furent torturés. L'un d'entre eux, au moins, y laissa la vie.

Plus féroce que jamais, notre ancien ennemi a soudain resurgi et nous menace à nouveau. Je n'ai d'autre choix que de construire, avec l'aide d'amis plus avisés que moi, cette œuvre dont je dissimule ici le secret. Même le prêtre, si philosophe soit-il, ne peut l'égaler.

Continue, lecteur, et je t'en dirai davantage.

– Les abréviateurs étaient les humanistes, expliqua Paul. Le pape craignait que l'humanisme n'engendre la corruption morale. Il interdisait même qu'on lise aux enfants les poèmes des Anciens. En emprisonnant Leto, le pape Paul voulait faire un exemple. Francesco prit cet acte pour une déclaration de guerre.

Cette nuit-là, l'écho des paroles de Colonna résonna longtemps dans mon esprit. Le lendemain matin, trop épuisé pour m'extirper de mon lit, je manquai mon rendez-vous avec Katie.

Quelque chose me disait que Paul faisait fausse route avec la nouvelle énigme *(Combien de bras de tes pieds à l'horizon ?)*, que la solution n'avait rien à voir avec Ératosthène et la géométrie. Charlie me confirma que la distance jusqu'à l'horizon dépendait de la taille de l'observateur. Et même si on trouvait une seule réponse, calculée en nombre de *braccia*, on aboutirait à un chiffre astronomique, beaucoup trop élevé pour pouvoir servir de clef.

– De quand date le calcul d'Ératosthène ? demandai-je.

– Vers 200 avant notre ère.

Ça réglait la question.

– Cela confirme mon intuition. Je crois qu'on s'est trompés. Les énigmes sont toutes liées à un savoir, à des découvertes propres à la Renaissance. Colonna teste son lecteur sur les connaissances des humanistes du XVe siècle.

– Moïse et les *cornuta* relevaient de la linguistique, dit Paul, développant mon idée, de la correction de mauvaises traductions, comme celle que fit Lorenzo Valla pour la donation de Constantin.

– Et l'énigme de la rithmomachie touche aux mathématiques, ajoutai-je. En principe, Colonna ne devrait pas y revenir. J'ai l'impression qu'il choisit chaque fois une discipline différente.

Paul parut surpris par la clarté de ma pensée. Je compris que mon rôle avait changé. Désormais, nous étions égaux, partenaires dans l'entreprise.

Je le retrouvais tous les soirs à l'Ivy Club. Je dînais à l'étage avec Gil et Katie. Je redescendais ensuite auprès de Paul et de Francesco Colonna. Katie préparait l'épreuve de son admission au club. Il me semblait plus judicieux de la laisser seule. Absorbée par son apprentissage des rituels, elle ne paraissait pas se formaliser de mes disparitions.

Mais un soir, alors que j'avais, le matin même, séché notre jogging pour la troisième fois, tout cela changea. Je pensais être sur le point de trouver une solution à l'énigme lorsqu'elle découvrit tout à fait par hasard comment je passais mon temps sans elle.

– Tiens, c'est pour toi, me lança-t-elle en surgissant dans ma chambre.

Quand elle me croyait seul, elle ne frappait jamais avant d'entrer. Et Gil, une fois de plus, avait oublié de fermer la porte à clef.

Persuadée que je travaillais sur mon mémoire, elle m'apportait un bol de soupe acheté dans un delicatessen du quartier.

– Qu'est-ce que tu fais ? Encore *Frankenstein* ?

Elle aperçut alors les livres dispersés autour de moi. Le mot « Renaissance » ornait toutes les couvertures.

Je l'avais baladée pendant des semaines sous toutes sortes de prétextes : Mary Shelley ; mes insomnies ; la pression que nous subissions tous les deux et qui empêchait nos retrouvailles. Non seulement je lui mentais, mais je me mentais à moi-même. Elle savait que j'aidais Paul, me répétais-je, mais elle ne voulait pas en entendre parler. C'était commode. Pourtant, il fallut bien parler. La conversation fut entrecoupée de silences lourds, d'échanges de regards accusateurs. J'avais du mal à soutenir le sien. Elle finit par poser le bol de soupe sur ma commode et reboutonna son manteau. Elle contempla un instant la chambre, comme pour bien se rappeler l'emplacement de chaque objet, puis s'en alla.

Je me jurai de l'appeler ce soir-là. Elle s'attendait d'ailleurs à ce que je le fasse et, d'après ses camarades de chambrée, guetta longtemps la sonnerie du téléphone. Mais il y eut un imprévu. Quelle maîtresse formidable que l'*Hypnerotomachia*, qui s'offrait à moi au moment opportun ! Aussitôt après le départ de Katie, la solution de l'énigme de Colonna me sauta aux yeux. Et comme un nuage de parfum ou la vue d'un décolleté plongeant, elle me fit oublier tout le reste.

L'horizon en peinture. C'était ça, la solution : le point de convergence dans un système de perspectives. L'énigme ne relevait pas des mathématiques mais de l'art. À l'instar des précédentes, celle-ci s'appuyait sur une discipline spécifique à la Renaissance, développée par ces mêmes humanistes dont Colonna semblait prendre la défense. Il s'agissait donc de mesurer en *braccia*, sur un tableau, la distance entre le premier plan, où se situent les personnages, et la ligne d'horizon théorique où la terre rencontre le ciel. Je me souvins de l'admiration de Colonna pour l'architecture d'Alberti. Puisque Paul s'était servi de son *De re aedificatoria* pour résoudre la première énigme, ce fut donc vers lui que je me tournai d'abord. Voici ce que je lus dans son traité, trouvé sur le bureau de Paul.

Sur la surface à peindre, je détermine la taille que je veux donner aux hommes dans ma peinture. Je divise la hauteur d'un homme en trois parties qu'elle peut contenir, et cette ligne de base du rectangle est pour moi proportionnelle à cette mesure qu'on nomme vulgairement « braccio *» ; car, comme nous l'apprend la proportion de ses membres, la taille d'un corps d'homme correspond à environ trois «* braccia *». Je place ensuite un seul point, que j'appelle le point de fuite. Ce point est convenablement situé s'il ne se trouve pas, par rapport à la ligne de base, plus haut que l'homme que l'on veut peindre. Puis je trace une ligne parallèle à la ligne de base et qui passe par ce point, et cette ligne est une limite ou une frontière que rien ne dépasse. Ainsi, les hommes éloignés sont plus petits que ceux qui sont proches.*

La ligne centrale d'Alberti, ainsi que cela apparaît clairement sur les illustrations qui accompagnaient ce texte, n'était autre que l'horizon. Il fallait qu'elle soit tracée à la hauteur de l'homme situé au premier plan et qui mesurait forcément trois *braccia*. La solution de l'énigme – le nombre de *braccia* qui séparaient l'homme de l'horizon – se résumait à un chiffre : 3.

Il ne fallut qu'une demi-heure à Paul pour identifier le mode d'emploi. Il s'agissait de retenir la première lettre de chaque troisième mot dans les chapitres suivant sa « confession » pour composer le nouveau message de Colonna.

Et maintenant, lecteur, je t'entretiendrai de la nature de la composition de cet ouvrage. Avec l'aide de mes frères, j'ai étudié les livres des Arabes, des Juifs et des Anciens se rapportant aux énigmes. La guematria me fut enseignée par les cabalistes qui déduisent, quand la Genèse parle des trois cent dix-huit serviteurs qu'Abraham dépêche auprès de Lot, qu'il s'agit de son seul serviteur Éliézer, puisque les lettres de son nom en hébreu s'additionnent pour donner le nombre trois cent dix-huit. Je me suis penché sur les us des Grecs, dont les dieux parlaient par énigmes et dont les généraux cachaient astucieusement leurs desseins, comme le rapporte Hérodote dans ses Histoires. Pense à Histiée, qui tatoua un message sur le crâne du plus sûr de ses esclaves pour qu'Aristagoras puisse le lire après lui avoir rasé la tête.

Je te révélerai maintenant les noms de ces savants dont la sagesse inspira mes énigmes : Pomponio Leto, maître de l'Académie romaine, disciple de Valla et ami de longue date de ma famille, m'a instruit en matière de langues et de traduction, là où mes yeux et mes oreilles me trahissaient. Dans l'art et l'harmonie des nombres, je fus guidé par le Français Jacques Lefèvre d'Étaples, admirateur de Roger Bacon et de Boèce, qui connaissaient toutes sortes de numérations échappant à mon entendement. Le grand Alberti, qui reçut son art des maîtres Masaccio et Brunelleschi (puisse leur génie ne jamais tomber dans l'oubli), m'enseigna la science de l'horizon et de la peinture ; que son nom soit loué maintenant et pour toujours. Je dois au sage Ficino, maître des langues et des philosophies, un des plus grands adeptes de Platon, la connaissance de l'écriture sacrée des descendants d'Hermès Trismégiste, premier prophète d'Égypte. Et enfin, je suis redevable à Andrea Alpago, disciple du vénérable Ibn al-Nafis, pour des raisons que je dévoilerai plus tard ; et puisses-tu considérer sa contribution plus favorablement que toutes les autres, car c'est à travers l'étude de l'homme lui-même, dont découlent tous les savoirs, qu'il contemple au plus près la perfection.

Ce sont, lecteur, mes amis les plus sages qui connaissent ce que je ne connais pas, un savoir qui fut, en des temps reculés, étranger à tous les hommes. Tous ont répondu favorablement à ma demande et chacun, à l'insu des autres, a composé une énigme dont seuls lui et moi connaissons la solution, et que seul un amoureux du savoir pourra résoudre. De ces énigmes, j'ai parsemé mon texte suivant un modèle que je n'ai révélé à personne ; et seule la réponse pourra dévoiler mes véritables propos.

Lecteur, j'ai fait tout ceci pour protéger mon secret, mais aussi pour te le transmettre, si tu découvres un jour ce que j'ai écrit. Résous encore deux énigmes et je commencerai à te révéler la nature de ma crypte.

Le lendemain matin, Katie ne vint pas me réveiller pour aller courir. Les jours suivants, je parlai à ses colocataires et à son répondeur, mais jamais à elle. Aveuglé par mes progrès sur l'*Hypnerotomachia*, je ne voyais pas s'éroder le paysage de ma propre existence. Les parcours de jogging et les cafés finirent par me paraître de plus en plus lointains. Katie cessa de déjeuner à Cloister Inn. N'y allant pratiquement plus, je le remarquai à peine. J'étais trop occupé à sillonner les tunnels entre Dod et l'Ivy Club avec Paul, à éviter la lumière du jour, à rester sourd au tapage des épreuves de *bicker* au-dessus de nos têtes, à me nourrir de sandwichs et de café que nous achetions dans une gargote ouverte toute la nuit, pour pouvoir travailler et manger quand bon nous semblait.

Katie n'était pas loin. Un petit étage me séparait d'elle. Elle devait se ronger les ongles en attendant le grand jour. J'essayai de me persuader qu'elle n'avait pas besoin de moi ; autre excuse pour justifier les longues journées que je passais, jusque tard dans la nuit, avec Paul. Qu'elle eût pu avoir envie d'une présence, d'un visage souriant qui l'aurait accueillie le soir, d'un compagnon pour ses matins plus gris, plus froids, qu'elle se fût attendue que je l'épaule lors de cette première étape importante de sa vie à Princeton ne m'effleurait même pas l'esprit. J'étais devenu un étranger pour elle. Je ne sus jamais ce qu'elle avait enduré pendant ces fameuses soirées de bizutage à l'Ivy Club.

En tout cas, elle y fut admise. Gil me l'annonça quelques jours plus tard. Il se remettait d'une longue nuit passée à transmettre les résultats, bons ou mauvais, aux postulants. Pendant les épreuves, Katie, qu'il avait soutenue, avait été le souffre-douleur de Parker Hassett, qui, après s'être acharné à lui mettre des bâtons dans les roues, avait fini par se ranger à l'avis des autres. La cérémonie d'admission des nouveaux membres devait avoir lieu la semaine suivante, après les rites initiatiques. Le bal annuel de l'Ivy Club était programmé pour le week-end de Pâques. Gil me raconta tout cela sans omettre aucun détail. Je compris ce qu'il essayait de me dire : ces soirées seraient pour moi l'occasion de renouer avec Katie.

Il prêchait dans le désert. Ma passion, détournée de son objet, en avait trouvé un autre. Au cours des semaines qui suivirent, je vis de moins en moins Gil, et Katie, pas du tout. La rumeur insinuait qu'elle sortait avec un membre de l'Ivy Club, copie conforme de son joueur de hockey. Mais Paul avait eu le temps de trouver une autre énigme. Notre impatience de percer le secret de la crypte de Colonna ne cessait de croître.

Comme disait ma resucée de la chanson scoute : *Les vieux amis ont toujours tort.*

Chapitre 17

À 9 h 30, la sonnerie du téléphone me tire du lit. Je me précipite pour attraper le sans-fil avant qu'il ne réveille Paul. Je reconnais la voix de Katie.

– Tu dormais ?

– Plus ou moins.

– Je n'arrive pas à croire que c'était Bill Stein.

– Moi non plus. Quoi de neuf ?

– Je suis au journal. Tu peux venir ?

– Maintenant ?

– Tu es occupé ?

Quelque chose me heurte dans son intonation : une distance que je suis assez éveillé pour percevoir.

– Je fonce sous la douche. Je serai là dans un quart d'heure.

Quand elle raccroche, je suis déjà en train de me déshabiller.

Pendant que je me prépare, mes pensées sautent de Katie à Stein et de Stein à Katie, comme si quelqu'un triturait un interrupteur pour vérifier l'état d'une l'ampoule. Quand elle est allumée, je vois Katie, mais dans l'obscurité, je devine la cour sous la neige, dans le silence qui a suivi le départ de l'ambulance.

Je m'habille dans le salon pour ne pas déranger Paul. En cherchant ma montre, je me rends compte que la pièce est encore mieux rangée que la veille. Quelqu'un a secoué les tapis et vidé les cendriers. Aïe : Charlie a dû veiller toute la nuit.

J'aperçois le message laissé sur le tableau blanc :

Tom

Je n'arrive pas à dormir. Je file à l'Ivy Club. Appelle-moi dès que tu te seras levé.

P.

Je retourne dans ma chambre. Le lit de Paul est vide. Un nouveau coup d'œil au tableau me permet de repérer une indication qui m'avait échappé : *2 h 15*. Il a passé la nuit dehors.

Au moment où je soulève le combiné pour composer le numéro de l'Ivy Club, une tonalité me signale un message sur le répondeur.

- *Vendredi*, ânonne la voix automatisée du service téléphonique. *Vingt-trois heures, cinquante-quatre minutes.*

J'ai raté un appel. Sans doute lorsque Paul et moi étions au musée.

– *Tom, c'est Katie...*

Silence.

– *Je ne sais pas très bien où tu es. Tu es peut-être déjà en route. Karen et Trish voudraient servir mon gâteau d'anniversaire maintenant. Je leur ai dit qu'on allait t'attendre.*

Nouveau silence.

– *À tout de suite.*

Dans ma paume, le récepteur est brûlant. La photo en noir et blanc que je voulais offrir à Katie a triste mine dans son cadre et me paraît encore plus consternante qu'hier. En matière de grands photographes, ma culture est nulle. Et je me ne suis pas assez intéressé au passe-temps de mon amie pour connaître ses goûts. Je décide de laisser mon cadeau où il est.

Je marche d'un bon pas vers les locaux du *Prince*. Katie me retrouve à l'entrée et me précède aussitôt en direction de la chambre noire, verrouillant et déverrouillant des portes au passage. Vêtue de son habituel tee-shirt et de son vieux blue-jean, elle a noué ses cheveux de travers. Son col bâille sur une chaîne en or qui s'étire sur sa clavicule. Vraisemblablement, elle ne s'attendait pas, aujourd'hui, à croiser qui que ce soit. Mon regard s'arrête un instant sur un petit trou dans son jean, fenêtre minuscule sur la peau blanche de sa cuisse.

– Tom, dit-elle en désignant une fille assise dans un coin de la salle de rédaction devant un ordinateur, je te présente Sam Felton.

Sam me sourit, comme si elle me connaissait. Elle porte un jogging aux couleurs d'une équipe de hockey sur gazon et un sweat-shirt sur lequel est écrit : SI LE JOURNALISME ÉTAIT UN JEU D'ENFANT, *NEWSWEEK* Y JOUERAIT. Après avoir appuyé sur un bouton du magnétophone posé à côté d'elle, elle retire l'écouteur logé dans son oreille.

– C'est ton cavalier pour ce soir ?

Katie hoche la tête, mais n'ajoute pas, comme j'aurais pu m'y attendre : « C'est mon petit ami. »

– Sam s'occupe du dossier Bill Stein, me précise-t-elle toutefois.

– Amusez-vous bien au bal, lance Sam avant de remettre son écouteur.

– Tu ne viens pas ? lui demande Katie.

– Je ne pense pas.

Sam retourne à son ordinateur. Des rangées de mots défilent sur l'écran, grouillant comme une fourmilière derrière le verre. Cette fille me rappelle Charlie dans son labo : on la sent inspirée par la somme de travail qui lui reste à accomplir. Il y aura toujours des dépêches à écrire, des hypothèses à étayer, des phénomènes à observer. L'exquise futilité des tâches impossibles, voilà l'opium des perfectionnistes.

Katie lui lance un regard d'encouragement et Sam poursuit sa retranscription.

– De quoi voulais-tu me parler ? dis-je.

Mais Katie m'entraîne dans la chambre noire.

– Il fait un peu chaud, là-dedans, déclare-t-elle, écartant de lourds rideaux noirs. Tu veux peut-être enlever ton manteau ?

J'accroche mon pardessus sur une patère, derrière la porte. Depuis ma rencontre avec Katie, j'ai toujours soigneusement évité de mettre les pieds dans cette pièce, terrifié à l'idée d'abîmer ses négatifs.

– Accorde-moi deux secondes, ajoute-t-elle. J'ai presque fini.

Elle soulève le couvercle d'une petite boîte cylindrique, en sort un négatif qu'elle rince à l'eau courante. La chambre noire est petite et encombrée, les comptoirs croulent sous les plateaux et les bassines, les étagères sont bourrées de bains d'acide et de fixateurs. Ici, les mouvements de Katie frôlent la perfection. Je me sens un peu inutile. Je suggère, à tout hasard :

– Tu veux que j'éteigne ?

– Ce n'est pas nécessaire, à moins que tu en aies envie. Les négatifs sont fixés.

J'ai l'impression d'être un épouvantail au milieu de la pièce.

– Paul tient le coup ?

– Ça va.

Un ange passe et elle semble perdre le fil de la conversation. Elle s'affaire autour d'une autre série de négatifs.

– Je suis passée par Dod Hall vers minuit et demi, reprend-elle. Charlie m'a dit que tu étais avec Paul.

Dans sa voix, perce une pointe de compassion.

– C'est gentil de ta part de l'accompagner, ajoute-t-elle. Ça doit être terrible pour lui. Pour tout le monde.

Je voudrais lui parler des lettres de Stein, mais il faudrait tout expliquer et je n'en ai pas le courage. Elle revient vers moi, la main chargée de clichés.

– Qu'est-ce que c'est ?

– J'ai développé nos photos.

– Celles du chêne ?

Elle acquiesce.

Katie m'a fait découvrir un endroit magique, un terrain vaste et plat au milieu de ce qui fut jadis un champ de bataille. Plus vaste et plus plat que toutes les terres situées à l'est du Kansas, le Princeton Battlefield Park est gardé en son cœur par une sentinelle, un chêne solitaire qui refuse d'abandonner son poste, hommage ultime aux faits d'armes du général Mercer, qui succomba sous ses branches pendant la guerre d'Indépendance. Katie a repéré l'endroit dans un film avec Walter Matthau. Depuis, cet arbre est pour elle une source d'enchantement perpétuel. Il fait partie de ces rares lieux qui, chaque fois qu'elle s'y rend, l'ancrent davantage dans l'existence. Quelques jours après sa première nuit à Dod, elle me conduisit devant le vieux chêne de Mercer, comme s'il s'agissait d'un membre de sa famille et que la première impression qu'il se ferait de moi était capitale pour nous trois. J'avais apporté une couverture, une lampe de poche et un panier de pique-nique. Katie, des pellicules et son appareil photo.

Nous regardons ensemble ces images de nous. Les photos passent d'une main à l'autre.

– Qu'en penses-tu ? demande-t-elle.

Elles me rappellent la douceur de cet hiver. La lumière de janvier a la couleur du miel. Nous portons tous les deux un chandail léger, sans les manteaux, les bonnets, les écharpes et les gants habituels. L'écorce de l'arbre, derrière nous, est marquée par l'âge.

– Elles sont magnifiques.

Katie sourit de façon bizarre : elle a toujours du mal à accepter un compliment. Je remarque les taches sur ses doigts, l'encre d'imprimerie laissée par un des composés qui dorment dans les bouteilles alignées contre le mur de la chambre noire. Elle a de longs doigts très fins, souillés par ce résidu qui trahit un contact avec trop de pellicules trempées dans de trop nombreux bains chimiques. Ce qu'elle essaie de me dire m'émeut plus que toutes les déclarations. « C'était nous. Tu te souviens ? » Je ne peux m'empêcher de chuchoter :

– Je suis désolé.

Elle cherche mes doigts de sa main libre.

– Ce n'est pas à cause de mon anniversaire, répond-elle, craignant un malentendu.

J'attends.

– Où étais-tu, hier soir, après avoir quitté Holder ?

– Je suis allé voir Bill Stein avec Paul.

Elle réfléchit quelques secondes.

– Pour son mémoire ?

– C'était urgent.

– Oui, mais je suis passée chez toi juste après minuit.

– À cette heure-là, j'étais au musée d'Art.

– Pourquoi ?

Le tour que prend la conversation me met mal à l'aise.

– Encore une fois, je suis désolé de t'avoir fait faux bond. Paul pensait trouver l'emplacement de la crypte de Colonna. Il voulait consulter d'autres cartes, plus anciennes.

Kate ne paraît pas étonnée. Elle se tait un instant. Puis :

– Je croyais que tu en avais fini avec le mémoire de Paul.

– Moi aussi.

– Ne t'attends pas à ce que je te regarde plonger sans réagir, Tom. La dernière fois, on ne s'est pas parlé pendant des semaines.

Elle hésite, ne sait trop comment s'y prendre.

– Je mérite mieux que ça, murmure-t-elle enfin.

Les garçons discutent toujours. Ils trouvent une position défendable et s'y agrippent, même si, au fond, ils n'y croient pas. Les arguments se bousculent dans ma bouche. Katie m'arrête :

– Ne dis rien. Réfléchis juste à mes paroles.

Nos mains se séparent ; elle laisse les photos dans la mienne. Le bourdonnement de la chambre noire revient. Comme un chien à qui j'aurais donné un coup de pied, le silence tourne toujours à son avantage.

« Mon choix est fait, ai-je envie de clamer. Inutile d'y penser. C'est simple : je t'aime, toi, plus que je n'aime le livre. »

Mais le moment est mal choisi et cet aveu ne suffirait pas. Il y a douze heures, j'ai manqué son anniversaire à cause de l'*Hypnerotomachia.* En cet instant, toute promesse paraîtrait vide de sens, même à moi.

– D'accord.

Elle porte la main à la bouche, commence à se ronger un ongle, puis s'interrompt.

– Il faut que je travaille, dit-elle en m'effleurant les doigts. On reparlera de tout cela ce soir.

Je contemple le bout de son ongle. J'aimerais tant qu'elle me fasse confiance.

Elle me pousse vers les rideaux noirs, me tend mon manteau. Nous repassons dans la salle de rédaction.

– Je dois finir de développer la pellicule avant l'arrivée des autres photographes, déclare-t-elle. Tu m'empêches de travailler.

Le message s'adresse plutôt à Sam qu'à moi.

Précaution inutile. Les écouteurs de Sam ne quittent pas ses oreilles. Concentrée sur sa transcription, elle ne me voit même pas partir.

Sur le pas de la porte, Katie retire ses mains du creux de mes reins. Elle semble sur le point de parler, mais choisit de se taire. Elle se penche vers moi, m'embrasse la joue. Ce baiser ressemble à ceux des premiers jours, lorsqu'elle me récompensait d'avoir couru avec elle le matin. Puis elle m'ouvre la porte et je m'en vais.

Chapitre 18

L'amour triomphe de tout.

Cette inscription ornait le bracelet d'argent que j'achetai, enfant, dans une petite boutique de souvenirs de New York et que je comptais offrir à Jenny Harlow, une fille de ma classe. J'y voyais le symbole parfait du jeune homme de ses rêves : sophistiqué, parce qu'il venait de Manhattan ; romantique, avec sa devise un peu poétique ; et très chic, avec son éclat discret. Le jour de la Saint-Valentin, je le déposai anonymement dans le casier de Jenny. Persuadé qu'elle en devinerait l'origine, j'attendis sa réaction toute la journée.

Sophistiqué, romantique et chic... Hélas, il devait manquer quelques petits cailloux sur le chemin censé mener ma bien-aimée jusqu'à moi. Julius Murphy, un élève de cinquième, semblait receler toutes les qualités qui me faisaient défaut, car ce fut lui qui reçut le baiser tant espéré. Quant à moi, j'en gardai le sentiment amer que ces vacances familiales à New York n'avaient servi à rien.

Cette mésaventure reposait sur un malentendu, comme bien des déceptions enfantines. Je découvris bien plus tard que le bracelet n'avait pas été fabriqué à New York, pas plus qu'il n'était en argent. Par un curieux hasard, mon père choisit le soir de cette fameuse Saint-Valentin pour m'entretenir de cette devise poétique, qui se révéla beaucoup moins romantique que Julius, Jenny et moi ne le pensions.

– Tu sais, Tom, commença-t-il avec un bon sourire affectueux et indulgent, tu n'as peut-être pas tout à fait compris la phrase de Chaucer. « L'amour triomphe de tout » est plus qu'une simple inscription sur la broche en or de la Prieure.

J'eus peur que sa remarque ne débouche sur un discours semblable à ceux qu'il m'avait déjà servis sur les choux, les roses et les cigognes, avec beaucoup de conviction et une grande ignorance de ce que nous apprenions à l'école.

Il se lança dans une longue explication sur la dixième églogue de Virgile et son *Omnia Vincit Amor*, suivie d'une digression sur la neige de Sithonie et les moutons d'Éthiopie. Rien de tout cela ne répondait aux questions qui me taraudaient. Pourquoi Jenny Harlow ne me trouvait-elle pas romantique ? Comment avais-je pu faire un aussi mauvais usage de douze dollars ? Et si l'Amour triomphait de tout, pourquoi n'avait-il pas cassé la figure de Julius Murphy ?

Mon père était un homme intelligent. Constatant que je ne l'écoutais pas, il ouvrit un livre et me montra une illustration.

– Voici une gravure d'Augustin Carrache : *L'Amour triomphe de tout.* Que vois-tu ?

Il y avait deux femmes nues à droite. À gauche, un jeune chérubin frappait un satyre beaucoup plus grand et beaucoup plus fort que lui.

– Je ne sais pas, répondis-je, ne pouvant deviner de quel côté de la gravure viendrait la leçon.

– Le chérubin, dit mon père en le désignant du doigt, personnifie l'amour.

Il me laissa le temps de m'en imprégner.

– Sache qu'il ne te défendra pas et que tu devras même lutter contre lui. Tu voudras défaire ce qu'il a fait aux autres. Mais l'Amour est trop puissant. Si fortes que soient nos souffrances, elles ne l'entament pas.

Je ne suis pas sûr d'avoir tout à fait saisi, mais je compris au moins ceci : en voulant séduire Jenny Harlow, je m'étais mesuré à l'Amour, dans un duel perdu d'avance ainsi que l'augurait mon ridicule bracelet de pacotille. Mais pour mon père, Jenny et Julius n'étaient qu'un prétexte. En réalité, il souhaitait me transmettre un peu de sa sagesse, si durement acquise, avant que le poids de mes échecs ne devienne trop lourd. Ma mère m'avait mis en garde contre le faux amour, pensant, bien sûr, à la passion de mon père pour l'*Hypnerotomachia.* Lui m'offrait à présent, à travers Virgile et Chaucer, sa propre vision des choses. Implicitement, il avouait qu'il savait ce que ressentait ma mère. Peut-être même était-il d'accord avec elle. Mais que pouvait-il faire ? De quel pouvoir disposait-il pour vaincre la force qu'il combattait, puisque l'Amour triomphait de tout ?

Qui, de Chaucer ou Virgile, était dans le vrai ? Je n'ai toujours pas la réponse à cette question. Que pensait la Prieure de Virgile, et Virgile de l'amour ? Je conserve de cette soirée l'image de la gravure, des deux femmes nues dont mon père ne me parla pas et qui regardaient l'Amour frapper le satyre. Pourquoi Augustin Carrache avait-il avait placé deux femmes alors qu'une seule aurait suffi ? Là réside peut-être la morale de cette histoire : dans la géométrie de l'amour, tout est triangulaire. Pour tous les Tom et Jenny, il y a un Julius ; pour tous les Tom et Katie, il y a un Francesco Colonna ; et la langue du désir est fourchue : on embrasse deux bouches, mais on n'en aime qu'une. L'Amour trace des lignes entre les amants, comme un astronome cherchant une constellation dans un champ d'étoiles et unissant des points pour former un dessin qui n'a aucun équivalent dans la nature. La pointe du triangle devient le cœur d'un autre et la voûte de la réalité se transforme en une mosaïque de passions.

Ensemble, elles forment un filet derrière lequel se cache l'Amour. Peut-être. Et nous sommes ces pêcheurs qui racontent comment leur dernière prise leur a filé entre les doigts. L'Amour est un pêcheur, le seul qui sache tendre des filets parfaits, dont nul poisson ne s'échappe. Tout ce qu'il obtient, c'est de rester assis, seul, dans l'auberge de la vie, éternellement jeune au milieu des hommes, et rêvant de pouvoir raconter un jour l'histoire de celle qui s'est détournée de lui.

Si j'en croyais la rumeur, Katie n'était plus seule. Elle m'avait remplacé par Donald Morgan, un étudiant de troisième année, grand et maigre, toujours affublé d'un blazer impeccable. Donald briguait la succession de Gil à la présidence de l'Ivy Club. Un soir de février, je croisai les tourtereaux au Small World Café, où j'avais rencontré Paul trois ans plus tôt. On ne peut pas dire que ce fut chaleureux. Après deux ou trois banalités, comprenant que je n'étais pas électeur au club, Donald entraîna prestement Katie dehors, puis dans sa vieille Shelby Cobra garée dans la rue.

Il s'y prit à trois fois avant d'arriver à démarrer. Ensuite, par provocation ou par vanité, il fit ronronner le moteur pendant une longue minute avant de partir en trombe. Katie n'avait pas eu un regard pour moi. Elle paraissait furieuse, comme si tout cela était ma faute et non la sienne. J'étais indigné, mais je n'avais pas d'autre choix que de me résigner. Elle pouvait se le garder, son Donald Morgan. Et faire son lit à l'Ivy Club.

Bien sûr, j'étais seul responsable de ce désastre. J'essayais de résoudre la quatrième énigme depuis des semaines. *Que peuvent avoir en commun un coléoptère aveugle, un oiseau de nuit et un aigle au bec déformé ?* Ma chance avait tourné, l'inspiration m'avait déserté. Les penseurs de la Renaissance ont abondamment traité les sujets animaliers. Les gravures de Carrache avaient été réalisées l'année de parution du premier des quatorze volumes d'une histoire naturelle d'Ulisse Aldrovandi, éminent savant italien qui avait une conception assez particulière de la classification des espèces. Pour preuve, ses deux pages sur l'identification des différentes sortes de poulets, à côté des trois cents autres consacrées à la mythologie du poulet, aux recettes de poulet et même au maquillage à base de poulet.

Cela étant, Pline l'Ancien, le grand naturaliste de l'Antiquité, entretenait bien son lecteur de licornes, de basilics et de manticores au milieu de pages consacrées aux rhinocéros ou aux loups, et dissertait de la manière de déterminer le sexe d'un fœtus grâce à des œufs de poule. Après dix jours à sécher sur l'énigme, je me sentais aussi démuni que ce dauphin qu'il décrit, enchanté par la musique des hommes mais incapable de produire un son. Colonna avait certainement eu une idée brillante derrière la tête ; moi, je pataugeais.

Trois jours après avoir croisé Katie au café, je m'aperçus que j'avais oublié une première échéance importante. Enterré sous une pile de photocopies de textes d'Aldrovandi, le brouillon de la conclusion de mon mémoire sur *Frankenstein* attendait d'être soumis à mon directeur de recherche. Devant mes yeux injectés de sang, et persuadé que seule Mary Shelley me tenait éveillé toutes les nuits, ce bon vieux professeur Montrose ne s'en formalisa pas trop. Après avoir manqué la deuxième échéance, je plongeai doucement dans la pire période de ma vie d'étudiant à Princeton. Et pendant quelques semaines, personne ne sembla s'apercevoir que je me retirais lentement de ma propre existence.

Je dormais toute la matinée et ne me présentais aux cours que l'après-midi, totalement obnubilé par l'énigme. Paul posa plus d'une fois son crayon assez tôt dans la soirée, c'est-à-dire vers 23 heures, pour aller grignoter un sandwich avec Charlie chez Hoagie Haven, un restaurant grec très prisé par les noctambules de Princeton. Ils m'invitaient toujours à les accompagner avant de demander si je voulais quelque chose. Je refusais systématiquement, parce que j'assumais avec fierté le choix de cette vie monastique, et parce que je trouvais indigne leur façon d'abandonner le navire. Le soir où Paul sortit manger une glace avec Gil au lieu de continuer à travailler, pour la première fois depuis le début de notre longue association, l'idée que le partage des tâches n'était pas équitable m'effleura l'esprit.

– Non, mais tu as perdu la tête ? m'écriai-je.

La mienne tenait à peine sur mes épaules à force de se pencher sur les livres jusqu'au petit jour. L'escapade de Paul survenait au plus mauvais moment.

– J'ai quoi ? demanda-t-il en se retournant avant de grimper dans son lit, persuadé d'avoir mal compris.

– Tu y consacres combien de temps ?

– Combien de... ?

– Combien d'heures par jour à l'*Hypnerotomachia ?*

– Je ne sais pas. Huit, peut-être.

– Moi, cette semaine, j'y ai passé dix heures par jour. Et c'est toi qui as envie d'une glace !

– Je suis parti dix minutes, Tom. Et j'ai bien avancé, ce soir. Où est le problème ?

– Nous sommes en mars, Paul. Il nous reste plus qu'un mois.

Il ne releva pas le « nous ».

– J'obtiendrai un délai supplémentaire.

– Tu devrais peut-être bosser davantage.

Avant moi, personne n'avait jamais osé lui dire une chose pareille, ce qui déclencha sa colère.

– Bosser davantage ? Mais je n'arrête pas ! Tu te rends compte de ce que tu dis ?

– Je suis sur le point de résoudre l'énigme et toi, tu files !

– Tu es sur le point de résoudre l'énigme ? Des clous, Tom. La vérité c'est que tu es perdu ! Si tu rames autant, c'est que tu es à côté de la plaque.

Je n'en revenais pas.

– C'est vrai, ajouta-t-il, comme s'il attendait ce moment depuis des jours. J'ai presque fini la prochaine énigme alors que tu t'escrimes encore sur la précédente. J'ai essayé de ne pas m'en mêler. Chacun travaille à son rythme et, de toute façon, tu ne veux jamais de mon aide. Très bien, débrouille-toi tout seul. Mais n'essaie pas de me faire porter le chapeau.

Plus un mot ne fut prononcé cette nuit-là.

Je m'entêtai à vouloir prouver que Paul avait tort. Je terminais tard et commençais tôt, ayant pris l'habitude d'avancer mon réveil de quinze minutes chaque jour. Je voulais l'impressionner. Je trouvais chaque matin de nouvelles ruses pour passer plus de temps avec Colonna et, le soir, je comptais mes heures, comme un clochard additionnant ses pièces à la fin de la journée. Huit heures, lundi ; neuf, mardi ; dix, mercredi et jeudi ; presque douze vendredi.

Que peuvent avoir en commun un coléoptère aveugle, un oiseau de nuit et un aigle au bec déformé ? Pline recense des coléoptères longicornes qu'on suspend au cou des enfants pour les protéger des maladies ; des coléoptères dorés qui exsudent un suc empoisonné mais ne survivent pas dans une localité voisine de la Thrace nommée Cantharolethus ; et des coléoptères noirs qui s'agglutinent dans les coins sombres et qu'on retrouve le plus souvent dans les baignoires. Mais un coléoptère aveugle ?

Je gagnais du temps en ne prenant plus mes repas à Cloister Inn : l'aller et retour sur Prospect Avenue me prenait une demi-heure, à laquelle il fallait ajouter une demi-heure supplémentaire si je déjeunais avec quelqu'un. Je cessai de travailler à l'Ivy Club, d'abord pour éviter Paul, ensuite pour faire l'économie des quelques minutes qu'il m'aurait fallu pour circuler dans les tunnels. Je ne me servais plus du téléphone. Gil et Charlie répondaient à la porte et je me douchais le moins possible. Je devins rapidement un expert dans l'art d'économiser son temps en renonçant aux délicieuses petites choses de la vie.

Que peuvent avoir en commun un coléoptère aveugle, un oiseau de nuit et un aigle au bec déformé ? Parmi les animaux ailés dépourvus de sang, écrit Aristote, les uns sont pourvus d'ailes recouvertes : ce sont les coléoptères. Parmi les oiseaux qui volent la nuit, certains ont les serres recourbées, comme la chouette et le corbeau nocturne. Quand l'aigle atteint un âge vénérable, la partie supérieure de son bec se met à pousser plus rapidement et de travers ; ainsi, le rapace finit par mourir de faim. Mais que peuvent bien avoir en commun tous ces animaux ?

Pour moi, Katie était une cause perdue. La Katie que j'avais connue était forcément différente de celle qui fréquentait Donald Morgan. Je les imaginais partout alors que je ne sortais pas de ma chambre et, partout, ils se rendaient ridicules. Dans l'encoignure d'une porte ou sur un trottoir, dans l'ombre ou sous les nuages, ils étaient là, se tenaient par la main, s'embrassaient ou se chuchotaient des mots doux, tout ça pour moi, pour me montrer qu'un cœur fragile se brise vite mais se répare aussitôt. Katie avait laissé un soutien-gorge noir dans ma chambre. J'en fis mon trophée de guerre, le symbole d'une partie d'elle-même qu'elle avait abandonnée derrière elle et que Donald n'aurait jamais. Je la revoyais nue dans ma chambre, me rappelais les jours heureux où nos deux corps étaient si proches qu'elle s'oubliait, oubliait mon regard sur elle et s'offrait tout entière. Sa silhouette me hantait : les détails de son corps, chaque grain de beauté dans son dos, la gradation de l'ombre sous ses seins. Elle dansait sur la musique de mon réveil radio, passait une main dans ses cheveux, gardait l'autre refermée, devant sa bouche, sur un micro invisible ; et j'étais son unique spectateur.

Que peuvent avoir en commun un coléoptère aveugle, un oiseau de nuit et un aigle au bec déformé ? Tous les trois volent, mais Pline dit que le coléoptère se réfugie parfois sous terre. Tous les trois respirent, mais Aristote affirme que les insectes n'inhalent pas. Aucun des trois ne tire un enseignement de ses erreurs, car, dit Aristote, si « beaucoup d'animaux ont une forme de mémoire... aucune créature, l'homme excepté, n'est capable de se souvenir volontairement du passé ». L'homme, non plus, n'en retient pas toujours la leçon. D'une certaine façon, nous sommes tous des coléoptères aveugles et des oiseaux de nuit.

Le 4 mars, un jeudi, j'atteignis le niveau maximum sur l'échelle du temps consacré à l'*Hypenerotomachia.* Je planchai quatorze heures d'affilée sur des traités d'histoire naturelle de la Renaissance et couvris vingt et une pages de notes serrées. Je n'assistai à aucun cours, avalai mes trois repas dans ma chambre et dormis exactement trois heures et demie cette nuit-là. Je n'avais pas ouvert *Frankenstein* depuis des semaines. Les seules autres pensées qui me traversaient parfois l'esprit tournaient autour de Katie, ce qui m'encourageait à m'enfoncer davantage dans cette folie. La maîtrise absolue de soi a quelque chose d'enivrant. Cela dit, je ne fis pratiquement aucun progrès, durant cette période, dans la résolution de l'énigme.

– Ferme tes livres, m'ordonna finalement Charlie le vendredi soir, d'un ton autoritaire. Tu t'es regardé dans la glace ?

Il m'avait attrapé par le col et traîné devant un miroir.

– Je vais très bien, répliquai-je, feignant de ne pas voir le loup qui me dévisageait, hirsute, les yeux rouges et le museau luisant.

Prenant le parti de Charlie, Gil pénétra dans ma chambre, ce qu'il n'avait pas fait depuis des semaines.

– Tu as une mine affreuse ! Et puis elle veut te parler. Arrête de faire l'imbécile.

– Je ne fais pas l'imbécile. Je suis occupé, c'est tout.

Charlie grimaça.

– À quoi ? Au mémoire de Paul ?

Je lui jetai un regard mauvais, en espérant que Paul prendrait ma défense. Il n'en fit rien. Il attendait depuis plus d'une semaine, persuadé que j'avançais, que j'étais sur le point de trouver la solution de l'énigme et qu'il fallait me laisser poursuivre, même si cela m'épuisait.

– On va à Blair, déclara Gil, parlant du concert *a cappella* qui, tous les vendredis, réunissait des étudiants de Princeton sous l'arche de Blair Hall Tower.

– Tous les quatre, insista Charlie.

Gil referma doucement le livre posé à côté de moi.

– Katie sera là. Je lui ai dit que tu viendrais.

J'ouvris de nouveau le livre en rétorquant que je n'irais pas. Il me lança un regard furieux dont je me souviendrais longtemps : un de ceux qu'il réservait à Parker Hasset ou aux imbéciles qui, pendant les cours, faisaient les pitres sans savoir quand s'arrêter.

– Tu viens, affirma Charlie en s'avançant vers moi.

Gil secoua la tête.

– Laisse tomber. On s'en va.

Je restai seul.

Ce n'était pas de l'entêtement ou de l'orgueil, ni même un dévouement aveugle envers Colonna qui me retenait de les accompagner sous l'arche de Blair. C'était, je crois, le chagrin et le sentiment de la défaite. J'aimais Katie, mais j'aimais aussi, d'un autre amour, l'*Hypnerotomachia.* Sur les deux tableaux, j'avais échoué. En partant, Paul m'avait lancé un coup d'œil éloquent : que j'en fusse conscient ou non, j'avais perdu le combat contre l'énigme. Je lus aussi, dans l'expression de Gil, une certitude : ce combat, je l'avais également perdu avec Katie. En regardant une gravure de l'*Hypnerotomachia*, la même qui, un mois plus tard, illustrerait la conférence de Taft – celle de Cupidon conduisant, dans la forêt, des femmes attelées à un char en flammes –, je songeai à la gravure d'Augustin Carrache. À mon tour de recevoir les flèches d'un chérubin sous les yeux de mes deux amours. Voilà ce que mon père cherchait à me dire, l'enseignement qu'il espérait me transmettre. « L'Amour est trop puissant. Si fortes que soient nos souffrances, elles ne l'entament pas. »

« Rien n'est plus difficile à regarder en face, avait confié un jour Richard Curry à Paul, que la vieillesse et l'échec. De toute façon, c'est la même chose. La perfection est la conséquence naturelle de l'éternité. Avec le temps, tout finit par atteindre son apogée. Le charbon se transforme en diamant, le sable en perles et les singes deviennent des hommes. Mais il ne nous est pas donné d'assister, au cours de notre vie, à cet accomplissement. Dès lors, chaque échec nous renvoie à notre propre mort. »

L'amour, lui, est une forme particulière d'échec. Même si on y a vraiment cru, il peut ne jamais s'accomplir. Certains singes ne deviendront jamais des hommes. Et qu'est-ce qu'un singe qui, malgré sa machine à écrire et l'éternité devant lui, ne peut pas faire mieux que Shakespeare ? Je n'aurais pas supporté d'entendre Katie m'annoncer qu'elle voulait rompre, qu'entre nous tout était fini. Après, plus rien n'aurait été possible. La vision de celle que j'aimais se réchauffant dans les bras de Donald Morgan sous l'arche de Blair aurait arraché les perles et les diamants de mon avenir.

Et puis le miracle se produisit. Au moment où je touchais le fond, où jamais je ne m'étais autant apitoyé sur mon sort, on frappa à la porte. J'entendis la poignée tourner et, comme elle l'avait déjà fait cent fois, Katie se glissa chez nous. Sous son manteau, elle portait celui de ses pulls que je préférais, le vert émeraude qui se mariait si bien avec la couleur de ses yeux.

– Tu ne devais pas aller au concert ? lâchai-je.

Ce fut la seule chose que je trouvai à dire et, de toutes les formules écrites par le singe, c'était sans doute la pire.

– Toi aussi, répondit-elle en me toisant.

J'imaginais très bien l'effet que je lui faisais. Le loup que Charlie m'avait forcé à contempler dans la glace se tenait devant elle.

– Pourquoi es-tu là ? lui demandai-je en jetant un coup d'œil à la porte.

– Ils ne sont pas avec moi. Je suis venue pour que tu puisses me présenter tes excuses.

Je crus un instant que c'était un coup de Gil, qu'il lui avait fait savoir que je m'en voulais mais que j'ignorais comment me rattraper. Elle me scruta alors d'une drôle de façon ; et je compris qu'elle savait très bien que je n'avais aucune intention de m'amender.

– Eh bien ?

– Tu penses que c'est ma faute ?

– Tout le monde le pense.

– Qui, tout le monde ?

– Allez, Tom. Excuse-toi.

Discuter avec elle ne faisait qu'accroître ma colère contre moi-même.

– Très bien. Je t'aime. J'aurais vraiment voulu que ça marche. Je suis désolé que tout soit parti à vau-l'eau.

– Si tu voulais tant que les choses marchent, pourquoi n'as-tu rien fait ?

– Regarde-moi ! criai-je.

Ma barbe de quatre jours, mes cheveux hirsutes...

– Voilà ce que j'ai fait !

– Tu l'as fait pour le livre.

– C'est la même chose.

– Le livre et moi, c'est la même chose ?

– Oui.

Elle me fixa comme si je venais de creuser ma propre tombe. Elle savait pourtant ce que j'allais lui dire, et qu'elle n'avait jamais accepté.

– Mon père a consacré sa vie à l'*Hypnerotomachia*. M'y plonger me transporte, me comble. J'en perds le sommeil et l'appétit, j'en rêve. Il n'y a pas d'autres mots pour exprimer ce que je ressens. Comme toi quand tu vas voir ton arbre sur le champ de bataille. Quand j'y travaille, quand j'y pense, tout rentre dans l'ordre, je ne me sens plus perdu. Alors, tu veux savoir si j'éprouve la même chose pour toi ? Oui. Bien sûr. C'est pareil. Tu es l'unique personne qui, pour moi, est aussi essentielle que l'*Hypnerotomachia.*

Je me suis trompé. Je pensais que je pourrais avoir les deux. J'avais tort.

– À ton avis, pourquoi suis-je venue ?

– Pour me remonter les bretelles.

– Pourquoi ?

– Pour que je m'excu...

– Tom ! Pourquoi suis-je venue ?

Parce que tu éprouves la même chose que moi.

Oui.

Parce que c'était trop important pour tu me laisses me dépêtrer tout seul.

Oui.

– Que veux-tu que je fasse ? lui demandai-je.

– Je veux que tu arrêtes de travailler sur le livre.

– C'est tout ?

– C'est tout ? C'est tout !

Tout d'un coup, elle perdit son sang-froid.

– Tu voudrais que je te plaigne parce que tu as renoncé à nous pour vivre avec un bouquin ? Salaud ! J'ai passé quatre jours enfermée dans ma chambre, dans le noir complet ! Karen a appelé mes parents dans le New Hampshire. Ma mère a pris le premier avion.

– Je suis désolé...

– Tais-toi ! Laisse-moi parler. J'ai voulu aller sur le champ de bataille pour voir mon arbre et je n'y suis même pas arrivée. Tu sais pourquoi ? Parce que c'est notre arbre, maintenant. Je ne peux plus écouter de chansons parce que nous les avons toutes chantées dans la voiture, ou dans ma chambre, ou ici. Il me faut des heures pour me préparer avant d'aller en cours, parce que je suis dans un état d'hébétude quasi permanent. Je ne retrouve pas mes chaussettes, je ne retrouve pas mon soutien-gorge noir, celui que je préfère. Donald me demande sans arrêt : « Ça va, ma chérie ? Qu'est-ce qu'il y a, ma chérie ? » Tout va bien, Donald !

Elle recouvrit ses poignets du bout de ses manches et se tamponna les yeux.

– Ce n'est pas ce que... balbutiai-je.

Mais ce n'était toujours pas mon tour.

– Au moins, avec Peter, je pouvais comprendre. Ce n'était pas parfait entre nous. Il aimait le hockey plus qu'il ne m'aimait. Je le savais. Il voulait coucher avec moi. Rien de plus.

Elle passa une main dans ses cheveux pour écarter les mèches qui s'étaient mêlées à ses larmes.

– Mais toi ! Je me suis battue pour toi ! J'ai attendu un mois avant de te laisser m'embrasser pour la première fois. Et après la première nuit avec toi, j'ai pleuré parce que je croyais que j'allais te perdre !

Elle s'interrompit, comme frappée par une évidence :

– Et maintenant, je vais te perdre à cause d'un livre ! Un livre ! Dis-moi que ce n'est pas vrai, Tom, que j'invente ! Dis-moi qu'il s'agit d'une fille, d'une étudiante de quatrième année que tu vois en cachette. Dis-moi qu'elle ne fait pas les mêmes bêtises que moi, qu'elle ne danse pas nue devant toi en chantant à tue-tête, persuadée que tu adores ça, qu'elle ne te réveille pas à l'aube pour aller courir et surtout pour s'assurer, le matin, tous les matins, que tu es encore là ! Dis-moi quelque chose !

Elle leva les yeux. Elle s'était laissée aller et en avait honte. Je ne pus m'empêcher de penser à ce que j'avais jeté un soir à la face de ma mère, peu de temps après l'accident, l'accusant de ne pas s'être souciée de mon père. « Si tu l'avais aimé, tu l'aurais soutenu dans son travail. » Le regard qu'elle m'avait lancé, que je serais d'ailleurs incapable de décrire, me signifiait qu'elle n'avait jamais rien entendu de plus infâme.

– Je t'aime, Katie, chuchotai-je en m'approchant pour qu'elle puisse enfouir son visage dans mon tee-shirt, s'y cacher un instant. Je suis vraiment désolé.

Ce fut à ce moment-là, je crois, que le vent tourna. Lentement, cet état moribond, cette passion que je semblais porter dans mes gènes perdit son emprise sur moi. Le triangle s'effondrait. À sa place, deux étoiles jumelles, séparées par une distance infime, brillaient dans le ciel.

Le silence qui suivit contenait tout ce qu'elle n'avait plus besoin de me dire, tout ce que je n'avais pas réussi à lui avouer.

– Je vais prévenir Paul.

Je ne pouvais rien déclarer de plus vrai, ni de meilleur. J'ajoutai :

– J'arrête de travailler sur le livre.

La Rédemption. Je ne me battrais plus. J'avais enfin trouvé le meilleur moyen d'être heureux. Katie le comprit. Elle fit alors ce qu'elle réservait pour plus tard, pour le moment où je serais vraiment monté dans le train. Elle m'embrassa. Et ce baiser, tel l'éclair qui, dans *Frankenstein*, redonne vie au monstre, scella nos retrouvailles.

Je ne vis pas Paul cette nuit-là. Je lui fis part de ma décision le lendemain, à Dod Hall. Il ne parut pas surpris. J'avais tant souffert avec Colonna qu'il se doutait bien que je déclarerais forfait. Gil et Charlie réussirent à le convaincre que c'était pour le mieux. Il ne m'en voulut pas, pensant que je lui reviendrais. Qui sait ? Peut-être avait-il suffisamment progressé pour croire qu'il arriverait à bout du mystère sans mon aide ? Quand je justifiai ma décision en évoquant Jenny Harlow et la gravure d'Augustin Carrache, il sembla m'approuver. Il était évident qu'il connaissait Carrache mieux que moi, mais il eut la délicatesse de ne pas me corriger. Et même s'il avait plus de raisons que quiconque de penser que certaines interprétations sont plus justes que d'autres et que celles-là font toute la différence, il accueillit mes explications avec générosité, comme il l'avait toujours fait. Plus que du respect, c'était un gage d'amitié.

– Il vaut mieux que l'objet de ton amour puisse t'aimer en retour, conclut-il.

C'était la seule chose que j'avais besoin d'entendre.

Paul se remit au travail. Je crus sincèrement qu'il y arriverait seul. Il résolut la quatrième énigme, celle qui m'avait tant coûté, en moins de trois jours. Je le soupçonnai d'avoir su dès le début comment procéder et de ne m'en avoir rien dit, conscient que je ne l'écouterais pas. Il trouva la réponse dans *Hieroglyphica,* un ouvrage qui circulait dans l'Italie du Quattrocento. Son auteur, Horapollon, prétendait résoudre les problèmes que soulevait depuis toujours l'interprétation des hiéroglyphes égyptiens. Les humanistes le prenaient pour une sorte de savant alexandrin, alors qu'il s'agissait en réalité d'un érudit du ve siècle, qui écrivait en grec et en savait aussi long sur les hiéroglyphes que les Inuits sur l'été. Certains des symboles de sa *Hieroglyphica* évoquent des animaux qui n'existaient même pas en Égypte. Malgré tout, la ferveur humaniste pour toute nouvelle science aidant, le livre connut un grand succès, du moins dans les cercles restreints férus de langues mortes.

L'oiseau de nuit symbolisait la mort, affirmait Horapollon, « car l'oiseau de nuit fonce soudainement sur les jeunes corbeaux, comme la mort prend l'homme sans s'annoncer ». L'aigle au bec déformé était un vieillard mourant de faim, « car lorsque l'aigle prend de l'âge, il se tord le bec et meurt de faim ». Enfin, le glyphe du coléoptère aveugle symbolisait un homme succombant à une insolation, « car le coléoptère périt lorsque le soleil l'aveugle ». Aussi abscons que fût le raisonnement d'Horapollon, Paul devina qu'il était tombé sur la bonne source et déduisit ce que les trois animaux avaient en commun : la mort. En se servant, comme clef, du mot latin *mors*, il retranscrivit aisément le quatrième message de Colonna.

Toi qui viens de si loin, tu côtoies à présent les philosophes de mon temps, qui, là d'où tu viens, ne sont plus que poussière mais étaient, à mon époque, les géants de l'humanité. Je te ferai bientôt porter le fardeau de ce qu'il te reste à apprendre, car il y a beaucoup à dire et je crains que mon secret ne s'ébruite trop facilement. Toutefois, pour te montrer que j'admire ce que tu as déjà accompli, je t'offrirai d'abord le début de mon histoire. Ainsi, tu sauras que je ne t'ai pas conduit aussi loin en vain.

Un prêcheur, natif de la terre de mes frères, poursuit de sa haine les amoureux du savoir. Nous avons lutté contre lui de toutes nos forces. Pourtant, cet homme seul a réussi à dresser nos compatriotes contre nous. Il tempête sur les tribunes, poussant les peuples de toutes les nations à nous anéantir. Tout comme Il réduisit à néant, dans son courroux jaloux, la tour de la vallée de Shinéar que les hommes voulaient élever jusqu'au ciel, Dieu abat son ire sur nous, qui tentons la même chose. Jadis, j'espérais que les hommes chercheraient à se délivrer de l'ignorance, comme les esclaves rêvent de se libérer de leurs chaînes. Contraire à notre nature, la servitude offense notre dignité. Mais je découvre que la race des hommes est lâche, semblable à l'oiseau nocturne de mon énigme qui, plutôt que de jouir du soleil, préfère le voisinage des ténèbres. Tu ne sauras plus rien de moi, lecteur, avant que je n'aie achevé ma crypte. Être le prince d'un tel peuple ne vaut guère mieux que de mendier dans son propre château. Ce livre sera mon unique enfant ; puisse-t-il vivre longtemps et bien te servir.

Paul s'y attarda à peine et se consacra plutôt à la solution de la dernière énigme, celle qu'il avait élucidée pendant que je travaillais sur la quatrième. *Où se rencontrent l'âme et le sang ?*

– C'est la question philosophique la plus ancienne abordée dans l'*Hypnerotomachia*, me dit-il pendant que je me préparais à sortir pour passer la nuit chez Katie.

– Quoi donc ?

– La fusion entre l'esprit et la chair, la dualité âme-corps. On la trouve chez saint Augustin, dans le *De Genesi contra Manichaeos*. Et aussi dans la philosophie moderne. Descartes pensait que l'âme se logeait dans le cerveau, près de la glande pinéale.

Il continua, tout en feuilletant un livre emprunté à la Firestone, à m'entretenir de philosophie pendant que je faisais mon sac.

– Qu'est-ce que tu lis ? demandai-je, prenant sur l'étagère mon exemplaire du *Paradis perdu* de John Milton, que je comptais emporter.

– Galien, répondit-il.

– Qui ?

– Après Hippocrate, c'est le plus célèbre des médecins grecs de l'Antiquité, le deuxième père de la médecine occidentale.

À présent, cela me revenait. Charlie l'avait étudié dans un cours d'histoire des sciences. Même pour la Renaissance, Galien n'était pas une jeunesse : il était mort treize siècles avant la publication de l'*Hypnerotomachia*.

– Et pourquoi Galien ?

– Je pense qu'il faut chercher du côté de l'anatomie. Francesco croyait sûrement à l'existence d'un organe où se mêlaient l'âme et le sang.

Charlie passa la tête dans l'entrebâillement de la porte, une pomme à moitié entamée à la main.

– Alors, les néophytes, on aborde enfin des choses sérieuses ? lança-t-il, nous ayant entendus évoquer la médecine.

Paul l'ignora et poursuivit, désignant une des illustrations du livre :

– Un organe comme celui-là : la *rete mirabile* ; un réseau de nerfs et de petits vaisseaux sanguins situé à la base du cerveau. Selon Galien, c'est là que les esprits vitaux se transforment en esprits animaux.

– Alors, qu'est-ce qui ne marche pas ? dis-je en consultant ma montre.

– Je ne sais pas. Ça ne donne rien pour décoder le texte.

– Parce que cet organe n'existe pas chez les humains, déclara Charlie.

– Comment ça ?

Charlie leva la tête, croqua un dernier morceau de sa pomme.

– Galien n'a jamais disséqué de corps humain. Il a trouvé ses *rete mirabile* sur un bœuf et un mouton.

Paul en resta bouche bée.

– Il racontait aussi n'importe quoi sur l'anatomie cardiaque, ajouta Charlie.

– Il n'y a pas de septum ? s'exclama Paul, comme s'il comprenait ce que Charlie voulait dire.

– Il y en a un. Mais il n'a pas de pores invisibles, comme le croyait Galien.

– C'est quoi, le septum ? demandai-je.

– Une cloison qui sépare les deux parties du cœur.

Charlie s'empara du livre de Paul et tourna les pages à la recherche d'un schéma du système circulatoire.

– Galien s'est complètement planté. Il prétendait qu'il y avait, dans le septum, de petits trous par où le sang circulait entre les ventricules.

– Il n'y en a pas ?

– Non ! s'écria Paul. Mondino de Luzzi commet d'ailleurs la même erreur. André Vésale et Michel Servet l'ont compris, mais pas avant le milieu du XVIe siècle. Léonard de Vinci a suivi Galien. Harvey n'a pas décrit le système circulatoire avant le XVIIe. Or cette énigme date de la fin du XVe siècle, Charlie. Il s'agit forcément des *rete mirabile* ou du septum. Personne ne savait, à l'époque, que l'air se mélange au sang dans les poumons.

– Personne en Occident, rectifie Charlie en s'esclaffant. Les médecins arabes, eux, l'avaient découvert deux siècles avant que votre type ne ponde son pavé.

Paul se mit à fouiller dans ses dossiers. Croyant l'affaire réglée, je me préparai à partir.

– Il faut que je file. À plus tard, les mecs.

Au moment où je sortais, Paul trouva enfin ce qu'il cherchait – un texte qu'il avait traduit du latin quelques semaines plus tôt : le troisième message de Colonna.

– Le médecin arabe... Ibn al-Nafis ?

Charlie hocha la tête.

– Celui-là même.

Paul ne tenait plus en place.

– Alors, Francesco a dû puiser le texte chez Andrea Alpago de Belluno.

– Qui ?

– L'homme dont il parle dans son message, le « disciple du vénérable Ibn al-Nafis ». Comment dit-on « poumon », en latin ? *Pulmo ?*

J'avais déjà un pied dans la porte. Paul m'arrêta.

– Tu n'attends pas de voir ce que ça donne ?

– J'ai rendez-vous avec Katie dans dix minutes.

– Il en faudra quinze. Peut-être trente.

Je crois qu'il se rendit vraiment compte, à ce moment-là, à quel point les choses avaient changé.

– À demain matin, dis-je.

Charlie sourit et me souhaita tout le plaisir possible.

Pour Paul, ce fut une nuit capitale. Il comprit qu'il m'avait perdu pour de bon. Il comprit également que, vu la maigre récolte des quatre premiers messages de Colonna, le dernier ne livrerait jamais la totalité du secret. La deuxième moitié de l'*Hypnerotomachia*, que nous avions considérée comme du remplissage, devait forcément contenir d'autres textes codés. L'assurance de Paul, confortée par les connaissances médicales de Charlie et la résolution de la cinquième énigme, se dissipa dès qu'il prit connaissance du message de Colonna.

Je suis rempli de crainte, lecteur, autant pour toi que pour moi. Ainsi que tu l'as pressenti, j'avais, en commençant ce livre, l'intention de te dévoiler mon dessein, même s'il me fallait le dissimuler sous de nombreuses énigmes. Souhaitant que tu trouves ce que tu cherches, je t'ai servi de guide.

Pourtant, je n'ai plus assez foi en mon œuvre pour continuer de cette manière. Peut-être ne puis-je juger de la véritable difficulté des énigmes ici incluses, même si leurs créateurs m'assurent que seul un vrai philosophe sera capable de les résoudre. Peut-être ces sages sont-ils, eux aussi, jaloux de mon secret, peut-être m'ont-ils trompé pour dérober ce qui nous revient de droit. Il est habile, ce prêcheur, et recrute ses adeptes dans tous les camps. Je redoute que, sous son influence, mes soldats ne se retournent contre moi.

C'est donc pour te protéger, lecteur, que je poursuis ma route. Mais, alors que tu as jusqu'ici résolu toutes les énigmes, tu n'en trouveras plus ; et il n'y aura plus de solutions pour te guider. Pour la suite du périple de Poliphile, j'emploierai désormais ma propre Règle de Quatre, sans t'offrir d'éclaircissements sur sa nature. Ton intellect seul te conduira. Ami, que Dieu et ton propre génie te conduisent au port.

Seule son obstination empêcha Paul de se décourager. Après plusieurs jours, pourtant, il dut se rendre à l'évidence. Je l'avais quitté ; Colonna l'avait quitté ; désormais, il naviguait seul. Il tenta, tout d'abord, de m'impliquer de nouveau. Nous avions surmonté tant d'obstacles ensemble qu'il trouvait égoïste de sa part de me laisser abandonner à la vingt-troisième heure. Nous étions si près du but, croyait-il ; et il nous restait si peu de chemin à parcourir...

Une semaine s'écoula, puis une autre. La vie recommençait avec Katie : le bonheur de la redécouvrir, la joie de n'aimer qu'elle... Tant d'événements m'avaient accaparé, au cours de nos semaines de séparation, que je ne songeais qu'à rattraper les heures perdues. Nous prenions nos repas tantôt à Cloister Inn, tantôt à l'Ivy Club. Elle avait de nouveaux amis ; nous prîmes de nouvelles habitudes. Je commençai à m'intéresser à sa famille. Si je parvenais à regagner entièrement sa confiance, elle me dirait enfin ce qu'elle rêvait de me confier depuis longtemps.

Pendant ce temps, Paul nageait en plein désarroi. Tout ce que lui avaient révélé les énigmes de Colonna se révélait inutile. Comme un mur se lézardant en cours de construction, l'*Hypnerotomachia* s'effritait sous ses yeux, sans remède possible. La Règle de Quatre restait insaisissable ; Colonna n'avait donné aucune indication sur son origine. Charlie, le héros de la cinquième énigme, inquiet de l'effet que ma désertion produisait sur Paul, passa en sa compagnie plusieurs nuits blanches, pour ne pas le laisser seul face à son désarroi. Conscient du mal que le livre m'avait déjà causé, il ne demanda pas mon aide. Il veilla seul sur notre ami, avec la sollicitude d'un médecin inquiet de l'évolution de son patient.

Tel un amant au cœur brisé par une passion malheureuse, Paul entra dans une période de ténèbres. Rien ne semblait pouvoir le tirer de son marasme. Il souffrit ainsi, sans mon soutien, jusqu'au week-end de Pâques.

Chapitre 19

En rentrant à Dod, je regarde les photos que j'ai prises de Katie dans le parc, saisie à chaque fois en plein mouvement : cheveux au vent, la bouche entrouverte, les mots perdus quelque part, inaccessibles à l'objectif. Le plaisir d'imaginer sa voix est une des gratifications que je retire de ces clichés. Dans douze heures, je la retrouverai à l'Ivy Club et nous irons ensemble à ce bal dont elle me parle depuis le jour de notre rencontre. Je sais très bien ce qu'elle aimerait entendre : que j'ai fait un choix et que je m'engage à le respecter ; que j'ai retenu la leçon ; que je ne reviendrai jamais à l'*Hypnerotomachia.*

Je m'attends à trouver Paul dans la chambre, mais le lit n'est pas défait et les livres, sur sa commode, ont disparu. Il a collé une note sur la porte, rédigée en lettres rouges.

Tom,
Où es-tu ? Il faut que je te parle. J'ai trouvé pour 4 S – 10 E – 2 N – 6 O ! Je file chercher un atlas topographique à la Firestone. Ensuite à McCosh. Vincent dit qu'il a le plan. 10 h 15
P.

Je relis le message pour être sûr d'avoir bien saisi. Le bureau de Taft est au sous-sol de McCosh Hall. « Vincent dit qu'il a le plan. » Je ne suis pas rassuré. Je compose le numéro de Charlie au centre d'urgence. Il décroche aussitôt.

– Qu'y a-t-il, Tom ?

– Paul est parti voir Taft.

– Quoi ! Je croyais qu'il devait parler au doyen, à propos de Bill Stein.

– Il faut qu'on le rattrape ! Tu peux te faire remplacer au... ?

Je n'ai pas le temps de finir. Il a posé le téléphone et s'adresse à un collègue :

– Il est parti quand ? demande-t-il en reprenant l'appareil.

– Il y a dix minutes.

– J'arrive. On va essayer de l'intercepter.

Vingt minutes plus tard, sa vieille Volkswagen Karmann-Ghia 1973 se range derrière Dod Hall. Cette guimbarde me fait penser à un crapaud rouillé prêt à bondir. Je ne suis pas encore assis que Charlie embraye en marche arrière.

– Tu en as mis, du temps !

– Une journaliste est arrivée au moment où j'allais partir. Elle voulait me parler de ce qui s'est passé hier.

– Alors ?

– Elle a discuté avec un flic du commissariat.

Dans Elm Drive, l'asphalte est recouvert de neige fondue. On dirait la mer, la nuit.

– C'est toi qui m'as dit que Taft connaissait Curry depuis longtemps ? demande Charlie.

– Oui, pourquoi ?

– Il est allé raconter aux flics que c'est Paul qui les a présentés.

Nous venons d'atteindre la partie nord du campus. Dans la cour qui sépare la bibliothèque du département d'histoire, j'aperçois enfin Paul qui marche résolument vers McCosh. Je baisse la vitre.

– Paul !

– Qu'est-ce que tu fais, bon sang ? lui lance Charlie.

– J'ai trouvé ! s'exclame-t-il, étonné de nous voir. Tout ! J'ai toutes les réponses. Il ne manque plus que le plan. Tom, tu ne le croiras jamais ! C'est extraordinaire, vraiment extra...

– Quoi ? Raconte !

Mais Charlie ne veut rien savoir.

– Il est hors de question que tu mettes les pieds dans le bureau de Taft, dit-il.

– Tu ne comprends pas. J'ai fini...

Charlie se penche sur le volant. La cour résonne du bruit du Klaxon.

– Écoute, Paul. On rentre chez nous. Monte dans la voiture.

– Il a raison, dis-je. Tu n'aurais pas dû partir seul.

– Je vais voir Vincent, répond Paul le plus calmement du monde en forçant l'allure. Je sais ce que je fais.

Charlie le suit en marche arrière.

– Et tu penses qu'il va te donner ce que tu veux ?

– Il m'a appelé, Charlie. Il a dit qu'il le ferait.

– Donc il reconnaît avoir volé le journal à Curry ? Et pourquoi te donnerait-il le plan maintenant ?

– Paul ! crie Charlie en coupant le moteur. Il ne te donnera rien !

Son ton ne donne pas d'autre choix à Paul que de marquer le pas.

D'une voix plus douce, Charlie répète ce que lui a appris la journaliste.

– Quand les flics lui ont demandé hier soir s'il soupçonnait quelqu'un d'avoir pu tuer Stein, il a répondu qu'il pensait à deux personnes.

Le visage de Paul se ferme. Son enthousiasme de tout à l'heure cède la place à l'angoisse.

– D'abord à Curry, poursuit Charlie. Ensuite à toi !

Il s'interrompt pour mesurer l'effet de sa révélation.

– Alors, je me fiche pas mal de ce que le vieux t'a raconté au téléphone, reprend-il. Mais il n'est pas question que tu t'approches de lui.

Une vieille camionnette blanche fait crisser la neige sous ses pneus.

– Alors, aidez-moi, supplie Paul.

– Très bien, dit Charlie en ouvrant la portière. On te ramène à la maison.

Paul resserre le col de son manteau.

– Non. Venez avec moi. Quand il m'aura remis le plan, je n'aurai plus besoin de lui.

– Tu écoutes quand on te parle ? s'impatiente Charlie en regardant Paul dans le blanc des yeux.

Charlie ne peut pas comprendre. Que Taft ait caché le plan pendant toutes ces années l'indiffère totalement.

– Charlie, je suis à deux doigts de la réponse et tu voudrais que je rentre chez moi ?

– Écoute, je dis seulement qu'il faut...

Je lui coupe la parole.

– J'y vais avec lui.

– Quoi ?

Paul se retourne. Il ne s'attendait pas à cela.

– Allons-y, dis-je en ouvrant la portière.

J'ajoute tout bas, à l'intention de Charlie :

– Quoi qu'on fasse, il ira. Il vaut mieux qu'on soit là. Taft ne pourra rien contre nous trois, dis-je.

Charlie pousse un long soupir, soufflant un nuage de buée. Il gare la voiture, remonte les vitres et retire la clef de contact.

Nous avançons péniblement dans la neige jusqu'à l'immeuble gris. Le bureau de Taft se niche quelque part dans les entrailles de McCosh, là où les couloirs sont si étroits et les escaliers si raides qu'on les arpente en file indienne. Difficile de croire que Taft trouve son bonheur dans un endroit aussi sinistre, qu'il y vive, y respire. Même moi, je m'y sens à l'étroit. Pour Charlie, ce doit être l'enfer.

Il est là, derrière moi. La présence réconfortante de ce géant m'encourage à continuer. S'il n'était pas venu, je n'aurais pas tenu le coup.

Paul nous entraîne dans un dernier couloir, vers la pièce du fond. À cause du week-end et des vacances, les bureaux sont fermés et plongés dans le noir, à l'exception de celui de Taft, d'où filtre un mince filet de lumière. La peinture est écaillée par endroits sur sa porte, se corne près du bord, le long du montant. Une ligne décolorée témoigne d'une inondation ancienne dans les tunnels à vapeur situés sous le sol. La tache n'a pas été repeinte depuis l'arrivée de Taft, à une époque antédiluvienne.

Alors que Paul s'apprête à frapper, une voix se fait entendre de l'intérieur.

– Tu es en retard ! gronde Taft.

La poignée grince quand Paul la tourne. Charlie bute dans mon dos.

– Avance, chuchote-t-il en me poussant.

Taft est assis derrière un bureau de facture ancienne, calé au fond d'un fauteuil de cuir. Il a jeté sa veste de tweed sur le dossier et roulé ses manches. Il corrige un manuscrit. Le stylo rouge qu'il tient entre les doigts semble minuscule dans sa grosse poigne.

– Que font-ils là ? demande-t-il.

– Donnez-moi le plan, réagit Paul.

Taft regarde Charlie, puis se tourne vers moi.

– Asseyez-vous, ordonne-t-il en montrant deux chaises.

Je feins de l'ignorer et pose mon regard ailleurs. Les murs sont tapissés d'étagères de bois. Les livres retirés des rayons ont laissé des traces dans la poussière. Entre son bureau et la porte, la moquette est usée.

– Asseyez-vous ! répète Taft.

Charlie, pressé d'en finir, assoit Paul de force sur une chaise. Taft s'essuie la bouche avec un mouchoir.

– Tom Sullivan, dit-il, soudain frappé par ma ressemblance avec mon père.

Je hoche la tête. Au-dessus de lui, un ancien pilori est accroché au mur, la mâchoire ouverte. Les livres reliés de cuir rouge et dorés sur tranche sont les seules touches de couleur dans la pièce.

– Fichez-lui la paix, rétorque Paul, penché en avant. Où est le plan ?

Son aplomb m'impressionne.

– Allons, allons ! dit Taft en portant une tasse de thé à ses lèvres.

Je n'aime pas son regard. On dirait qu'il n'attend que cela, que l'un de nous se jette sur lui. Il s'arrache enfin à son fauteuil, retrousse ses manches encore plus haut et se dirige d'un pas lourd vers un pan de mur où, entre deux étagères, s'encastre un coffre-fort. Il fait la combinaison, tire le levier. La porte glisse sur ses gonds. Il plonge ensuite sa main velue dans le coffre, en extirpe un carnet relié de cuir.

– C'est ça ? demande Paul d'une voix étouffée.

Taft l'ouvre et lui tend une lettre dactylographiée à en-tête de l'institut, datée d'il y a deux semaines.

– Je veux tu saches où nous en sommes, répond Taft. Lis ceci.

Voyant l'effet de la lettre sur Paul, je me penche sur son épaule pour la lire avec lui.

Monsieur le doyen Meadows,

*Suite à notre conversation du 12 mars dernier au sujet de Paul Harris, je suis en mesure de vous communiquer les informations suivantes. M. Harris a obtenu plusieurs reports d'échéance et a été très discret sur la nature de ses travaux. En lisant le rapport d'étape qu'il m'a remis la semaine dernière, j'ai compris la raison de cette discrétion. Vous trouverez, jointe à la présente, une photocopie de l'article dont je suis l'auteur, « Le Mystère enfin résolu : Francesco Colonna et l'*Hypnerotomachia Poliphili *», et dont la parution est prévue dans le numéro de la rentrée du* Renaissance Quarterly. *Je joins également une photocopie du rapport d'étape de M. Harris, afin que vous puissiez en juger par vous-même. Je reste à votre disposition pour toute information complémentaire.*

Bien à vous,
Pr Vincent Taft

Nous restons sans voix. L'ogre se tourne vers nous.

– J'ai consacré trente ans de ma vie à ce livre, déclare-t-il d'une voix dont le calme me fait frémir. Et vous voudriez que les résultats ne portent pas mon nom ? Tu n'es pas reconnaissant, Paul. Tu ne l'as jamais été. Tu ne m'as pas remercié quand je t'ai présenté Steven Gelbman, ni quand tu as obtenu l'accès à la salle des livres rares, ni même quand je t'ai accordé ces innombrables délais supplémentaires pour un travail sans valeur. Je ne te permettrai pas de m'enlever ça, poursuit Taft. J'ai attendu trop longtemps.

– Mais ils ont mes rapports d'étape, bégaie Paul, abasourdi. Ils ont les registres de Bill.

– Ils n'ont jamais lu une ligne de toi, Paul, dit Taft en ouvrant un tiroir d'où il extrait une liasse de formulaires. Et ils n'ont certainement pas les registres de Bill.

– Ils sauront que ce n'est pas vous qui l'avez écrit. Vous n'avez rien publié sur Francesco depuis vingt-cinq ans. Vous ne travaillez même pas sur l'*Hypnerotomachia.*

Taft caresse sa barbe.

– Le *Renaissance Quarterly* a eu droit à trois versions préliminaires de mon article. J'ai reçu plusieurs appels me félicitant pour la conférence d'hier soir.

Je me souviens maintenant de la correspondance de Stein : cette idée remonte à loin, Stein et Taft se sont disputé pendant des mois le pillage des travaux de Paul.

– Il y a les conclusions, dis-je, constatant que Paul lui-même semble l'avoir oublié. Nul ne les connaît.

Je m'attends à une réaction brutale, mais Taft semble plutôt amusé.

– Déjà les conclusions, Paul ? À quoi faut-il attribuer ce soudain succès ?

Il est au courant pour le journal.

– Vous vous êtes arrangé pour que Bill le trouve, murmure Paul.

– Vous ne savez toujours pas ce qu'il a découvert, insisté-je.

– Et vous, jeune homme, lance Taft en se tournant vers moi, vous êtes aussi naïf que votre père. Si un enfant peut comprendre le sens de ce journal, vous croyez que moi, j'en suis incapable ?

Paul est sonné. Ses yeux cherchent quelque chose dans la pièce.

– Mon père savait bien que vous étiez fou, dis-je.

– Votre père est mort en attendant qu'une muse lui chuchote les réponses à l'oreille.

Il éclate de rire.

– L'érudition est affaire de rigueur, pas d'inspiration. Il ne m'a pas écouté et il en a crevé.

– Il avait raison, pour le livre. C'est vous qui aviez tort.

Le regard de Taft s'emplit de haine.

– Je n'ignore rien de ce qu'il a fait, jeune homme. À votre place, je ne serais pas si fier.

Je ne suis pas sûr d'avoir compris. Je cherche Paul du regard, mais il s'est éloigné du côté des étagères. Taft se penche vers moi.

– Peut-on le lui reprocher ? L'échec. Le discrédit. Le rejet de son livre a été le coup de grâce.

Je me retourne, foudroyé.

– Et il a osé agir avec son fils dans la voiture, reprend Taft. Quelle délicatesse...

– C'était un accident, protesté-je.

Taft sourit. Dans sa bouche, je vois mille dents.

Je m'avance. Charlie tente de me barrer la route, mais je repousse sa main. Taft se lève lentement.

– Et c'était votre faute ! dis-je, vaguement conscient que je suis en train de hurler.

Charlie essaie de nouveau de me retenir, mais je me dégage et m'avance jusqu'à ce que le bord de la table creuse la cicatrice de ma jambe. Taft vient se placer devant moi, soudain accessible.

– Il te cherche, Tom, murmure calmement Paul, à l'autre bout de la pièce.

– Non, c'est sa faute à lui, rétorque Taft.

La dernière chose que je vois avant de le pousser de toutes mes forces, c'est son sourire. Il s'affale, entraîné par son propre poids, et j'ai l'impression de sentir une onde sismique craquer le parquet. Ensuite, tout se fragmente : les exclamations de voix, ma vision brouillée et, encore une fois, les mains de Charlie qui essaient de me ramener à la réalité.

– On s'en va, dit-il.

Je lutte pour me dégager, mais Charlie, cette fois, me tient fermement.

– On s'en va, répète-t-il à Paul, le regard fixé sur Taft, qui est allongé par terre.

Il est trop tard. Taft se relève déjà et fonce sur moi.

– Je vous interdis de faire un pas de plus, lui intime Charlie en levant la main.

Taft me lance un regard furieux derrière le bras tendu de Charlie. Paul ne les voit même pas. Il cherche quelque chose dans la pièce. Taft a recouvré ses esprits et s'empare du téléphone. Charlie prend conscience du danger.

– Filons, nous ordonne-t-il en reculant. Tout de suite.

Taft compose trois chiffres que Charlie a trop souvent vus affichés pour pouvoir les confondre.

– Police ? énonce Taft en ne me lâchant pas des yeux. Venez tout de suite. On m'attaque dans mon bureau.

Charlie me pousse vers la porte.

– Cours, dit-il.

Au même moment, Paul se jette sur le coffre-fort ouvert et s'empare de ce qui reste à l'intérieur. Puis il se rue sur les étagères, déplace les livres et les papiers, retourne tous les objets qui lui tombent sous la main. Quand il a enfin réuni une pile de documents, il se précipite à son tour hors de la pièce, avec à peine un regard pour Charlie et moi.

Nous lui emboîtons le pas. J'entends Taft décliner mon nom à la police. Sa voix me poursuit par la porte ouverte, jusqu'au fond du couloir.

Alors que nous fonçons en direction de l'escalier de la cave, une bouffée d'air froid glace nos têtes. Deux proctors viennent de surgir au rez-de-chaussée.

– Restez où vous êtes ! ordonne le premier, du haut de l'escalier étroit.

Nous nous immobilisons.

– Police du campus ! Pas un geste !

Paul jette un coup d'œil par-dessus mon épaule, vers le fond du couloir. Il tient les papiers de Taft serrés dans sa main gauche.

– Fais ce qu'ils disent, Paul, le supplie Charlie.

Je sais ce qui attire son attention. Il y a un placard à balais, plus loin. Et à l'intérieur, un accès aux tunnels.

– C'est dangereux, par là, chuchote Charlie en s'approchant pour le retenir. Ils ont commencé des travaux et...

Persuadé qu'il veut fuir, un des proctors dévale l'escalier. Paul est déjà devant la porte.

– Stop ! hurle le proctor. N'entrez pas là-dedans !

Paul retire le panneau de bois à l'intérieur du placard et disparaît dans le souterrain.

Charlie n'hésite pas et s'élance à la suite, saute à son tour dans le tunnel. J'entends le bruit sourd de ses pieds qui atteignent le sol ; puis sa voix, qui crie le nom de Paul.

– Sortez ! hurle un proctor, qui me bouscule au passage.

Son collègue passe la tête dans le trou, mais seul le silence lui répond.

– Qu'on appelle des renf...

Un effroyable grondement rugit du fond des tunnels. La salle des chaudières, tout près, commence à siffler et à chuinter. Je comprends aussitôt ce qui s'est passé. Une canalisation a sauté. Et maintenant, j'entends les hurlements de Charlie.

Je me rue dans le placard. L'accès au tunnel n'est guère tentant, mais je n'ai pas le choix. Je saute et j'atterris durement sur mes pieds, gonflé d'adrénaline, si bien que je sens à peine la douleur dans ma jambe. Je me force à avancer, guidé par les gémissements de Charlie, que je perçois malgré les beuglements du proctor.

– Qu'on appelle l'ambulance ! me crie-t-il dans le tunnel. Vous m'entendez ?

J'avance dans un brouillard dense. Malgré la chaleur, je n'ai qu'une idée : retrouver Charlie. Pour la deuxième fois, le bruit de la vapeur qui s'échappe emplit les tunnels.

Les gémissements de Charlie se rapprochent. J'avance à tâtons. Il est là, dans un tournant, recroquevillé, immobile. Ses vêtements sont déchirés, ses cheveux plaqués sur son crâne. Mes yeux s'habituent à l'obscurité et je distingue, plus loin, un trou béant dans un tuyau gros comme un baril, au ras du sol.

– Hmmm, gémit Charlie.

Je ne comprends pas.

– *Hmmm...*

Je réalise qu'il essaie de prononcer mon nom. Il est trempé. Il a pris le jet de vapeur en plein ventre.

– Tu peux te lever ?

J'essaie de glisser son bras sur mon épaule.

– *Hmmm...* marmonne-t-il en perdant conscience.

Serrant les dents, je tente de le soulever. Autant déplacer une montagne.

– Ah non, Charlie, dis-je en le secouant doucement. Pas ça.

Mais je m'adresse à quelqu'un qui n'est plus là. Il est de plus en plus lourd.

– Au secours ! À l'aide !

Ses vêtements sont déchirés et saturés d'eau à l'endroit où le jet de vapeur l'a percuté. Il respire difficilement.

– *Mmmm...* gargouille-t-il en essayant de refermer un doigt sur ma main.

J'essaie de le maintenir éveillé. J'entends enfin des pas dans le tunnel. Un rai de lumière fuse dans le brouillard et un homme en blanc, puis deux, accourent dans ma direction. Je distingue leur visage. Un des secouristes éclaire Charlie avec sa torche.

– Nom de Dieu ! s'écrie-t-il.

– Vous êtes blessé ? demande l'autre en me palpant.

Sa question me surprend. Mais, en examinant mon ventre dans le rond de lumière de la torche, je comprends. Tout à l'heure, ce n'était pas de l'eau qu'il y avait sur la poitrine de Charlie. Je suis couvert de son sang.

Les deux hommes de l'équipe de secours s'efforcent de le soulever. Un troisième arrive pour leur prêter main-forte. Je le repousse : je veux rester près de Charlie. Lentement, je me sens glisser dans les limbes. Dans la chaleur étouffante, je perds peu à peu mon emprise sur la réalité. Une paire de mains me guide vers la sortie. J'aperçois les deux proctors, flanqués de deux policiers qui les ont rejoints.

J'ai le temps, avant de m'évanouir, de discerner l'expression du proctor qui me voit émerger de l'obscurité, couvert de sang. Sur son visage, le soulagement s'est mué en horreur. Il vient de se rendre compte que ce sang n'est pas le mien.

Chapitre 20

Je me réveille dans un lit d'hôpital, plusieurs heures après l'accident. Assis à mon chevet, Paul sourit quand j'ouvre les yeux. Un policier en faction garde l'entrée de la chambre. Je porte une tunique de papier qui fait un bruit de couche quand je m'assois. J'ai du sang séché sous les ongles. Une odeur familière me saute à la gorge : celle de la maladie qui, mêlée à des relents de désinfectant, me ramène des années en arrière.

– Tom ?

J'essaie de me soulever, mais une douleur aiguë me vrille le bras.

– Attention, dit Paul en se penchant sur moi. Tu es blessé à l'épaule.

– Mais où étais-tu passé ?

Revenant lentement à la réalité, je localise ma douleur, sous le bandage.

– Après l'explosion, m'explique Paul, je n'ai pas pu faire demi-tour pour aider Charlie. La vapeur s'échappait dans ma direction. Ensuite, je suis revenu en empruntant la sortie la plus proche et je suis tombé sur les flics, qui m'ont conduit ici.

– Où est Charlie ?

– Aux urgences. On ne peut pas le voir.

Il a la voix éteinte. Il se frotte les yeux, puis se tourne vers la porte. Une vieille femme fonce dans le couloir sur un fauteuil roulant, aussi agile qu'un gamin en roller. Le flic ne sourit pas. Un petit panneau jaune, sur le linoléum, prévient les visiteurs : ATTENTION : SURFACE MOUILLÉE.

– Comment va-t-il ?

Paul garde les yeux sur la porte.

– Je ne sais pas. Will m'a dit qu'ils l'avaient trouvé à côté du tuyau.

– Will ?

– Will Clay, le copain de Charlie.

Il pose sa main sur la traverse du lit.

– C'est lui qui t'a sorti de là.

J'essaie de me rappeler, mais je ne vois que des silhouettes aux contours éclairés par des torches.

– Il a remplacé Charlie quand vous êtes partis à ma recherche, précise Paul.

Sa voix s'est remplie de tristesse. Il se sent responsable de tout ce qui s'est passé.

– Tu veux que je prévienne Katie ?

– Merci. Je l'appellerai plus tard, dis-je, préférant attendre de reprendre pied.

La vieille femme passe encore une fois devant la chambre. Sa jambe gauche est plâtrée jusqu'aux orteils. Elle est décoiffée, ses pantalons sont roulés au-dessus des genoux, mais elle lance un sourire de défi au policier, l'œil plein de malice, comme si cette transgression la ravissait. Charlie m'a raconté un jour que les patients en gériatrie étaient parfois soulagés de souffrir de petits bobos, comme si le fait de perdre une bataille prouvait qu'ils étaient quand même en train de gagner la guerre. Je suis soudain frappé par l'absence de Charlie, par le vide là où je m'attends à entendre sa voix.

– Il a dû perdre beaucoup de sang, dis-je.

Paul scrute ses mains. J'entends une respiration sifflante derrière le rideau qui me sépare du lit voisin. Une femme médecin entre dans la chambre. Le policier effleure la manche de sa blouse blanche. Ils échangent quelques mots.

– Thomas ? murmure-t-elle en s'approchant du lit, un dossier à la main et les sourcils froncés.

– Oui ?

Elle contourne le lit pour examiner mon bras.

– Je suis le Dr Jansen. Comment vous sentez-vous ?

– Bien. Comment va Charlie ?

Elle palpe mon épaule, assez pour me faire grimacer.

– Il est en réanimation.

Elle sait de qui je parle, même si je n'ai donné qu'un prénom. Je n'ai pas l'esprit assez vif pour réaliser ce que cela implique.

– Il s'en sortira ?

– Il est trop tôt pour le dire, répond-elle sans lever les yeux.

– Quand pourrons-nous le voir ? demande Paul.

– Une chose à la fois, dit-elle en glissant une main sous mon dos pour me soulever. Et ça, c'est supportable ?

– Pas de problème.

– Et ceci ?

Elle appuie deux doigts sur ma clavicule.

– Très bien.

Elle continue à presser, à me palper le dos, le coude, le poignet, la tête. Elle sort son stéthoscope pour m'ausculter, et s'assied enfin. Les médecins ressemblent aux joueurs : toujours à la recherche de la bonne combinaison. Les patients, pensent-ils, sont de vraies machines à sous : si vous leur tordez le bras assez longtemps, vous avez de bonnes chances de remporter le gros lot.

– Vous avez de la veine que ce ne soit pas plus grave. Il n'y a pas de fracture, mais de nombreuses contusions. Vous le sentirez quand l'effet de l'analgésique se sera dissipé. Mettez de la glace sur votre bras deux fois par jour pendant une semaine. Il vous faudra revenir pour un nouvel examen.

Elle dégage un parfum fade, mélange de sueur et de savon. Je m'attends qu'elle griffonne une ordonnance, qu'elle me prescrive des montagnes de médicaments, comme après l'accident, mais elle n'en fait rien.

– Quelqu'un patiente dans le couloir, qui souhaiterait vous parler.

Pendant une seconde, parce qu'elle l'a dit si gentiment, je m'imagine qu'il s'agit d'un proche : Gil, peut-être, de retour du club, ou ma mère, pourquoi pas, qui serait accourue de l'Ohio en sautant dans le premier avion. Je suis curieux de savoir combien de temps s'est écoulé depuis qu'on m'a sorti de l'enfer.

C'est un autre visage qui apparaît dans l'embrasure, que je n'ai jamais vu. Une femme. Mais elle n'est pas médecin ; et ce n'est pas ma mère. Ronde, pas très grande, elle porte une jupe bouffante qui lui descend sous les mollets et recouvre des collants noirs opaques. Avec son chemisier blanc et sa veste rouge, elle a quelque chose de maternel.

La doctoresse échange un regard avec elle avant de lui céder sa place. La visiteuse fait signe à Paul de s'approcher. Elle lui chuchote quelques mots à l'oreille. De façon tout à fait inattendue, Paul me demande si ça va, attends que je réponde par l'affirmative, puis sort en compagnie du policier en faction.

– Auriez-vous la gentillesse, dit la femme au planton, de refermer la porte derrière vous ?

À ma grande surprise, l'homme obtempère. Nous restons seuls.

Elle se dandine jusqu'au pied de mon lit, non sans avoir jeté un coup d'œil sur le lit voisin, derrière le rideau.

– Comment vous sentez-vous, Tom ? s'enquiert-elle en se laissant choir sur la chaise où Paul était assis tout à l'heure.

Avec ses joues rondes, elle ressemble à un écureuil.

– À vrai dire, pas très bien.

Je me tourne sur le côté pour lui montrer mon bandage.

– Vous avez besoin de quelque chose ?

– Non, je vous remercie.

– Mon fils était ici le mois dernier, dit-elle d'un ton détaché. Appendicectomie.

Elle extirpe un petit portefeuille de cuir de sa poche de poitrine et me montre sa plaque.

– Je suis l'inspecteur Gwynn. Je voudrais que nous discutions de ce qui s'est passé aujourd'hui.

– Où est Paul ?

– Avec l'inspecteur Martin. Je voudrais vous poser quelques questions sur William Stein. Vous le connaissiez, je crois ?

– Il est mort hier soir.

– Il a été tué.

Elle laisse le silence ponctuer le dernier mot.

– Vos colocataires le connaissaient-ils ? reprend-elle.

– Paul le connaissait. Ils travaillaient ensemble.

Elle sort un carnet de sténo de la poche intérieure de sa veste.

– Connaissez-vous Vincent Taft ?

– Plus ou moins, dis-je, sentant quelque chose de plus gros se profiler à l'horizon.

– Étiez-vous dans son bureau aujourd'hui ?

La pression monte sous mes tempes.

– Pourquoi ?

– Vous êtes-vous battu avec lui ?

– Je n'appellerais pas cela me battre.

Elle prend note.

– Étiez-vous au musée, hier soir, avec votre ami ? demande-t-elle en feuilletant les pages du dossier qu'elle a en main.

Question capitale, aux multiples implications possibles. Je réfléchis. Paul a couvert ses mains de ses manches avant de toucher aux lettres de Stein, pour ne pas laisser d'empreintes. Et personne n'a pu voir nos visages dans le noir.

– Non.

Mme l'inspecteur se frotte les lèvres l'une contre l'autre, comme font certaines femmes pour mieux répartir le rouge. Elle me montre une feuille de papier extraite de son dossier : une photocopie du registre que nous avons signé devant le gardien du musée. La date et l'heure sont tamponnées à côté de nos noms.

– Comment êtes-vous entré dans la bibliothèque du musée ?

– Paul avait le code, dis-je, renonçant à mentir. Il l'avait obtenu de Bill Stein.

– Le bureau de Stein était sous scellés. Que cherchiez-vous ?

– Je ne sais pas.

Elle me lance un regard qui se veut plein de sympathie.

– Je crains que votre ami Paul ne vous attire plus d'ennuis que vous ne le soupçonnez.

J'attends qu'elle précise ses insinuations, qu'elle formule clairement une accusation, mais elle élude.

– Votre nom se trouve bien sur ce registre, n'est-ce pas ? ajoute-t-elle en rangeant la photocopie. Et c'est bien vous qui avez frappé le professeur Taft.

– Je n'ai pas...

– Curieux que ce soit votre ami Charlie qui ait tenté de réanimer William Stein.

– Charlie fait partie de l'équipe d'urg...

– Et où se trouvait Paul Harris pendant ce temps ?

Le masque tombe. Le regard qui me scrute n'est plus celui de la gentille maman.

– Protégez-vous, Tom.

Je ne sais s'il s'agit d'une menace ou d'un conseil.

– Votre ami Charlie est dans le même bateau. S'il s'en sort...

Elle s'interrompt, pour être certaine que j'ai bien entendu.

– Je veux la vérité, reprend-elle.

– Je vous l'ai dite.

– Paul Harris a quitté l'auditorium avant la fin de la conférence de Taft.

– Oui.

– Il savait où était le bureau de Stein.

– Ils travaillaient ensemble. Oui.

– C'est lui qui a eu l'idée d'entrer par effraction au musée ?

– Nous ne sommes pas entrés par effraction.

– Et c'est lui qui a eu l'idée d'aller fouiller dans le bureau de Stein ?

Mieux vaut me taire. Pour l'heure, aucune réponse n'est neutre.

– Il s'est enfui du bureau du professeur Taft à l'arrivée de la police, Tom. Pourquoi faire une chose pareille ?

Elle ne peut pas comprendre. Elle ne veut pas comprendre. Je sais ce qu'elle a derrière la tête. Et moi, je ne peux m'empêcher de penser à ce qu'elle a dit sur Charlie. « S'il s'en sort. »

– Paul est le meilleur dans toutes les matières, Tom. À Princeton il passe pour un génie. Et puis le professeur Taft découvre le plagiat. À votre avis, qui l'a prévenu ?

Une pierre après l'autre, comme s'il s'agissait d'édifier un mur entre des amis.

– William Stein, poursuit-elle, sachant que je ne ferai rien pour l'aider. Essayez d'imaginer ce que Paul a ressenti. La colère. Le dépit.

On frappe à la porte. C'est un autre agent de police.

– Inspecteur ?

– Qu'y a-t-il ?

– Quelqu'un voudrait vous parler.

– Qui ?

L'agent lit la carte de visite.

– Un représentant de l'université.

La femme hésite, puis sort de la chambre.

Un silence oppressant suit son départ. Au bout de quelques minutes, ne la voyant pas revenir, je me redresse dans mon lit.

Je veux m'en aller. J'en ai assez des hôpitaux. Je peux très bien m'occuper de mon bras sans l'aide de personne. Je veux voir Charlie. Je veux savoir ce qu'ils ont dit à Paul. Ma veste est accrochée au portemanteau.

La poignée grince et la porte s'ouvre de nouveau sur l'inspecteur Gwynn.

– Vous êtes libre de partir, me lance-t-elle sèchement. Le bureau du doyen entrera en communication avec vous.

Je me demande ce qui a pu se passer dans le couloir. L'inspecteur Gwynn me tend sa carte et me fixe avec insistance.

– Mais je veux que vous réfléchissiez à ce que je vous ai dit, Tom.

Je remue la tête.

Elle s'apprête à ajouter quelque chose, mais se ravise. Sans un mot, elle tourne les talons et quitte la chambre. Une main retient la porte. Cette fois, c'est un visage familier. Gil entre, les bras chargés de cadeaux et de vêtements propres.

– Ça roule ?

– Ça peut aller. Tu as des nouvelles ?

– Will Clay m'a appelé. Il m'a raconté ce qui s'était passé. Comment va ton épaule ?

– Pas trop mal. Il a parlé de Charlie ?

– Un peu.

– Et alors ?

– Il va mieux qu'à son arrivée.

Quelque chose dans son intonation me fait craindre le pire.

– Qu'est-ce qui cloche ?

– Rien, répond-il finalement. Tu as vu les flics ?

– Oui. Paul aussi les a vus. Tu sais où il est ?

– Dans la salle d'attente. Avec Richard Curry.

Je me glisse péniblement hors du lit.

– Ah bon ? Comment se fait-il qu'il soit là ?

Gil frissonne à la vue du plateau repas.

– Tu veux que je t'aide ?

– M'aider ?

– Oui. À t'habiller.

Je ne suis pas sûr qu'il plaisante.

– Je me débrouillerai.

Il sourit tandis que je lutte pour m'extraire de mon pyjama d'hôpital.

– Allons voir Charlie, dis-je, m'habituant de nouveau à mes pieds.

Gil hésite.

– Qu'est-ce qu'il se passe ?

Il fait une drôle de tête, comme s'il était à la fois gêné et furieux.

– Hier soir, on s'est vraiment engueulés, Tom.

– Je sais.

– Je veux dire : après votre départ. J'ai dit des choses que je n'aurais pas dû dire.

Je me souviens maintenant que la chambre, ce matin, était parfaitement en ordre. C'est donc pour cette raison que Charlie n'a pas dormi.

– Ça ne fait rien. Allons le voir.

– Je ne pense pas qu'il apprécierait de me voir, en ce moment.

– Bien sûr que si.

Gil se gratte le nez.

– De toute façon, les médecins ne veulent pas qu'on le dérange. Je reviendrai plus tard.

Il sort ses clefs de sa poche. Je le sens triste.

– Appelle-moi à l'Ivy Club si tu as besoin de quelque chose, conclut-il en tournant la poignée.

La porte s'ouvre, muette sur ses charnières, et Gil sort.

Le planton est parti. Même la vieille en fauteuil roulant a disparu. Quelqu'un a emporté le panneau jaune. Gil s'éloigne sans se retourner. Je voudrais ajouter quelque chose, mais il n'est déjà plus là.

Charlie me décrivit un jour les conséquences qu'avaient, jadis, les épidémies sur les relations humaines. Les gens fuyaient les malades et soupçonnaient les bien-portants. Parents et enfants finissaient par ne plus s'asseoir à la même table. Au bout d'un certain temps, tout le corps social s'effondrait. « Pour ne pas être contaminé, il suffit de s'isoler », rétorquai-je, solidaire de ceux qui décampaient pour sauver leur peau. Charlie réagit en me servant, en dix mots, le plus beau plaidoyer en faveur de la médecine, qui, je crois, vaut aussi pour l'amitié : « Peut-être, mais on n'ira pas mieux pour autant. »

Ce sentiment qui m'a bouleversé lorsque j'ai regardé Gil s'éloigner, et qui m'a fait mûrir aux paroles de Charlie, je l'éprouve de nouveau en pénétrant dans la salle d'attente. Paul est assis dans un coin, tout seul : nous sommes seuls dans cette aventure, lui et moi, et pour le pire. Isolé au milieu d'une rangée de chaises de plastique, il fixe le sol en se tenant la tête, courbé, les coudes calés sur les genoux, les doigts noués derrière le crâne. Combien de fois l'ai-je surpris dans cette position au milieu de la nuit, devant sa table de travail, penché sur ses notes, dans la lumière voilée d'une vieille lampe...

Je brûle de lui demander ce qu'il a trouvé dans le journal. Même après tout ce qui est arrivé, je veux savoir ; je veux l'aider ; je veux lui rappeler notre ancienne alliance pour qu'il se sente moins seul. Mais en le voyant penché ainsi, occupé à réfléchir, absorbé dans ses pensées, je me souviens de tous ces matins où nous le retrouvions les yeux injectés de sang, ces nuits où nous lui apportions un café noir du bistro d'à côté. Si on fait le compte de ses sacrifices pour le livre de Colonna, si on les chiffre comme un prisonnier inscrit des marques au mur de sa cellule, la petite dose de sueur que j'y ai consacrée ne pèsera pas lourd dans la balance. Ce qu'il désirait par-dessus tout, voilà quelques mois, c'était une réelle complicité. Je la lui ai refusée. Maintenant, je ne peux lui offrir que ma présence.

– Salut, dis-je doucement, en m'approchant de lui.

– Tom !

Il a les yeux rouges.

– Ça va ?

– Oui, répond-il en se frottant le visage. Et toi, tu tiens le coup ?

– Ça ira.

Avant que je puisse évoquer la visite de Gil, un jeune médecin portant un mince collier de barbe entre dans la salle. Paul l'interroge.

– Comment va Charlie ?

J'ai l'impression de sentir le souffle d'un train fantôme surgissant du passé. Le médecin porte une blouse vert clair, de la même couleur que les murs de la maison de convalescence où j'ai séjourné après l'accident. Une couleur glauque, comme celle des olives écrasées avec du citron vert. La kinésithérapeute me répétait sans cesse de ne pas baisser la tête. Je ne réapprendrais jamais à marcher si je perdais mon temps à contempler les broches qui me sortaient de la jambe. « Regardez devant vous, me disait-elle. Toujours devant. » Et devant moi, il y avait ces murs lugubres.

– Son état est stable, déclare l'homme à la blouse verte.

Le vocabulaire des médecins. Deux jours, après qu'ils eurent réussi à stopper l'hémorragie de ma jambe, mon état fut jugé stable. Cela voulait tout simplement dire qu'il évoluait moins rapidement vers la mort.

– On peut le voir ? demande Paul.

– Non, répond l'homme. Il est toujours inconscient.

Paul hésite, comme si « stable » et « inconscient » étaient antinomiques.

– Il s'en sortira ?

Le regard du médecin exprime à la fois la compassion et une certitude.

– Le pire est passé.

Paul esquisse un sourire, puis remercie l'homme en vert.

Je ne traduis pas. Je ne lui dis pas ce que ces mots sous-entendent. Dans la salle d'urgence, ils sont en train de se laver les mains et de passer la serpillière pour préparer l'arrivée de la prochaine ambulance, du prochain blessé. Oui, pour les médecins, le pire est passé. Mais pour Charlie, ça ne fait que commencer.

– Dieu merci ! chuchote Paul, comme pour lui-même.

Une évidence me saute aux yeux. Je n'ai jamais envisagé que Charlie pouvait mourir de l'explosion dans les tunnels. Je n'ai jamais cru cela possible.

Paul marmonne quelque chose sur la cruauté des paroles que Taft m'a lancées dans son bureau, tandis que je règle des formalités administratives. Il n'y a pratiquement rien à faire : j'ai une feuille ou deux à signer de ma main valide et une carte d'identité à présenter. La représentante de l'université est passée par là et a tout arrangé. Je me demande ce qu'elle a bien pu raconter à l'inspecteur Gwynn pour qu'on nous libère aussi facilement. Je me remémore alors les paroles de Gil.

– Curry était là ?

– Il est parti quelques secondes avant que tu n'arrives. Il n'avait pas l'air dans son assiette.

– Pourquoi dis-tu ça ?

– Il portait les mêmes vêtements qu'hier.

– Il était au courant, pour Bill ?

– Oui. Mais j'ai eu l'impression qu'il croyait...

Paul laisse la phrase en suspens. Puis il reprend :

– Il m'a dit : « On se comprend, tous les deux, fiston. »

– Ce qui veut dire...

– Je ne sais pas. Comme s'il voulait me pardonner.

– *Te pardonner ?*

– Il m'a dit de ne pas m'inquiéter. Que tout se passerait très bien.

Je n'en reviens pas.

– Comment peut-il imaginer une seconde que tu puisses faire une chose pareille ! Que lui as-tu répondu ?

– Je lui ai dit que ce n'était pas moi, se défend Paul. Et je lui ai parlé de ce que j'ai trouvé.

– Dans le journal ?

– Tom, j'étais désemparé. Il était tellement énervé. Il m'a dit qu'il n'arrivait pas à dormir, qu'il était inquiet.

– Mais pourquoi inquiet ?

– Inquiet à mon sujet.

Je le sens au ton de sa voix : il est très affecté par la réaction de Curry.

– Écoute, Paul, c'est complètement fou. Cet homme raconte n'importe quoi !

– « Si j'avais pu deviner que tu ferais ça, j'aurais agi autrement. » Voilà ce qu'il m'a dit avant de partir.

J'ai envie de débiter tout le mal que je pense de Curry. Mais je ne dois pas oublier que l'homme qui a osé proférer des accusations aussi terribles est pratiquement un père pour Paul.

– Qu'est-ce qu'elle te voulait, la fliquette ? demande-t-il pour changer de sujet.

– Me faire peur.

– Elle pense la même chose que Richard ?

– Oui. Ils ont essayé de te faire avouer ?

– La représentante de l'université est arrivée avant qu'ils s'y mettent. Elle m'a conseillé de ne pas répondre aux questions.

– Que vas-tu faire ?

– Elle m'a suggéré de trouver un avocat.

Il a parlé sur un ton qui laisse entendre qu'il aurait moins de mal à dénicher un minotaure ou une licorne.

– Ne t'inquiète pas, dis-je pour le rassurer.

Nous nous éclipsons dès que j'en ai fini avec les formalités. Dans le hall, un policier nous regarde sortir. Dès que je mets le pied dehors, un vent froid me fait frissonner. Les rues sont désertes, le ciel est lourd. La bise soulève de petits tourbillons de neige. Sur le trottoir, nous croisons un livreur de pizzas à bicyclette. Il laisse dans son sillage un fumet d'épices et de levure. Mon ventre crie famine, me rappelle que je suis de retour parmi les vivants.

– Viens avec moi à la bibliothèque, m'enjoint Paul quand nous parvenons tout près de Nassau Street. Je voudrais te montrer quelque chose.

Il s'arrête au croisement, devant la cour blanche donnant sur Nassau Hall. Je pense aux pantalons flottant au vent sur le clocher, au battant de la cloche qui ne s'y trouvait plus.

– Me montrer quoi ?

Il marche les mains dans les poches, tête baissée, luttant contre la bise. Nous passons sous FitzRandolf Gate. Une légende prétend qu'on peut pénétrer sur le campus par cette porte aussi souvent qu'on veut, mais que, si on sort par là, même une fois, on n'obtient jamais son diplôme.

– Vincent affirme qu'il ne faut jamais faire confiance à ses amis, dit Paul. Selon lui, les amis sont inconstants.

Nous croisons un guide, avec son petit groupe de touristes. On dirait une colonie en vadrouille. « Nathaniel FitzRandolph a offert ce terrain pour qu'on y édifie Nassau Hall, ânonne le guide. Il est enterré sous la cour de Holder. »

– Quand le tuyau a explosé, je n'ai pas su quoi faire, poursuit Paul. Je n'ai pas compris que Charlie était descendu dans les tunnels uniquement pour me donner un coup de main.

Nous traversons East Pyne, en direction de la bibliothèque. Au loin se détachent les façades de marbre des clubs de rhétorique : Whig au James Madison's Club et Cliosophic au Aaron Burr's. La voix du guide résonne derrière nous. Je me sens soudain semblable à un visiteur, un touriste. J'ai l'impression d'avoir erré dans un tunnel obscur depuis le jour de mon arrivée à Princeton, comme nous l'avons fait dans les boyaux de Holder, entourés de tombes.

– Ensuite, je t'ai entendu. Tu te précipitais à sa rescousse. Tu te fichais du danger. Charlie était blessé : c'était tout ce qui t'importait.

Pour la première fois, Paul me regarde.

– Je t'entendais appeler à l'aide, mais je ne voyais rien. J'étais paralysé par la peur. Dans ma tête, il y avait cette question, obsédante : mais quel genre d'ami suis-je ? L'ami inconstant, c'était moi.

– Paul, dis-je pour couper court, tu n'es pas obligé de me montrer quoi que ce soit.

Nous nous trouvons maintenant au centre d'East Pyne, un bâtiment conçu comme un cloître. La neige tournoie au milieu de la cour. Je m'arrête un instant. L'ombre de mon père flotte au-dessus de moi. Il a emprunté ce chemin tant de fois, vu si souvent ces mêmes bâtiments... Pour l'heure, Paul et moi sommes les deux êtres vivants entre ces murs de pierre.

– J'y tiens, insiste-t-il. Quand je tu sauras ce que j'ai trouvé dans le journal, tout le reste te paraîtra futile, même si ce n'est pas le cas.

– Dis-moi au moins si c'est aussi énorme que nous l'espérions.

– Ça l'est.

Ses prunelles brillent. Et l'enthousiasme, comme autrefois, fait battre mon cœur, comme si mon père avait réussi l'impossible, comme s'il était de retour, triomphant, réhabilité enfin aux yeux de tous.

J'ignore ce que Paul est sur le point de me révéler, mais l'idée que cela pourrait être décisif suffit à me redonner l'élan qui me manque depuis si longtemps. Je peux, de nouveau, regarder devant moi, me projeter en avant sans me heurter à un mur. Tout d'un coup, je redécouvre l'espoir.

Chapitre 21

Sur le chemin de la Firestone, nous croisons Carrie Shaw, une étudiante de troisième année que j'ai côtoyée l'année dernière, dans un cours de littérature. Je la salue. Avant que je me lie avec Katie, nous avons échangé quelques regards. Je me demande ce qui, chez elle, a changé. Je me demande si elle perçoit à quel point j'ai changé, moi.

– Finalement, c'est un peu par hasard que je me suis embarqué dans cette histoire d'*Hypnerotomachia*, dit Paul. Les circonstances, une série de coïncidences... Ce fut pareil pour ton père, non ?

– Tu parles de sa rencontre avec McBee ?

– Et avec Richard. Que serait-il arrivé s'ils ne s'étaient pas connus, ces deux-là ? S'ils n'avaient jamais suivi de cours ensemble ? Si je n'avais pas lu le livre de ton père ?

– Nous ne serions pas là.

Il acquiesce. Sans Curry, McBee et le *Document Belladone,* nous ne serions jamais devenus amis. Je l'aurais sans doute croisé, comme Carrie tout à l'heure, je l'aurais salué en me demandant où et quand je l'avais vu pour la dernière fois, songeant vaguement qu'après quatre ans il est tout de même honteux de ne pas être capable de reconnaître des gens.

– Parfois, poursuit-il, je m'interroge. Pourquoi a-t-il fallu que je rencontre Vincent ? Et pourquoi Bill ? Pourquoi faut-il toujours que je fasse des détours pour arriver à destination ?

– Qu'est-ce que tu veux dire ?

– Tu as remarqué que les indications du capitaine du port

ne vont pas en ligne droite non plus ? Quatre sud, dix est, deux nord et six ouest. Elles dessinent une grande spirale qui nous ramène pratiquement au point de départ.

Je comprends. Ce vaste concours de circonstances, la façon dont la grande aventure avec l'*Hypnerotomachia* a traversé le temps et l'espace : d'abord les deux amis de Princeton à l'époque de mon père, puis les trois hommes à New York, ensuite un père et son fils en Italie, et maintenant deux amis de Princeton. Tout cela évoque l'étrange énigme de Colonna, celle des points de coordonnées qui tournent sur eux-mêmes.

– Que ce soit ton père qui m'ait initié à l'*Hypnerotomachia* a forcément un sens, dit Paul.

Devant l'entrée de la bibliothèque, il me tient la porte. Nous allons enfin échapper à la neige. Nous sommes au cœur de pierre du vieux Princeton. L'été, quand les voitures circulent vitres baissées, la radio beuglant à tue-tête, que tous les étudiants sont en short et tee-shirt, la Firestone, la chapelle et Nassau Hall font figure de cavernes au milieu d'une métropole. Mais quand la température chute et que la neige tombe, nul endroit au monde n'est plus apaisant.

– Hier soir, reprend Paul, j'ai essayé de repenser à tout cela. Les amis de Colonna l'ont aidé à concevoir ses énigmes, n'est-ce pas ? Nos amis, eux, nous ont aidés à les résoudre. Tu as trouvé la première. Katie a répondu à la seconde. Charlie connaissait la dernière. Ton père a découvert le *Document Belladone*. Et Richard a trouvé le journal.

Devant le tourniquet, nous présentons nos cartes d'identité aux gardiens. En attendant l'ascenseur qui conduit aux nombreux niveaux du sous-sol, Paul m'indique une plaque de métal sur la porte. Il y a, gravé dessus, un symbole que je n'avais jamais remarqué auparavant.

– Les éditions aldines, dis-je, l'ayant déjà vu chez moi, dans le bureau de mon père.

Le dauphin enlacé autour d'une ancre, un des plus célèbres emblèmes de l'histoire de l'édition, qu'Alde Manuce, l'imprimeur de Colonna, a emprunté à une des gravures de l'*Hypnerotomachia.*

Paul acquiesce. Cela semble faire partie de la démonstration : où qu'il se soit trouvé pendant ce parcours en spirale de quatre ans, il s'est senti entouré de signes, guidé par une main invisible, une présence qui l'a aidé à déchiffrer le livre de Colonna.

La porte de l'ascenseur s'ouvre.

– Oui, j'y pensais hier soir, dit-il en appuyant sur le C pendant que nous commençons la descente. À quel point tout semble dessiner un cercle complet. Alors j'ai compris.

Une cloche sonne et les battants s'écartent devant un des paysages les plus désolés de la bibliothèque, plusieurs dizaines de mètres sous terre. Les étagères croulant sous les livres s'élèvent jusqu'au plafond, comme si on les avait conçues pour soutenir le poids des cinq étages supérieurs. À gauche, le service des microfilms, une grotte sombre où professeurs et thésards se rassemblent autour de grosses machines, les yeux braqués sur des écrans lumineux. Paul me pilote entre les rayons, passe le doigt sur la tranche poussiéreuse des volumes. Nous nous dirigeons vers son box.

– Ce n'est pas pour rien que tout, dans ce livre, nous ramène au point de départ. Les débuts sont la clef de l'*Hypnerotomachia.* La première lettre de chaque chapitre compose l'acrostiche sur Francesco Colonna. Les premières lettres des termes d'architecture forment la première énigme. Ce n'est pas une coïncidence. Francesco voulait nous faire revenir aux débuts.

Au loin, je devine la longue rangée de portes métalliques, aussi rapprochées les unes des autres que des casiers de lycéens. Elles gardent des pièces aussi exiguës que des placards. Des centaines d'étudiants s'y enferment pendant des semaines pour terminer en paix la rédaction de leur mémoire. Le box de Paul, où je n'ai pas mis les pieds depuis des mois, est tout au fond.

– J'en avais peut-être ma claque. En tout cas, je me suis dit : « Et s'il savait ce qu'il faisait ? Et si on pouvait déchiffrer la deuxième moitié du livre en ne partant que d'un élément de la toute première énigme ? » Francesco écrit qu'il ne nous donne pas la solution pour nous guider, mais il ne prétend pas ne pas avoir semé d'indices. Pour m'aider, j'avais les directions du journal du capitaine.

Devant son box, il tourne la roue du cadenas. Il a collé un morceau de contreplaqué noir sur la petite fenêtre rectangulaire de la porte, pour empêcher les curieux de regarder à l'intérieur.

– J'étais persuadé que les coordonnées se rapportaient à un

lieu, à quelque chose de physique. Par exemple, qu'il suffisait de compter des *stadia* pour se rendre du stade à la crypte. Le capitaine, lui aussi, croyait qu'il s'agissait d'indications géographiques. Mais je ne raisonnais pas comme Francesco.

Il retire le cadenas et ouvre la porte. La pièce est encombrée de livres empilés. Paul a reconstitué, en plus minuscule encore, son bureau de président de l'Ivy Club. Le sol est jonché de papiers gras. Les parois de carton disparaissent sous les notes, les messages, les listes de choses à ne pas oublier : *Phineus, fils de Belus, n'était pas Phineus, roi de Salmydessus* ; ou encore *Vérifier Hésiode : Hesperethousa, ou Hesperia et Arethousa ? Acheter des biscottes*, lit-on ailleurs.

Je repère une chaise sous une tonne de photocopies. Après avoir tout déposé par terre, je réussis à m'asseoir sans rien faire tomber.

– Alors, je suis retourné aux énigmes, dit-il en refermant la porte. Tu te souviens de la première ?

– Moïse. Le mot latin pour cornes.

– Exact. Une erreur de traduction. Un exemple de philologie, de linguistique. Il était donc question de langue.

Après l'avoir cherché un moment dans le désordre qui règne sur son bureau, il me montre le livre de Hartt sur l'art de la Renaissance.

– Pourquoi penses-tu que nous avons si bien réussi avec la première énigme ?

– À cause de mon rêve.

– Non, répond-il en cherchant le *Moïse* de Michel-Ange, cette sculpture qui a marqué le début de notre complicité. Nous avons réussi parce l'énigme nous renvoyait à un point de traduction alors que nous cherchions quelque chose de palpable, de matériel, de physique. Francesco se fichait pas mal des cornes, des vraies cornes. Ce qui l'intéressait, lui, c'était le mot, l'erreur de traduction. Et nous avons eu de la chance, parce que cette erreur a fini par prendre forme. Michel-Ange a sculpté un Moïse avec des cornes et tu t'en es souvenu. S'il n'y avait pas eu cette matérialisation physique, nous n'aurions jamais trouvé la réponse linguistique. Mais la clef, c'était ça : les mots.

– Alors tu as cherché une représentation linguistique des indications du capitaine.

– Exactement. Nord, sud, est et ouest ne sont pas des indices physiques. En relisant la deuxième partie du livre, j'ai compris que je me trompais. Le mot *stadia* apparaît au début du tout premier chapitre. Regarde, dit-il en sortant une feuille.

J'y lis trois phrases : *Gil retrouve Charlie au stade pour le match entre Harvard et Princeton. Tom a tout organisé pour que Katie photographie le lapin du recteur pendant son dîner. Il mangera tôt.*

– Le lapin du recteur !

– Oui, c'est bizarre, n'est-ce pas ? Il est incongru, ce lapin. Eh bien, c'est un peu comme l'histoire de Poliphile.

Il retourne sa feuille.

– Et maintenant, regarde bien. En distribuant le texte sur une grille, on obtient ceci :

```
G i l r e t r o u v e C h a r l i e
a u S t a d e p o u r l e m a t c h
e n t r e H a r v a r d e t P r i n
c e t o n . T o m a t o U t o r g a
n i s é p o u r q u e K a t i e p h
o t O g r a p h i e l e L a p i N d
u r e c t e u r p e n d a n t s o n
d î n e r . I l m a n g e r a t O t
```

Je voudrais que ça me saute au visage, mais il ne se passe rien.

– C'est tout ?

– C'est tout. Il suffit de suivre la consigne. Quatre sud, dix est, deux nord et six est. *De Stadio* : à partir du stade. Il faut donc commencer avec le « S » de « stade ».

Je m'empare d'un stylo sur son bureau et commence à compter, quatre en bas, dix à droite, deux au-dessus, et six à gauche.

g i l r e t r o u v e **C** h a r l i e
a u **S** t a d e p o u r l e m a t c h
e n | r e H a r v a r d e t P r i n
c e | o n . **T** – – – – – **U** t o r g a
n i | é p o u r q u e K | t i e p h
o t **O** – – – – – – – – – **L** a p i **N** d
u r e c t e u r p e n d a n t s o n
d î n e r . **I** l m a n g e r a t **O** t

J'écris les lettres S – O – L – U – T.

– Et maintenant, recommence, dit Paul, cette fois à partir de la dernière lettre.

Je reprends donc à partir du T.

g i l r e t r o u v e C h a r l i e
a u **S** t a d e p o u r l e m a t c h
e n | r e H a r v a r d e t P r i n
c e | o n . **T** – – – – – **U** t o r g a
n i | é p o | r q u e K | t i e p h
o t **O** – – – | – – – – – **L** a p i **N** d
u r e c t e | r p e n d a n t s | n
d î n e r . **I** – – – – – – – – – **O** t

Et voilà, en toutes lettres, sur la page : S-O-L-U-T-I-O-N.

– C'est la Règle de Quatre, dit Paul. C'est tellement simple, une fois qu'on a compris comment fonctionnait le cerveau de Colonna. Quatre indications *dans* le texte. Il suffit de le répéter *ad infinitum*, puis de déterminer la ponctuation.

– Mais il lui aura fallu une éternité pour écrire ça !

Paul acquiesce.

– Ces passages un peu biscornus de l'*Hypnerotomachia* m'ont toujours troublé. Parfois, c'est un mot qui me semble mal choisi, ou une préposition qui n'est pas à sa place. Ou encore je bute sur un néologisme vraiment bizarre. Je comprends mieux, maintenant. Francesco écrivait en fonction de son modèle. Ce qui explique l'emploi des toutes ces langues différentes. Quand ça ne marchait pas dans sa langue vernaculaire, il passait au latin, au grec, ou il inventait autre chose. Mais son modèle est loin d'être parfait. Regarde.

Paul me montre la ligne où se trouvent le O, le L et le N.

– À chaque deuxième ligne de l'*Hypnerotomachia*, Francesco a dû se creuser les méninges pour pondre un texte qui collait avec quatre lettres différentes. Mais ça marche. Et il aura fallu cinq cents ans pour le comprendre.

– Oui, sauf que dans le livre les lettres ne sont pas alignées de façon aussi régulière, dis-je, curieux de savoir comment sa technique s'applique à l'ouvrage imprimé par Alde. Les lettres ne sont pas réparties sur une grille. Comment sais-tu ce qui correspond exactement au nord ou au sud ?

– C'est impossible, en effet. Il est difficile de repérer la lettre qui est vraiment au-dessus ou en dessous d'une autre. J'ai donc établi un modèle mathématique et non graphique.

J'écoute, fasciné par la virtuosité avec laquelle il passe, à partir de la même idée, d'une complexité désespérante à une simplicité lumineuse.

– Prends mon texte, par exemple. Chaque ligne comporte dix-huit lettres, n'est-ce pas ? « Quatre sud » sera donc toujours quatre lignes plus bas, c'est-à-dire soixante-douze lettres après la lettre de départ. Si on raisonne mathématiquement, « deux nord » signifie trente-six lettres à gauche. Quand on connaît la longueur de la ligne de départ de Francesco, tout le reste en découle. Au bout d'un certain temps, on compte assez vite.

Il m'apparaît maintenant qu'à l'époque où nous travaillions ensemble sur l'*Hypnerotomachia*, la seule chose que je pouvais opposer à sa vitesse de raisonnement était mon intuition : la chance, le rêve, le hasard des associations. Qu'il me considère comme son égal me semble désormais totalement injustifié.

Il replie la feuille, la jette au panier. Puis, après un coup d'œil circulaire, il se lève, saisit une pile de livres et me la met dans les bras. L'analgésique est certainement efficace, car aucune douleur ne transperce mon épaule.

– Je n'en reviens pas que tu aies trouvé ! Et ça donne quoi, comme message ?

– Avant d'en parler, je voudrais que tu m'aides à rapporter ces livres. Il faut vider la pièce.

– Pourquoi ?

– Pour être couvert.

– Vis-à-vis de quoi ?

– Des amendes de retard, répond-il avec un demi-sourire.

Nous quittons le box. Il m'entraîne dans un long couloir qui s'enfonce dans le noir, tapissé d'étagères s'étirant à l'infini. Si peu de gens fréquentent cette partie de la bibliothèque que le personnel s'abstient de l'éclairer, laissant aux rares visiteurs le soin d'allumer la lumière au-dessus du rayon qui les intéresse.

– Je n'arrivais pas à le croire, reprend Paul. J'ai commencé à trembler avant même d'avoir fini de décoder. Après tout ce temps, c'était terminé. *Terminé !*

Il s'arrête devant une des étagères du fond. Je n'aperçois plus que son profil.

– Et ça valait le coup, Tom. Je ne soupçonnais rien, je ne pouvais même pas deviner ce qu'il y avait dans la deuxième partie. Tu te souviens de la lettre de Bill ?

– Oui.

– C'est un tissu de mensonges. Tu sais, toi, que tout est le fruit de mon travail. Bill s'est contenté de traduire quelques phrases en arabe, de photocopier des documents et d'emprunter des livres à la bibliothèque. Tout le reste, je l'ai fait seul.

– Je sais, Paul.

Il porte la main à sa bouche.

– C'est faux. Sans les découvertes de ton père et de Richard et sans votre aide, surtout la tienne, je n'y serais jamais arrivé. Vous m'avez tous montré le chemin.

À l'entendre parler de mon père et de Richard Curry, j'ai l'impression que ce sont deux saints, deux martyrs sortis des diapositives de la conférence de Taft. Me voici tel Sancho Pança devant don Quichotte. Ces géants que Paul voit ne sont que des moulins à vent, je le sais. Pourtant, c'est lui qui voit clair dans les ténèbres, alors que moi, je doute de mes propres yeux. Or seul l'homme qui voit grand deviendra grand à son tour.

– Bill Stein avait raison sur un point : les résultats vont

réellement bouleverser toutes les études historiques. Et pour longtemps.

Il me prend des mains la pile de livres. J'éprouve soudain une sensation de légèreté. Derrière nous, le couloir s'étire jusqu'à une lumière lointaine. Même dans le noir, je distingue le sourire triomphant de Paul.

Chapitre 22

Après de nombreux allers-retours, nous replaçons au hasard des dizaines de volumes dans les rayons. Paul s'en moque. Ce qui compte, c'est de ne plus les voir.

– Tu te rappelles le contexte historique de l'Italie, peu avant la publication de l'*Hypnerotomachia* ?

– Pas vraiment, hormis ce qu'en raconte le guide du Vatican.

Il soulève une autre pile de livres pour la déposer dans mes bras.

– La vie intellectuelle italienne, à l'époque de Colonna, gravite autour d'une seule ville, dit-il.

– Rome.

Il secoue la tête.

– Plus petite. De la taille de Princeton : je parle du campus, pas de la ville... Cette cité réunit d'innombrables érudits. Des génies. Des esprits universels. Des penseurs qui, aux grandes questions, trouvent de grandes réponses. Des autodidactes ayant appris des langues mortes qu'ils sont les seuls à parler. Des philosophes qui confrontent des passages de la Bible à des idées empruntées aux textes des Grecs et des Romains, à la mystique égyptienne, à des manuscrits perses si anciens que nul ne peut les dater. Le summum de l'humanisme. Pense aux énigmes. Aux savants dans les universités qui jouent à la rithmomachie. Aux traducteurs qui interprètent Horapollon. Aux anatomistes qui révisent Galien.

Je vois soudain se dresser le dôme de Santa Maria del Fiore. Mon père appelait cette cité la mère du savoir moderne.

– Florence !

– Exact. Mais ce n'est que le début. Dans toutes les autres disciplines, on y retrouve les plus grands noms d'Europe. En architecture, Brunelleschi, qui a conçu la coupole du dôme, la plus grande de tous les temps. En sculpture, Ghiberti, dont les bas-reliefs sont si beaux qu'on les surnomme les Portes du paradis. Et l'assistant de Ghiberti, dont on dira plus tard qu'il est le père de la statuaire moderne : Donatello.

– Les peintres n'étaient pas mal non plus.

Paul sourit.

– La plus grande concentration de génies de l'histoire de l'art en Occident, dans une toute petite ville. Ils appliquaient de nouvelles techniques, inventaient la théorie de la perspective et révolutionnaient la peinture, qui n'était plus un métier, mais une science et un art. Il y en a près d'une quarantaine comme Alberti, qui, ailleurs, n'importe où, auraient été considérés comme des grands. Mais dans cette ville, ils n'étaient que des peintres mineurs, écrasés par les géants. Masaccio. Botticelli. Michel-Ange.

Approchant du cœur de sa démonstration, il accélère le pas dans le couloir sombre.

– Léonard de Vinci ! Machiavel ! Boccace ! Dante ! Plusieurs d'entre eux sont contemporains du livre. Et, surtout, il y a les Médicis, une famille tellement riche qu'elle peut se permettre d'entretenir tout ce que Florence compte comme artistes et penseurs.

« Tous ces gens sont réunis dans une même ville, à peu près à la même époque. Les plus grands héros de l'histoire de la culture occidentale se croisent dans la rue, s'interpellent par leur prénom, bavardent entre eux, se concurrencent, s'influencent ou s'exhortent les uns les autres à aller plus loin encore, à se dépasser. Dans ce lieu où règnent la beauté et la vérité, les grandes familles se disputent le financement d'œuvres splendides, l'entretien des plus brillants penseurs, la possession des plus grandes bibliothèques. Essaie d'imaginer, Tom. On se croirait dans un rêve.

Nous regagnons son box, où il se décide enfin à s'asseoir.

– Puis, à la fin du XVe siècle, peu de temps avant la rédaction de l'*Hypnerotomachia,* se produit un événement capital. Tous les spécialistes de la Renaissance le connaissent, mais personne ne l'a jamais associé au livre. Dans les énigmes de Francesco, il est constamment fait allusion à un prédicateur issu de sa communauté. Je n'arrivais pas à faire le lien.

– Je croyais que les thèses de Luther dataient de 1517. Colonna écrivait dans les années 1490.

– Il ne s'agit pas de Luther. En 1491, un moine dominicain est envoyé au monastère Saint-Marc de Florence.

Soudain, je sais.

– Savonarole.

Ce fou qui, au tournant du siècle, galvanisait les foules en essayant à tout prix de restaurer la foi auprès des Florentins.

– Savonarole est un fanatique. Le pire qu'on ait connu. Aussitôt arrivé à Florence, il reproche aux habitants leur immoralité, qualifie de païens les arts et fustige le gouvernement. Il clame que Dieu ne regarde pas les Florentins avec bienveillance, les engage au repentir.

Je lève la main.

– Je sais ce que tu penses, poursuit Paul. Mais, d'une certaine façon, il a raison. La Renaissance est une époque sans dieu. L'Église est corrompue. Le pape est mêlé à des manœuvres politiques. Prospero Colonna, l'oncle de Francesco, meurt soi-disant de la goutte, mais on pense qu'il a été empoisonné par le pape Alexandre, issu d'une famille rivale de la sienne. Voilà la Florence de cette époque : un monde où l'on peut soupçonner le pape de meurtre. Et ce n'est qu'une broutille : on l'a accusé d'inceste, de sadisme...

« Pendant ce temps, alors que s'épanouissent l'art et le savoir, l'agitation règne. Les factions adverses se battent dans les rues, les grandes familles complotent les unes contres les autres pour s'arroger encore plus de pouvoir, et, même si la cité se considère comme une république, les Médicis contrôlent absolument tout. La mort fait partie du quotidien, tout comme l'extorsion et la coercition. L'injustice et l'inégalité sont monnaie courante. Quand on songe à toutes les belles choses que cette ère a produites, on reste perplexe.

« Savonarole arrive donc à Florence et voit le diable partout. Il presse les citoyens de mettre de l'ordre dans leur vie, de renoncer au jeu, de lire la Bible, d'aider les pauvres et de nourrir les affamés. À San Marco, il s'attire des disciples. Il réussit même à se gagner l'estime de certains humanistes. Peu à peu, son influence s'accroît.

Je l'arrête.

– Je croyais qu'à cette époque les Médicis étaient toujours les maîtres.

– Malheureusement pour eux, l'héritier du nom, Pierre, est fou, incapable de gouverner. Le peuple réclame sa liberté, mot sacré à Florence. Finalement, Savonarole expulse les Médicis. Tu te souviens de la quarante-huitième gravure ? L'enfant sur le char, qui dépèce les deux femmes ?

– Celle de la conférence de Taft ?

– Oui. Il affirmait que ce châtiment était la conséquence de la trahison. Mais a-t-il dit comment il l'interprétait vraiment ?

– Non. Il a laissé le public juger par lui-même.

– Mais il a parlé de l'enfant, des raisons pour lesquelles il avait une épée, non ?

Je revois Taft debout sous l'écran, sa silhouette se déplaçant sur l'image.

– Pourquoi l'enfant force-t-il ces femmes à tirer son char dans la forêt, s'il compte les tuer ? demandé-je.

– Selon Vincent, Cupidon représente Pierre de Médicis. Pierre se comportait comme un enfant ; l'artiste l'a donc représenté ainsi. Par sa faute, les Médicis ont perdu leur pouvoir et ont été chassés. Les gravures le montrent fuyant à travers la forêt.

– Et les deux femmes ?

– D'après Vincent, elles symbolisent Florence et l'Italie. En agissant comme un enfant, Pierre détruisit la ville et le pays.

– C'est vraisemblable.

– Disons que cette interprétation en vaut une autre, reconnaît Paul en passant la main sous son bureau, comme s'il cherchait quelque chose. Mais elle est fausse. Vincent refusait d'admettre que la Règle de Quatre était la clef. Encore moins que seule la première image comptait. Il se cramponnait à sa vision des choses et méprisait le reste.

« En réalité, après l'expulsion des Médicis, les chefs des grandes familles se réunissent pour discuter d'un nouveau gouvernement. Mais comme ils se méfient les uns des autres, ils décident d'accorder une parcelle de pouvoir à Savonarole, le seul qui ne se laissera pas corrompre.

« Sa popularité ne fait que croître. On prend ses sermons à cœur. Les boutiquiers lisent la Bible, les joueurs se font discrets. Boire et se battre n'est plus à la mode. Mais Savonarole constate que le mal persiste. Alors il met au point son programme de réforme.

Paul passe carrément la tête sous son bureau. Finalement, dans un bruit de ruban qu'on arrache, il extirpe une enveloppe en papier kraft. Elle contient un calendrier dessiné de sa main. Il a encerclé en rouge des jours de fêtes religieuses que je ne connais pas et pris quelques notes en noir, que je n'arrive pas à lire.

– Nous voici en février 1497, dit-il en me montrant le calendrier, deux ans avant la publication de l'*Hypnerotomachia*. Le carême approche. Cette période de jeûne et de sacrifice est traditionnellement précédée de quelques jours de fête, au cours desquels la population se déchaîne. C'est ce qu'on appelle, aujourd'hui encore, le carnaval. Et comme les quarante jours du carême débutent le mercredi des Cendres, la veille constitue le point culminant du carnaval : le Mardi gras.

Certains de ces faits me sont familiers. Mon père a dû les évoquer devant moi avant que nos relations se dégradent. À moins que je n'en aie entendu parler au catéchisme...

Paul exhume une vue d'ensemble : FLORENCE, 1500.

– Le carnaval de Florence est une période de désordres, de beuverie et de débauche. Des bandes de jeunes barrent l'accès aux rues et exigent un péage. Puis ils flambent l'argent récolté dans l'alcool et le jeu.

Il montre un espace au milieu du dessin.

– Une fois complètement saouls, ils se rassemblent autour de feux allumés sur la grande place et terminent la nuit par une rixe au cours de laquelle les bandes rivales se lancent des pierres. Tous les ans, il y a des blessés, parfois des morts.

« Bien sûr, Savonarole fustige le carnaval. À ses yeux, la chrétienté est menacée et le peuple de Florence soumis à la tentation. Il clame qu'une force plus puissante que les autres contribue à la corruption de la ville. Cette force enseigne aux hommes que l'autorité païenne peut prendre le pas sur la Bible, qu'on peut vénérer la sagesse et la beauté dans ses manifestations les plus impies. Elle pousse les hommes à croire que la vie se résume à une quête du savoir et du bonheur terrestre, ce qui les détourne de la seule chose qui compte vraiment : le salut. Cette force, c'est l'humanisme. Et ses plus ardents défenseurs sont les illustres penseurs de la cité : les humanistes.

« C'est alors que Savonarole a une idée terrible. Le jour du Mardi gras, il organise un événement majeur, qui doit témoigner du progrès et de la transformation de la ville tout en rappelant leurs péchés aux citoyens. Les jeunes gens sont autorisés à poursuivre leurs cavalcades, mais cette fois ils ont un but : ils doivent se saisir de tous les objets païens qui leur tombent sous la main et les apporter sur la place de la Seigneurie. Ces objets sont entassés pour former une imposante pyramide. Et ce jour-là, le jour de Mardi gras, alors que ces bandes de voyous ont l'habitude de s'asseoir autour des feux et de se lancer des pierres, Savonarole leur permet d'édifier un autre genre de bûcher.

Paul regarde sa carte, puis se tourne vers moi.

– Le bûcher des vanités, dis-je.

– Oui. Les bandes se succèdent avec leurs tombereaux remplis. Ils reviennent avec des cartes et des dés. Des jeux d'échecs. De l'ombre à paupières, des pots de maquillage, des parfums, des résilles, des bijoux. Des masques et des costumes. Et, plus important que tout le reste, des livres païens. Des manuscrits d'écrivains grecs et romains. Des tableaux et des sculptures.

Il replace son dessin dans l'enveloppe de papier kraft et poursuit d'une voix sombre :

– Le 7 février 1497, jour du Mardi gras, la ville entière est rassemblée autour de la grande place. La pyramide mesure vingt mètres de haut et quatre-vingt-dix de large. Et tout s'envole en fumée.

Il s'interrompt un instant, regarde derrière mon épaule. Au mur, les papiers frissonnent quand le ventilateur souffle un peu d'air dans le box.

– Le bûcher des vanités est un moment charnière dans l'histoire de la Renaissance. Savonarole est célèbre. Il est connu dans toute l'Italie et au-delà des frontières. On imprime ses sermons, on les lit dans toute l'Europe. On le déteste et on l'admire. Il fascine Michel-Ange. Machiavel le traite d'imposteur. Mais tout le monde a son idée sur lui et tout le monde reconnaît son pouvoir. Tout le monde.

Je vois où il veut en venir.

– Y compris Francesco Colonna.

– C'est ici qu'entre en jeu l'*Hypnerotomachia,* dit Paul.

– Alors, c'est un manifeste politique ?

– En quelque sorte. Francesco ne supporte pas Savonarole. Pour lui, il représente le pire des fanatismes, la face sombre du christianisme. Il est destructeur. Il empêche les hommes de jouir des cadeaux de Dieu. Francesco est un humaniste, un amoureux de l'Antiquité. Avec ses cousins, il a passé sa jeunesse à étudier la prose et la poésie anciennes auprès de grands précepteurs. À trente ans, il possédait déjà une des plus belles collections de manuscrits originaux à Rome.

« Bien avant le premier bûcher, il a commencé à rassembler des œuvres d'art et des livres. Il en confie l'achat à des marchands de Florence qui les expédient dans une des propriétés familiales à Rome. C'est un sujet de discorde entre Francesco et sa famille, qui lui fait grief de dilapider sa fortune dans des babioles florentines. Mais Savonarole assoit son autorité et Francesco semble plus déterminé que jamais : il ne peut supporter l'idée que cette pyramide d'œuvres s'envole en fumée. Il est prêt à mettre le prix, n'importe quel prix pour en sauver au moins quelques-unes. Des bustes de marbre, des tableaux de Botticelli, des centaines d'objets de grande valeur. Et par-dessus tout, des livres. Ces livres rares, irremplaçables. Il se situe à l'opposé de l'univers intellectuel de Savonarole. Pour lui, le plus grand crime au monde est de s'attaquer à l'art, au savoir.

« Au cours de l'été de 1497, Francesco se rend à Florence pour mesurer l'ampleur de la catastrophe. Ce que tous les autres admirent chez Savonarole, sa sainteté, son obsession du salut, suscite chez lui une haine profonde. Et la peur. Il mesure ce dont Savonarole est capable : étouffer la première résurgence du savoir classique depuis la chute de Rome. Il prédit la mort de l'art, la mort de la connaissance, la mort de l'esprit classique. Et la mort de l'humanisme : la fin de cette quête qui veut repousser les frontières, dépasser les limites et exploiter toutes les possibilités de la pensée.

– C'est ce qu'il écrit dans la deuxième moitié du livre ?

Paul acquiesce.

– Francesco y a mis tout ce qu'il n'a pas osé, par crainte, révéler dans la première partie. Il y a noté ce qu'il a vu à Florence et qui l'a terrifié. Que l'influence de Savonarole ne cesserait de croître. Qu'il finirait par séduire le roi de France. Qu'il aurait des admirateurs en Allemagne et en Italie. Tout se vérifie à mesure que Francesco rédige. Il est de plus en plus convaincu que Savonarole a d'innombrables disciples dans tous les pays de la chrétienté. *Ce prêcheur*, écrit-il, *annonce l'apparition d'un nouvel esprit du christianisme. Des prêcheurs fanatiques se soulèveront dans toute l'Italie et nous verrons s'embraser des bûchers.* Il affirme que l'Europe est au bord d'une révolution religieuse. Il a raison : la Réforme approche. Savonarole ne sera plus là pour y assister, mais quand Luther surgira quelques années plus tard, il érigera Savonarole en maître à penser.

– Colonna a donc prévu tous ces bouleversements.

– Oui. Ayant perçu la véritable nature de Savonarole, il prend une décision. Il va utiliser toutes ses relations, à Rome ou ailleurs en Occident, pour agir. À l'aide d'un petit réseau d'amis de confiance, il réunit encore plus d'œuvres d'art et de manuscrits rares. Il communique avec un grand nombre d'humanistes et de peintres pour amasser le plus de trésors possible. Il achète des abbés, des bibliothécaires, des princes, des banquiers. Mandatés par lui, des marchands sillonnent toute l'Europe, parcourent les ruines de l'empire byzantin, où l'on conserve l'ancien savoir. Ils se rendent en terre infidèle pour y collecter des textes arabes. Ils s'introduisent dans des monastères en Allemagne, en France et dans le Nord. Pendant tout ce temps, Francesco garde son identité secrète, protégé par ses amis les plus proches et ses frères humanistes. Eux seuls savent ce qu'il entend faire de toutes ces pièces uniques.

Je me rappelle soudain le journal du capitaine du port, qui se demandait ce que pouvait bien transporter un si petit navire venant d'un port aussi peu connu ; et pourquoi un gentilhomme comme Francesco Colonna s'intéressait tellement à sa cargaison.

– Il déniche des chefs-d'œuvre, poursuit Paul. Des œuvres disparues depuis des siècles. Des ouvrages dont personne n'a entendu parler. Entre autres, l'*Eudemus*, le *Protrepticus* et le *Gryllus* d'Aristote. Des sculptures gréco-romaines de Michel-Ange. Les quarante-deux volumes de l'œuvre d'Hermès Trismégiste, le prophète égyptien que l'on dit antérieur à Moïse. Il met la main sur trente-huit pièces de Sophocle, douze d'Euripide, vingt-trois d'Eschyle, toutes considérées aujourd'hui comme perdues. Dans un monastère en Allemagne, il découvre des traités de philosophie de Parménide, d'Empédocle et de Démocrite, cachés par les moines depuis des siècles. Sur la côte Adriatique, un de ses émissaire tombe sur des œuvres du peintre grec Apelle : un portrait d'Alexandre, l'Aphrodite Anadyomène et un profil de Protogène. Francesco est tellement enthousiaste qu'il demande à son envoyé de les acheter même s'il s'agit, peut-être, d'un faux. Un bibliothécaire de Constantinople lui vend à prix d'or *Oracles chaldéens*. Francesco considère que c'est une aubaine car son auteur, Zarathoustra, est le seul prophète connu antérieur à Hermès Trismégiste. Sept chapitres de Tacite et un livre de Tite-Live apparaissent à la fin de sa liste, comme s'il n'y voyait que des acquisitions mineures. Imagine : une demi-dizaine de tableaux de Botticelli reléguée au second plan...

« En moins de deux ans, Francesco Colonna constitue une des plus importantes bibliothèques sur l'art et la littérature de l'Antiquité. Deux marins se joignent à son cercle, prennent le commandement de ses navires et mènent ses cargaisons à bon port. Pour protéger les caravanes qui traversent l'Europe, il emploie les fils des membres de l'Académie romaine en qui il a confiance. Il met à l'épreuve les hommes qu'il soupçonne de trahison, répertorie leurs moindres gestes, efface ses traces après chaque passage. Il sait qu'il ne peut confier son secret qu'à une poignée de comparses.

Je suis frappé par l'importance de la découverte que nous avons faite par hasard, mon père et moi : un fil unique dans une toile de communication entre Colonna et ses acolytes, un réseau conçu dans l'unique but de protéger le secret du gentilhomme.

– Rodrigo et Donato ne sont peut-être pas les deux seuls qu'il ait mis à l'épreuve, dis-je. Il y a peut-être d'autres « lettres Belladone ».

– Sans doute, répond Paul. Et quand Francesco a eu terminé, il a mis tout ce qu'il possédait dans un endroit que personne n'aurait jamais l'idée de visiter. Un endroit où, d'après lui, ses trésors seraient à l'abri de ses ennemis.

« Prétextant une opération rentable, il sollicite des membres les plus âgés de sa famille la jouissance des immenses étendues de terres qu'ils possèdent à l'extérieur de Rome. Mais, au lieu des bâtiments qui devaient s'élever au milieu des forêts où chassaient ses ancêtres, il construit sa crypte. Une voûte souterraine colossale. Seuls cinq de ses hommes en connaissent l'emplacement.

« Quelques mois avant le début de l'année 1498, il prend une décision capitale. À Florence, Savonarole est plus populaire que jamais. Pour Mardi gras, il déclare vouloir allumer un brasier plus grand que celui de l'année précédente. Francesco retranscrit des extraits de son discours dans l'*Hypnerotomachia.* Un vent de folie religieuse s'est emparé de toute l'Italie et il craint pour son trésor. Il y a laissé toute sa fortune. L'influence de Savonarole atteint des sommets en Europe occidentale, il pressent qu'il aura de plus en plus de mal à déplacer et à cacher ses biens. Il rassemble donc tout ce qu'il a amassé et le dépose dans la crypte, qu'il referme pour de bon.

Un des détails les plus étranges du deuxième message, me dis-je, prend dès lors tout son sens. *Cet édifice unique,* écrit Colonna, *conçu pour résister à toutes les agressions, surtout celle de l'eau...* Il a imperméabilisé la voûte, sachant qu'autrement, emprisonnés sous terre, ses trésors finiraient par pourrir.

– Il décide ensuite de se rendre à Florence quelques jours avant qu'on allume le bûcher. Il ira à San Marco. Et, dans une ultime tentative pour défendre sa cause, il affrontera Savonarole. En faisant appel à son amour de la connaissance, à son respect de la beauté et de la vérité, Francesco tentera de persuader le moine de retirer du bûcher les objets de grande valeur. Il veut l'empêcher de détruire ce qui, aux yeux des humanistes, est sacré.

« Mais Francesco est réaliste. Après avoir entendu les sermons de Savonarole, il prend conscience de la violence de cet homme, de son intransigeance, de son jusqu'au-boutisme. Si Savonarole ne l'écoute pas, il n'aura pas le choix. Il faut que

Florence sache jusqu'où va la barbarie de son prophète. Il ira donc au bûcher et retirera lui-même les objets de la pyramide. Si Savonarole essaie malgré tout d'allumer le brasier, Francesco subira le martyre face à tous les citoyens rassemblés. Il forcera Savonarole à se démasquer, à se transformer un assassin. C'est le seul moyen, croit-il, d'alerter Florence, et le reste de l'Europe avec elle.

– Il était prêt à mourir pour ça, dis-je à mi-voix.

– Et à tuer, ajoute Paul. Cinq de ses amis humanistes, membres de sa confrérie, l'ont trahi et l'ont payé de leur vie : l'architecte Terragni, les frères Matteo et Cesare, et enfin Rodrigo et Donato.

L'espace exigu du box vacille. Pendant quelques secondes, ses angles se heurtent, tels des fragments de temps qui se croiseraient. Une fois de plus, je revois mon père dans son bureau, à l'époque de la rédaction du *Document Belladone,* penché sur sa vieille machine à écrire. Paul, à présent, a donné tout son sens à ses travaux. J'en éprouve une réelle satisfaction. Pourtant, je sens monter en moi une onde de tristesse.

D'un autre côté, plus Paul me parle de Francesco, cet être désespéré trahi par les siens, plus sa symbiose avec Colonna me frappe. Tous deux, l'auteur et le lecteur, ont éprouvé à cinq siècles de distance, à propos de l'*Hypnerotomachia*, le même enthousiasme, les mêmes angoisses. Dès lors, je comprends mieux. Même si Vincent Taft a cherché à saper sa confiance en moi, en nous, en lui parlant des « amis inconstants », son engagement total, qui l'a occupé des années alors que le mien n'aura duré que quelques mois, l'a amené à s'identifier totalement à Francesco. Et plus que tout autre, l'homme qui l'a fait douter, c'est Colonna lui-même.

Chapitre 23

– Durant les mois qui précèdent son départ pour Florence, poursuit Paul, Colonna prend une ultime précaution. Il décide d'écrire un livre. Un livre qui révélera l'emplacement de la crypte, mais seulement à un homme aussi cultivé que lui ; pas à un non-initié, encore moins à un fanatique. Il est convaincu que seul un véritable amoureux de la connaissance pourra le décoder ; quelqu'un qui, redoutant Savonarole autant que Francesco, ne permettra jamais que l'on brûle ses trésors. Et il rêve d'un temps qui verra le retour de l'humanisme, ce qui assurera le salut de sa collection.

« Son ouvrage terminé, il demande à Terragni de le faire livrer par un messager, sous couvert de l'anonymat, à l'imprimeur Alde Manuce. En feignant de n'en être que le légataire, il conjurera Alde de rester discret. Il ne lui révélera pas qu'il en est l'auteur, pour que personne n'en soupçonne le véritable contenu.

« Le carnaval approche. Francesco convie l'architecte et les deux frères, derniers membres de son Académie romaine, puis entreprend le voyage à Florence. Bien qu'ils soient hommes de parole, Colonna mesure la difficulté de la tâche qui leur incombe. Il les engage donc à faire le serment de mourir, s'il le faut, sur la place de la Seigneurie.

« La veille du Mardi gras, il invite ses trois amis à le rejoindre pour un dernier repas. Ils prient ensemble. Ils se racontent leurs aventures, leurs voyages, leur vie. Pendant toute cette soirée, Francesco prétend voir une ombre noire planer au-dessus de leurs têtes. Cette nuit-là, il ne dort pas. Le lendemain matin, il rencontre Savonarole.

« À partir de là, le texte est entièrement de la main de l'architecte. Terragni est le seul homme que Francesco puisse charger d'une telle mission. Il a besoin de quelqu'un pour perpétuer son œuvre au cas où il lui arriverait malheur à Florence. Il donne à son ami une dernière preuve de confiance : il lui confie sa dernière énigme. Il lui demande également d'ajouter une postface cryptée, pour décrire ce qu'il est advenu de ses frères de l'Académie romaine. Terragni devra aussi continuer à veiller sur l'*Hypnerotomachia* jusqu'à son impression. Francesco lui affirme qu'il a eu une vision de sa propre mort. Il sait qu'il ne peut pas accomplir seul son projet. Il emmène Terragni avec lui afin qu'il note sa conversation avec Savonarole.

« Savonarole les attend au monastère, dans sa cellule. La rencontre était organisée depuis longtemps. Les deux hommes sont donc bien préparés. Francesco essaie de se montrer diplomate. Il prétend admirer son hôte et partager les mêmes objectifs que lui, la même aversion pour le péché. Il cite un passage d'Aristote sur la vertu.

« Savonarole répond en citant Thomas d'Aquin, dans un passage à peu près identique. Il demande à Francesco s'il préfère les sources païennes aux sources chrétiennes. Francesco fait l'éloge de Thomas d'Aquin, mais ajoute qu'il a emprunté son texte à Aristote. Savonarole s'impatiente, lui assène quelques lignes de la première épître aux Corinthiens : "Je détruirai la sagesse des sages et j'anéantirai la science des savants. Dieu n'a-t-il pas qualifié de folie la sagesse du monde ?"

« Francesco l'écoute avec terreur. Il demande à Savonarole pourquoi, plutôt que de les détruire, il n'embrasse pas l'art et le savoir. Ne vaudrait-il pas mieux que tous deux unissent leurs efforts pour lutter contre le péché ? Puisque la foi est la source de la vérité et de la beauté, ils ne peuvent être ennemis. Mais Savonarole n'en démord pas. Il rétorque que la vérité et la beauté ne doivent être que des serviteurs de la foi. Quand elles s'en détournent, l'orgueil et le profit conduisent l'homme au péché.

« "On ne me détournera pas de mon projet, répond-il à Francesco. Il y a plus de mal dans ces livres et ces tableaux que dans tous les autres objets que le feu détruira. Les cartes et les dés ne font que distraire les simples, mais votre prétendue sagesse corrompt les puissants. Les plus grandes familles de cette ville se bousculent pour devenir vos protecteurs. Vos philosophes prêchent aux poètes, dont les mots ravissent la multitude. Vous contaminez les peintres avec vos idées. Leurs tableaux ornent les palais des princes, leurs fresques couvrent les murs et les plafonds de toutes les églises. Vous influencez les ducs et les rois. Ils s'entourent de vos disciples, sollicitent les conseils des astrologues et des savants qui vous sont redevables et demandent à vos érudits de traduire leurs ouvrages. Non, je ne laisserai pas l'orgueil et la cupidité gouverner Florence plus longtemps. Cette vérité et cette beauté que vous admirez tant sont de fausses idoles, des vanités. Elles précipitent les hommes dans les bras du Malin."

« Francesco s'apprête à prendre congé. Il ne réussira pas à convaincre le prêcheur. Pourtant, dans un sursaut de colère, il s'écrie : "Si vous n'accédez pas à mes demandes, je prouverai que vous n'êtes pas un prophète mais un dément. J'arracherai chaque livre, chaque tableau à votre bûcher, jusqu'à ce que le feu m'anéantisse. Ainsi, vous aurez mon sang sur les mains. Et le monde entier se retournera contre vous."

« Savonarole prononce des paroles auxquelles Francesco ne s'attendait pas : "Vous ne me ferez pas changer d'avis. Mais si vous êtes prêt à mourir pour défendre vos idées, je vous offre mon respect, et je vous considère comme mon fils. Toute cause que Dieu tient pour juste renaîtra. Le martyr qui défend une sainte querelle se relèvera de ses cendres et sera transporté jusqu'au ciel. Je ne souhaite pas voir périr un homme de votre condition, mais ceux que vous représentez, qui possèdent les œuvres que vous souhaitez sauver, n'obéissent qu'au goût du lucre et à la fausse gloire. Ils ne se soumettront jamais à la volonté divine, sauf si on les y contraint. Le Seigneur sacrifie parfois l'innocent pour éprouver le croyant. Il en est ainsi aujourd'hui."

« Francesco aimerait le contredire, faire valoir que connaissance et beauté ne doivent pas être sacrifiées pour le salut de l'âme des corrompus. Mais, pensant à ses propres hommes, Donato et Rodrigo, il entrevoit une vérité dans la diatribe de

Savonarole : l'avarice et la vanité se retrouvent aussi parmi les humanistes. Il comprend que son combat est sans issue. Savonarole lui demande de quitter le monastère : les moines doivent se préparer pour la cérémonie. Francesco obéit.

« Dernier acte : Francesco et Terragni, accompagnés par Matteo et Cesare, se rendent sur la place de la Seigneurie. Pendant que les assistants de Savonarole s'affairent autour du bûcher, Francesco, fidèle à sa promesse, commence à retirer de la pyramide les tableaux et les livres. Matteo et Cesare l'aident. Terragni observe, et écrit. Les assistants demandent à Savonarole s'ils doivent interrompre leur travail. Il leur donne l'ordre de continuer. Francesco et ses hommes font plusieurs voyages de la pyramide jusqu'à un coin de la place, loin de la pyramide, où ils déposent les livres et les œuvres d'art qu'ils transportent. Savonarole annonce qu'il va mettre le feu au bûcher. Les trois hommes poursuivent leur besogne.

« Rassemblée sur la place, toute la population de la ville attend qu'on y mette le feu. La foule chante. Les flammes lèchent la base de la pyramide. Francesco et ses deux frères ne renoncent pas. La chaleur s'intensifie. Ils se couvrent la bouche et le nez de chiffons pour ne pas respirer la fumée. Le feu attaque leurs gants. Dès le troisième ou quatrième voyage, leur visage se couvre de suie, leurs pieds et leurs mains roussissent. La mort approche ; c'est à ce moment-là, écrit l'architecte, qu'ils entrent de plein gré dans la gloire du martyre.

« Voyant s'amonceler les œuvres qu'ils ont encore la force d'arracher à l'incendie, Savonarole ordonne à un moine de les précipiter à nouveau dans le brasier. Le moine s'en empare et les rapporte dans sa brouette. Après six ou sept voyages, tout est reparti en fumée. Matteo et Cesare renoncent à sauver les tableaux. Avec Francesco, ils tapent sur les couvertures des livres pour étouffer les flammes et empêcher les pages de brûler. Un des trois hommes hurle de douleur, appelant Dieu à son secours.

« Il n'y a plus d'espoir. Les tableaux agonisent, les livres se consument. Le moine à la brouette continue à trottiner du tas de Francesco au bûcher. Un seul de ses voyages suffit à anéantir les efforts conjugués des trois hommes. Lentement, la foule se calme. Les cris et les sifflets se font plus rares. Ceux qui ont injurié Francesco et ses frères, les ont traités de fous, se taisent. Quelques personnes les conjurent de s'arrêter, mais ils continuent à aller et venir, à plonger les bras dans les flammes, marchant sur les braises, disparaissant quelques secondes, puis réapparaissant. Sur la place, on n'entend plus que le crépitement du brasier. Les trois hommes suffoquent. Asphyxiés, ils ne peuvent plus crier. Chaque fois qu'ils ressortent du bûcher, écrit l'architecte, on aperçoit la chair rouge de leurs pieds et de leurs mains, là où la peau s'est calcinée.

« Un premier homme s'écroule dans les cendres, face en avant. C'est Matteo, le plus jeune. Cesare s'arrête pour lui porter secours, mais Francesco l'entraîne. Matteo ne bouge plus. Le feu rampe sur lui, son corps sombre dans la pyramide. Cesare le supplie de se relever. Matteo ne répond pas. Cesare le rejoint. Il trébuche sur son corps et s'effondre à son tour. Francesco, à la lisière du bûcher, entend l'appel de son frère. Peu à peu, sa voix faiblit. Francesco reste seul. Il se laisse tomber sur les genoux. Pendant une seconde, il ne bouge plus.

« Alors que la foule le croit mort, il entreprend un effort pour se redresser. Il pénètre une dernière fois dans le brasier, ramasse deux poignées de cendres incandescentes et s'approche en titubant de Savonarole. Un des gardes tente de lui barrer le chemin. Francesco se fige. Bras tendus, il ouvre les mains et laisse les cendres glisser entre ses doigts, comme du sable. Il s'adresse une dernière fois au prêcheur : *Inde ferunt, totidem qui vivere debeat annos, corpore de patrio parvum phoenica renasci.* C'est un vers d'Ovide : “Le corps paternel a engendré un petit phénix, destiné à vivre le même nombre d'années.” Puis il s'effondre aux pieds de Savonarole et meurt.

« Le récit de Terragni s'achève sur les obsèques de Colonna. Les familles et les amis humanistes des trois hommes organisent des funérailles quasi impériales. Nous savons aujourd'hui que leur martyre a porté ses fruits. En quelques semaines, l'opinion publique se retourne contre Savonarole. Florence est lasse de son extrémisme, de ses ténèbres. Ses ennemis répandent des rumeurs dans l'espoir de provoquer sa chute. Le pape Alexandre l'excommunie. Savonarole résiste. Alexandre le déclare coupable d'hérésie et d'enseignement séditieux. Il est condamné à mort. Le 23 mai, trois mois seulement après le trépas de Francesco, Florence érige un nouveau bûcher sur la place de la Seigneurie, à l'endroit même où se dressaient les deux précédents. Savonarole est pendu, puis brûlé. On jette ses cendres dans l'Arno.

– Qu'est-il advenu de Terragni ?

– Tout ce qu'on sait, c'est qu'il a tenu parole. L'*Hypnerotomachia* a été publié chez Alde Manuce l'année suivante, en 1499. Depuis, tous ceux qui ont essayé d'en percer le secret se sont servis de clefs des XIXe et XXe siècles pour forcer une serrure datant du XVe.

Il bascule la tête en arrière et pousse un grand soupir.

– Ce qui nous amène à aujourd'hui.

Il reprend son souffle. Le silence s'installe. J'entends des pas dans le couloir, atténués par la porte. Lentement, les éléments du réel, de la vraie vie, m'affectent de nouveau et je renvoie Savonarole et Francesco Colonna à la poussière des vieux grimoires. Pourtant, une troublante interaction subsiste entre ces deux mondes. Et Paul est le lien qui les unit.

– Je n'arrive pas à le croire, dis-je enfin.

Mon père devrait être là. Mon père, Richard Curry, McBee. Tous ceux qui connaissaient ce livre et ont sacrifié une partie de leur existence pour en percer le mystère. Tous méritent ce cadeau.

– Francesco fournit des indications pour se rendre jusqu'à la crypte, à partir de trois points de repère. La crypte ne sera pas difficile à localiser. Il précise même ses dimensions et la liste des objets qu'elle contient. Tout ce qui me manque, c'est le moyen d'y pénétrer. Terragni a conçu, pour l'entrée, un verrou spécial à cylindre. D'après Francesco, cette porte est si hermétique qu'elle protégera la crypte des voleurs et de l'humidité tant qu'on n'aura pas décodé son livre. Il répète sans cesse qu'il va donner le schéma du verrou et la marche à suivre, mais il est toujours distrait par ses diatribes contre Savonarole. A-t-il demandé à Terragni d'inclure ces renseignements dans les derniers chapitres ? Peut-être. Mais Terragni, qui avait mille autres soucis, ne l'a pas fait.

– C'est ce que tu cherchais chez Taft ?

Paul opine.

– Richard prétend que le schéma était inclus dans le journal du capitaine du port qu'il a trouvé il y a trente ans. Je suis sûr que Vincent l'a mis de côté quand il a laissé Bill découvrir le reste du journal.

– Tu l'as récupéré ?

– Je n'ai dégoté que de vieilles notes manuscrites de Vincent.

– Quel est ton plan ?

Il tâtonne à nouveau sous son bureau.

– Je suis à la merci de Vincent.

– Que sait-il ?

Quand Paul ramène ses mains, elles sont vides. Perdant patience, il recule la chaise et s'agenouille sous la table.

– Il ne sait rien de la crypte, sauf qu'elle existe.

Je remarque des traces sur le sol, des sillons formant un arc de cercle jusqu'aux pieds métalliques du bureau.

– Hier soir, j'ai commencé à dresser une carte avec tout ce que Francesco a écrit là-dessus dans la deuxième partie de l'*Hypnerotomachia*. L'emplacement, les dimensions, les points de repère. J'avais peur que Vincent ne vienne mettre son nez dans mes affaires. J'ai donc caché la feuille là où je dissimule d'habitude les éléments les plus importants de mon travail.

Il extirpe un tournevis camouflé sous son bureau. Le ruban adhésif qui le retenait au panneau pend comme de la mauvaise herbe. Paul arrache la bande, fait pivoter la table. Les pieds glissent sur le linoléum, dévoilant un conduit de ventilation. Quatre vis fixent la grille au mur. La peinture est écaillée sur les quatre têtes.

Paul commence à dévisser. Un coin après l'autre, il dégage le ventilateur. Il plonge la main dans le conduit, en retire une enveloppe bourrée de papiers. D'instinct, je m'assure que personne ne nous espionne par la petite fenêtre du box. Je comprends maintenant pourquoi il l'a masquée avec du contreplaqué.

Paul ouvre l'enveloppe. Il en retire deux photos abîmées à force d'avoir été manipulées. Sur la première, je reconnais Paul et Richard Curry en Italie, sur la place de la Seigneurie à Florence, devant la fontaine de Neptune. J'aperçois au fond, un peu floue, la copie du *David* de Michel-Ange. En short, Paul porte un sac à dos. Richard Curry est en costume, col ouvert et la cravate défaite. Ils sourient tous les deux.

Sur le deuxième cliché, on nous retrouve tous les quatre. Agenouillé au centre, Paul est affublé d'une cravate qu'on lui a prêtée et exhibe une médaille. Nous sommes debout autour de lui, avec deux professeurs en arrière-plan, qui sourient. Paul vient de remporter le prix de l'essai de la Société de francophilie de Princeton. Pour le soutenir, nous sommes venus déguisés en personnages historiques : moi en Robespierre, Gil en Napoléon. Quant à Charlie, engoncé dans une impressionnante robe à cerceaux dénichée dans un magasin d'accessoires, il incarne Marie-Antoinette.

Sans prêter attention aux photos, Paul les dépose négligemment sur le bureau, comme quelqu'un qui les a vues mille fois. Il vide le contenu de l'enveloppe. Ce que j'avais pris pour une liasse de papiers est en fait une grande feuille qu'il a repliée plusieurs fois pour la faire entrer dans l'enveloppe.

– La voilà, dit-il en la dépliant sur la table.

J'ai devant les yeux une carte topographique extrêmement détaillée, dessinée à la main. Les lignes d'élévation sont marquées par des cercles inégaux, avec des directions approximatives inscrites dans une grille à peine visible. Près du centre, tracé en rouge, je distingue un objet angulaire en forme de croix. À l'échelle, il aurait à peu près la taille d'une résidence universitaire.

– C'est ça ?

– Oui.

C'est inouï. Pendant quelques secondes, nous restons paralysés sur nos chaises.

– Que vas-tu faire de la carte, maintenant qu'on a vidé le box ?

Paul ouvre la main. Les quatre petites vis du ventilateur roulent comme des graines dans sa paume.

– La mettre en sûreté.

– Dans le conduit ?

– Non.

Il se penche pour revisser l'appareil et, soudain très calme, jette un coup d'œil sur le résultat. Il se relève, commence à arracher tout ce qu'il a épinglé aux murs. Les messages et les pense-bêtes disparaissent les uns après les autres. Les rois et les monstres, les noms anciens, les notes personnelles.

– Alors, que comptes-tu en faire ? dis-je en détaillant la carte.

Il chiffonne les papiers dans sa main. Les murs sont de nouveau blancs. Il s'assoit, replie soigneusement la carte et répond d'une voix égale :

– Je te la donne.

– Quoi ?

Il glisse la carte dans l'enveloppe et me la tend. Il garde les photos.

– Je t'avais promis que tu serais le premier à savoir. Tu le mérites.

Il le dit comme s'il ne faisait que tenir parole.

– Mais que veux-tu que j'en fasse ?

Il sourit.

– Ne la perds pas.

– Et si Taft la cherche ?

– Justement. S'il la cherche, c'est moi qu'il viendra trouver.

Il s'interrompt un instant avant de déclarer :

– Et puis tu dois t'habituer à l'avoir près de toi.

– Pourquoi ?

Il se rassied.

– Parce que je veux que nous travaillions ensemble. Je veux que toi et moi nous cherchions la crypte de Francesco.

Je comprends enfin.

– L'année prochaine...

Il me sonde du regard.

– À Chicago. Puis à Rome.

Le ventilateur tourne une dernière fois, chuchotant à travers la grille.

– C'est à toi, dis-je, ne sachant trop comment réagir. C'est ton mémoire. Tu l'as terminé.

– C'est tellement plus important qu'un mémoire, Tom.

– Et qu'une thèse de doctorat ?

– En effet.

Sa voix ne trompe pas : nous n'en sommes qu'au début.

– Je ne tiens pas à le faire seul, dit-il.

– Et quel sera mon rôle ?

Il sourit.

– Pour le moment, garde la carte. Qu'elle te brûle les poches pendant quelque temps.

La légèreté de cette enveloppe, la fragilité de son contenu me troublent. Que la sagesse de l'*Hypnerotomachia* repose dans le creux de ma main semble accentuer l'irréalité de toute cette histoire.

– Allons-y, dit enfin Paul en jetant un coup d'œil à sa montre. On passera par l'appartement. Il faut prendre des affaires pour Charlie.

D'un geste vif, il arrache la dernière trace de sa présence : le contreplaqué de la fenêtre. Il ne reste plus rien de lui dans le box ; plus rien de Colonna, ni de cette suite ininterrompue d'idées qui a permis à ces deux êtres de se rencontrer à cinq siècles d'intervalle.

Chapitre 24

Lors de mon entretien d'embauche chez Dedalus, on me demanda de résoudre une énigme : une grenouille tombe dans un puits de cinquante mètres de profondeur et ne peut en sortir qu'en remontant la paroi ; elle progresse de trois mètres par jour, mais glisse de deux mètres toutes les nuits ; dans ces conditions, combien lui faudra-t-il de jours pour s'extraire du puits ?

Charlie était persuadé qu'elle n'y arriverait pas, parce qu'une grenouille qui fait une chute de cinquante mètres est fichue de toute façon. La réponse de Paul s'inspirait de l'histoire de Thalès, un philosophe tombé dans un puits en observant les étoiles. Gil, lui, affirma qu'on n'avait jamais entendu parler d'une grenouille remontant les parois d'un puits. Et puis quel rapport avec le développement de logiciels au Texas ?

La bonne réponse, je crois, c'est qu'il lui faut quarante-huit jours, soit deux de moins que ce qui nous vient spontanément à l'esprit. Que la grenouille avance d'un mètre par jour est une évidence, mais le quarante-huitième jour, après trois mètres, elle se retrouve sur la margelle du puits. Ne glissant plus des deux mètres habituels, elle est donc sauvée.

Je ne sais ce qui me fait penser à ça maintenant. Je vis peut-être ce genre de moment où les énigmes, aussi absurdes soient-elles, prennent tout leur sens. Dans un monde où la moitié des habitants de l'île ment systématiquement et où l'autre moitié dit toujours la vérité ; un monde où le lièvre ne rattrape jamais la tortue parce que la distance entre eux semble se réduire d'une suite infinie de moitiés ; où le renard tapi au bord de la rivière ne peut jamais se trouver sur la même rive que la poule, et la poule sur la même que le grain, parce que l'un mangera forcément l'autre et qu'il n'y a rien qu'on puisse faire pour l'empêcher : dans ce monde, en dehors des prémisses, tout est raisonnable. Une énigme est un château construit sur un nuage, parfaitement habitable à condition de ne pas regarder en bas. La grande invraisemblance de ce que m'a raconté Paul – qu'un conflit entre un moine et un humaniste, au XVe siècle, ait laissé une crypte bourrée de trésors enfouie sous une forêt oubliée – repose sur l'impossibilité fondamentale qu'un livre codé comme l'*Hypnerotomachia*, impénétrable, méprisé des savants pendant cinq siècles, puisse exister. Pourtant, il est aussi réel, à mes yeux, que mon propre corps. Et si j'en accepte l'existence, les fondations sont jetées et l'impossible château peut être édifié. Le reste n'est que pierres et mortier.

Quand les portes de l'ascenseur s'ouvrent sur le hall de la bibliothèque qui semble flotter dans la lumière hivernale, j'ai l'impression que nous venons d'émerger d'un tunnel. Chaque fois que je pense à l'énigme de la grenouille, j'imagine l'étonnement de celle-ci quand, pour la première fois, le dernier jour, ses trois grands bonds en avant ne sont pas suivis d'un recul de deux mètres. Il y a quelque chose d'inattendu à la sortie du puits, une accélération imprévue du voyage parvenu à son terme. C'est ce que je ressens en ce moment. L'énigme que je connais depuis que je suis enfant – l'*Hypnerotomachia* – a été résolue en moins d'une journée.

Nous passons les tourniquets. Aussitôt, le vent froid nous saisit. Paul pousse la porte et je ferme bien mon manteau. La neige recouvre tout. Les pierres, les murs, les ombres disparaissent sous d'éblouissants tourbillons blancs. Autour de moi, il y a Chicago et le Texas ; le diplôme ; Dod Hall et ma chambre. Me voici soudain livré à mon destin.

Autour d'une poubelle renversée, des nids de détritus tapissent les congères et attirent les écureuils, qui s'arrachent les trognons de pommes et les bouteilles de lotion vides, se passant tout sous le museau avant de commencer à manger. Ce sont de petites bêtes perspicaces. L'expérience leur a appris qu'ils trouveraient toujours de la nourriture ici, qu'elle serait renouvelée quotidiennement. Ils ne prennent même plus la peine d'enterrer les noix et les glands. Quand un corbeau fond comme un vautour sur le couvercle de la poubelle pour marquer son territoire, les écureuils l'ignorent superbement et continuent à se goinfrer.

– Tu sais à quoi me fait penser ce corbeau ? me lance Paul.

Je secoue la tête. L'oiseau s'envole, furieux, déployant des ailes à l'envergure impressionnante avec, dans son bec, un ridicule sachet de pain de mie au fond parsemé de miettes.

– À l'aigle qui a tué Eschyle en lâchant, en plein vol, une tortue sur sa tête.

Je lui jette un coup d'œil pour m'assurer s'il est sérieux.

– Eschyle était chauve, poursuit-il. L'aigle voulait briser la carapace de la tortue en la jetant sur une pierre. Il n'a pas fait la différence.

Cela me rappelle son philosophe tombé dans le puits. Paul est ainsi fait : le moindre incident le ramène vers l'histoire.

– Là, maintenant, si tu pouvais choisir un endroit au hasard, où irais-tu ?

– N'importe où ? demande Paul, amusé.

– Oui.

– À Rome, avec une pelle et une pioche.

Caché derrière une tranche de pain, un écureuil lève la tête.

– Et toi ? Au Texas ?

– Non.

– À Chicago ?

– Je ne sais pas.

Nous traversons la cour du musée, qui nous sépare de Dod Hall.

– Tu sais ce que Charlie m'a dit ? murmure-t-il, les yeux fixés sur les traces de pas qui se croisent en zigzag sur la neige.

– Quoi donc ?

– Quand tu tires un coup de fusil, la balle file à la même vitesse que si tu la laissais tomber.

Encore un truc que j'ai appris dans un cours de physique.

– On ne peut pas distancer la gravité, dit Paul. Quelle que soit la rapidité avec laquelle on avance, on ne va pas plus vite que la pierre qui tombe. C'est à se demander si le mouvement horizontal n'est pas une illusion, si on n'avance pas uniquement pour se persuader qu'on n'est pas en train de tomber.

– Où veux-tu en venir ?

– La carapace de la tortue, dit-il. C'était une prophétie. Un oracle avait prédit à Eschyle qu'il succomberait à un souffle venu du ciel.

Un souffle venu du ciel ! J'imagine le rire de Dieu.

– Eschyle ne pouvait échapper à l'oracle. Et nous ne pouvons échapper à la gravité.

Il écarte les doigts, pour former une queue d'hirondelle.

– Le ciel et la terre, parlant d'une même voix.

Il a des yeux immenses, comme ceux d'un enfant dans un zoo.

– Tu racontes ça à toutes les filles que tu rencontres ? lui dis-je.

Il sourit.

– Désolé. Surcharge sensorielle. Je m'éparpille. Je ne sais pas pourquoi.

Moi, je le sais. Il a quelqu'un avec lui. Il n'est plus seul avec sa crypte, avec l'*Hypnerotomachia*. Atlas se sent plus léger, maintenant qu'un ami partage avec lui le poids du monde.

– C'est comme ta question, dit-il en marchant à reculons devant moi. Si tu pouvais aller n'importe où, où irais-tu ?

Il ouvre les mains et la vérité semble nichée dans ses paumes. Il reprend :

– Réponse : ça n'a aucune importance, parce que, où que tu ailles, tu continues à tomber.

Il sourit encore, comme si l'idée de cette chute libre n'avait rien de déprimant. Toutes choses étant égales, semble-t-il suggérer, ici ou ailleurs, ceci ou cela, il éprouve autant de plaisir à être à Dod Hall avec moi qu'à Rome avec une pelle : il cherche à me dire qu'il est heureux.

Il sort la clef de sa poche, l'enfonce dans la serrure. Le calme règne dans la pièce. Elle a connu une telle agitation depuis hier, l'effraction, les proctors, les policiers, que le silence nous inquiète.

Paul dépose son manteau dans la chambre. Je décroche le téléphone pour écouter les messages.

Salut, Tom, crachote la voix de Gil sur fond de parasites. *Je viendrai tout à l'heure aux nouvelles, mais... finalement je ne pourrai pas repasser à l'hôpital... Charlie pour moi... Tom... smoking. Je peux te prêter... nécessaire.*

Cravate noire. Le bal.

Tom, c'est Katie. Juste pour te dire que dès que j'aurai fini dans la chambre noire, j'irai donner un coup de main au club. Tu m'avais dit que tu passerais avec Gil... Bon... Je crois qu'on se parlera ce soir.

Elle hésite avant de raccrocher, comme si elle n'était pas certaine d'avoir assez insisté sur ce que nous devons terminer ensemble.

– Que se passe-t-il ? demande Paul, toujours affairé dans la chambre.

– Il faut que je me change, dis-je calmement, sentant le tour que prennent les événements.

Paul sort de la chambre.

– Que tu te changes ? Mais pourquoi ?

– Le bal.

Il ne comprend pas. Je ne lui ai pas parlé de ma discussion avec Katie dans la chambre noire. Ce que j'ai vu aujourd'hui, ce qu'il m'a dit, remet tout en cause. Silence. Je me suis déjà retrouvé dans cette situation. La maîtresse abandonnée est revenue me tenter. Ce cycle, je le connais par cœur et j'ai toujours été trop occupé pour le briser. Le livre de Colonna me séduit avec sa vision de la perfection, une irréalité que je peux habiter, un fol attachement qui a un prix exorbitant : mon retrait du monde. En inventant cet étrange marché, Francesco a aussi inventé son nom : *Hypnerotomachia,* le combat pour l'amour ; un rêve. Vient un temps où il devient essentiel de ne pas perdre pied, où il faut savoir résister au combat et au rêve ; un temps où il faut se rappeler la promesse faite à la femme qu'on aime. Ce temps est venu. C'est maintenant, tout de suite.

– Qu'est-ce qui ne va pas ? demande Paul.

Je ne sais quoi lui répondre. Je ne suis même pas sûr de savoir quoi lui dire.

– Tiens, dis-je en tendant le bras.

Il ne bouge pas.

– Prend la carte.

Il a l'air interloqué.

– Pourquoi ?

– Je ne peux pas, Paul. Je suis désolé.

Son sourire s'estompe.

– Qu'est-ce que ça signifie ?

– Je ne peux plus travailler là-dessus. La carte est à toi, dis-je en la lui mettant dans les mains.

– Elle est à nous, répond-il en se demandant quelle mouche m'a piqué.

Ce n'est pas vrai. Elle ne nous appartient pas ; depuis le début, c'est nous qui sommes possédés par le livre.

– Je suis désolé, Paul... Je ne peux pas continuer.

Ni ici, ni à Chicago, ni à Rome...

– Mais tu l'as déjà fait ! C'est terminé. Tout ce qu'il nous faut, c'est le schéma du verrou.

Il sait qu'il ne me convaincra pas. Ses yeux reflètent l'angoisse du noyé, comme si la force qui l'a maintenu à flot l'abandonnait. Nous avons passé tant de temps ensemble qu'il n'est nul besoin de paroles pour que je comprenne : ce sentiment de liberté, ma libération d'une obsession dont l'origine remonte à bien avant ma naissance n'est que le négatif de ce qui le hante.

– Il ne s'agit pas de choix, dit-il en retrouvant ses esprits. Tu pourrais avoir les deux, si tu voulais.

– Je ne crois pas.

– Ton père y est parvenu.

Il ment. Il sait très bien que mon père a échoué.

– Tu n'as pas besoin de mon aide, lui dis-je. Tu as ce que tu voulais.

Suit un étrange silence. Nous avons raison tous les deux. Paul me regarde comme s'il voulait plaider sa cause, essayer de me convaincre une dernière fois.

Il choisit plutôt, pour exprimer son désarroi, de raconter une blague que Gil a dû me répéter au moins mille fois.

– Le dernier homme sur terre entre dans un bar. Que dit-il ?

Il se tourne vers la fenêtre. La réponse, nous la connaissons tous les deux. L'homme regarde le fond de sa chope de bière. Il est seul, il est saoul et il bafouille : « Verre, un autre barman, s'il vous plaît. »

– Je suis vraiment désolé, dis-je.

Mais il est déjà ailleurs.

– Il faut que j'aille voir Richard, marmonne-t-il.

– Paul ?

– Qu'est-ce que tu veux que je te dise ?

– Pourquoi as-tu besoin de voir Richard ?

– Tu te souviens de ce que je t'ai dit en allant à la Firestone ? Que se serait-il passé si je n'avais pas lu le livre de ton père ? Tu te souviens de ta réponse ?

– J'en ai conclu qu'on ne se serait jamais rencontrés.

Mille petits hasards se sont accumulés pour que cette rencontre ait lieu, pour que nous nous retrouvions ici, maintenant. À partir d'un grimoire vieux de cinq cents ans, le destin a construit un château sur un nuage pour que deux étudiants d'université en deviennent les princes. Et moi, je m'en détourne.

– Quand tu verras Gil, murmure-t-il en ramassant son manteau tombé par terre, dis-lui qu'il peut reprendre son studio à l'Ivy Club. Je n'en ai plus besoin.

Je pense à sa voiture en panne, garée dans une petite rue près de l'institut, et je l'imagine marchant dans la neige à la recherche de Curry.

– Je ne crois pas qu'il soit très prudent d'y aller seul.

Mais Paul a toujours été solitaire. Il est déjà de l'autre côté de la porte.

Peut-être l'aurais-je suivi si l'hôpital n'avait appelé une minute plus tard pour me transmettre un message de Charlie.

– Il est réveillé et il parle, déclare l'infirmière. Il veut vous voir.

J'ai déjà enfilé mes gants.

La neige cesse de tomber. Pendant quelques centaines de mètres, le soleil pointe même à l'horizon. Les nuages prennent la forme de couverts, soupières, bols, cruches, une fourchette par-ci, une cuiller par-là. Je me rends compte que je meurs de faim. J'espère que Charlie va aussi bien que le prétend l'infirmière. J'espère qu'on le nourrit.

Devant sa chambre, je tombe sur la seule personne qui m'impressionne plus que lui : sa mère. Mme Freeman explique au médecin qu'après avoir sauté dans le premier train à Philadelphie, avoir écouté un adjoint du doyen lui dire que Charlie était à deux doigts d'être renvoyé, et ayant elle-même pratiqué le métier d'infirmière pendant dix-sept ans avant de devenir prof de sciences naturelles, elle n'est absolument pas d'humeur à supporter qu'on lui parle avec condescendance. À la couleur de sa blouse, je reconnais l'homme qui est venu nous annoncer, à Paul et à moi, que l'état de Charlie restait stable. Sa langue de bois médicale, ses sourires de commande... Il n'a pas compris qu'on n'a pas encore inventé le sourire qui fera bouger cette montagne.

Mme Freeman me repère au moment où je m'apprête à entrer dans la chambre de son fils.

– Thomas ! s'exclame-t-elle.

Elle me fait penser à une catastrophe géologique broyant tout sur son passage. Elle prend avec moi un ton comminatoire, comme si elle cherchait à remplacer ma propre mère. Dernière personne à m'appeler par mon prénom officiel, elle répète :

– Thomas ! Viens par ici ! Qu'est-ce qui t'a pris de l'entraîner là-dedans ?

– Ce n'est pas... Il essayait de...

Elle s'avance, m'emprisonne dans son ombre.

– Je t'avais pourtant mis en garde ! Après vos folies sur le toit !

– Madame Freeman, c'est lui qui a voulu...

– Oh non ! Pas de ça ! Mon Charlie n'est pas imprudent, Thomas. Il ne ferait jamais de bêtise seul. Il faut qu'on l'y incite.

Les mères... Pour Mme Freeman, ses trois camarades de chambrée ne peuvent avoir sur son fiston qu'une influence désastreuse. Entre moi qui n'ai qu'une mère, Paul qui n'a plus de parents et Gil qui jongle avec une famille recomposée, son Charlie ne peut que sombrer. Pour une raison que j'ignore, elle m'attribue le rôle de chef de bande. Si seulement elle savait ! Moïse, lui aussi, avait des cornes...

– Laisse-le tranquille, souffle une voix rauque venue de l'intérieur de la chambre.

Comme la terre sur son axe, Mme Freeman pivote vers son fils.

– Tom a essayé de me sortir de là, murmure Charlie.

Silence. Mme Freeman me dévisage, comme pour dire : « Ne souris pas. Que tu aies sorti mon fils du pétrin dans lequel tu l'as fourré n'a rien d'héroïque. » Mais quand Charlie s'agite derrière elle, elle m'ordonne d'entrer dans sa chambre et d'aller m'asseoir à son chevet, pour lui éviter de s'épuiser. De toute façon, elle doit voir le médecin.

– Et puis, Thomas, insiste-t-elle avant que je ne réussisse à l'esquiver, je t'interdis de mettre des idées dans la cervelle de ce garçon !

Mme Freeman est le seul enseignant que je connaisse pour qui une idée ne peut être que dangereuse.

Charlie est coincé entre les deux traverses métalliques de son lit, pas assez hautes pour empêcher un grand gaillard comme lui de tomber de sa couche par une nuit trop mouvementée, mais juste de la bonne hauteur pour qu'un garçon de salle y glisse un manche à balai qui le gardera prisonnier pour l'éternité, convalescent jusqu'à la fin des temps. J'ai fait plus de cauchemars sur les hôpitaux que Shéhérazade n'a raconté d'histoires. Les années ne les ont pas effacés de ma mémoire.

– Les visites se terminent dans dix minutes, grommelle l'infirmière, un plateau dans une main et un chiffon dans l'autre.

Charlie la regarde s'éloigner.

– Je crois qu'elle t'aime bien.

De la tête à la base du cou, tout a l'air normal, sauf une petite bande de peau rose au-dessus de la clavicule. Sinon, il paraît fatigué. C'est sa poitrine qui a tout pris. Il est enveloppé jusqu'à la taille d'une gaze imprégnée par endroits d'un liquide séreux.

– Si tu veux, tu peux rester pour les aider à changer les pansements, me dit-il.

Il a le blanc des yeux ambré. Son nez coule. Sans doute aimerait-il l'essuyer.

– Comment te sens-tu ?

– De quoi ai-je l'air ?

– Tout bien considéré, pas trop mal.

Il réussit à sourire, même s'il n'a aucune idée de son aspect.

– Tu as eu de la visite ?

Il garde le silence quelques secondes avant de répondre :

– Si tu penses à Gil, non, il n'est pas venu.

– À part lui ?

– Tu as peut-être loupé ma mère dans le couloir, plaisante-t-il. Elle est si discrète, elle passe toujours inaperçue.

Je regarde par la porte. Mme Freeman est en pleine discussion avec le médecin.

– Ne t'inquiète pas, ajoute Charlie, qui se méprend sur mon regard. Il viendra.

Mais l'infirmière a déjà téléphoné à tous les membres de son entourage pour leur annoncer qu'il a repris conscience. Si Gil n'est pas encore là, c'est qu'il ne viendra pas.

– Dis, reprend Charlie pour changer de sujet, ça va, toi, après ce qui s'est passé là-bas ?

– Qu'est-ce que tu veux dire ?

– Tu sais bien. Ce que Taft t'a balancé sur ton père...

Le médecin a fini par entraîner Mme Freeman dans son bureau. Le couloir est désert. Remuant pour trouver une position confortable, Charlie fronce les sourcils.

– Tu ne dois pas te laisser intimider par un salaud de cette espèce.

C'est lui tout craché. À l'article de la mort, il se fait du souci pour moi.

– Je suis content que ça aille, vieux, lui dis-je.

Je sais qu'il est sur le point de me servir quelque repartie brillante. Sentant la pression de ma main, il se contente d'un simple :

– Moi aussi.

Il me sourit puis, soudain, éclate de rire.

– Ça, c'est trop fort ! s'écrie-t-il en secouant la tête.

Ses yeux fixent un point derrière mon épaule et j'ai peur qu'il ne s'évanouisse. Mais je me retourne et j'aperçois Gil dans l'encadrement de la porte, un bouquet à la main.

– Je l'ai volé à la déco du bal, dit-il d'un ton hésitant, comme s'il n'était pas sûr d'être le bienvenu. Tu as intérêt à ce qu'elles te plaisent.

– Pas de pinard ? hasarde Charlie d'une toute petite voix.

Gil sourit.

– Trop cher pour toi, lâche-t-il en s'avançant, la main tendue. L'infirmière m'a accordé deux minutes. Comment te sens-tu ?

– J'ai connu mieux. Et pire.

– Il me semble avoir vu ta mère, reprend Gil.

Charlie, qui commence à fatiguer, réussit à sourire une fois de plus.

– Elle est facile à louper.

– Tu ne vas pas nous faire le coup de partir ce soir, n'est-ce pas ? demande doucement Gil.

– Partir de l'hôpital ? murmure Charlie, trop loin, à présent, pour saisir le sens de la question.

– Oui.

– Peut-être... Ici, soupire-t-il, la bouffe est dégueulasse.

Sa tête retombe sur l'oreiller au moment où l'infirmière vient nous prévenir que les visites sont terminées et qu'il est temps que son patient se repose.

– Dors bien, chef, dit Gil en déposant le bouquet sur sa table de nuit.

Charlie ne l'entend pas. Il respire déjà par la bouche.

En partant, je me retourne pour regarder le géant allongé dans son lit, enroulé dans ses bandelettes de gaze et gardé par les intraveineuses. Cette vision me rappelle une bande dessinée de mon enfance. L'homme tombé au champ d'honneur et que la médecine reconstruit... Cette mystérieuse guérison qui fascine les médecins. La nuit s'abat sur Gotham, mais les titres des journaux ne changent pas. Aujourd'hui, un super-héros a affronté une force aveugle et a survécu, pour pouvoir se plaindre de la qualité des menus.

– Tu crois qu'il s'en sortira ? demande Gil devant sa Saab, seule voiture du parking, au capot maculé de neige fondue.

– Je crois, oui.

– C'est assez vilain sur la poitrine.

J'ignore ce qu'on propose comme rééducation aux grands brûlés, mais se réhabituer à sa peau ne doit pas être facile.

– Je ne pensais pas que tu viendrais, lui dis-je.

Gil hésite.

– J'aurais aimé être avec vous.

– Quand ?

– Toute la journée.

– Tu plaisantes ?

Il se tourne vers moi.

– Non. Qu'est-ce que je dois comprendre ?

Je suis furieux contre lui. Furieux qu'il ait eu tant de mal à trouver quelques mots à dire à Charlie. Furieux qu'il ait eu si peur de venir le voir cet après-midi.

– Tu étais là où tu avais envie d'être, dis-je.

– Je suis venu aussitôt que j'ai su.

– Tu n'étais pas avec nous.

– Quand ? Ce matin ?

– Tout le temps.

– Bon sang, Tom...

– Tu sais pourquoi il est ici ?

– Parce qu'il a pris la mauvaise décision.

– Parce qu'il a cherché à nous aider. Il ne voulait pas nous laisser seuls dans le bureau de Taft. Il ne voulait pas que Paul se blesse dans les tunnels.

– Qu'est-ce que tu veux, Tom ? Des excuses ? Mea culpa. Je ne pourrai jamais rivaliser avec Charlie. Il est comme ça. Il a toujours été comme ça. Une âme de héros.

– Non, c'est toi qui es comme ça. Tu sais ce que m'a dit sa mère, tout à l'heure ? La première chose dont elle m'a parlé ? Du battant de la cloche à Nassau Hall.

Gil passe les doigts dans ses cheveux.

– Elle me reproche de l'avoir entraîné là-dedans. Elle me l'a toujours reproché. Et tu sais pourquoi ?

– Parce qu'elle pense que Charlie est un saint.

– Parce qu'elle ne peut pas imaginer une seconde que tu sois capable de faire une chose pareille.

– Et alors ?

– Tu aurais pu faire ce que Charlie a fait. Tu l'as déjà fait.

Il semble perplexe.

– Le fameux soir de la cloche, il ne t'est pas venu à l'idée que j'avais bu quelques bières avant de tomber sur vous ? Et que je n'avais pas les idées très claires ?

– Peut-être, aussi, étais-tu différent, à l'époque.

– Oui, Tom. Peut-être.

La neige forme de petites rides blanches sur le capot de la Saab. Les mots finissent par ressembler à un aveu.

– Je m'excuse, dit-il.

– De quoi ?

– J'aurais dû aller voir Charlie plus tôt. Quand je vous ai croisés, Paul et toi.

– Ça va. Ne t'en fais pas.

– Je suis têtu. Depuis toujours.

Il insiste sur le « toujours », comme s'il voulait me dire : « Crois-moi, Tom, certaines choses n'ont pas changé. »

Pourtant, tout a changé. En une semaine, un jour, une heure... Charlie, puis Paul. Et maintenant, Gil...

– Je ne sais pas, dis-je.

– Tu ne sais pas quoi ?

– Ce que tu as fait pendant tout ce temps. Pourquoi tout est si différent. Je ne sais même pas ce que tu vas faire l'année prochaine.

Il sort sa clef, déverrouille les portières.

– Allons-y, avant de geler sur place.

Nous sommes dans la neige, seuls sur le parking de l'hôpital. Le soleil s'est fondu dans l'horizon. L'obscurité gagne lentement sur le jour, jetant sur nous un voile de cendres.

– Monte, conclut Gil. On va parler.

Chapitre 25

Cette nuit-là, pour la première fois, et sans doute la dernière, je redécouvris Gil. Il se montra presque aussi charmant que dans mon souvenir : drôle, vif, ouvert. Pendant le retour à Dod Hall, nous parlâmes à bâtons rompus en écoutant Frank Sinatra. Avant que j'aie pu m'interroger sur ce que j'allais porter au bal, je trouvai, dans ma chambre, un smoking suspendu à un cintre, avec une note épinglée à la housse : *Tom – s'il ne te va pas, c'est que tu as rétréci – G.* En dépit de tout, il avait trouvé le temps d'apporter un de mes costumes à un loueur de smokings et de dégoter une tenue de soirée à ma taille.

– Mon père me suggère de faire une pause, dit-il, répondant à ma question de tout à l'heure. Voyager un peu. Visiter l'Europe, l'Amérique du Sud...

Renouer avec quelqu'un qu'on côtoie depuis longtemps réserve bien des surprises. Cela n'a rien de comparable avec ce que l'on ressent en revenant dans la maison où l'on a grandi pour découvrir que rien n'a changé, que les murs et les portes n'ont pas bougé. Non. Tout se passe plutôt comme si vous rentriez chez vous pour vous rendre compte que votre mère ou votre sœur ont évolué loin de vous, pour les voir pour la première fois avec les yeux d'un étranger, saisir à quel point vous les trouveriez belles si vous ne les connaissiez pas, déceler en elle cet attrait qui a tant frappé votre père ou votre beau-frère au premier jour de leur amour.

– Honnêtement, précise Gil, je n'ai encore rien décidé. Je ne suis pas sûr que mon père soit de bon conseil. La Saab, c'était son idée et ce fut une erreur. Il voulait m'offrir la caisse qu'il rêvait de posséder à mon âge. Il me parle comme si j'étais quelqu'un d'autre.

Il a raison. Il n'est plus cet étudiant de première année qui laissait son pantalon flotter au sommet de Nassau Hall. À présent, il est plus réfléchi, plus circonspect. Au premier abord, on pourrait croire qu'il sait tout et que tout l'intéresse. Sa manière de s'exprimer et son autorité, acquises à l'Ivy Club, se sont affirmées. Ses tenues vestimentaires sont plus sages et ses cheveux, qu'il a toujours portés assez longs pour qu'on le remarque, ne sont plus jamais ébouriffés. De plus, et c'est tout un art, on ne sait jamais quand il les a coupés. Il a pris du poids, ce qui lui confère un autre genre de séduction, disons un peu plus affectée. Quant aux petites excentricités ramenées d'Exeter, la bague à l'auriculaire, le clou dans l'oreille, elles ont disparu.

– J'attendrai la dernière minute. Je déciderai au moment du diplôme. Ce sera quelque chose de spontané, d'inattendu. L'architecture, peut-être... Ou alors je recommencerai à naviguer.

Il se change, retire son pantalon de laine sans comprendre qu'il a devant lui un parfait inconnu, un homme que ce nouveau Gil, celui qui se trouve devant moi en ce moment, n'a jamais rencontré. Sans doute suis-je, à mes propres yeux, un inconnu qui n'a jamais réussi à voir l'être que Katie, hier, a attendu toute la nuit, le modèle le plus récent de ma personne, ce moi de la dernière dépêche. Cherchez l'erreur, le paradoxe : les grenouilles, les puits et l'étrange histoire de Tom Sullivan qui, se regardant dans un miroir, n'aperçut que son passé...

– Un homme entre dans un bar, dit Gil. Il est nu comme un ver et a un canard sur la tête. Le barman lui dit : « Carl, c'est bizarre, tu n'es pas comme d'habitude. » Le canard hoche la tête et répond : « Harry, si je t'expliquais, tu ne me croirais pas. »

Je me demande pourquoi il me raconte cette blague. Peut-être veut-il me faire comprendre que nous l'avons tous pris pour ce qu'il n'est pas. La Saab, c'était l'idée que nous avions de lui et nous nous sommes trompés. Gil incarne l'imprévisible, la spontanéité. Un architecte, un marin, un canard...

– Tu sais ce que j'écoutais, l'autre jour à la radio ? Après ma rupture avec Anna ?

– Sinatra, dis-je, tout en sachant que c'est faux.

– Non. De la samba. Je suis tombé sur Radio Princeton. On passait de la musique latino ; que des instruments, pas de voix. Le rythme était génial. C'était fantastique.

Radio Princeton : la station qui diffusa *Le Messie* de Haendel le jour de l'arrivée des premières filles sur le campus. Je me souviens de ma rencontre avec Gil, cette fameuse nuit, au pied de la tour de Nassau Hall. Il avait surgi en dansant une petite rumba et m'avait invité à l'imiter. Avec lui, il y a toujours de la musique, comme le jazz qu'il essaie d'apprendre au piano depuis que je le connais. Le nouveau Gil a peut-être conservé un peu de ce qu'il était jadis.

– Elle ne me manque pas, dit-il, me faisant une confidence pour la première fois. Elle se barbouillait les cheveux avec une pommade que lui avait donnée son coiffeur. Ils empestaient. Tu sais, cette odeur qu'on sent dans la pièce quand on vient de passer l'aspirateur... Propre et chaude.

– Oui.

– C'était comme ça. Comme si elle les avait brûlés au sèche-cheveux. Quand elle mettait la tête sur mon épaule, ça sentait la moquette.

Il continue, se laisse guider par des associations d'idées.

– Tu sais qui sentait comme ça ?

– Non.

– Essaie de te rappeler. En première année.

Propre et chaud. La cheminée à Rockefeller...

– Lana McKnight, dis-je.

– Oui. Je n'ai jamais compris comment vous aviez fait pour rester ensemble aussi longtemps. Vous formiez un drôle de couple. On faisait des paris, Charlie et moi, sur la date de votre rupture.

– Il m'avait dit qu'il aimait bien Lana.

– Tu te souviens de sa petite amie, en deuxième année ? poursuit Gil, passant déjà à autre chose.

– Celle de Charlie ?

– Elle s'appelait Sharon, je crois.

– La fille aux yeux vairons ?

– Elle, ses cheveux sentaient vraiment bon. Quand elle attendait Charlie dans la chambre, son parfum se répandait dans la pièce : le même que celui de ma mère. Je n'ai jamais su ce que c'était, mais je l'ai toujours adoré.

Gil parle toujours de sa belle-mère. Jamais de sa mère. Sa tendresse le trahit.

– Tu sais pourquoi ils ont rompu ? demande-t-il.

– C'est elle qui a rompu, je crois.

– Non. C'est lui. Il en avait marre de ramasser ses affaires. Elle oubliait toujours un truc dans la chambre – un pull, un sac, n'importe quoi – et Charlie devait le lui rapporter à chaque fois. Il ne se rendait pas compte qu'elle le faisait exprès, que c'était sa façon à elle de lui donner une raison de passer la voir le soir. Charlie a toujours mis ça sur le compte de la négligence.

Je me bats avec mon nœud papillon. J'ai du mal à le nouer entre les pointes du col. Ce bon vieux Charlie... La propreté du corps reflète celle de l'âme, dit le proverbe.

– Ce n'est pas elle qui a rompu, poursuit Gil. Les filles qui tombent amoureuses de Charlie ne rompent jamais. C'est lui qui les largue.

Ce qu'il insinue ne m'échappe pas : il ne faut pas occulter ce trait de caractère de Charlie, son côté grincheux. Comme si cela expliquait les problèmes que Gil a eus avec lui.

– C'est un brave type, dit-il pour se rattraper.

Il semble soulagé de s'être arrêté là. Dans la pièce, on n'entend que le tissu qui se froisse lorsque je recommence mon nœud. Gil s'assied sur le matelas et passe ses doigts dans ses cheveux. Il a pris cette habitude quand ils étaient plus longs. Sa main ne s'est pas encore adaptée à sa nouvelle coiffure.

Je finis par réussir. Mon nœud ressemble à une noix ailée. Je vérifie dans le miroir. Ça ira. J'enfile ma veste. Elle est exactement à ma taille. Mieux que mes propres costumes.

Gil contemple son reflet comme s'il fixait un tableau. Son mandat de président de l'Ivy Club touche à sa fin. Demain, le club sera dirigé par une nouvelle équipe, des membres qu'il a choisis suite aux épreuves de sélection. Gil ne sera plus qu'un fantôme dans sa propre maison. Ce qu'il a connu de mieux à Princeton est sur le point de disparaître.

– Au fait, dis-je, tâche de t'amuser ce soir.

J'ai l'impression qu'il ne m'entend pas. Il pose son portable sur le chargeur et regarde la lumière clignoter.

– J'aurais préféré que ça se passe autrement, dit-il.

– Ne t'inquiète pas. Il s'en sortira.

Il laisse sa main sur l'écrin de bois où il range ses objets précieux et en balaie la poussière. Dans la moitié de la pièce qu'occupe Charlie, tout est vieux mais impeccable : une paire de chaussures de gym, qui date de la première année, est soigneusement rangée au bord de la penderie, les lacets glissés à l'intérieur ; les baskets de l'année dernière servent encore le week-end. Du côté de Gil, les objets sont désincarnés, neufs, mais couverts de poussière. Il sort de l'écrin sa montre en argent des grands jours. Elle s'est arrêtée. Il la remonte doucement.

– Quelle heure as-tu ?

Je tends le bras et il règle son heure sur la mienne. Dehors, il fait nuit. Gil prend ses clefs et son portable.

– Pour mon père, le bal de l'Ivy Club, la dernière année, a été le plus beau jour de sa vie à Princeton. Il nous en parlait tout le temps.

Je pense à Richard Curry, à ce qu'il a raconté à Paul de ses années à l'Ivy Club.

Il disait qu'il vivait un rêve. Un rêve parfait.

Gil porte sa montre à son oreille. Il écoute, comme s'il y avait quelque chose de miraculeux dans ce tictac, un océan prisonnier d'un coquillage.

– Prêt ? dit-il en glissant le bracelet autour de son poignet.

Maintenant, c'est moi qu'il regarde, vérifiant les plis de mon smoking.

– Pas mal, dit-il. Je crois qu'elle appréciera.

– Et toi, ça va ?

Il ajuste sa veste, hoche la tête.

– Je ne suis pas sûr que je raconterai cette soirée à mes enfants. Mais oui, ça va.

Nous jetons un dernier regard dans la pièce avant de refermer la porte. Une fois les lumières éteintes, les ombres ont repris leurs droits. Dehors, la lune me fait songer à Paul, silhouette solitaire sillonnant le campus dans son manteau d'hiver élimé.

Gil regarde sa montre.

– Nous serons à l'heure, dit-il.

Ainsi, en smoking noir et chaussures assorties, Gil et moi nous dirigeons vers la Saab, entre les bancs de neige aux couleurs de la nuit.

Un bal costumé, a précisé Gil. C'en est un. À notre arrivée, le club, fleuron de Prospect Avenue, brille de tous ses feux. Des remparts de neige s'élèvent le long du mur de brique qui entoure le bâtiment, mais le chemin qui conduit à l'entrée a été dégagé, tapissé d'une fine couche de gravillons noirs. Comme du sel, les petits cailloux ont fait fondre la glace. Quatre banderoles verticales ornées de bandes vert et or couvrent les baies vitrées.

Gil gare sa voiture sur son emplacement réservé. Les membres du club et les quelques autres invités arrivent deux par deux et pénètrent dans le club, assez lentement pour éviter la bousculade. Les étudiants de quatrième année sont par tradition les derniers arrivants. « En général ils sont chaudement applaudis en leur qualité de futurs diplômés », me dit Gil en coupant le contact.

Nous franchissons le seuil. Le club est déjà bondé. Dans l'air flottent la chaleur des corps, l'odeur de l'alcool et des victuailles, le brouhaha des conversations qui se nouent et se dénouent. Des applaudissements et des acclamations saluent l'entrée de Gil. Les étudiants de deuxième et de troisième années se retournent pour lui tendre la main. Certains crient son nom et, pendant quelques secondes, on s'imagine que cette nuit peut encore être celle dont il a tant rêvé, la plus belle de sa vie à Princeton, aussi inoubliable que, jadis, celle de son père.

– Eh bien, voilà, me dit-il, sourd aux applaudissements qui s'éternisent.

Il jette un regard alentour, prend la mesure de la transformation du club. La logistique, la planification, les conversations avec les fleuristes et les traiteurs, tout cela est son œuvre, le fruit d'une activité fébrile, sans rapport, je m'en rends compte à présent, avec une simple excuse pour quitter notre appartement lorsque les choses tournaient mal. Tout a changé. Les fauteuils et les tables ont disparu. À leur place, aux quatre coins du vestibule, on a disposé des tables couvertes de magnifiques nappes de soie vert émeraude sur lesquelles trônent des plats de porcelaine débordants de mets. Derrière chaque table et derrière le bar, à notre droite, un maître d'hôtel en gants blancs attend qu'on le sollicite. Il y a des fleurs partout, mais pas une tache de couleur : lys blancs et orchidées noires, plus quelques variétés que je ne connais pas. Les panneaux de chêne s'effacent derrière un tourbillon de smokings et de robes longues.

– Monsieur ? demande un serveur cravaté de blanc surgi de nulle part, un plateau de canapés et de truffes à la main. Agneau, dit-il en montrant d'un geste du menton la droite du plateau. (Puis, désignant la gauche) : Chocolat blanc.

– Sers-toi, dit Gil.

J'obéis. La faim qui m'a torturé toute la journée, ces repas sautés et l'affreuse nourriture de l'hôpital, tout remonte aussitôt. Quand un deuxième serveur vient proposer ses flûtes de champagne, je me sers encore. Les bulles me montent à la tête, m'aident à ne pas penser à Paul.

Des musiciens commencent à jouer dans l'alcôve de la salle à manger, là où, d'habitude, on range les vieux fauteuils. On a installé un piano et une batterie dans un coin, laissant assez de place, au milieu, pour une basse et une guitare électrique. Pour l'instant, l'orchestre joue du rythm and blues classique. Plus tard, je le sais, si la volonté de Gil est exaucée, ce sera du jazz.

– Je reviens, prévient-il.

Il s'échappe dans l'escalier. À chaque marche, un membre l'arrête pour lui chuchoter quelques mots aimables, lui sourire, lui serrer la main ou même, parfois, le prendre dans ses bras. En passant, Donald Morgan lui donne une accolade étudiée : félicitations sincères de l'homme qui veut être calife à la place du calife. Des étudiantes de troisième année, un peu grisées, lui lancent des regards embrumés, tout à leur chagrin de le perdre. Il est le héros de la soirée, à la fois hôte et invité d'honneur. Partout où il ira, il sera entouré. Mais sans ses amis proches, il a déjà l'air seul.

– Tom ! dit une voix dans mon dos.

Je me retourne. L'air s'emplit soudain d'un parfum unique, celui que la mère de Gil et la petite amie de Charlie ont certainement porté, car il a sur moi le même effet. J'ai été un imbécile de croire que je préférais Katie avec les cheveux remontés et le tee-shirt sortant de son jean. Dans sa longue robe noire que rehaussent ses cheveux défaits, tout en épaules et en poitrine, elle est resplendissante.

– Magnifique !

Elle pose une main sur le revers de ma veste pour frotter un peu de poussière, qui s'avère être un reste de neige que la chaleur a fait fondre.

– Toi aussi, dit-elle.

La chaleur de sa voix est merveilleuse.

– Où est Gil ? demande-t-elle.

– Il vient de monter.

Elle prend deux autres flûtes de champagne sur un plateau.

– À la tienne, dit-elle en me tendant un verre. Alors, qui es-tu, en fin de compte ?

J'hésite. Je ne suis pas sûr d'avoir bien compris.

– Ton costume... En quoi t'es-tu déguisé ?

Gil réapparaît.

– Salut, lui lance Katie. Ça fait un bail je ne t'ai pas vu.

Gil nous regarde et nous sourit, comme un père fier de ses enfants.

– Vous êtes superbes, tous les deux.

Katie éclate de rire.

– Et toi, qui es-tu, ce soir ?

Dans un grand geste, il ouvre sa veste et nous montre ce qu'il est allé chercher là-haut : une ceinture de cuir noir ; accroché à la ceinture, un holster ; et, glissé dans le holster, un pistolet à crosse d'ivoire.

– Aaron Burr, indique-t-il. Promotion de 1772.

– Impressionnant, approuve Katie, admirant l'arme aux reflets nacrés.

– Mais qu'est-ce que c'est ? m'écrié-je.

– Mon costume, répond Gil. Burr a tué Hamilton en duel.

Il m'entraîne sur le palier, entre le premier et le deuxième étage.

– Tu vois Jamie Ness, là-bas ? me dit-il en désignant du doigt un grand blond dont le nœud papillon est brodé d'une clef de sol et d'une clef de fa. Tu as remarqué ce qu'il portait sur le revers de sa veste ?

Je distingue vaguement un ovale marron à gauche et un point noir à droite.

– Un ballon de football américain, enchaîne Gil, et un palet de hockey. Il s'est déguisé en Hobey Baker, Ivy Club, promotion de 1914. Le seul homme qui fut tour à tour champion de football et de hockey. Hobey chantait ici dans une chorale, d'où les clefs de sol brodées sur son nœud pap.

Il me montre ensuite un grand rouquin.

– Chris Bentham, juste à côté de Doug : lui, c'est James Madison, promotion de 1771. À cause des boutons de sa chemise. Sur celui du haut est gravé le sceau de Princeton. Madison a été le premier président de l'Association des anciens. Et le quatrième, là-bas, est un drapeau américain...

Sa voix a quelque chose de mécanique, comme celle des guides touristiques débitant un commentaire qu'ils connaissent par cœur.

– Inventes-en un autre ! lâche Katie au pied de l'escalier.

De là où je me trouve, je peux mieux apprécier sa silhouette, que souligne sa robe.

– J'y pense, murmure Gil en la suivant des yeux, je dois régler un détail. Vous survivrez quelques minutes sans moi ?

Près du bar, Brooks lui montre un serveur aux gants blancs appuyé contre un mur.

– Un larbin saoul, un !

– Pas de problème, dis-je, fasciné par le cou de Katie, d'une finesse extraordinaire, qui, vu de haut, évoque la tige d'un tournesol.

– Si vous avez besoin de quoi que ce soit, faites-moi signe, lance Gil.

Nous descendons côte à côte, lui et moi. L'orchestre joue du Duke Ellington. Les flûtes de champagne tintinnabulent, le rouge à lèvres de Katie scintille comme la promesse d'un baiser.

– Tu veux danser ? lui dis-je en posant le pied sur la dernière marche.

Elle sourit, me prend par la main.

Listen... rails a-thrumming... on the A train.

Chapitre 26

Il fait au moins cinq degrés de plus sur la piste, les corps se mêlent, virevoltent, ceinture astéroïde de couples unis dans un slow, mais je me sens aussitôt à l'aise. Katie et moi avons beaucoup dansé depuis notre première rencontre à l'Ivy. Tous les week-ends, sur Prospect Avenue, des orchestres se produisent dans les clubs et il y en a pour tous les goûts. En quelques mois, nous avons couvert un vaste répertoire, de la valse à la salsa, et nous nous sommes déhanchés sur tous les rythmes possibles. Avec neuf ans de claquettes à son actif, Katie a de la grâce et de l'élégance à revendre, et elle compense largement ma gaucherie naturelle. Depuis qu'elle m'a pris en charge, j'ai drôlement progressé. Sous l'effet du champagne, mes mouvements gagnent en assurance. Je réussis même à la faire basculer sans m'affaler sur elle puis à la faire tourbillonner avec mon bras valide sans rien disloquer.

– Ça y est, je sais enfin qui je suis, dis-je en la ramenant vers moi.

Le contact entre nos corps est enivrant, son décolleté se resserre, sa poitrine frémit.

– Dis-moi tout.

Notre respiration s'accélère. De minuscules gouttes de sueur perlent sur son front.

– Francis Scott Fitzgerald.

Katie sourit, glisse sa langue entre ses dents de devant.

– Impossible. Ce n'est pas du jeu.

Nous parlons fort, bouches et oreilles complices pour couvrir la musique. Une mèche de cheveux vient caresser mes lèvres. Comme tout à l'heure dans la chambre noire, je sens le parfum dans sa nuque et l'idée que nous sommes vraiment les mêmes, sous nos déguisements d'un soir, me comble de bonheur.

– Scott n'était pas membre de l'Ivy, mais de Cottage Inn, explique-t-elle en penchant la tête. Tu blasphèmes.

Je souris.

– La fête se termine à quelle heure ?

– Juste avant la messe.

J'avais oublié : demain, c'est Pâques.

– Vers minuit ?

– Oui. Kelly craint qu'il n'y ait pas grand monde à l'office.

Et comme un fait exprès, après un autre tour de piste, nous croisons Kelly Danner, l'index pointé sur un étudiant vêtu d'un smoking extravagant, telle une sorcière qui veut transformer un prince en crapaud. La toute-puissante Kelly Danner, la femme avec qui même Gil ne badine pas, risque d'avoir du mal à rassembler ses ouailles.

– Ils comptent obliger tout le monde à y aller ?

– Non, ils vont nous le suggérer en fermant les portes du club.

Parler de Kelly semble l'agacer, alors je n'insiste pas. En regardant les couples autour de nous, je ne peux pas m'empêcher de penser à Paul qui a toujours semblé si seul, ici.

Soudain, l'entrain déserte la fête quand survient un dernier couple, assez tard pour que son arrivée n'échappe à personne : Parker Hassett et sa cavalière. Fidèle à sa promesse, Parker s'est teint les cheveux en brun, tracé une raie à gauche et a enfilé un smoking blanc dans le pur style de l'investiture présidentielle. Le résultat est à la hauteur de ses efforts : il ressemble à s'y méprendre à John Kennedy. Son amie, la très théâtrale Veronica Terry, remplit parfaitement son rôle. Cheveux blond platine savamment ébouriffés, rouge à lèvres vermillon, robe qui n'a pas besoin d'une bouche d'aération pour tourbillonner : c'est le portrait craché de Marilyn Monroe. Le bal costumé vient de s'ouvrir. Dans une salle remplie d'imposteurs, ces deux-là remportent la palme.

Parker est accueilli par un silence de mort, bientôt ponctué de sifflets épars. Lorsque, depuis le haut de l'escalier, Gil parvient à calmer l'assistance, j'en déduis que Parker, grimé en président, lui a ravi l'honneur présidentiel d'arriver en dernier.

Gil exhorte l'assistance à se détendre. Parker fait un crochet rapide par le bar et revient, un verre dans chaque main, vers la piste de danse avec Veronica Terry. Il fanfaronne, à croire qu'il ne remarque pas son impopularité. Quand il passe devant moi, je comprends mieux : il traîne dans son sillage des vapeurs d'alcool, il est déjà complètement ivre.

À son approche, Katie se crispe, mais je ne m'en formalise pas. Jusqu'à ce que je surprenne le regard sournois, vicieux et lourd de sous-entendus de Parker. Elle me prend par la main et m'emmène loin de la piste.

– Tu veux bien m'expliquer ? demandé-je.

L'orchestre entonne une chanson de Marvin Gaye, tout en batterie et en guitares, leitmotiv de l'arrivée de Parker. John Kennedy fricote avec Marilyn Monroe, étrange spectacle d'un batifolage historique. Tous les autres couples se tiennent à distance, mettant en quarantaine les deux pestiférés.

Katie est contrariée. La magie de notre duo dansant s'est envolée.

– C'est un connard, lâche-t-elle.

– Qu'est-ce qu'il t'a fait ?

Enfin elle me raconte tout, l'histoire que j'ignore car je n'étais pas là pour l'entendre, celle qu'elle me réservait pour plus tard.

– Pendant les épreuves de sélection du club, Parker a juré de me blackbouler si je ne lui faisais pas un strip-tease au deuxième étage. Depuis, il trouve ça drôle.

Nous sommes au milieu du hall, assez près de la piste de danse pour que j'aperçoive Parker, les mains sur les hanches de Veronica.

– Le salaud ! Qu'as-tu fait ?

– J'ai prévenu Gil, dit Katie, qui repère l'intéressé, dans l'escalier, en pleine discussion avec deux étudiantes de troisième année.

– C'est tout ?

Je m'attends qu'elle me parle de Donald, pour me rappeler que j'aurais dû être présent dans cette passe difficile.

– Oui. Il a viré Parker du comité de sélection.

Le ton de sa voix m'indique que l'incident est clos, mais mon sang ne fait qu'un tour.

– Je vais dire deux mots à Parker, déclaré-je.

– Non, Tom. Pas ce soir.

– Il ne peut pas se comporter comme...

– Écoute, coupe-t-elle, ça suffit. Je n'ai pas l'intention de laisser ce type nous gâcher la soirée.

– Je voulais seulement lui...

Elle pose un doigt sur mes lèvres.

– Je sais. Éclipsons-nous.

Autour de nous gravitent les smokings, les conversations, les verres de vin et les hommes munis de plateaux d'argent. C'est la magie de l'Ivy : nous ne sommes jamais seuls.

– Que dis-tu du bureau du président ? proposé-je.

– D'accord. Je demande à Gil.

À sa manière de prononcer son nom, je m'aperçois qu'il lui inspire une confiance absolue. Gil s'est montré chic avec elle, plus que chic même et probablement sans le vouloir. Elle l'a alerté au sujet de Parker alors que j'étais aux abonnés absents. Sans doute prise-t-elle les conversations qu'ils ont au petit déjeuner, bien que lui n'y attache pas la même importance. Gil a agi en grand frère avec Katie, comme avec moi la première année.

– Allez-y, lui répond Gil. Le bureau est vide.

Je suis Katie dans l'escalier, fasciné par l'ondulation des muscles sous la robe, sa démarche féline, ses hanches étroites.

En allumant les lampes, je retrouve la pièce où Paul et moi avons passé tant de nuits studieuses. Rien n'a changé, les préparatifs du bal n'ont pas bouleversé ce lieu où les notes, les dessins et les piles de livres à hauteur d'homme composent une étrange géographie.

– Il fait plus frais, ici, dis-je, à court d'idées.

Les thermostats ont été baissés dans tout le bâtiment pour éviter qu'on étouffe au rez-de-chaussée. Paul a scotché des notes de part et d'autre du manteau de la cheminée ; ses diagrammes tapissent les murs. Colonna nous cerne.

– Si on allait ailleurs ? propose Katie.

Est-ce la crainte de violer l'intimité de Paul, ou que Paul ne vienne violer la nôtre ? Plus nous restons là, immobiles, à absorber la pièce des yeux, plus je sens le fossé se creuser entre nous. Le cadre ne se prête pas à nos retrouvailles.

– Tu as entendu parler du chat de Schrödinger ?

Ma question est déroutante mais elle traduit mon état d'esprit du moment et je ne suis pas très inspiré.

– En cours de philo ? demande-t-elle.

– N'importe où.

Comme ses étudiants séchaient lamentablement devant $v = -e^2/r$, mon professeur de physique avait cité le chat de Schrödinger pour illustrer les principes de la mécanique quantique. Soit un chat imaginaire placé dans une boîte hermétique et opaque, dans laquelle on introduit un flacon de cyanure qui s'ouvrira suite à l'activation d'un compteur Geiger. Le hic, c'est qu'il est impossible de déterminer si le chat est mort ou vivant avant d'ouvrir la boîte : selon les lois de la probabilité, on ne peut considérer le chat ni comme mort ni comme vivant jusqu'à ce qu'on soulève le couvercle.

– Je connais, et alors ?

– J'ai l'impression que le chat n'est ni mort ni vivant en ce moment. En fait, il n'est rien.

Katie est perplexe.

– Tu voudrais ouvrir la boîte, remarque-t-elle enfin, en s'asseyant sur le rebord de la table.

Je hoche la tête et je me hisse à côté d'elle. L'énorme planche de bois nous accueille en silence. Je ne sais pas comment lui dire la suite : que séparément nous sommes le savant à l'extérieur de la boîte ; qu'ensemble nous sommes le chat.

Plutôt que de répondre, d'un doigt elle me caresse doucement la tempe droite, glisse mes cheveux derrière mon oreille comme si mes paroles étaient irrésistibles. Peut-être tient-elle déjà la clef de l'énigme. Nous sommes trop grands pour la boîte de Schrödinger, cherche-t-elle à me dire. Et comme tous les chats, nous avons neuf vies.

– Il neige parfois, dans l'Ohio ? demande-t-elle, changeant de sujet délibérément.

Dehors, je le sais, ça tombe dru, et cette unique tempête nous offre l'hiver en concentré.

– Jamais en avril, répliqué-je.

Sur la table, quelques centimètres seulement nous séparent.

– Dans le New Hampshire non plus, murmure-t-elle. Du moins, pas en avril.

Je la suis sur ce terrain sans réserve, qu'elle prenne les rênes et qu'elle m'emmène. N'importe où, sauf ici. Je veux en savoir plus sur sa vie de jeune fille, les habitudes de sa maison, les repas en famille. Je me figure le nord de la Nouvelle-Angleterre comme les Alpes : des montagnes partout, des saint-bernard chargés des cadeaux.

– Chaque année, avec ma petite sœur, dès que l'étang gelait à côté de la maison, on perçait des trous dans la glace.

– Avec Mary ?

– Oui.

– Pourquoi des trous ?

Elle sourit. Elle est belle.

– Pour que les poissons respirent.

Il y a un peu d'agitation en haut de l'escalier, les allées et venues fabriquent de petites poches de chaleur en mouvement.

– On prenait des manches à balai, poursuit-elle, et on faisait des trous partout, sur toute la surface de l'étang.

Elle hoche la tête, me prend la main.

– On était la bête noire des patineurs.

– Moi, mes sœurs m'emmenaient faire de la luge.

Les yeux de Katie brillent. En qualité d'aînée, elle a un avantage sur moi, le benjamin de ma famille.

– Il n'y a pas beaucoup de collines à Columbus, alors on allait toujours au même endroit.

– Et elles te tiraient sur la luge jusqu'en haut de la côte.

– Je t'en ai déjà parlé ?

– C'est ce que font toutes les grandes sœurs.

J'ai du mal à l'imaginer tirant une luge au sommet d'une colline. Mes sœurs, elles, étaient aussi costaudes que des chiens de traîneau.

– Je t'ai déjà parlé de Dick Mayfield ?

– Qui ? demande-t-elle.

– Le type qui sortait avec ma sœur.

– Et alors ?

– Sarah m'arrachait le téléphone quand il appelait chez nous.

Ça aussi, c'est une chose que font toutes les grandes sœurs.

– Dick Mayfield n'avait pas mon numéro, rétorque Katie, qui referme ses doigts sur les miens en souriant.

Malgré moi, mes pensées vont vers Paul. À l'œuvre qu'il a réalisée de ses mains.

– Peut-être, mais il avait le numéro de ma sœur, dis-je. Une vieille Camaro rouge peinturlurée de flammes, et l'affaire était dans le sac.

Katie feint la plus sévère réprobation.

– Dick le dragueur et sa caisse à gonzesses. J'ai dit ça un soir où il était invité à la maison. Ma mère m'a envoyé au lit sans manger.

Dick Mayfield, fantôme du passé. Il me surnommait Petit Tom. Un jour, il me confia un secret : « La taille n'a pas d'importance. Tout ce qui compte, c'est la puissance de feu de ton engin. »

– Mary sortait avec un garçon qui conduisait une Mustang, intervient Katie. Quand je lui ai demandé quel usage ils faisaient de la banquette arrière, elle a répondu qu'il avait trop peur qu'on salisse les sièges.

Le sexe et les voitures, se parler sans rien se dire.

– Ma première petite amie conduisait une vieille Volkswagen rescapée d'une inondation. Quand on s'allongeait sur la banquette, il y avait une drôle d'odeur, un peu comme du sushi. Ça te coupait l'envie.

– Ta première petite amie avait le permis ?

Je bredouille, conscient de l'aveu implicite que contiennent mes paroles.

– J'avais neuf ans, dis-je en me raclant la gorge. Elle, dix-sept.

Katie éclate de rire, puis c'est le silence de nouveau. Finalement, je me lance.

– J'ai prévenu Paul.

Elle lève les yeux.

– Je ne travaillerai plus sur le livre.

Elle reste sans réaction, puis elle se frotte les épaules, cherche un peu de chaleur. Je devine enfin que la température de la pièce l'incommode.

– Tu veux ma veste ?

– Merci ! J'ai la chair de poule.

Impossible de détourner les yeux. Ses bras sont couverts de perles minuscules. Les courbes de sa poitrine sont pâles, comme la peau d'une danseuse de porcelaine.

– Tiens, dis-je en lui couvrant les épaules.

Mon bras l'effleure, elle le retient, caresse fugitive suspendue dans le vide. Je reste dans cette position étrange, puis elle penche la tête. Son parfum m'enivre, ravivé par le mouvement de ses cheveux. C'est, enfin, une réponse.

Je glisse la main dans son dos, au creux de ses reins, mes doigts rencontrent le tissu, s'empêtrent dans les plis, je l'étreins fort et sans effort tout à la fois. Une mèche tombe sur son visage et elle ne la chasse pas. Sous sa lèvre, je découvre un point de rouge à peine visible : il faut être très près pour le voir, et cette proximité, j'en suis surpris, je l'ai atteinte. Et maintenant il y a cette chaleur sur ma bouche, ces lèvres qui se referment.

Chapitre 27

Au moment où le baiser s'enhardit, j'entends la porte qui s'ouvre. Je m'apprête à chasser l'intrus, mais il s'agit de Paul.

– Que se passe-t-il ? dis-je.

Paul scrute la pièce, l'air interloqué.

– La police a emmené Vincent au poste pour l'interroger.

Il est aussi étonné de trouver Katie dans son antre qu'elle est stupéfaite de le voir.

– Quand ? demandé-je, dans l'espoir qu'ils coincent Taft.

– Il y a une heure. Peut-être deux. Je viens de parler à Tim Stone, de l'institut.

Le malaise est palpable.

– Tu as trouvé Curry ? dis-je en essuyant de ma main le rouge à lèvres déposé sur ma bouche.

Dans l'instant qui précède sa réponse, nous repassons en esprit notre discussion sur l'*Hypnerotomachia*, sur les nouvelles priorités que j'entends respecter.

– Je suis venu voir Gil, annonce-t-il, coupant court à la discussion.

Katie et moi le regardons longer le mur vers le bureau, rassembler les esquisses de la crypte qu'il a dessinées pendant des mois, puis sortir de la pièce aussi rapidement qu'il y est entré. Quelques papiers dansent au-dessus du sol avant de se poser délicatement près de la porte.

Katie se laisse glisser de la table. Je crois lire ses pensées. Ce livre ne permet pas d'échappatoire. Toutes les décisions au monde n'arriveront pas à me le faire lâcher. Même ici, à l'Ivy, l'*Hypnerotomachia* est partout : aux murs, dans l'atmosphère, surgissant là où on l'attend le moins.

Fait curieux, elle ne semble s'intéresser qu'aux informations que Paul nous a transmises.

– Viens, lance-t-elle, soudain ragaillardie. Il faut trouver Sam. S'ils coffrent Taft, on devra changer la une.

Gil et Paul sont en grande discussion dans la vaste salle. L'irruption du reclus dans cet événement mondain a manifestement plongé la foule dans un silence respectueux.

– Où est-elle ? demande Katie au cavalier de Sam.

Je suis trop distrait pour entendre la réponse. Pendant deux ans, j'ai cru que Paul était la risée de l'Ivy, la bête curieuse enchaînée à la cave. Or voici que devant lui les étudiants de dernière année sont au garde-à-vous, comme si l'un des personnages des tableaux qui ornent les murs du club venait de ressusciter. Paul a l'air implorant, désespéré ; s'il est conscient d'être le point de mire, il n'en montre rien. Tandis que je m'avance pour mieux les entendre, Paul remet à Gil un papier plié que je reconnais aussitôt. Le plan de la crypte de Colonna.

Au moment où ils se dirigent vers la sortie, l'assistance tout entière suit Gil des yeux. Les plus anciens sont les premiers à comprendre. Un par un, sur les tables, les rampes et les vieux panneaux de chêne, les membres du comité directeur du club tapent des doigts. D'abord Brooks, le vice-président, puis Carter Simmons, le trésorier du club ; finalement, de tous côtés, on tape, on cogne, on bat la mesure en guise d'au revoir. Parker, toujours sur la piste de danse, plus bruyant que les autres, se distingue une dernière fois. Mais il est trop tard. La sortie de Gil, comme son entrée plus tôt ce soir, survient à un moment précis, avec tout l'art du pas de danse que l'on n'exécute qu'une fois. Le bruit de la foule finit par se dissiper et je les rattrape en courant.

– On emmène Paul chez Taft, m'annonce Gil quand je retrouve Paul et lui dans la salle du conseil.

– Quoi ?

– Il va chercher quelque chose là-bas. Un plan.

Ses intentions sont transparentes. Il veut prêter main-forte à son ami, comme Charlie nous a secourus dans les tunnels ; il veut me prouver que j'ai eu tort, tout à l'heure, sur le parking de l'hôpital.

Paul se tait. À sa mine, je comprends que je ne suis pas censé être de la partie. Je suis tenté de leur dire qu'il faudra compter sans moi, mais Katie apparaît sur le seuil et tout se complique.

– Que se passe-t-il ?

– Rien, dis-je. Viens, on redescend.

– Je n'ai pas pu avoir Sam au téléphone, explique-t-elle, se méprenant sur le sens de mes paroles. Il faut absolument la prévenir pour Taft. Ça ne t'ennuie pas que j'aille au journal ?

Gil saute sur l'occasion.

– Pas de problème. Tom nous accompagne à l'institut. On se retrouve à l'office si tu veux.

Katie est sur le point d'acquiescer, mais quelque chose dans mon regard nous trahit.

– Pourquoi l'institut ? questionne-t-elle.

– C'est important, répond Gil.

– Bien, conclut-elle, méfiante, en cherchant ma main. Je vous retrouve à la chapelle.

Katie ouvre la bouche, mais un bruit sourd nous parvient du rez-de-chaussée, suivi d'une explosion de verre brisé.

Gil se précipite dans l'escalier. Nous dévalons les marches pour poser le pied dans une mare de débris. Un liquide couleur sang s'est répandu sur le sol, entraînant des tessons de verre. Au milieu du désastre, dans un périmètre que tous ont évacué, Parker Hassett fulmine, rouge de colère. Il vient de renverser le bar : étagères, bouteilles, carafes, verres...

– Bon sang ! s'exclame Gil. Qu'est-ce que c'est que ce carnage ?

– Il a pété les plombs. Quelqu'un l'a traité de pochard et il s'est lâché.

Veronica Terry soulève sa robe froissée, désormais bordée de rose et mouchetée de taches de vin.

– Ils se sont moqués de lui toute la soirée, pleurniche-t-elle.

– Mais enfin ! s'impatiente Gil. Pourquoi l'as-tu laissé boire autant ?

Elle s'attendait à de la pitié, n'a droit qu'à la colère. Les chuchotements vont bon train, les convives contiennent leurs sourires à grand-peine.

Brooks demande à un serveur de redresser le bar et d'aller chercher quelques bouteilles à la cave. Pendant ce temps, Donald Morgan, tout à son rôle de futur président, s'efforce de calmer Parker au milieu du tollé. Les cris fusent. Des rires presque injurieux. La pièce me sépare de Parker, blessé en plusieurs endroits par les shrapnels de verre, debout comme un enfant au milieu d'une mare de cocktails, de liqueurs et de vin qui recrachent leur lie. Quand il se tourne vers Donald, il écume.

La main sur sa bouche, Katie assiste à la scène. Parker se rue sur Donald et tous deux se roulent par terre, luttant d'abord à bras-le-corps avant de s'asséner des coups de poing. C'est le télescopage que tout le monde attendait : la correction bien méritée qui solde un million d'indignités, y compris les abus de pouvoir sur les filles au deuxième étage. La violence était nécessaire pour en finir avec deux années d'une haine qui ne cessait d'enfler. Un serveur s'avance, pourvu d'un balai à franges, et on assiste à l'étrange spectacle d'un homme draguant du liquide au bord d'un ring. Sur le parquet, les courants de vin et de liqueurs se frôlent en carène, réfléchissant les murs de chêne ; ni serpillière, ni tapis, ni smoking n'absorbent une goutte, tandis que l'algarade se poursuit en un écheveau de bras et de jambes noires, tel un insecte qui tente une dernière fois de se redresser avant de se noyer.

– Allons-y, lance Gil en nous entraînant au-delà.

Il laisse volontiers à son successeur le soin de tout régler.

Nous le suivons, Paul et moi, sans un mot, en pataugeant dans le bourbon, le cognac et le vin.

Les rues dessinent de fines coutures noires sur une longue robe blanche. La conduite de la Saab est souple, même si Gil appuie sur l'accélérateur et que le vent mugit alentour. Deux véhicules se sont percutés dans Nassau Street, les feux clignotent encore, les conducteurs s'insultent, ombres vacillantes à côté des deux dépanneuses rangées dans le virage. Au nord du campus, un proctor sort de sa guérite, petit bonhomme rose dans le reflet des projecteurs de sécurité, et nous fait signe que l'entrée est fermée, mais Paul nous indique déjà un autre itinéraire, vers l'ouest. Gil passe la troisième, puis la quatrième, en faisant crisser les pneus.

– Montre-lui la lettre, dit Gil.

Assis sur le siège avant, Paul extrait une enveloppe de la poche intérieure de son manteau et se tourne pour me la donner.

– Qu'est-ce que c'est ? m'étonné-je.

Le pli est décacheté, et je reconnais en haut à gauche de l'enveloppe l'emblème du bureau du doyen.

– Paul l'a trouvé dans la boîte ce soir.

Monsieur Harris,

Nous vous informons par la présente que nous menons actuellement une enquête sur des allégations de plagiat portées à votre encontre par votre directeur de mémoire, le professeur Vincent Taft. En raison de la nature de ces allégations et des conséquences possibles sur l'obtention de votre diplôme, le conseil de discipline se réunira la semaine prochaine pour étudier votre cas et rendre sa décision. Veuillez prendre contact avec mon bureau pour convenir d'une rencontre préliminaire et confirmer bonne réception de ce courrier.

Bien à vous,
Meadows

– Il savait ce qu'il faisait, lâche Paul.

– Qui ?

– Vincent. Ce matin.

– En te menaçant ?

– Il n'avait rien de tangible contre moi. Je n'allais pas sortir de mes gonds. C'est pour ça qu'il t'a parlé de ton père.

J'entends dans sa voix l'accusation à peine voilée. Tout ce qui est arrivé est ma faute, parce que je me suis jeté sur Taft.

– C'est toi qui as couru, murmuré-je à part moi.

La boue gicle sous la voiture quand la suspension rebondit sur un nid-de-poule.

– C'est moi qui ai prévenu la police, dit-il.

– Quoi ? m'écrié-je.

– C'est pour ça qu'ils ont emmené Vincent au poste. Je leur ai dit que je l'avais vu rôder près de la Dickinson avant qu'on tire sur Bill.

– Tu as menti !

J'attends la réaction de Gil, mais il garde les yeux rivés sur la chaussée. En regardant la tête de Paul, j'ai la curieuse impression de me voir, de dos, assis à côté de mon père dans la voiture le jour de l'accident.

– C'est là ? demande Gil.

Nous sommes devant une rangée de maisons de bardeaux blancs. Tout est noir chez Taft. Derrière les jardins s'étend le bois qui borde l'institut. La neige a déposé un voile scintillant sur la cime des arbres.

– Il est encore au commissariat, marmonne Paul comme pour lui-même. Les lumières sont éteintes.

– Bon sang, Paul ! Comment peux-tu être certain que le plan est ici ?

– C'est le seul endroit où il a pu le cacher.

Gil ne nous écoute même pas. Il s'est crispé en voyant la maison de Taft. Il lâche le frein et passe au point mort, prêt à faire marche arrière. Mais au moment où il va embrayer, Paul ouvre la portière et tombe dans la neige.

– Merde ! s'exclame Gil en immobilisant la voiture pour voler à son secours.

Le vent s'engouffre dans l'habitacle et étouffe ses paroles. Paul avance péniblement dans la neige.

– Paul... dis-je à mi-voix pour ne pas éveiller l'attention des voisins.

Une lampe s'allume dans le pavillon mitoyen, mais Paul ne s'en soucie pas. Il est déjà sur la véranda, l'oreille contre la porte, et il cogne doucement.

Le vent s'enroule autour des colonnes, lèche la neige de l'avant-toit. La lumière s'éteint chez le voisin. Paul tourne la poignée. La porte est verrouillée.

– Que fait-on maintenant ? demande Gil, qui l'a rejoint.

Paul frappe encore, puis sort un trousseau de clefs et en glisse une dans la serrure. D'un coup d'épaule, il pousse la porte, qui grince sur ses gonds.

– On ne peut pas faire ça, dis-je en essayant l'autorité.

Mais Paul, déjà à l'intérieur, scrute le rez-de-chaussée. Sans un mot, il avance à tâtons vers le fond de la maison.

– Vincent, l'entend-on crier dans le noir. Vincent, vous êtes là ?

Sa voix semble s'éloigner. J'entends des pas dans l'escalier. Puis plus rien.

– Où est-il passé ? demande Gil.

Une odeur bizarre plane dans la pièce. Forte et lointaine à la fois. Le vent souffle dans notre dos, soulève nos vestes, agite les mèches de Gil sur sa tête. Son portable sonne. Je ferme la porte.

J'appuie sur un interrupteur, mais le hall reste noir. Mes yeux s'accoutument à l'obscurité. Je suis devant la salle à manger, mobilier baroque, murs sombres et chaises aux pieds fourchus.

Le portable de Gil sonne de nouveau. Il est derrière moi et appelle Paul. L'odeur est plus forte. Trois objets ont été jetés sur la desserte. Un vieux portefeuille, un trousseau de clefs et une paire de lunettes. Soudain, tout converge.

– Réponds ! dis-je, avant de m'élancer dans l'escalier.

– Katie... ? hasarde Gil.

Les ombres se superposent. L'escalier se disloque comme l'obscurité à travers un prisme. La voix de Gil s'amplifie.

– Quoi ? Nom de Dieu...

Puis il monte l'escalier quatre à quatre, me repousse, me crie de me dépêcher, m'annonce ce que je sais déjà.

– Taft n'est plus chez les flics. Ils l'ont relâché il y a plus d'une heure.

Nous arrivons sur le palier à temps pour entendre Paul hurler.

Gil me bouscule, m'oblige à avancer vers ce cri. Comme l'ombre d'une vague dans l'instant qui précède l'impact, je pressens qu'il est trop tard, que c'est déjà arrivé. Gil me dépasse et traverse en courant le long corridor obscur. J'avance en automate, poussé par l'instinct entre deux moments d'absence. Mes jambes se meuvent. Le temps piétine ; le monde tourne au ralenti.

– Mon Dieu ! gémit Paul. Au secours !

La lune dessine les contours de la chambre. Paul est dans la salle de bains. L'odeur vient de là, celle des feux d'artifice, des pistolets à amorce, d'un désordre général. Il y a du sang sur les murs. Dans la baignoire, un corps. Paul est à genoux, penché sur le rebord en porcelaine.

Taft est mort.

Gil sort de la pièce en chancelant mais la scène accroche mon regard. Taft est allongé sur le dos, le ventre ouvert. Il a reçu une balle en pleine poitrine et une autre entre les yeux, d'où s'échappe un filet de sang. Quand Paul me tend un bras tremblant, je suis pris d'une envie irrésistible de rire. L'élan me vient, puis repart. Je me sens vidé, presque saoul.

Gil appelle la police. *C'est urgent. Olden Street. À l'institut.*

Sa voix perce le silence. Paul murmure le numéro de la rue et Gil le répète dans l'appareil.

Vite.

Soudain, Paul se relève.

– Il faut sortir d'ici.

– Quoi ?

Mes sens se raniment. Je pose la main sur l'épaule de Paul, mais il fonce dans la chambre, cherche partout : sous le lit, dans la penderie, sur les étagères.

– Il n'est pas là, dit-il avant de se tourner comme si une nouvelle inquiétude, soudain, le saisissait. Où est mon plan ?

Gil me consulte du regard, l'air de penser que notre ami a perdu la raison.

– Dans le coffre-fort, à l'Ivy, répond-il en prenant le bras de Paul. Où nous l'avons mis tout à l'heure.

Mais Paul se dégage et s'avance seul vers l'escalier. Au loin, on entend le bruit des sirènes.

– Pas question de partir, décrété-je.

Gil me jette un coup d'œil avant de suivre Paul. Les ambulances sont à quelques rues et le hurlement des sirènes s'intensifie. Dehors, par la fenêtre, les collines ont la couleur du métal. Dans une église, quelque part, on célèbre Pâques.

– J'ai menti aux flics tout à l'heure, crie Paul. Il ne faut pas qu'ils me trouvent ici.

Nous courons vers la Saab. Gil lance le moteur, l'inonde d'essence et la voiture rugit assez fort pour que les lumières s'allument chez le voisin. Il appuie sur l'accélérateur, faisant crisser les pneus sur l'asphalte. Dans une rue latérale, nous croisons une voiture de police qui fonce dans la direction opposée. Nous la voyons s'arrêter devant la maison de Taft.

– Où va-t-on ? demande Gil à Paul dans le rétroviseur.

– À l'Ivy, répond-il.

Chapitre 28

Il plane un silence de mort dans le club. On a disposé des serpillières par terre pour absorber l'alcool renversé par Parker, mais ici et là des flaques scintillent encore. Les rideaux et les nappes sont maculés. Il n'y a pas âme qui vive. De toute évidence, Kelly Danner est parvenue à faire évacuer les fêtards.

Dans l'escalier qui mène au premier, le tapis est imbibé d'alcool, transporté par les joyeux drilles de tout à l'heure sous leurs semelles trempées. Gil referme la porte du bureau derrière nous et allume la lampe au plafond. La carcasse du bar a été remisée dans un coin. Le feu s'éteint doucement dans l'âtre, mais les braises rougeoient encore et crachent parfois de petites flammes.

Avec sa clef, Gil ouvre le petit coffre-fort d'acajou.

– Voilà, dit-il en remettant le plan à Paul.

Je revois Curry s'avançant vers Paul dans la cour, puis faisant demi-tour vers la chapelle, ensuite vers Dickinson Hall et le bureau de Bill Stein.

– Bon, continue Gil, qu'est-ce qu'on fait ?

– On appelle la police. Curry risque de s'en prendre à Paul maintenant.

– Non, rétorque Paul. Il ne me fera pas de mal.

Mais Gil pensait à autre chose : comment justifier notre fuite ?

– Curry a tué Taft ? s'exclame-t-il tout à coup.

Je verrouille la porte.

– Et il a tué Stein.

J'ai l'impression d'étouffer. L'épave du bar répand dans la pièce des relents sucrés, fermentés. À l'autre bout de la table, Gil reste sans voix.

– Curry ne me fera pas de mal, répète Paul.

Mais je me souviens de la lettre trouvée dans le bureau de Stein. *Il y en a pour deux. J'ai décidé d'une répartition que tu trouveras sans doute équitable.* Suivi de la réponse de Curry, que j'avais mal interprétée : *Et Paul ?*

– Tu es en danger.

– Tu te trompes, Tom.

– Tu as montré le journal à Richard, au musée. Il savait que Taft l'avait volé.

– Oui, mais...

– Stein lui avait même dit qu'ils allaient voler ton mémoire. Curry le voulait avant qu'ils ne te le prennent.

– Tom...

– Et puis, à l'hôpital, tu lui as parlé de la crypte. Tu lui as même dit que tu cherchais le plan.

Je m'empare du téléphone, mais Paul pose la main sur le récepteur.

– Assez, Tom. Écoute-moi.

– Il les a tués, protesté-je.

Au tour de Paul de nous surprendre, en rétorquant d'un ton où perce un chagrin immense :

– Oui. C'est ce que je m'évertue à t'expliquer. Tu veux m'écouter, maintenant ? C'est ce qu'il est venu me révéler à l'hôpital. Tu te souviens ? Juste avant que tu n'arrives. « On se comprend tous les deux, fiston. » Il m'a dit qu'il n'arrivait plus à dormir parce qu'il était inquiet et qu'il se faisait du souci pour moi.

– Et alors ?

La voix de Paul tremble.

– Alors il a dit : « Si j'avais pu deviner que tu ferais ça, j'aurais agi autrement. » Richard était persuadé que je savais qu'il avait tué Bill. Il voulait dire qu'il aurait agi autrement s'il avait deviné que je quitterais la conférence de Vincent plus tôt que prévu. Comme ça, on ne m'aurait pas soupçonné.

Gil fait les cent pas. De l'autre côté de la pièce, une bûche crépite dans l'âtre.

– Tu te souviens du poème dont il nous a parlé ?
– Browning. *Andrea del Sarto.*
– Tu te souviens des vers ?
– « Vous faites ce que beaucoup rêvent de faire, toute leur vie, récité-je. Ce qu'ils rêvent de faire ? Ce à quoi ils aspirent, qu'ils brûlent d'accomplir mais à quoi ils échouent. »
– Pourquoi a-t-il choisi ce poème, d'après toi ?
– Pour accompagner l'œuvre de del Sarto, répliqué-je, agacé.
– Non ! s'écrie Paul en tapant du poing sur la table. Parce que nous avons élucidé ce que ton père, Vincent et lui-même n'ont jamais pu résoudre. Ce que Richard a rêvé de faire toute sa vie. Ce à quoi il aspirait, qu'il brûlait d'accomplir mais à quoi il a échoué.

Sa frustration est palpable, de celle qui le gagnait quand nous travaillions ensemble et qu'il exigeait que nos deux esprits ne fassent qu'un. *Ça ne devrait pas te prendre autant de temps. Ça ne devrait pas être aussi difficile.* Nous voici devant une autre énigme, devant un homme mystérieux que, d'après Paul, je devrais connaître aussi bien que lui mais dont j'ignore trop de choses. Au gré de Paul, ma compréhension de Colonna comme celle de Curry est beaucoup trop superficielle.

– Je ne saisis pas, intervient Gil.
– Les tableaux. La vie de Joseph en peinture. Je t'ai expliqué ce que ça signifiait, Tom, avant même de connaître les intentions de Richard. « Israël aimait Joseph plus que tous ses autres fils, parce qu'il l'avait eu dans sa vieillesse ; et il lui fit une tunique de plusieurs couleurs. »

Il attend un signe de ma part, que je lui montre que j'ai compris. J'en suis incapable.

– C'est un cadeau, soupire Paul. Richard m'offre un cadeau.
– Un cadeau ? s'exclame Gil. Mais tu as perdu la tête ! De quoi parles-tu ?
– De ceci, répond Paul, ouvrant les bras pour englober la pièce. De ce qu'il a fait à Bill. Ce qu'il a fait à Vincent. Il les a empêchés de tout me prendre. Il me donne ce que j'ai trouvé dans l'*Hypnerotomachia.*

Il émane de lui une sérénité effroyable : la peur, la fierté et la tristesse gravitent autour d'une paisible certitude.

– Vincent lui a volé le fruit de son labeur il y a trente ans, poursuit-il. Richard refusait qu'il m'arrive la même chose.

Mais que Paul soit le jouet d'un homme qui exploite les fêlures d'un orphelin m'indigne :

– Curry a menti à Stein, me récrié-je. Il a menti à Taft. Il te mentira aussi.

Peine perdue : Paul a dépassé le stade du doute. Dans sa voix, derrière l'horreur et l'incrédulité, on sent poindre une forme de gratitude. Je repense à cette pièce aux murs tapissés d'œuvres prêtées, au beau milieu du musée de la paternité édifié par Curry pour ce fils qu'il n'a jamais eu ; les présents sont si grandioses que leur origine criminelle n'a plus d'importance. C'est la dernière pierre de l'édifice. Et soudain, je me rappelle que Paul et moi ne sommes pas frères. Que nous ne partageons ni les mêmes croyances ni les mêmes convictions.

Gil ouvre la bouche, tente de calmer le jeu, mais un bruit de pas qui semble provenir du couloir nous fait sursauter tous les trois.

– C'est quoi, encore ? fait Gil.

Puis on entend la voix de Curry.

– *Paul*, murmure-t-il derrière la porte.

Personne ne bouge.

– Richard, répond Paul en se précipitant sur le verrou.

– Allez-vous-en ! rugit Gil.

Mais Paul a déjà tourné le verrou et une main actionne la poignée.

Sur le seuil, vêtu du même complet noir que la veille, les yeux fous, Richard Curry semble décidé. Il n'est pas venu les mains vides.

– Laissez-nous seuls, ordonne-t-il d'une voix rauque. Il faut que je parle à Paul.

Paul aperçoit ce que Gil et moi avons vu : une tache de sang macule le col de la chemise de Curry.

– Sortez d'ici ! aboie Gil.

– Pourquoi, Richard ? lâche Paul.

Curry le dévisage, puis lève le bras et brandit son paquet. Gil s'avance vers le couloir.

– Décampez ! répète-t-il.

Curry ne réagit pas.

– Je l'ai, Paul. J'ai le plan. Il est à toi.

– Je vous défends de vous approcher de lui, s'écrie Gil, alarmé. J'appelle la police.

Mon regard se pose sur la liasse de papiers que tient Curry. Je m'avance dans le couloir pour faire barrage avec Gil. Quand ce dernier sort son portable, Curry profite de ce moment d'inattention et, avec une agilité remarquable, nous contourne, s'introduit dans la pièce en entraînant Paul à sa suite et claque la porte violemment. Impossible de réagir : nous l'entendons déjà enclencher le verrou.

Gil tambourine sur la porte.

– Ouvrez ! hurle-t-il avant de m'écarter et de forcer l'entrée avec un coup d'épaule.

L'épais panneau de bois ne s'ébranle pas. Je m'y mets à mon tour et, après deux tentatives communes, le verrou commence à céder.

– Encore un, s'époumone Gil.

Au troisième coup, le métal s'expulse de ses joints et la porte s'ouvre dans un claquement, sec comme un coup de feu.

Nous bondissons dans la pièce où les deux hommes se mesurent de part et d'autre de la cheminée. La main de Curry est toujours tendue. Gil se jette de tout son poids sur Curry, qui s'écroule devant le foyer. La tête de Richard heurte la grille métallique, qui, en se déplaçant, ranime les braises et fait jaillir des étincelles.

– *Richard,* crie Paul en se précipitant sur lui.

Il le traîne loin de l'âtre et l'adosse contre le bar. Curry a une profonde entaille sur la tête et le sang qui coule abondamment l'aveugle tandis qu'il lutte pour se redresser. C'est alors que je remarque le plan dans la main de Paul.

– Richard, est-ce que ça va ? demande Paul en lui secouant l'épaule. Appelez une ambulance !

– La police s'en chargera, rétorque Gil.

Je perçois une chaleur intense. La veste de Curry a pris feu. Et soudain, c'est le bar qui s'embrase.

– Reculez ! ordonne Gil.

Je suis pétrifié. Les flammes lèchent le plafond, courent le long des rideaux tendus au mur. Stimulé par l'alcool, l'incendie gagne du terrain, dévore tout sur son passage.

– Tom ! aboie Gil. Il faut dégager ! Je vais chercher l'extincteur.

Avec l'aide de Paul, Curry réussit à se relever. Il repousse Paul, s'avance en titubant vers le couloir tout en essayant de retirer sa veste.

– *Richard,* supplie Paul en lui emboîtant le pas.

Revenu dans la salle avec l'extincteur, Gil arrose les rideaux. Mais le feu progresse trop vite pour qu'on puisse l'éteindre. La fumée s'échappe par la porte et roule le long du plafond.

Nous battons en retraite, chassés par la chaleur et la fumée. Mes poumons se compriment. Je me couvre la bouche. Près de l'escalier, Paul et Curry titubent dans un épais nuage noir.

J'appelle Paul, mais les bouteilles dans le bar commencent à exploser, avalant mes paroles. Une première vague de tessons frappe Gil. Je l'arrache de la pièce, espérant toujours une réponse de Paul. Puis, à travers la fumée, je l'entends qui crie :

– Sauve-toi, Tom ! Sauve-toi !

Les murs sont mouchetés de paillettes de feu. Un goulot vole dans les airs, reste suspendu un moment au-dessus de nos têtes, crachant des flammes, avant d'aller s'écraser au rez-de-chaussée.

Pendant une seconde, il n'y a plus rien. Puis le verre atterrit sur un tas de chiffons imbibés de whisky, de cognac et de gin, et c'est tout le sol qui s'anime. Le rez-de-chaussée palpite, le bois brûle, la flambée se répand. La porte principale est déjà inaccessible. Gil hurle dans son portable, appelle à l'aide. L'incendie gagne le deuxième étage. Mon cerveau crépite, tout devient blanc quand je ferme les yeux. Je flotte, porté par la chaleur. Tout semble si lent, si lourd. Des morceaux de plâtre du plafond s'écrasent sur le sol. La piste de danse vibre comme dans un mirage.

– Comment sortir ? hurlé-je.

– L'escalier de service ! répond Gil. Là-haut !

– Paul ! m'écrié-je.

Pas de réponse. J'avance vers les marches, et même leurs voix ont disparu. Paul et Curry sont partis.

– *Paul !* répété-je.

Le feu a avalé le bureau de direction et nous menace dangereusement. J'éprouve une étrange sensation d'engourdissement dans la cuisse. Gil tend la main vers moi. Je suis blessé, mon pantalon est déchiré, le sang coule sur le tissu du smoking, noir sur noir. Gil retire sa veste et essaie de me la nouer sur l'entaille. Un tunnel de flammes nous encercle et précipite notre fuite dans l'escalier. L'air est noir de suie.

Gil me pousse vers le deuxième étage. Là-haut, nous sommes entourés d'ombres et de gris. Un rai de lumière brille sous une porte au fond du couloir. Nous avançons. Le feu a déjà gagné le bas de l'escalier, mais semble s'être calmé.

Puis je l'entends. Un bruit effroyable, comme un édifice qui s'écroule, s'élève de l'intérieur de la pièce.

Gil se jette sur la porte. Quand elle s'ouvre, cette sensation d'ivresse que j'ai éprouvée durant le bal remonte. Une chaleur intense, pareille au frisson d'un envol. Les mains de Katie sur mon corps, le souffle de Katie sur ma peau, les lèvres de Katie sur ma bouche.

Paul et Richard Curry s'affrontent au fond de la pièce, debout derrière une longue table. Curry a une bouteille vide à la main. Sa tête est penchée sur son épaule et du sang coule à flots. De forts effluves d'alcool imprègnent l'atmosphère : une bouteille s'est déversée sur la table ; dans le mur, un petit placard secret s'ouvre sur la réserve personnelle du président de l'Ivy Club. La pièce, qui occupe toute la largeur de l'immeuble, semble emprisonnée par l'éclat de la lune dans un cadre d'argent. Des étagères de livres reliés de cuir s'alignent derrière la tête de Curry. Deux fenêtres percent le mur qui donne au nord. Des flaques rayonnent un peu partout.

– Paul ! hurle Gil. Il bloque l'escalier de service derrière toi.

Paul se retourne, mais Curry n'a d'yeux que pour nous. Sa vue me paralyse. Les traits de son visage sont tellement tirés qu'il semble aspiré par la gravité vers le sol.

– Richard, décrète Paul d'un ton ferme comme s'il s'adressait à un enfant, nous allons tous sortir d'ici.

– Éloignez-vous ! ordonne Gil en s'avançant.

Curry fait exploser sa bouteille sur la table et s'élance sur Gil, le goulot tranchant à la main. Il semble à peine lui frôler le bras, mais Gil est blessé. De longs rubans de sang noir coulent entre ses doigts. Il recule, sonné, et Paul s'affaisse contre le mur.

– Tiens, dis-je en sortant un mouchoir de ma poche.

Gil se déplace lentement. Quand il tend la main pour prendre le mouchoir, je mesure la profondeur de l'entaille. Le sang s'en échappe dès qu'il cesse d'appuyer dessus.

– Vas-y ! dis-je en le poussant vers la fenêtre. Saute ! Les buissons amortiront ta chute.

Mais il ne bouge pas, hypnotisé par le goulot que brandit encore Curry. La porte de la bibliothèque gronde sur ses charnières. De l'autre côté, l'air chaud s'accumule. Des vrilles de fumée filtrent sous la porte et j'ai les yeux qui pleurent, la poitrine oppressée.

– Paul ! crié-je à travers la fumée. Il faut que tu sortes !

– Richard ! hurle Paul. Venez !

– Lâchez-le ! ordonné-je à Curry.

Le feu rugit. Une explosion survient derrière la porte, le bois s'effondre sous son propre poids.

Soudain Gil s'affaisse au pied du mur. Je le soulève pour l'appuyer au montant de la fenêtre, essayant de le maintenir debout.

– Occupe-toi de Paul... murmure Gil, avant que la vie commence à déserter ses yeux.

Quand j'ouvre la fenêtre, un vent glacial envahit la pièce, charriant la neige des buissons en contrebas. Avec précaution, je place Gil en position. Il a l'air d'un ange dans la lumière, bien malgré lui. En voyant le mouchoir couvert de sang qui colle à son bras, j'ai l'impression que tout se dissout autour de moi. Après un dernier regard, je l'abandonne au vide. En un instant, Gil n'est plus là.

– Tom, scande la voix de Paul, si lointaine maintenant qu'elle semble venir d'un nuage de fumée. Saute !

Je me retourne : Paul se débat dans les bras de Curry, essaie de l'entraîner vers la fenêtre, mais le vieil homme est beaucoup plus fort. Il pousse Paul vers l'escalier de service.

– Sautez ! crient des voix par la fenêtre ouverte. Sautez maintenant !

Les pompiers. Ils me voient d'en bas.

Mais je me retourne encore et je hurle :

– Paul ! Viens !

– Vas-y, Tom ! l'entends-je dire une dernière fois. Je t'en supplie !

Ses paroles sont plus étouffées, comme si Curry l'avait entraîné dans le brasier. Ces deux-là s'en retournent vers d'anciens bûchers, luttant comme des anges à travers les générations d'hommes.

– *Saute !* est le dernier mot que j'entendrai dans la fournaise, et c'est Curry qui le prononce. *Saute !*

Et une fois de plus, venant de l'extérieur :

– *Vite ! Sautez !*

– *Paul !*

Acculé par les flammes, je recule vers la fenêtre. La fumée brûlante me saisit à la poitrine. De l'autre côté de la pièce, la porte qui donne sur l'escalier de service se referme. Il n'y a plus personne. Je m'élance dans le vide.

Voilà tout ce dont je me souviens des événements qui précèdent la chute que la neige molle a amortie. Ensuite, vient une explosion, comme une aube aveuglante en pleine nuit. Une seule canalisation de gaz est venue à bout du bâtiment tout entier. Et la suie commence à tomber.

Dans le silence, je hurle. Aux pompiers. À Gil. À tous ceux qui veulent l'entendre : je l'ai vu. J'ai vu Richard Curry ouvrir la porte de l'escalier de service, entraînant Paul avec lui.

Écoutez-moi.

Au début, ils m'écoutent. Deux pompiers s'approchent du brasier. Un médecin se penche sur moi, essaie de comprendre. *Quel escalier ? Où est la sortie ?*

Les tunnels, dis-je. *Ils vont sortir près des tunnels.*

Puis la fumée se dissipe, les tuyaux d'incendie nettoient la façade, et tout se transforme. On cherche moins, on ne tend plus l'oreille. Il ne reste plus rien, dit-on, dans l'extrême lenteur de leurs mouvements. Il n'y a personne là-dedans.

Paul est vivant ! Je l'ai vu !

Mais chaque seconde nous éloigne de lui. Chaque minute est une poignée de silice ajoutée au sablier. Au regard que Gil m'adresse, je comprends à quel point tout a changé.

– Ça ira, dit-il au médecin qui examine sa plaie.

Il se sèche la joue et se tourne vers moi.

– Aidez plutôt mon ami, ajoute-t-il.

Là-haut, la lune veille sur nous et, occultant ces hommes qui continuent d'arroser les décombres fumants de l'Ivy Club en silence, j'imagine la voix de Paul. *C'est aussi un peu mon père.* Sur le rideau noir du ciel, je vois son visage, si plein de certitude que je le crois, même maintenant.

– *Alors, qu'est-ce que tu en penses ?* me demande-t-il.

– *Quoi ? Du fait que tu veuilles aller à Chicago ?*

– *Que nous, nous allions à Chicago.*

Je ne me rappelle ni le lieu où l'on nous a emmenés cette nuit-là, ni les questions qu'on nous a posées. L'incendie n'en finissait plus de danser devant mes yeux et la voix de Paul de résonner à mes oreilles, comme s'il pouvait encore s'arracher au brasier. Je vis mille visages avant le lever du jour, porteurs de messages d'espoir : les flammes firent sortir les amis de leur chambre ; les sirènes arrachèrent les professeurs de leur lit ; même l'office à la chapelle fut interrompu en plein milieu. Et ces mille têtes se rassemblèrent autour de nous pour former une sorte de trésor itinérant, chaque visage représentant une pièce de monnaie, comme si le ciel avait décrété que l'évaluation de nos pertes passait par le décompte des survivants. Quelle sombre comédie jouaient les dieux ? Mon frère Paul, sacrifié à Pâques. La carapace de l'ironie, lâchée sur nos têtes.

Cette nuit-là, nous survécûmes tous les trois, par la force des choses. Gil, Charlie et moi, de nouveau camarades de chambrée, à l'hôpital cette fois. Incapables de parler, Charlie se contenta de jouer avec le crucifix qu'il portait à son cou, Gil s'endormit aussitôt, et moi, je contemplai les murs. Sans nouvelles de Paul, nous choisîmes de nous accrocher au mythe de sa survie, à celui de sa résurrection. J'aurais dû savoir que l'amitié n'est pas indivisible. Mais ce mythe me permit de tenir à l'époque, et jusqu'à ce jour.

Le mythe, oui. Jamais l'espoir.

Car la boîte de l'espérance est vide.

Chapitre 29

Le temps efface toute chose. Avant même que Charlie ne sorte de l'hôpital, notre aventure était presque oubliée. Nos condisciples nous regardaient comme des personnages passés de mode qui leur évoquaient un vague souvenir auréolé d'une triste gloire.

En moins d'une semaine, le nuage de violence qui avait soufflé sur Princeton se dissipa. Les étudiants recommencèrent à arpenter le campus la nuit, d'abord en petits groupes, puis seuls. Souffrant d'insomnie, je me retrouvais souvent au café au beau milieu de la nuit, rassuré par la multitude. On parlait encore de Richard Curry. De Paul aussi. Mais petit à petit, leurs noms disparurent des conversations, remplacés par les examens, les championnats de sport et le bavardage habituel qui fleurit au printemps : telle étudiante qui couche avec son directeur de mémoire, telle série télé qui s'apprête à quitter l'antenne. Même les titres des magazines, que je lisais en faisant la queue à la caisse pour oublier ma solitude parmi ces gens entourés d'amis, prouvaient que le monde avait continué de tourner sans nous. Onze jours après les événements de Pâques, le *Princeton Packet* annonça en une que la proposition de construction d'un parking souterrain en ville avait été rejetée. On put lire au bas de la page deux qu'un ancien élève de Princeton avait fait don de deux millions de dollars pour reconstruire l'Ivy Club.

Charlie quitta son lit d'hôpital après cinq jours, mais passa deux semaines en centre de rééducation. Les médecins suggérèrent des opérations de chirurgie plastique pour corriger ces vilaines plaques sur la poitrine où la peau s'était épaissie, mais Charlie refusa. Je lui rendis visite presque tous les jours. À sa demande, je lui apportais des frites de notre fast-food préféré, des bouquins pour ses cours, les résultats de tous les matchs de basket-ball. Il me donnait à chaque occasion une bonne raison de revenir.

Plus d'une fois, il exhiba ses cicatrices. C'était une sorte de mise à l'épreuve, d'abord pour lui-même, afin de montrer qu'il ne se sentait pas défiguré, qu'il était plus fort que la blessure elle-même. Au fond, c'était sa façon de me dire qu'il avait changé. Comme s'il craignait que nous l'ayons écarté de notre vie le jour où il s'était lancé dans les tunnels à la recherche de Paul, et que nous nous débrouillions très bien sans lui, occupé que nous étions à panser nos plaies dans notre coin. Nous avions commencé à nous sentir étrangers à nous-mêmes et il voulait nous faire comprendre que nous étions solidaires dans cette tragédie.

À ma grande surprise, Gil lui rendit visite très souvent. Ils se sentaient coupables l'un et l'autre, et le fait de se parler renforçait ce sentiment. De manière irrationnelle, Charlie avait l'impression de nous avoir lâchés de par son absence à l'Ivy, le soir du bal. Il lui arrivait même de se sentir responsable de la mort de Paul, qu'il imputait à sa propre faiblesse. Gil insinuait qu'il y avait longtemps qu'il nous avait lâchés, mais d'une manière autrement difficile à définir. Et que Charlie éprouve de la culpabilité après tout ce qu'il avait fait pour nous ne faisait qu'accroître son propre malaise.

Un soir, Gil me présenta des excuses. Selon lui, nous méritions mieux qu'un ami intermittent. Il ne visionnait plus de vieux films à la télé. Il se mit à fréquenter des restaurants de plus en plus éloignés du campus. Chaque fois que je l'invitais à déjeuner au Cloister Inn, il se dérobait avec une bonne excuse. Après quatre ou cinq refus, je finis par comprendre qu'il ne cherchait pas tant à éviter ma compagnie qu'à s'épargner la vue de l'Ivy Club. Quand Charlie sortit enfin de l'hôpital, je partageai tous mes repas avec lui, matin, midi et soir, tandis que Gil mangeait seul.

Lentement, on cessa de s'intéresser à nous. Les gens se lassèrent de notre histoire. Et quand on commença à nous oublier, nous passâmes de l'état de parias à celui de spectres. La cérémonie commémorative en l'honneur de Paul se tint à la chapelle, mais l'assistance était si réduite qu'une salle de classe aurait suffi. On dénombra autant de professeurs que d'étudiants, ces derniers étant pour la plupart membres de l'Ivy Club ou de l'équipe d'urgence médicale, venus consoler Gil et Charlie. Le seul enseignant qui vint me saluer après la messe fut Mme LaRoque, le professeur qui avait poussé Paul à rencontrer Taft – et encore, elle semblait plus intéressée par les percées de Paul sur l'*Hypnerotomachia* que par le sort de Paul lui-même. Je ne lui fis pas part de ses découvertes et mis un point d'honneur à tenir ma langue par la suite. C'était la moindre des choses, préserver le secret que Paul s'était efforcé de garder dans le cercle restreint de notre amitié.

Un ultime rebondissement suscita un bref regain d'intérêt à notre égard : une semaine après la parution des articles sur le parking souterrain, on découvrit que Richard Curry avait liquidé tous ses biens avant de quitter New York pour Princeton. Il avait mis sa fortune en fidéicommis, ainsi que ses possessions restantes de la salle de ventes. Comme les banques refusaient de dévoiler la teneur des dispositions, l'Ivy Club réclama une somme substantielle en contrepartie des dommages causés dans l'incendie. Les choses se tassèrent au moment où le comité directeur du club décréta que jamais l'argent de Curry n'achèterait une pierre du nouveau bâtiment. Entre-temps, les journaux se délectèrent d'une information supplémentaire : Richard Curry avait légué toute sa fortune à un bénéficiaire anonyme, et certains suggérèrent, comme je m'y attendais, que ce capital était destiné à Paul.

Ignorant tout du mémoire de Paul, le grand public ne pouvait pas comprendre les motivations de Curry. On s'intéressa donc à son amitié avec Taft et on tourna en dérision les deux hommes, façon comme une autre d'expliquer cette tragédie sans rien expliquer du tout. La maison de Taft à l'institut resta vide. Nul ne souhaita y habiter et les adolescents du quartier se mirent au défi d'y pénétrer.

Seul bienfait de ce climat, fait de théories extravagantes et de titres racoleurs : Gil, Charlie et moi fûmes lavés de tout soupçon. Nous étions trop ordinaires pour avoir joué un rôle dans cette affaire, trop sages pour concurrencer Taft-Raspoutine et son assassin Curry le Cinglé dans les manchettes de la presse locale. La police et l'université déclarèrent qu'elles n'avaient pas l'intention de nous poursuivre en justice, au grand soulagement de nos parents, contents que leurs enfants échappent au déshonneur. Cela n'avait pas d'importance pour Gil, ce genre de chose n'en avait jamais eu, et, au bout du compte, je m'en moquais pas mal, moi aussi.

Mais cette décision policière et administrative libéra Charlie d'un poids, car l'ombre du drame l'accablait. Gil estimait qu'il souffrait d'un complexe de persécution, mais je pense que Charlie s'était tout bonnement convaincu qu'il aurait pu sauver Paul. Et quoi qu'il arrive, il en était sûr, un jour ou l'autre, on lui reprocherait sa défaillance : pas nécessairement à Princeton, mais plus tard, dans l'avenir. Ce n'était pas tant la persécution qu'il redoutait que le jugement d'autrui.

Je dois à Katie les seules joies de mes derniers jours à l'université. Au début, quand Charlie était encore hospitalisé, elle nous apportait à manger, à Gil et à moi. Après l'incendie, elle s'organisa avec ses camarades de l'Ivy pour se charger des commissions et préparer les repas à tour de rôle. Comme elle craignait que nous ne alimentions pas, elle cuisinait pour trois. Elle m'emmenait en promenade en invoquant les vertus réparatrices du soleil et du lithium, présent à l'état résiduel dans les rayons cosmiques à l'aube. Elle prenait même des photos de nous, comme si cette époque valait la peine d'être immortalisée. En tout cas, la photographe en elle était persuadée que la solution résidait dans l'exposition à la lumière.

L'Ivy étant sorti de sa vie, Katie ressemblait plus à ce que je voulais qu'elle soit, et moins à la facette de Gil qui m'avait toujours échappé. La veille de la remise des diplômes, elle m'attira dans sa chambre après une séance de cinéma, sous prétexte de faire mes adieux à ses colocataires. Je savais qu'elle espérait autre chose, mais ce soir-là, je le lui dis, le cœur n'y était pas. Les murs de sa chambre s'ornaient de trop de certitudes : les photos de famille, de vieux copains et du chien au pied de son lit dans le New Hampshire. Une dernière nuit au milieu de toutes ses étoiles fixes aurait souligné avec trop d'acuité mon existence en perpétuel mouvement.

Pendant quelques semaines encore, nous suivîmes les derniers pas de l'enquête sur l'incendie de l'Ivy Club. Enfin, le vendredi précédant la remise des diplômes, comme si on avait programmé l'annonce pour clore définitivement cette année universitaire, les autorités locales déclarèrent que Richard Curry « pouvait être tenu pour responsable du déclenchement d'un incendie à l'intérieur de l'Ivy Club, causant la mort de deux hommes à l'intérieur du bâtiment ». À l'appui de cette thèse, ils avaient exhibé deux fragments d'une mâchoire correspondant au fichier dentaire de Curry. L'explosion de la canalisation de gaz n'avait pas épargné grand-chose.

L'enquête restait toutefois ouverte et, concernant le sort de Paul, rien n'était réglé. Je savais pourquoi. Trois jours après l'explosion, un enquêteur avait confié à Gil son espoir de retrouver Paul vivant : on n'avait pour ainsi dire rien retiré des décombres et les quelques restes identifiables étaient ceux de Curry. Pleins d'espoir, nous avions attendu pendant quelques jours le retour de notre ami. Mais Paul ne s'était pas manifesté, n'était pas sorti des bois en titubant, n'avait pas été repéré après quelques jours d'amnésie dans l'un des lieux qu'il fréquentait naguère. Les enquêteurs comprirent un peu tard qu'il eût mieux valu se taire que de nous donner de fausses raisons d'y croire.

On nous remit nos diplômes par une journée chaude et verte, sans un souffle de vent, comme si le week-end de Pâques n'avait pas existé. Dans la cour de Nassau Hall, où, assis avec mes camarades en toge et chapeau carré, j'attendais qu'on appelle mon nom, je vis même un papillon voleter tel un emblème intempestif. Là-haut dans la tour, j'imaginais une cloche privée de son battant sonnant en silence : Paul célébrait notre succès dans les replis cachés de l'univers.

Cette journée bruissait de fantômes. Des femmes en robe longue, quittant le bal de l'Ivy Club, dansant dans le ciel comme les anges de la Nativité pour annoncer la saison nouvelle. Des participants aux JO nus traversant la cour sans rougir, spectres d'une saison passée. Les bons mots latins d'un étudiant brillant, auxquels je ne comprenais rien. L'espace d'un instant, je me figurai que c'était Taft, sur l'estrade, qui prenait la parole ; Taft et, derrière lui, Francesco Colonna, et derrière eux un chœur de philosophes parcheminés chantant un refrain solennel, comme les apôtres saouls avaient entonné quelques semaines plus tôt leur marche militaire.

Nous revînmes une dernière fois à la chambre, tous les trois, après la cérémonie. Charlie rentrait à Philadelphie, où il travaillerait comme ambulancier tout l'été avant son entrée en faculté de médecine. Il avait opté pour l'université de Pennsylvanie, après de longues tergiversations, afin de se rapprocher de ses parents, disait-il. Gil rassembla ses effets avec une fébrilité qui ne m'étonna qu'à moitié. Il m'avoua qu'il avait un avion à prendre ce soir-là, au départ de New York. Il allait passer quelque temps en Europe. En Italie, rien de moins. Il avait besoin d'une pause pour reprendre ses esprits.

Après que Gil s'en fut allé, Charlie et moi allâmes trier notre courrier. Dans la boîte aux lettres, quatre petites enveloppes de taille identique nous attendaient, renfermant les formulaires d'inscription à l'annuaire des anciens élèves. Je glissai le mien dans ma poche et conservai celui de Paul, dont le nom n'avait pas été rayé de notre promotion. Je me demandai si on lui avait préparé son diplôme, qui se trouvait désormais quelque part, en déshérence. Sur la quatrième enveloppe, adressée à Gil, le nom avait été barré et le mien inscrit à sa place. Reconnaissant l'écriture de Gil, je décachetai l'enveloppe. Le formulaire était rempli, l'adresse indiquée celle d'un hôtel en Italie. *Cher Tom,* écrivait-il sur le rabat intérieur, *je t'ai laissé le formulaire de Paul. J'ai pensé que ça te ferait plaisir. Prie Charlie de ne pas m'en vouloir de partir si vite. Je sais que vous comprendrez. Si tu viens en Italie, fais-moi signe. G.*

Après une dernière accolade, Charlie et moi partîmes chacun de son côté. Une semaine plus tard, il m'appela chez moi sous un prétexte fumeux : avais-je l'intention d'assister, dans un an, à la réunion des anciens de la promotion ? Je feignis de ne pas l'avoir percé à jour et nous discutâmes pendant des heures. Il finit par me demander l'adresse de Gil en Italie. Il avait trouvé une carte postale qui devrait lui plaire et qu'il tenta de me décrire. Je compris que Gil ne lui avait pas laissé ses coordonnées. Entre eux, les choses ne s'étaient jamais vraiment arrangées.

Je ne me rendis pas en Italie cet été-là ni les années suivantes. Je vis Gil à trois reprises en quatre ans, chaque fois à l'occasion de la réunion de notre promotion. Nous avions de moins en moins de choses à nous dire. Les éléments de sa vie finirent par s'assembler avec une prévisibilité déconcertante. Il regagna Manhattan et, comme son père, il entra dans la finance. Contrairement à moi, il se bonifia avec l'âge. À vingt-six ans, il annonça ses fiançailles avec une ravissante jeune femme d'un an sa cadette qui me rappelait l'héroïne d'un vieux film. Le chemin de Gil était tracé d'avance.

Ma relation avec Charlie résista mieux au temps. Pour être honnête, Charlie ne voulait pas me lâcher. Il a la particularité d'être le plus tenace des amis, l'homme qui refuse que des liens se dénouent au motif que la distance s'accroît et que les souvenirs s'effacent. En première année de médecine, il épousa une femme qui me rappelait sa mère. Leur premier enfant, une fille, porte le prénom de sa grand-mère. Le deuxième, un garçon, porte le mien. Étant célibataire, je suis en mesure de juger objectivement les dispositions paternelles de Charlie, sans craindre la comparaison. À vrai dire, Charlie est encore meilleur père qu'il n'est bon ami. Auprès de ses enfants, on lui sent ce côté protecteur, cette énergie formidable et cet appétit de vie qui le caractérisaient déjà à Princeton. Aujourd'hui, il est pédiatre, le médecin de Dieu. Sa femme m'apprend que, certains week-ends, il monte encore en ambulance. Et puisqu'il est resté croyant, j'espère qu'à l'heure du Jugement Charlie Freeman se retrouvera aux portes du ciel. Je ne connais pas meilleur homme.

Quant à ce qu'il advint de moi, il m'est difficile d'en parler. Mon diplôme en poche, je rentrai à Columbus. En dehors d'un court séjour dans le New Hampshire, je passai tout l'été chez moi. Ma mère comprenait-elle mieux l'ampleur de mon chagrin que moi-même, ou était-elle tout simplement soulagée que Princeton soit enfin derrière moi – derrière *nous* ? Toujours est-il qu'elle se confia à moi. Nous discutions ; elle plaisantait. Nous déjeunions et dînions en tête à tête. Nous allions sur la colline, celle que je dévalais avec mes sœurs, et elle me racontait sa vie. Elle projetait d'ouvrir une deuxième librairie, à Cleveland cette fois. Elle parla affaires, comptabilité, de la mise en vente éventuelle de la maison, puisque nous volions tous de nos propres ailes. Je ne retins de tout cela que l'essentiel : ma mère envisageait l'avenir.

Pour moi, en revanche, l'avenir importait peu : je voulais comprendre. Au fil des ans, les incertitudes de mon existence se dissipèrent, plus en tout cas que celles qui avaient jalonné la vie de mon père. Désormais, j'appréhende mieux l'état d'esprit de Richard Curry, pendant ce fameux week-end de Pâques : Paul se retrouvait dans une situation semblable à celle qu'il avait vécue et Curry ne supportait pas l'idée que son fils orphelin devienne un autre Bill Stein, un autre Vincent Taft, voire un autre Richard Curry. Le vieil ami de mon père estimait qu'il ne pouvait offrir plus beau cadeau qu'une ardoise vierge, un chèque en blanc pour un fonds illimité. Cela, nous l'avions compris trop tard. Même Paul, dans ce court laps de temps au cours duquel je le crus vivant, me donna de bonnes raisons de croire qu'il nous avait abandonnés, qu'il avait fui par les tunnels pour ne jamais revenir, le doyen lui ayant laissé peu d'espoir de décrocher son diplôme et moi-même ne lui en ayant laissé aucun pour Chicago. Lorsque je lui avais demandé où il aimerait aller, il avait répondu tout de go : à Rome, avec une pioche et une pelle. Je n'ai jamais atteint l'âge où l'on pose ce genre de questions à son père, même si je sais maintenant qu'il était homme à y répondre sans détour.

Avec le recul, je m'aperçois que, si je m'étais dirigé vers la littérature après avoir perdu ma foi dans le livre – si j'avais cru l'aventure de l'*Hypnerotomachia* possible après avoir tant décrié l'amour que mon père lui portait –, c'était pour recoller les morceaux épars de la vie de mon père et me le réapproprier. Avec Paul, tout le temps de notre recherche sur l'œuvre de Colonna, la réponse sembla à ma portée. Avec Paul, l'espoir de comprendre un jour n'était pas vain.

Quand cet espoir s'envola, j'honorai mon contrat et je devins concepteur de logiciels. Cet emploi qu'on m'offrait parce que j'avais réussi à résoudre une énigme, je l'acceptai parce qu'une autre m'avait résisté. Au Texas, je ne vis pas le temps passer. La chaleur, cet été-là, ne ressemblait à rien de ce que j'avais connu, aussi posai-je mes valises à Austin. Je correspondis avec Katie presque toutes les semaines pendant ses deux dernières années à Princeton, et j'attendis ses lettres avec impatience, même quand elles s'espacèrent. Je la vis une dernière fois lors d'une escapade à New York, pour fêter mes vingt-six ans. À la fin, même Charlie saisit que le temps avait eu raison de notre histoire. En traversant Prospect Park dans une lumière d'automne, non loin de la galerie où Katie travaillait, je compris que les choses que nous avions tant aimées étaient restées derrière nous, à Princeton, et que le futur n'avait pas réussi à les remplacer par la vision de bonheurs à venir. Katie, je le savais, avait cru que ce week-end sonnerait un nouveau départ, que nous esquisserions de nouveaux projets sous de nouveaux cieux. Mais la perspective d'une renaissance, celle-là même qui avait si longtemps soutenu mon père et préservé sa confiance en son fils, me paraissait de moins en moins s'appliquer à mon cas. Je sortis de la vie de Katie. Peu de temps après ce fameux week-end, elle m'appela une dernière fois. Elle savait que le problème venait de moi, que c'étaient mes lettres qui s'étaient abrégées, mes réponses qui se faisaient attendre. Sa voix raviva une douleur à laquelle je ne m'étais pas préparé. Elle annonça qu'elle ne me donnerait plus signe de vie tant que je n'aurais pas pris une décision à notre sujet. À la fin, elle m'indiqua le numéro de téléphone de sa nouvelle galerie en me demandant de la rappeler lorsque les choses auraient évolué.

Mais rien n'évolua. Du moins pour moi. La nouvelle librairie de ma mère se développa très vite, aussi me demanda-t-elle de venir m'occuper de celle de Columbus. Mais je ne voulais pas quitter le Texas, maintenant que j'y avais des racines. Mes sœurs me rendirent visite, et Charlie en famille, une fois, chacun y allant de ses recommandations pour que je sorte de ma dépression et que je la surmonte, quelle qu'en soit la cause. En vérité, je me contentais de regarder les choses changer autour de moi. Les visages rajeunissent d'année en année, mais je lis les mêmes expressions, rebattues comme de la monnaie, de nouveaux prêtres dans d'anciennes églises. Je me souviens d'un cours d'économie au cours duquel on nous avait appris qu'un seul dollar, à condition de circuler assez longtemps, peut acheter tout ce qui est à vendre sur la planète : comme si le commerce était une chandelle inextinguible. Maintenant, dans chaque échange, je vois cet unique dollar. Ces choses qu'il achète, je n'en ai plus besoin. Et parfois, il ne vaut plus rien.

C'est Paul qui supporta le mieux l'œuvre du temps. Il demeura toujours à mes côtés, jeune et brillant, dans l'éternité de ses vingt-deux ans, tel un Dorian Gray incorruptible. Et je crois que ce fut ma rupture avec une enseignante de l'université du Texas – une femme qui, je m'en rends compte aujourd'hui, me rappelait à la fois mon père, ma mère et Katie – qui m'amena à appeler Charlie toutes les semaines et à penser à Paul de plus en plus souvent. Je me dis parfois qu'il a eu raison de tirer sa révérence comme il l'a fait. Jeune. Attachant. Alors que, comme Richard Curry, nous autres commençons à souffrir des ravages du temps, des déceptions d'une jeunesse prometteuse. La mort est la seule échappatoire au temps, me semble-t-il. Peut-être Paul n'ignorait-il pas qu'il allait vaincre le passé, le présent, et tous les repères intermédiaires. Maintenant encore, il préside aux décisions les plus importantes de mon existence.

Je le considère toujours comme mon ami le plus cher.

Chapitre 30

Sans doute avais-je pris ma décision avant même de recevoir le colis par la poste. Et peut-être ce colis ne fut-il qu'un catalyseur, comme l'alcool renversé par Parker sur la piste de danse de l'Ivy Club, le soir du bal. Bientôt trente ans et je me sens déjà vieux. À la veille de la cinquième réunion de notre promotion, j'ai l'impression qu'il y a cinq décennies que j'ai quitté Princeton.

Paul m'avait dit un jour : et si le présent n'était que le reflet de l'avenir ? Et si nous passions notre vie à contempler le miroir avec cet avenir dans le dos, et si nous ne le devinions que dans son reflet au présent ? On pourrait vouloir se retourner, pour mieux voir de quoi est fait demain. Mais on perdrait alors la clef de la perspective : on ne pourrait plus se voir soi-même. En tournant le dos au miroir, nous serions le seul élément de l'avenir que nos yeux n'arriveraient plus à discerner.

À l'époque, je m'étais dit que Paul me répétait forcément un enseignement dispensé par Taft, lequel avait dû emprunter ce morceau de sagesse à un philosophe grec : l'idée que nous passions notre vie à reculer dans le futur. Ce que je ne pouvais pas voir, parce que je lorgnais du mauvais côté, c'est que Paul s'adressait à moi, qu'il parlait de moi. Pendant des années, je progressai dans l'existence à la poursuite de mon avenir, comme on me l'avait conseillé pour oublier le passé et aller de l'avant. J'avais respecté cette injonction au-delà de toute espérance. Je commençais même à croire que je comprenais très bien ce qu'avait traversé mon père, que les événements s'étaient ligués contre moi, sans raison, à l'instar de ce qu'il avait vécu.

En réalité, j'avais tout faux. Je me retourne enfin pour faire face au présent et je découvre que je n'ai essuyé aucune des déceptions que mon père a subies. J'ai plutôt réussi dans un domaine auquel je ne connaissais rien et qui ne m'a jamais passionné. Mes supérieurs s'émerveillent du fait que, en cinq ans, je n'aie pas pris un jour de congé, alors même que je suis toujours le dernier à quitter le bureau. Évidemment, ils prennent cela pour du dévouement.

Mon père n'a jamais rien fait qui ne le passionnait pas. Et même si je ne le connais pas plus qu'avant, je comprends mieux pourquoi, pendant toutes ces années, j'ai tourné le dos au miroir. C'était le meilleur moyen d'affronter la vie en aveugle, de passer à côté du monde tout en nourrissant la certitude d'avoir une emprise sur lui.

Ce soir, longtemps après avoir quitté le bureau, j'ai démissionné. J'ai regardé le soleil se coucher sur Austin, réalisant soudain que je n'ai jamais vu de neige tomber ici, ni en avril ni en plein cœur de l'hiver. J'ai oublié la sensation de se glisser dans un lit si froid qu'on a envie de s'y presser contre un autre corps. Il fait tellement chaud au Texas qu'on peut se persuader que dormir seul est une bénédiction.

Le colis m'attendait chez moi. Un petit cylindre de kraft adossé à ma porte, si léger que je crus un instant qu'il était vide. Dessus, il n'y avait d'inscrit que mon adresse et mon code postal. Pas d'expéditeur, seulement un numéro d'expédition. Était-ce l'affiche que Charlie prévoyait de m'envoyer : une reproduction d'Eakins, un rameur solitaire sur la rivière Schuylkill ? Il essayait de me convaincre de me rapprocher de Philadelphie, à l'en croire la ville idéale pour un garçon comme moi. Son fils réclamait souvent son parrain, prétendait-il. Au fond, Charlie pensait que j'allais doucement à la dérive et il cherchait par tous les moyens à me ramener à bon port.

Je réservai l'examen du tube pour plus tard, après avoir épluché le courrier habituel, les offres de cartes de crédit, les invitations à participer à un tirage au sort, et pas l'ombre d'une lettre de Katie. Dans le halo du poste de télévision, le cylindre semblait vide : pas de poster de Charlie, pas de petit mot. Toutefois, en y ayant glissé un doigt, je sentis quelque chose de très fin, enroulé à l'intérieur de la circonférence. C'était lustré d'un côté, et plus rêche de l'autre. Après coup je me reprocherais la brutalité de mes gestes.

Je venais de mettre au jour une peinture à l'huile. Je la déroulai, songeant un instant que Charlie avait peut-être fait la folie de m'offrir un original. Mais j'éliminai vite cette hypothèse. Rien à voir avec le XIXe siècle américain, le style était beaucoup plus ancien, et le sujet, religieux. Le tableau venait d'Europe, du premier âge véritable de la peinture.

Comment décrire l'étrange sentiment qu'on éprouve lorsqu'on tient le passé entre ses mains ? L'odeur de cette toile était plus forte, plus riche que tous les parfums du Texas, où ni les fortunes ni le vin n'ont eu le temps de mûrir. À Princeton, à l'Ivy Club aussi, sans doute dans les anciennes salles de Nassau Hall, les résidus de cette odeur me sautaient parfois au visage. Mais dans ce petit cylindre, elle était plus concentrée, c'était le parfum des siècles, épais, robuste.

La toile était noire de saleté, mais lentement j'en distinguai le sujet. Les symboles de l'Égypte antique se dressaient à l'arrière-plan : obélisques, hiéroglyphes et quelques monuments inconnus. Au premier plan, un personnage autour duquel la foule se prosterne. Remarquant un soupçon de pigment, je plissai les yeux. Pour peindre la tunique du grand homme, l'artiste avait employé une palette de couleurs plus chatoyantes, qui contrastaient avec le désert de poussière environnant. Le héros apparu devant moi était sorti de mes pensées depuis des années. Il s'agissait de Joseph, nommé vice-roi d'Égypte, récompensé par Pharaon pour avoir su interpréter ses rêves. Joseph se révélant à ses frères venus acheter du blé, ces mêmes frères qui l'avaient laissé pour mort des années auparavant. Joseph, rendu à sa tunique de plusieurs couleurs.

Au pied des statues étaient peintes trois inscriptions. CRESCEBAT AUTEM COTIDIE FAMES IN OMNI TERRA APERUITQUE JOSEPH UNIVERSA HORREA. *La famine régnait dans tout le pays. Joseph ouvrit tous les lieux d'approvisionnement.* FESTINAVITQUE QUIA COMMOTA FUERANT VISCERA EIUS SUPER FRATRE SUO ET ERUMPEBANT LACRIMAE ET INTROIENS CUBICULUM FLEVIT. *Ses entrailles étaient émues pour son frère, et il avait besoin de pleurer ; il entra précipitamment dans une chambre, et il y pleura.* Sur la base de la troisième statue, je déchiffrai une simple signature en lettres capitales, SANDRO DI MARIANO, mieux connu sous le sobriquet dont l'avait affublé son frère : « petit baril », Botticelli. Et d'après la date précisée sous le nom, cette toile avait cinq cents ans d'âge.

Je contemplai cette relique qu'une paire de mains seulement avait touchée depuis le jour où on l'avait mise à l'abri, sous terre. Elle était d'une beauté à laquelle aucun humaniste n'aurait résisté, riche des représentations païennes que Savonarole n'aurait jamais tolérées. Elle était là, abîmée par l'âge, néanmoins intacte, toujours vibrante sous la crasse. Vivante, après tout ce temps.

Les mains secouées de tremblements, je déposai le tableau sur la table et cherchai de nouveau dans le cylindre une lettre, un petit mot ou même un symbole qui auraient échappé à ma vigilance. Vide. L'adresse et mon nom notés avec soin, rien d'autre. Le cachet de la poste et le numéro d'expédition dans le coin.

Ce numéro attira mon attention : 39-055-210185-GEN4519. Cette série devait forcément correspondre à quelque chose, obéir à une logique, comme une énigme. C'était un indicatif téléphonique, un numéro de l'autre côté de l'océan.

Au bout d'une étagère de bibliothèque, j'extirpai un volume qu'on m'avait offert quelques années plus tôt à Noël, un almanach avec ses catalogues de températures, de dates et de codes postaux, dont l'utilité ne m'avait jamais frappé auparavant. Dans les dernières pages s'étalait une liste d'indicatifs de villes et de pays.

39, l'Italie.

055, Florence.

J'examinai les autres chiffres, sentant revenir mon pouls, le bourdonnement dans mes oreilles. 21 05 85, un numéro de téléphone. GEN4519, un numéro de chambre, peut-être, un numéro de poste. Il était à l'hôtel, ou dans une pension.

La famine régnait dans tout le pays. Joseph ouvrit tous les lieux d'approvisionnement.

Je consultai de nouveau le tableau, puis le cylindre dans lequel il l'avait expédié.

GEN4519.

Ses entrailles étaient émues pour son frère, et il avait besoin de pleurer ; il entra précipitamment dans une chambre, et il y pleura.

GEN4519. Genèse, chapitre XLV, verset 19.

Dans ce lieu qui me servait de logis, il était plus aisé de trouver un almanach qu'une bible. Il me fallut fouiller dans de vieux cartons rangés au grenier avant de dénicher l'exemplaire de l'Ancien Testament que Charlie jurait avoir oublié par accident à sa dernière visite. Il pensait utile de partager avec moi sa foi, et les certitudes qui l'accompagnaient. Infatigable Charlie, plein d'espoir jusqu'à la fin.

Je l'ai en ce moment même, devant moi. Le dix-neuvième verset du quarante-cinquième chapitre conclut l'histoire peinte par Botticelli. Après avoir révélé son identité à ses frères, Joseph leur distribue des cadeaux, comme son père avant lui. En dépit de toutes les souffrances qu'il a endurées, il renoue avec ses frères, eux qui ont si faim dans la terre de Canaan, et leur offre en partage l'opulence du pays d'Égypte. Moi qui, toute ma vie ai commis l'erreur de laisser mon père derrière moi, de penser que je pouvais avancer en le maintenant dans le passé, je comprends parfaitement.

Amenez votre père, et venez, dit le verset. *Ne regrettez point ce que vous laisserez, car ce qu'il y a de meilleur dans tout le pays d'Égypte sera pour vous*, dit le suivant.

Je décroche le téléphone.

Amenez votre père, et venez. Pourquoi a-t-il tout compris, et pas moi ?

Je repose le combiné et m'empare de mon agenda pour noter le numéro sur-le-champ, par mesure de précaution. Je lutte contre le sentiment pathétique que ma vie est réduite à une série de chiffres apposés sur un cylindre, qu'elle tient à une chance qui ne se représentera plus, susceptible d'être anéantie par une simple maladresse, la moindre goutte d'eau.

J'ai les mains moites en soulevant de nouveau le combiné, à peine conscient du temps que j'ai passé à réfléchir à ce que je vais dire. Par la fenêtre de ma chambre, dans la nuit texane étincelante, je ne vois que le ciel.

Ne regrettez point ce que vous laisserez, car ce qu'il y a de meilleur dans tout le pays d'Égypte sera pour vous.

J'appuie sur les touches pour composer un numéro que je ne pensais jamais composer un jour, pour entendre une voix que je ne pensais plus entendre. Une tonalité lointaine, un téléphone trille dans un autre fuseau horaire. Puis, après la quatrième sonnerie, sa voix.

Vous êtes sur la boîte vocale de Katie Marchand à la Hudson Gallery de Manhattan. Veuillez laisser un message.

Un bip.

– Katie, c'est Tom à l'appareil. Il est presque minuit au Texas.

Le silence à l'autre bout de la ligne est terrifiant. Au point de me paralyser si je devais chercher mes mots. Mais je sais ce que je veux lui dire.

– Je quitte Austin demain matin. Je m'absente pour quelque temps. Je ne sais pas très bien jusqu'à quand.

Une petite photo de nous deux trône sur mon bureau. Nous sommes légèrement décentrés, chacun tient l'appareil photo d'une main pour cet autoportrait à deux. La chapelle du campus est derrière nous, froide, immobile, Princeton qui chuchote, encore et toujours.

– À mon retour de Florence, dis-je à l'étudiante de deuxième année sur la photo, juste avant que le répondeur de New York me coupe, je veux te voir.

Je repose le combiné sur son support et contemple à nouveau le ciel d'Austin. Il faudra faire les valises, appeler l'agence de voyage, prendre de nouvelles photos. Même quand je commence à saisir l'ampleur de ce que je m'apprête à faire, une pensée me traverse l'esprit. Quelque part dans la ville des renaissances, Paul se réveille, jette un œil par la fenêtre et attend. Les pigeons roucoulent sur les toits, les cloches du dôme retentissent au loin. Nous sommes là, tous les deux, chacun sur son continent, chacun sur le rebord de son lit, comme autrefois : à l'unisson. Là où je m'en vais, sur tous les plafonds caracolent des saints, des dieux et des volées d'anges. Chaque rue que j'arpenterai, chaque mur que j'admirerai saura me rappeler ces choses que le temps ne peut altérer. Mon cœur est un oiseau en cage, qui trépigne d'impatience et bat des ailes en tous sens, si vive est la douleur de l'attente.

En Italie, le jour se lève.

Postface

L'identité de l'auteur de l'*Hypnerotomachia* demeura sujette à controverse pendant plus de cinq siècles. En l'absence de toute preuve définitive en faveur d'une origine romaine ou vénitienne de Francesco Colonna, les chercheurs ont continué à s'interroger sur l'acrostiche *Poliam Frater Franciscus Columna Peramavit*.

Jérôme Savonarole (1452-1498) fut révéré puis honni par le peuple de Florence. Bien qu'il demeure, pour certains, le symbole d'un sursaut spirituel contre les excès de son temps, son nom évoque plus généralement la destruction par le feu d'une infinité de tableaux, de sculptures et de manuscrits inestimables.

Depuis la parution de *La Règle de quatre*, nul n'a établi de lien entre l'*Hypnerotomachia* et Savonarole.

Richard Curry trahit délibérément l'*Andrea del Sarto* de Browning et Tom le cite sans le corriger ; le poème original dit : « Je fais ce que beaucoup rêvent de faire, toute leur vie... » Paul, dans son fougueux exposé sur l'histoire de Florence, évoque pêle-mêle bon nombre de penseurs et d'artistes ayant vécu à des époques fort éloignées. Tom a abrégé le nom officiel du Princeton Battlefield State Park et attribue *Take the A Train* à Duke Ellington au lieu de Billy Strayhorn.

Les auteurs assument l'entière responsabilité d'autres inventions et simplifications. Le coup d'envoi des JO nus se donnait traditionnellement à minuit, et non au coucher du soleil. Jonathan

Edwards fut bel et bien le troisième président de Princeton, et connut la triste fin mentionnée dans le roman, mais il n'est pas l'instigateur des festivités pascales, imaginées de toutes pièces. Si les *eating clubs* sur Prospect Avenue organisent quantité de soirées de gala au cours de l'année, le bal de l'Ivy Club décrit ici est purement fictif. La physionomie du bâtiment de l'Ivy Club, ainsi que de nombreux édifices, a été modifiée à des fins romanesques.

Enfin, le temps a aussi eu raison des traditions de Princeton chères au cœur de Tom et de ses amis. La promotion de Katie fut la dernière à courir nue dans la cour de Holder la nuit de la première neige (qui survint en janvier et non en avril) : l'université prohiba ces joyeuses manifestations en 1999, juste avant que Tom n'obtienne son diplôme. L'arbre préféré de Katie, le chêne qui se dressait au centre du champ de bataille, s'affaissa le 3 mars 2000. On peut encore l'admirer dans le film *IQ, l'amour en équation*, avec Walter Matthau.

Pour tout le reste, nous nous sommes efforcés de rester fidèles à l'histoire de la Renaissance italienne et à celle de Princeton. Leur esprit a forgé le nôtre, et nous leur en sommes infiniment reconnaissants.

Remerciements

Nous sommes tributaires de beaucoup de gens. L'écriture de *La Règle de quatre* nous a pris quatre années, qui nous semblèrent une éternité.

Merci avant tout à Jennifer Joel, super-agent, amie, muse, qui crut en nous avant quiconque ; merci à Susan Kamil, qui nous aima comme ses propres enfants, et examina notre manuscrit avec une fièvre dont Paul et Tom auraient été capables.

Merci à tous ceux sans qui rien n'aurait été possible : Kate Elton, Margo Lipschultz, Nick Ellison, Alyssa Sheinmel, Barb Burg, Theresa Zoro, Pam Bernstein, Abby Koons, et Jennifer Cayea.

Ian souhaite remercier en particulier Jonathan Tze. L'idée du mémoire de Paul, qui donna naissance à toute la trame du roman, est à moitié la sienne. Merci à Anthony Grafton, de Princeton, qui nous suggéra de nous intéresser à l'*Hypnerotomachia* ; merci à Michael Sugrue, jamais à court d'enthousiasme et d'encouragements ; et tout spécialement à David Thurn, pour sa sagesse et son amitié.

Merci à Mary O'Brien et Bettie Stegall, du lycée Thomas Jefferson, qui donnèrent une voix à la littérature. Joshua « Ned » Gunsher nous inspira l'une des mésaventures de Tom et nous aida à nous orienter dans l'Ivy Club avant que nous ne le trahissions dans la fiction. Pendant quinze ans, la compagnie de David Quinn représenta une source de réconfort ; avec Robert McInturff, Stewart Young et Karen Palm, il est le modèle de ce roman sur l'amitié. Surtout, merci à mes parents, à ma sœur

Rachel, ma fiancée Meredith, qui nous accordèrent leur confiance même quand tout espoir semblait perdu, non seulement au fil de la rédaction de ce livre mais chaque fois que mon cas était désespéré. Comparé à leur amour, même la joie d'écrire semble dérisoire.

Pour leur sens de la direction littéraire et leur amitié constante, Dusty souhaite exprimer sa reconnaissance à Samuel Baum, Jose Llana et Sam Shaw. Merci également à toutes ces personnes qui répondirent présent de mille et une manières différentes : Sabah Ashraf, Andy et Karen Barnett, Noel Bejarano, Marjorie Braman, Scott Brown, Sonesh Chainani, Dhruv Chopra, Elena DeCoste, Joe Geraci, Victor et Phyllis Grann, Katy Heiden, Stan Horowitz, la famille Joel, David Kanuth, Clint Kisker, Richard Kromka, John Lester, Tobias Nanda, Nathaniel Pastor, Mike Personick, Joe et Spencer Racoff, Jeff Sahrbeck, Jessica Salins, Joanna Sletten, Nick Simonds, John Stein, Emily Stone, Larry Wasserman, et Adam Wolsdorf. À ma famille, Hyacinth et Maxwell Rubin, Bob et Marge Thomason, Lois Rubin et tous les membres des clans Thomason, Blount, Katz, Cavanaugh et Nasser : merci pour votre soutien permanent. Plus encore, j'adresse mon affection tout entière à James et Marcia Thomason, et Janet Thomason et Ron Feldman, pour qui aucun mot ne suffirait. À Heather Jackie, quatre petites lettres : BTPT.

Enfin, mille mercis à Olivier Delfosse, ami et photographe, qui, plus que quiconque, faillit devenir le troisième auteur de *La Règle de quatre*.

Composition PCA
44400 – Rezé

Achevé d'imprimer par Corlet, Imprimeur, S.A. - 14110 Condé-sur-Noireau
N° d'Imprimeur : 90555 - Dépôt légal : mars 2006 - *Imprimé en France*

Dépôt légal : avril 2006
ISBN : 2-7499-0430-7
LAF 622